东亚唐诗学研究会会刊

Research on Tang Poetics in East Asia

查清华 主编

东亚唐诗学研究

第七辑

上海辞书出版社

本书获国家社科基金重大招标项目
"东亚唐诗学文献整理与研究"（18ZDA248）支持

《东亚唐诗学研究》学术委员会

（以姓氏笔画为序）

顾　　问：陈伯海　董乃斌
委　　员：王兆鹏　卢盛江　朱易安　李　浩
　　　　　肖瑞峰　张伯伟　陈尚君　尚永亮
　　　　　罗时进　钱志熙　蒋　寅　詹福瑞
　　　　　戴伟华

《东亚唐诗学研究》编辑委员会

（以姓氏笔画为序）

主　　编：查清华
执行主编：刘　畅

委　　员：左　江　卢燕新　刘　畅　杜晓勤
　　　　　李定广　杨国安　杨　焄　沈文凡
　　　　　陈才智　陈　翀　金程宇　郝润华
　　　　　胡可先　查屏球　查清华　徐宝余

主　　办：中国唐代文学学会东亚唐诗学研究会
　　　　　上海师范大学唐诗学研究中心

目　录

中国唐诗学

唐诗学研究的回顾与展望 ……………………………………… 陈伯海 / 3

日本唐诗学

9 至 10 世纪日本的汉诗与外交
　　——理解"唐诗国际性影响"的一个视角
　………………［日］谷口孝介　撰　王连旺、邱惠珍、余　倩　译 / 17
日本中世唐诗学
　　——五山文学中的唐诗接受
　………………［日］堀川贵司　撰　王连旺、余　倩、邱惠珍　译 / 28
江户时代《唐诗品汇》的传播与接受（上）……………………… 刘芳亮 / 47

韩国唐诗学

新罗末宾贡诸子的唐诗接受 ……………………………………… 刘　畅 / 75
高丽与朝鲜时期的唐诗论 …………………［韩］沈庆昊　撰　王飞燕　译 / 90
韩国唐诗的选与读 …………［韩］许敬震　口述　千金梅　翻译、整理 / 145
许筠的唐诗学 ……………………………………………………… 徐宝余 / 160

越南唐诗学

敦煌和越南的唐诗俗文本 ………………………………………… 刘玉珺 / 187

新方法与新视野

数字化助力下的东亚唐诗学研究 ················· 王兆鹏 / 213
从书籍史细节体认中国文化的东亚意义 ············· 潘建国 / 234

编后记 ································· 刘 畅 / 248

《东亚唐诗学研究》征稿启事 ······················ / 250

中国唐诗学

唐诗学研究的回顾与展望

陈伯海

摘　要　唐诗被古人奉为古典诗歌典范,所谓"唐诗学"就是探讨古典诗歌以何为典范的学问。20世纪60年代,起意研究唐诗的发展进程。70年代末,开始大量收集唐诗相关资料。80年代,正式提出"唐诗学"概念,并组织大量人力从目录、史料入手整理资料,继而研究唐诗质性,归纳唐诗六要素,撰写《唐诗学引论》。21世纪初,对已出版诸书增补修订,并新增《唐诗总集纂要》《意象艺术与唐诗》。前后历时30年,"唐诗学"书系终于成套推出。此后继续开拓唐诗学研究事业,则既要从中国走向东亚、走向世界,也要从传统走向近现代。

关键词　唐诗学　目录　文献　理论

很感谢学校有关方面邀我来这里跟年轻学人们谈一谈"唐诗学"建设的经过。"唐诗学"在你们这里是个熟题目,此项工程本就是凭靠上海师范大学同行们的不断发力运作而搞成的,似乎不用多讲,但借这个机会,我想把自己的一些想法跟做法系统回顾一下以供借鉴,也欢迎提出商讨。主要谈四个问题:首先是缘起,即思想上的发动和材料上准备,亦便是我怎样会走向建设唐诗学之路,这个问题过去谈得不多;其次是开局,即进入实际工作,包括构想与操作;再次谈历程,主要是三起三收;最后是一点展望。就这四个问题,有些地方谈简约点,因为各册书的序跋均有所交代。

一、缘起——我怎样走上建设"唐诗学"之路

建设"唐诗学"的想法在我怎样形成?这一点既往交代很少,借今天的

机会稍谈一谈。应该说,我接触唐诗还比较早,幼年及少年时期,家长曾带我读过一些篇章,似懂非懂地跟着念诵,感觉也还不错。进入大学后,系统学习中国古代文学,唐诗也是我比较爱好的一段,但整个就学期间均未起意作专门研究。因为我一向偏爱理论思考,设定的目标是想要构建能包容古今中外创作经验的"大理论",这自是一种"书生意气",但研究唐诗或古典文学确实并未视作专业方向。

何时开始动念搞唐诗?说来也怪,是大学毕业八九年后下乡时萌生的想法。1964 到 1966 年间,我奉调赴奉贤、南汇农村参加"四清"工作。我分在大队部,白天跑各生产队了解情况并撰写汇报,晚间查大队账目,生活较有规律,时或有些空余,于是想要读书。按规定,下乡期间不得带看专业书,我就读经典著作。先读《毛泽东选集》,接读《马恩文选》《列宁选集》和《斯大林全集》,一年多时间沉浸其中。我读得很认真,关键处一句句细读,有画线和眉批,并记下心得体会。最大的收获,就是感受到经典作家面对复杂的社会政治形势时,常能从一团乱麻式的局面下抽取出其间的主要矛盾,进以提出解决方案,这种思维方式给了我很大启发。我想,我这么热爱文学,能否从文学的发展进程中也尝试提炼出几对主要矛盾并总结其规律性,用为研究和分析文学现象演变的依据呢?这就是我后来倡扬的"三对矛盾""一串圆圈"的说法。但我又想,光有理论不行,还需结合具体的文学实践来论证理论,最好是选一个首尾完整的文学发展时段作为检验依据,由此便想到了唐诗。我以为,在整个中国文学发展史上,唐诗显得最为成熟,首尾变化也相对完整,若能选择研究唐诗来检验我所提出的理论法则,自会有更大的说服力。这大概就算我萌发搞唐诗研究的最初时机了,距离 20 世纪 80 年代中叶正式提出建设"唐诗学"的呼告早了近 20 年。

"四清"结束,"文革"启动,我回校参加运动。初起时不免跟着运动转,但得空便将有关唐诗的思考陆续整理出来,写成札记备案。运动后期,深感苦闷无聊,下班回家,便翻检家藏《四部备要》里的唐人文集解闷。适逢当时大搞尊法批儒,有"扬柳抑韩""崇李贬杜"之说,我就先读韩柳的文章,再读他们的诗,一篇篇读下来且做札记。读完韩柳读李杜,也是先文后诗并记下感受。继而读李贺、李商隐的诗集,再扩展到高适、岑参等各名家的选本。要说有系统地考察唐诗,大概这时就算开始了——也有好几年的功夫。

1976年底正式宣告"文革"结束,1977年暑期过后教育部委托人民教育出版社组织编纂全套中小学语文新教材。我被抽调进京参加编写,到1978年底返沪,在北京度过近一年半时间。开始两个月,每逢星期天假日,我也大街小巷地转,用以游览名胜并了解京城世相,开了眼界。后来想到可利用平日晚间和节假日休息时间干点自己的活,便转向搜采唐诗资料。我从人教社借来《历代诗话》《历代诗话续编》《清诗话》等整套书籍,一篇篇阅读并做下札记卡片,分门别类整理归档并标上签号,做了整整一箱。而一到星期日公休时,我就跑图书馆。国家图书馆和各大学图书馆藏书非常丰富,但只从早8点开放到下午5点半。我那时被安置居住香山,进城需近两小时路程,为赶上开馆时间,经常一起身不吃早饭就往城里赶。中午12点到1点半闭馆休息,许出不许进,我也常不出去,饿着肚子继续看,待下午闭馆出来再用餐,可以实坐9个多小时看书,而胃病就是那样形成的。

当时北京各图书馆对线装书的阅览政策还相对宽松,只要翻检目录、开出书单,工作人员都会一大摞一大摞地把书捧来。一两个钟点翻检完毕交还再开单子,又会捧来一大摞。我主要是查阅历代各种唐诗的总集和一些有代表性的别集,将序跋、评语中有实质性内容的文字抄录下来,也兼及选目与编纂体例。这不仅有助于更深入地理解唐诗,且对历代学者与选家的手眼都能有一个贯通性的把握。懂得点、编、注、考、选、评、论,作中皆有学问,这或许就是我起意将唐诗研究搞成"唐诗学"的一个发端。

1978年底,教材第一期编写任务结束,我回到上海,并奉调归返上海师院。从1979年初到1984年国庆前夕,大概五年半时间,我一直从事中国古代文学的教学与研究工作。这时已决定把研究唐诗作为主攻方向,但鉴于此前未从事过专门性研究,缺乏经验,所以先做了两个小题目试试水,一是李商隐系列论文,再一是《沧浪诗话》小册子,都与唐诗相关。在此基础之上,1984年6月前后,"唐诗学"便正式开张。

二、开局——我对"唐诗学"建设的
基本构想与初始发动

现在讲第二个问题——开局,着重谈构想,兼及研究的初始发动情况。

首先要交代一下,我为什么将唐诗研究名之为"学",是否有"拉大旗,充虎皮"、以学理高深来唬人的用意呢?绝非如此。而是我在自己钻研的过程中,深深感觉到唐诗研究是一项专门的学问,完全有资格成为"中国诗学"专业下的一门相对独立的分支学科。"中国诗学"包罗甚广,诗经学、楚辞学、乐府学、词学、曲学等作为其分支学科早有定论,但把断代诗歌研究称之为"学"的尚属罕见,而我以为"唐诗"可作为特例。唐诗自然指唐人所写的诗,但它不同于一般断代诗歌,在前人心目中,它属于古典诗歌的典范,是后人所当效学的对象。宋代文人就开始效学唐诗,到元代提出"宗唐得古"的说法,认为宗范唐诗即可掌握整个古典诗歌传统,至于明清,学唐就更成为主流。应该说,唐诗这种典范意义是一路承传下来的,直到今天,人们还将其视为民族诗歌传统的代表。而"唐诗学"作为一门专业性学问,就是为要探讨唐诗的典范意义和生成条件,以及其后1000多年来人们对其典范意义的体认和研究过程。这自是我将唐诗研究名之为"学"的一个主要依据。

既然名"学",即当有一个学理构架,便于把它的原理阐发出来,而不能像写一般文学史、诗歌史那样按照初盛中晚的顺序一路写下去。所以当初构想时便拟定了三大板块的基本框架,即目录学、史料学和理论总结的相互配合。

为什么要从目录学入手?研究一门学问,首先得知道它有哪些书哪些资料可供采用,才能够进入它的门户,而掌握资料又必须了解这些资料出自哪些书籍与文献,以便于查找,这就是目录学要做的工作。整理书目可能比较机械,就是抄书名、录提要,记版本出处,但这是敲门砖,如果没有目录学的构建,大门开不了,学问就很可能做得片面或有差错。所以就整体工作而言,整理目录虽只是引进门户的第一步,却又是开启全局的关键,不可忽略。

然后就是史料学。建立一门学问,须有充足的资料,不能流于空口白话式的纯议论。材料的建构也大有讲究。唐诗相关材料很多,既不能全都堆起来,也不能单纯按年编排,让大家自己去引用,这样只是一团乱麻式的资料,构不成学问体系,所以要动一番脑筋来制定方案。我一开始便确定了三本书作为构建唐诗史料学的框架,即《唐诗论评类编》《历代唐诗论评选》以及《唐诗汇评》,一横一纵,见宏见微,足以展示"唐诗学"的基本面貌。

《唐诗论评类编》就是从历代对唐诗的论评中筛选其较有意义的评语,去粗取精、删繁就简,分类汇合,用以显示唐诗研究的概貌。这一编排方式取自明末胡震亨《唐音癸签》,该书就是把评论唐诗的资料分类组合以显示其研究状况的,很有启发意义。但分类层级只有一层,且史料收集截止到明末,总共仅30万字。我们设计的《唐诗论评类编》按四个层级区划类别,资料收到清末,共120多万字,不仅材料较为齐全,且经过细心编排,唐诗学的学理构架即有可能较为细致完整地展现出来。

《历代唐诗论评选》一书则重在提挈唐诗学的发展概貌,其编排方式学自今人郭绍虞先生主编的《中国历代文论选》。该书大体按历史线索组合,意在提挈中国古文论的发展线索,但并非简单地一路排将下来,乃是以单元组合方式体现。每个单元挑选最具代表性的文论材料作为打头篇章,用以引领若干篇相关文字作附文,再加上编者的说明文字,以形成一个中心问题。全书即按各中心问题出现的历史顺序排列,一路读下来,对古代文论的历史概貌及其问题意识的发展状况能有较清晰的把握,就我个人而言受益良多。为此,我考虑我们的《历代唐诗论评选》也采用这个体例,按问题顺序来编排历代文献,俾使"唐诗学"在唐以后的历史发展线索得以明白呈现出来。

以上两部书都是以问题意识为构架的,《类编》注重横断面的整合,《论评选》则着眼于纵向演绎,但除了谈问题,唐诗论评中还有大量针对具体诗人诗作而发的评语散见各类文本,其间也自有不少可供采摘的精意。为了较全面地体现唐诗学的成果,我又定下编写《唐诗汇评》的计划,初步打算录诗人500家(占《全唐诗》五分之一)、诗作5000首(《全唐诗》十分之一),每位作家名下精选历代对其人的评论,每首诗下也选录对诗作的品评,便于从微观方面更全面地反映唐诗研究的成果。这三部书的构想有经有纬,有宏有微,体现了我对唐诗史料学建设的基本架构,有此立意,建设工程也就可以开始上马了。

不过要真正建立起合格意义上的"唐诗学",理论阐说自亦是必不可少的,无学理怎能称得起"学"呢?在这方面我做得并不理想。原初的设想是在目录学和资料书基本齐备的时候,来写一本60万—80万字的总结性论述,就定名"唐诗学",分上下两编,上编谈原理,下编讲发展史,用以总结个人对这门学问的学习与思考所得。不料资料书的出版拖延得太厉害,中间又发生许多波折,要等待出齐,理论构写就遥遥无期了。况且1984年国庆,我奉调来上海社科院文学所工作,行政事务一大堆,还要争取各级课题并关注时下新方法新思潮的探讨,难能专心致志从事唐诗研究。两年下来,自觉内心酝酿的唐诗学的影子越来越显淡薄,很有时过境迁的危险。于是考虑将原先积累心头的一些想法先行录写出来,立此存照,俟机待补。这样就写成了《唐诗学引论》,总共16余万字,与原先设想差得太远,在整个"唐诗学书系"里成为一顶不衬样的"小帽子"。后来也有人劝我增补改写,但我觉得,基本的观念、理论都已讲出来了,若没有新见解,只是在原来压缩的话语中掺水分,解说得详细点,在我这个年龄不值得了,不如做点其他事情为好。

尽管如此,我还是要对我的理论概况作一点介绍。《引论》一书由"正本""清源""别流""辨体""学术史"五章构成,其中最关键也较富于创见的属"正本"篇,它是全书核心所在。我们知道,建立一门学科,要明确把握研究对象及其内在质性,这才有可能进行深入的探讨。《正本》篇关注的正是唐诗的"质"的构成方式,试图回答"唐诗究竟是一种什么样的诗,其典范意义又当如何理解"的,这也正是整个"唐诗学"所要解决的中心问题,故以之为《引论》的开篇,其余"清源""别流""辨体""学术史"各章皆围绕这一中心而展开。

然则,究当如何来把握唐诗的质性问题呢?我们知道,既往论述唐诗,重点多放在辨别其"特点",即唐诗不同于他类诗歌的表征所在。这个方法可以采用,但不周全,因为特点多是从比较中得来的,而比较又可以是多方面的,难以执一为准。比如拿唐诗跟宋诗比,人们常讲"唐诗主情,宋诗主理",自有其切合处;而若换一个角度,拿唐诗跟《古诗十九首》比呢,可能会感觉古诗比唐诗更"主情",实际上是古诗作者更注重情感的直接表露,而唐人则不免在情景互衬上多用心了。这意味着"特点"往往要从一事物与他事物的比照中得来,它的针对性亦便是局限性,常只能显示事物的一个侧面而不及其余。研究唐诗的"质性",要从多侧面来把握,不能局限于某个突出之点或其简单叠加。

"正本"篇的做法乃是将"质"的形成归结于其自身各要素的组合,要素及其组合方式有了变换,合成的质就不会全然相同。我以此思考唐诗质性,从当时唐人概括的名称中,归纳出构成唐诗风貌的六个要素:风骨、兴寄、声律、辞章、兴象、韵味。"风骨""兴寄"乃陈子昂提出,属唐人对汉魏诗歌传统的自觉发扬。"声律""辞章"承自齐梁,经沈佺期、宋之问等人的改良而适用于表现唐人情思。"兴象"则作为"风骨""兴寄"与"声律""辞章"相结合的产物,初盛唐之交才开始得到标榜,它要求将饱满的情兴蕴含在简省、精炼的语言表达之中,给人以生动有力且又悠游不尽的感受,作为唐诗独创的精神,实际上即构成其核心要素,建立在前此各要素有机组合的基础之上。至于"韵味"则多出自中晚唐人的讲求,实际上是"盛唐气象"衰减后"风骨"与"兴寄"减弱、"兴象"更趋于追求"有余不尽"风神的产物。六个质素各有其成因,也各有其发展变化的轨迹,但在唐代大体保存齐全,才会有作为共同体的"唐诗"的存在。这是我把握唐诗的前提,故题作"正本"置于卷首。

"正本"以下各篇,皆围绕"正本"而展开。"清源"篇探讨唐诗质性的由来,从社会结构、文人生活、文学传统三方面系统梳理其生成缘由。"别流"篇考察唐诗的流变,但没有遵循初盛中晚的传统分期方式,而以唐诗质性的形成、转型和蜕变为标志划为前、中、晚三个阶段,取"安史之乱"的发动和"元和中兴"的收结为切割线。因此,虽然李、杜年龄仅相差 11 岁,一般文学史也多以二者并称,但我将李白定位为前期诗的顶峰,而以杜甫为中期的开创者,正是着眼于他们在把握唐诗质性上的某种差别,至晚唐温李则又更倒向韵味的片面追求了。"辨体"篇进以研究唐诗体式。古风、律诗、绝句中都有"唐音"存在,但体式差异会使其偏重于发扬唐诗风格的某些方面,如律诗特讲求声律,古风更注重风骨和兴寄,绝句多追求韵味等等,这也为唐诗内涵的丰富多彩提供了证明。于此看来,我这本《引论》基本上是围绕唐诗"质性"问题来组织论述的,在解说"唐诗之为唐诗"上确也下了功夫,虽然只写了16余万字,也还算用了心思。

三、历程——三起三收

接下来讲一讲编纂"唐诗学书系"的历程,可归结为"三起三收",也就是经历了互相间隔的三段时间。这个问题各册书的序跋里有所交代,不妨讲简单些。

第一波是1985到1994年,完成《唐诗书录》《唐诗学引论》《唐诗论评类编》和《唐诗汇评》4种。

首先是《汇评》。1984年暑期前夕,我调任上海师大古籍所副所长,时任所长程应镠先生让我牵头来搞一个比较大的课题。当时就找了孙菊园老师,由她组织所内一帮人员从事具体操作。我把过去汇集的评语交给她做底,继而负责从《全唐诗》里辑选诗人、诗作,她则根据所选诗人诗作,带领一帮同志跑上海、北京、南京等地图书馆补充收集和汇总评语,经挑选后分编于各诗人诗作名下。这件工作十分细致且费力,花了大家很多神思,做了将近10年才得以完工,交浙江教育出版社出版,计470余万字,算得上较显眼的成品了。

其次是《唐诗书录》。我让古籍所交我带培的研究生朱易安承担,把自己原先去北京图书馆查抄的资料全交付于她,让她继续添补其他图书馆的藏书,尽量把有关唐诗的书目材料收全。与此同时,还要求她从历代诗话、笔记中摘录涉及这些唐人诗集的记载和评语,附在每条书目下面,自己的概括说明也附见于后。所以现在每条书目下面都有个简单介绍,先介绍版本,再附记评语,这全是朱易安独自完成的,我只是出了点子,打下了一点材料基础。书成后,共收录有关唐诗的书目2700余种,计40余万字,齐鲁书社1988年出版。

再次便是《唐诗论评类编》。当时我找了中文系刚毕业的黄刚老师和即将毕业的张寅彭同学,请他们两位来承担。我把自己在北京积累的一箱子卡片全交付他们,让他们大体按照这个体例分类编排,同时再去查阅各种诗话笔记等书籍以作补充。所以每隔一段时间,他们每人都会带来一大摞做好初步标志的新卡片,经我审检后正式归类编排。就这样忙了好几年才成书,于1991年由山东教育出版社出版。

再有就是我个人写的《唐诗学引论》了。因为是论著,相对容易被接受,1988年写出来后就交给了在上海的知识出版社正式出版发行。

这批书作为构建"唐诗学"的第一波,原本打算在此基础上不断组织新著陆续推出,也跟一家出版社约定由他们全套发行,不料1987年后商品经济大潮兴起,出版社要讲成本效益,估计这套书挣钱不易,把原定的协议废了。已上马的几种都要费尽心力去一家一家出版社谋出路,怎还敢贸贸然"上"新著呢?于是"工程"到此暂歇,这就算是"唐诗学"建设的第一波了。

《唐诗汇评》等4个项目于90年代前期完成后,由于没有出版社承接新的课题,工程搁置了相当时间,处于"半拉子"状态,我心里不是滋味,但也无可奈何。一直待到20世纪之末,我被上师大特聘为兼职博士生导师,开始收带博士生(第一届里就有查清华等人),事情才有了转机。博士生除了读书进修,还必须搞研究,我就让他们从学业第二年起试做《历代唐诗论评选》,并让后续的研究生接着编写《唐诗学史稿》,我提供相应资料并负责指导与通审,他们也须努力查找、增补资料并撰写成稿。这个阶段从1998年延伸到2004年,几届研究生都干得很认真,以他们的接力攻关完成了近百万字的《论评选》与50来万字的《史稿》。我也抓紧在外出开会期间寻觅书稿的出路,总算找到河北大学(出版社)与河北教育出版社分别承担了出书任务,算是给二期工程画上了圆满的句号。这样一来,我原初为"唐诗学"建设构想的几个主要项目多已落实,目的基本达到,也就不再萦念于心了。

未曾料及的是,2010年冬,我去南开大学参加唐代文学学会年会,要我做大会发言,我趁便介绍了一下我们搞"唐诗学"的缘由以及所完成六部书的大致内容。会议间隙,很多学者来询问详细情况,并反映书出得分散,且早期著作已难以寻觅,达不到应有的效应,建议我将其集合起来作一次性推出,可产生较大影响。我深知出版之不易,只能笑以应答。不料同去开会的朱易安回来后就向上师大科研处报告,建议学校以本课题申报上海市重大项目,用此经费出一套比较完整的书系。这样一来,"唐诗学"建设又将第三次上马了。

新设的课题自不能停留于"炒冷饭",几经商议,最终决定重新修订原六部著作且添补两种新书,集合成套。

新书中的一本是我跟上师大李定广老师合作的《唐诗总集纂要》。原来编《唐诗书录》时,我就觉得唐诗总集尤其选本很有特色,但《书录》只收书名、版本等,介绍极其简单,《总集纂要》则要像《四库总目提要》那样详细撰写内容介绍,再附上后续各家的评议,对各选本的了解便具体得多,或可在此基础之上开发唐诗的"选学"研究。于是我把自己过去积存的有关百来种代表性选本的相关评论、资料全交付给李老师,请他跑各图书馆去查对核实并增补齐全,也可适当添加若干选本。此项工作花了他三四年功夫,做得还比较成功。

另一本新著则是由我自己来撰写的《意象艺术与唐诗》。为什么选这个题目?因为我觉得整套书系谈艺术的部分较弱。《引论》讲原理而未能充分展开,《史稿》重在梳理学术史,对唐诗的艺术分析也难以顾及,想补充一点这方面的论述。正好新世纪初期我对诗歌意象艺术产生兴趣,在这方面积累了一些资料,于是想专门考察一下唐诗的意象艺术。该书从"意象"的界定和意象艺术原理谈起,在回溯唐前意象艺术的发展过程之后,接续讲唐诗的意象艺术,以"意象思维""意象结构""意象语言"三条线路为纲,按初盛唐、大历、元和、晚唐四个阶段分别论述其演化过程,兼带涉及中晚唐后意象艺术向宋诗、宋词过渡的迹象。这对唐诗艺术的理解自亦有一定的补充作用。

至于原出的6种书,经原作者的加工改造,也都有不同程度的提高。如《唐诗书录》添加了1988年以后出版的新著和过去未曾收录的港台书目,由原来的2000余种增补到4000余种,书名也改作《唐诗书目总录》。《史稿》加强了明清两代的论述,从原来的50万字扩充到70余万字。《论评选》《类编》《汇评》等也都有相应的拓展。最终定稿后,于2015年初一并交上海古籍出版社,以"书系"的名义于2015—2016年间全套推出,算是完成了此项建设。回想起来,从 1984 年初始立题,到 2015 年正式结项,三起三收,前后历经 30 年之久,也算得上一项大工程了。

四、展望——拓展与深化

最后再花点时间做个展望,也就是今后要做的工作,当然不再由我承担,眼下查清华老师他们已经在做了。我只谈一点想法,觉得可以从两个方面来加以考虑。

首先是拓展唐诗学的研究范围。我们现在完成的这套丛书局限于中国古代的研究,实际上,唐诗学在近现代学人手中还在继续发展,就地域而言,还传播到东亚甚至整个世界。所以要开拓唐诗学的研究事业,既要从中国走向东亚和世界,也要从传统走向近现代。我们这个研究中心当前主要搞东亚,从中国拓展到东亚,需要有一个比较文学的视野,因为同一个现象从原发地进入传播地区,其意义有可能发生变化,须加仔细辨别。

举个例子,我国明代盛行格调论诗学,它最初是因反对元末的理学诗和明初的台阁体而产生的,所以标榜"主情",要回归古典诗歌发扬情感的传统,并将盛唐奉为主情的典范,大力提倡效法盛唐。但是明代不同于唐代,社会条件不一样,文人生活方式也不一样,无法生成唐人的情怀。怎么办呢?格调论者主张倒过来学,即从模仿唐诗的体格和声调入手,积久熟能生巧,自能写出近乎唐人风格的作品,这就走向了形式主义。明后期的性灵说者大力批评它专事模仿前人格调,五四新文化运动以来也一直指斥其"拟古不化",评价普遍不高。但值得注意的是,格调论于明末传到日本,却受到江户时代日本文坛的热烈欢迎,他们正要打破此前流行的理学诗,于是强调从"主情"入手来效学格调派,着重发扬了其积极的一面。由此可见,唐诗在传播过程中会产生不同效应,需要有比较文学的眼光,今后在更广阔的视野中研究唐诗,考察它如何走向欧美,走向世界,更需要具备这样的眼光。

拓展视野还包括从古代进入近现代。我们这套书系主要讲的是古代,20 世纪以后唐诗学的研究自还有很大的发展空间。《全清诗话》《民国诗话》等提供了一些早期材料,陈寅恪、闻一多、朱自清、林庚等在研究唐诗上都有自己独特的贡献,他们应用新的理论方法来研究唐诗,开创了新的局面,在后来的港台学者中得到延续。大陆则于20世纪50年代后确立了马克思主义的指导地位,而于改革开放后也大力引进各种西方新观念。这许多变化都应当好好梳理和总结一番,以利于唐诗学的不断推陈出新。

开拓之外,另一个迫切的要求是深化。怎么个深化法呢？既往桐城派讲做学问,主张义理、考据、辞章三方面兼顾。我们现有的这套书虽然也考虑到兼顾,但因为构建一门学问总要资料先行,理论概括须从资料中生成,所以收集、整理资料仍占有较大比重。这方面的开发自然还要做,今后利用人工智能或许能做得更顺畅些。但唐诗学不能光限于资料。前人讲做学问须义理、考据、辞章三者兼顾：考据是基础,在考据的基地上打造辞章,最后提升为义理。我们现在有了一定的材料依据,迫切需要在此基础之上建立辞章之学,就是怎样阅读和欣赏唐诗,在文理上把握了唐诗的脉络,才谈得上有效地进入其义理的门户。眼下诗歌比赛搞得如火如荼,这本是一种良好的弘扬方法,在传播普及、提振兴味等方面具有重要作用；但与此同时,也还可采取多层次推广策略,如举办阅读会、座谈以至专题研讨,等等,把单纯的欣赏引向深入的学习和钻研,逐步推进对唐诗的深层思考,体认其所蕴含的文化精神及艺术魅力。这才有助于民族精神的发扬,利于唐诗和中国文化艺术之走向世界,也可算是我个人对唐诗学建设前景的一点展望。

陈伯海,上海社会科学院研究员,上海师范大学特聘教授、博士生导师、唐诗学研究中心名誉主任,东亚唐诗学研究会顾问。著作有《唐诗学引论》《意象艺术与唐诗》《传统文化与当代意识》《中国文化之路》《中国文学史之宏观》《中国诗学之现代观》《回归生命本原》《生命体验与审美超越》《严羽和沧浪诗话》《李商隐诗选注》等20余种,主编"唐诗学书系"、《近四百年中国文学思潮史》、《中国文学史学史》、《中国诗学史》、《上海文化通史》等,发表论文百余篇。曾获首届鲁迅文学奖优秀理论评论奖和上海市哲学社会科学学术贡献奖。

本文根据2024年6月17日"东亚唐诗学讲坛"第十五讲录音整理。

日本唐诗学

9 至 10 世纪日本的汉诗与外交
——理解"唐诗国际性影响"的一个视角

[日] 谷口孝介 撰 王连旺、邱惠珍、余 倩 译

摘 要 元庆七年(883),与日本素有国交的渤海国派大使裴颋赴日,日本方面任命菅原道真、纪长谷雄、岛田忠臣等当时首屈一指的文人官僚担任接待官。四月二十九日至五月十一日,渤海国使节滞留京都期间,日方接待官多次造访使节驻地鸿胪馆进行汉诗赠答。菅原道真将日方所作59首诗汇编为1卷,并撰写《鸿胪赠答诗序》。此诗序收于《菅家文草》卷七之首,体现出了作为国家代表的外交官与交往国大使进行诗歌赠答时的紧张感。当时的外交中虽有全面展示外交礼仪的国书,然而只有诗歌赠答才是异国人士间思想沟通的唯一途径。但遗憾的是渤海国一方的诗作没有留存下来,所幸日本现存菅原道真诗歌9首(《菅家文草》卷二)、岛田忠臣诗歌7首(《田氏家集》卷中)。本文将通过外交诗究明律令时代日本的外交意识,并在此基础上探讨作为诗歌创作轨范的白诗的影响。

关键词 菅原道真 渤海国使 蕃客赠答 律令国家 外交

引 言

存在于8世纪至10世纪的渤海国,行政区域范围大致相当于今中国东北地区、朝鲜半岛北部,幅员辽阔。渤海国建国初期,便于727年与日本开始建交。至919年的近200年间,两国往来频繁。同时,这几乎也是9世纪日本唯一正式的外交路径。

渤海国与日本的外交采取的是朝贡形式。日本作为上位国,需要在与朝贡国的往来中维持威信。这些关乎国家威信的外交场面,发生在渤海国使节驻地,展现在两国外交人员间直接的诗歌赠答中。下面通过熟悉当时外交具体情况的菅原道真的眼睛,以883年日本与渤海国间的外交活动为例,观察当时外交官的姿态,并分析其意义。

一、作为外交官的文人

可以展现出日本对接待渤海国使的外交官持何种要求的资料是当时日本的国史《日本三代实录》,该书贞观元年(859)三月十三日条载:

> 十三日己巳。领渤海国客使大内记正六位上安倍朝臣清行、直讲从七位下苅田首安雄御装进发告宣云:"使等宜称存问兼领渤海客使,当般不任存问使也。<u>渤海国副使周元伯颇闲文章</u>。"诏越前权少掾从七位下岛田朝臣忠臣,假为加贺权大掾,向彼与元伯唱和。<u>以忠臣能属文也</u>。

如画线部分所示,此次渤海国副使周元伯是在文章方面颇有造诣的文人。接待官安倍清行等人向朝廷汇报,称无力应对。因此,日本临时任命了当时屈指可数的文人岛田忠臣(菅原道真的岳父兼家庭教师)接替任务。由此可知当时两国外交重视哪些能力。之后的883年,菅原道真作为文人也被临时任命为外交官。《日本三代实录》元庆七年(883)四月廿一日条载:

> 廿一日丁巳。缘飨渤海客,诸司官人杂色人等,客徒在京间,听带禁物。以从五位上行式部少辅兼文章博士加贺权守<u>菅原朝臣道真权行治部大辅事</u>,从五位上行
> 美浓介<u>岛田朝臣忠臣权行玄蕃头事</u>。<u>为对渤海大使裴颋,故为之矣</u>。

此次的渤海国大使裴颋是极富文采的人物,日本提前了解了这一情况,

所以事先采取了上述对应策略。"权"指的是正式定员以外追加任命的临时官职。该字也体现了此次任命是临时的、紧急的。菅原道真被任命的"治部大辅"是治部省的次官,依据《养老·职员令》中画线部分的记载,可知是负责监督朝贡诸国诸事的官职。

> 治部省。卿一人。掌(中略)及<u>诸蕃朝聘</u>(谓国君自来曰朝,使卿大夫曰聘)事。大辅一人。
>
> (《令义解·职员令》)

《令义解·职员令》记载:

> 玄蕃寮。头一人。掌佛寺,僧尼名籍(谓在京并诸国佛寺及僧尼名籍也),供斋、蕃客辞见、宴飨、送迎(谓凡诸蕃入朝者,始自入城,终于辞别,宴飨送迎等,皆惣主知。其送迎者,唯于京内,不出畿外也),及在京夷狄,<u>监当馆舍</u>(谓<u>鸿胪馆</u>也)事。

岛田忠臣被任命的"玄蕃头"是玄蕃寮的长官。玄蕃寮是治部省的一个部门,据《养老·职员令》记载,是负责管理鸿胪馆的官职。鸿胪馆是接待进驻京都的外国使节的场所,同时也是外交使节的驻所,玄蕃头是活跃在与使节接触的外交现场前线的官员,其重要性不言而喻。

二、菅原道真的自负

带着炫耀上位国威信使命的菅原道真等人是如何接待渤海国使节的呢?以下资料可以究明这一点。菅原道真在其后来编订的个人诗文集《菅家文草》中收录的《鸿胪赠答诗序》,是为当时外交过程中日方所作59首诗汇为1卷而作的序文。为方便解读,将之分为三部分,如下:

鸿胪赠答诗序

元庆七年五月,余依朝议,假称礼部侍郎,接对蕃客,故制此诗序。

① 余以礼部侍郎(＊与"治部大辅"相对应的中国职官名),与主客郎中田达音(＊玄蕃头岛田忠臣)共到客馆。寻案旧记,二司大夫,自非

公事,不入中门。余与郎中相议:"裴大使七步之才也。他席赠遗,疑在宿构。事须别预宴席,各竭鄙怀。面对之外,不更作诗也。"议成事定。每列诗筵,解带开襟,频交杯爵。

② 凡厥所作,不起稿草。五言七言,六韵四韵,默记毕篇,文不加点。始自四月二十九日,用行字韵,至于五月十一日,贺赐御衣,二大夫、两典客(*掌渤海客使坂上茂树、纪长谷雄)与客徒相赠答,同和之作,首尾五十八首。更加江郎中(*大江玉渊?)一篇,都虑五十九首。吾党五人,皆是馆中有司,故编一轴,以取诸不忘。

③ 主人宾客,吴越同舟。巧思芜词,薰莸共亩。殊恐他人不预此勒者,见之笑之,闻之嘲之。嗟乎! 文人相轻,待证来哲而已。

(《菅家文草》卷七 555)

①中记录了诗歌赠答的经纬,特别是体现了"疑在宿构"而决意"面对之外,不更作诗也"的接待官们的自负。③结尾画线部分引用了魏文帝《典论·论文》的开头句"文人相轻,自古而然",这般高傲的发言,可以看出他们认为能够在历史上获得高度评价的自信。

在上述 59 首诗中,只有菅原道真的 9 首诗及岛田忠臣的 7 首诗留存于二人的文集。单纯按四人 58 首来算,平均每人需作十四五首诗,所以收录到个人文集的应当是挑选过的佳作。

下面列举菅原道真与岛田忠臣的诗歌。不过第⑥、⑦首未能很好地对应,这应当与岛田忠臣《田氏家集》中收录的作品不全有关。

序号	菅原道真诗	岛田忠臣诗
①	去春咏渤海大使,与贺州善司马赠答之数篇,今朝重吟,和典客国子纪十二丞见寄之长句,感而玩之,聊依本韵 104(《菅家文草》卷二) 掌上明珠舌下霜,风情润色使星光。春游惚罄州司马,夏热交襟典客郎。恨我<u>分庭劳引导</u>,饶君遇境富文章。若教毫末逢闲日,莫惜纵容损数行。	继和渤海裴使头见酬菅侍郎纪典客行字诗 108(《田氏家集》卷中) 非独利刀刃似霜,毫端冲敌及斜光。多才实是丹心使,少壮犹为白面郎。(大使年未及强仕,故云。)声价随风吹扇俗,诗媒逐电激成章。文场阅得何珍货,明月为使秋雁行。

9 至 10 世纪日本的汉诗与外交   21

续　表

序号	菅原道真诗	岛田忠臣诗
②	重依行字,和裴大使被酬之什 105 寒松不变冒繁霜,面礼何须假粉光。 灌溉梁园为墨客,婆娑孔肆是查郎。 千年岂有孤心负,万里当凭一手章。 闻得傍人相语笑,因君别泪定添行。	敬和裴大使重题行韵诗 109 待得星回十二霜,偏思引见赐恩光。 安存客馆冯朝使,出入公门付夕郎。 觉悟当时希骥乘,商量后日对龙章。 明王若问君聪敏,奏报应生谢五行。
③	过大使房,赋雨后热 106 风凉便遇敛纤氛,未睹青天日已曛。 挥汗春官应问我,饮冰海路讵愁君。 寒沙莫趁家千里,淡水当添酒十分。 言笑不须移夜漏,将妨梦到故山云。	过裴大使房,同赋雨后热 110 冒热寻来逼户帷,客房安稳雨休时。 三更会面应重得,四海交心难再期。 不是少郎无露胆,偏因大使有风姿。 他乡若记长相忆,莫忘今宵醉解眉。
④	夏夜对渤海客,同赋月华临静夜诗 (题中取韵,六十字成)107 拳眼无云霭,窗头玩月华。 仙娥弦未满,禁漏箭频加。 客座心呈露,坏行手酌霞。 人皆迷傅粉,地不弁晴沙。 纵望西山落,何瞻北海家。 闲谈知照胆,莫劝折灯花。	五言,夏夜对渤海客,同赋月华临净夜诗(题中取韵,限六十字)111 半破银锅子,排空踵日车。 当天犹热苦,仲夏却霜华。 浇石多零玉,通林碎着花。 窗疑悬瀑布,庭讶踏晴沙。 昭察分丝发,吟看置齿牙。 两卿何异照,四海是同家。
⑤	醉中脱衣,赠裴大使,叙一绝,寄以谢之 108 吴花越鸟织初成,本自同衣岂浅情。 座客皆为君后进,任将领袖属裴生。	同菅侍郎醉中脱衣赠裴大使(次韵)112 浅深红翠自裁成,拟判交亲赠远情。 此物呈君缘底事,他时引领暗愁生。
⑥	二十八字谢醉中赠衣,裴少监酬答之中,似有谢言,更述四韵,重以戏之 109 不堪造膝接芳言,何事来章似谢恩。 腰带两三杯后解,口谈四七字中存。 我宁离袂忘新友,君定曳裾到旧门。 若有相思常服用,每逢秋雁附寒温。	酬裴大使答诗(本韵)113 惊见裴诗逐电成,客情欢慰主人情。 与君共是风云会,唯契深交送一生。
⑦	依言字,重酬裴大使 110 多少交情见一言,何关薄赠有微恩。 手劳机杼营求断,心任裁缝委曲存。 短制应资行客路,余香欲袭国王门。 后来纵得相亲袭,故事因君暗可温。	

续　表

序号	菅原道真诗	岛田忠臣诗
⑧	夏夜于鸿胪馆饯北客归乡 111 归欤浪白也山青,恨不追寻界上亭。 肠断前程相送日,眼穿后纪转来星。 征帆欲系孤云影,客馆争容数日肩。 惜别何为遥入夜,缘嫌落泪被人听。	七言,夏夜于鸿胪馆饯北客归乡一首 114 远来宾馆接欢娱,旬景灾心白首俱。 <u>行李礼成回节信,扶桑恩极出蓬壶</u>。 此宵促膝东廊底,明日违颜北海隅。 郑重赠□无异物,唯余泣别满中珠。
⑨	酬裴大使留别之什,次韵 112 交情不谢北溟深,别恨还如在陆沈。 夜半谁欺颜上玉,旬余自断契中金。 高看鹤出新云路,远炉花开旧翰林。 珍重归乡相忆处,一篇长句惣丹心。	

三、对菅原道真诗的两种评价

当时的学者对菅原道真的作品提出了质疑,这一点在其同年所作的二十句长诗的开头有所显示:

　　诗情怨古调十韵,呈菅著作(＊菅野惟肖),兼视纪秀才(＊纪长谷雄)
　　1 去岁世惊作诗巧,<u>今年人谤作诗拙</u>。
　　3 <u>鸿胪馆里失骊珠</u>,卿相门前歌白雪。(《菅家文草》卷二 118)

从画线部分的第二、第三句,可窥探出菅原道真此次与渤海国使节的赠答诗受到了时人的责难。上述所举《鸿胪赠答诗序》结尾画线部分的宣言,大概就是针对当时文人社会的状况的发言。

但另一方面,从菅原道真其他诗歌的第十句以及下文的小字自注中可以看出大使裴颋称赞其为"礼部侍郎,得白氏之体",大概也是事实。

　　余近叙《诗情怨》一篇,呈菅十一著作郎。长句二首,偶然见酬。更依本韵,重答以谢。
　　9 东阁含将真咳唾,<u>北溟卖与伪珍瑰</u>。
　　11 三条印绶依恩佩,九首诗篇奉敕裁。

来章曰"苍蝇旧赞元台弁,白体新诗大使裁"。注云:"近来有闻裴
颋云'礼部侍郎,得白氏之体'。余读此二句,感上句之不欺,兼下文之
多诈。酬和之次,聊述本情。余心无一德,身有三官(*式部少辅、文章
博士、加贺权守)。总而言之,事缘恩奖,更被敕旨,假号礼部侍郎,与渤
海入觐大使裴颋相唱和,诗总九首,追以惭愧,故有此四句。"

(《菅家文草》卷二 119)

菅原道真在赠答诗 119 的自注中较为谦逊地说明了这一事实。笔者认
为,这种责难与称赞,正是菅原道真诗这一特征的两个侧面。

四、彰显海外慕化的《蕃客赠答》

原本日本与渤海国使节的赠答诗存在某种类型或模式,这也如实呈现
了石母田正所谓的"东夷小帝国"的朝贡外交的表象。下面,列举菅原道真
之前及之后的例子各一例。

渤海入朝从六位下守大内记大伴宿祢氏上(*弘仁二年[811])
    自从明皇御宝历,悠悠渤海**再三朝**。
    乃知**玄德**已深远,**归化**纯情是最昭。
    片席聊悬南北吹,一船长冷去来潮。
    占星水上非无感,就日遥思**眷我尧**。

(《凌云集》83)

此为平安时代初期的例子,除第三联以外,所有的句子都有表达渤海国
使节仰慕日本之德而朝贡的言辞,可以说是海外慕化的典型表现。

另一个例子是菅原道真创作该作品的 38 年后,裴颋之子裴璆作为渤海
国大使访日回国途中,大江朝纲为应和裴璆所赠七言律诗而创作了次韵诗。

渤海裴大使到越州后,见寄长句,欣感之至,押以本韵大江朝纲
(*延喜二十年[920])
    王道如今喜一平,教君再入凤皇城。

> **朝天**归路秋云远,望阙高词夜月明。
> 江郡浪晴沈藻思,会稽山好称风情。
> **恩波**化作沧溟水,莫怕孤帆万里程。

(《扶桑集》卷七《蕃客赠答》66)

　　大江朝纲的这首诗创作于大伴宿祢氏上的上述作品的一百年后,即926年渤海国灭亡前夕。颈联的对句中,描述裴璆的归路时使用了"江郡/近江(滋贺县)""会稽/越前(福井县)"等地名,将日本地名比作与白居易故地相关的中国地名。在重视平衡技巧性作诗形式中,与大伴宿祢氏上的诗歌一样,使用了"王道""朝天""恩破"等点缀日本美德的词语。如此,在《渤海赠答诗》即《蕃客赠答》诗中,对慕德朝贡这一"海外慕化"之表达的要求是贯穿始终的。与菅原道真同时期的岛田忠臣诗中,亦可从②④⑧诗歌作品的波浪线部分看出"海外慕化"的表达。

　　然而,在菅原道真的诗歌中却完全看不到"海外慕化"的表现。菅原道真诗歌的特点,正如②画线部分"寒松不变冒繁霜,面礼何须假粉光",体现了文人儒者的自信,表达了菅原道真的真性情。①画线部分"分庭劳引导"也充分体现了菅原道真的思想。所谓"分庭",就是主人与客人站在各自的立场上,以对等的礼节相待。"劳引导"是指作为治部大辅尽心尽力地履行职责。菅原道真作为一名律令制国家的官员代表,开创了与代表他国的大使之间个人对个人的对话模式。特别是⑨《酬裴大使留别之什,次韵》明确地揭示了作品深层所蕴含的指向性。⑨为元庆七年(883)五月十日宫中朝集堂举行的正式送别宴会与渤海国使节回国的五月十二日之间的最后一首赠答诗。仅从"交情""别恨""颜上玉""契中金""珍重""丹心"等词表现出与挚友别离带来的痛心之情,构成了全诗的情感基调。站在对立面的学阀学者看不到《蕃客赠答》诗中传统的"海外慕化"的表达,因此"交情""别恨"等真情洋溢的表达便成了被攻击的目标。

　　另一方面,这首打破常规的赠答诗,让渤海国大使感受到了白居易诗歌的风格。白居易的风格以率真、平易为宗旨,这与菅原道真的真情流露方式相通。下面列举一首白居易怀念被贬谪的友人元稹的五言古诗:

别元九后,咏所怀(感伤九——0404)
零落桐叶雨,萧条槿花风。
悠悠早秋意,生此幽闲中。
况与故人别,中怀正无悰。
勿云不相送,心到青门东。
相知岂在多,但问同不同。
同心一人去,坐觉长安空。

白居易把这首诗归类为"感伤诗",坦率地抒发了离别的真情,但在这首诗中,因"同心"的友人不在而产生的"空虚"感被无限放大。菅原道真与渤海国使节进行诗歌唱和时,显然不宜抒发私情,但其仍以"交情"为主题创作诗歌。如此,形成了对菅原道真诗歌的一个特征的两种评价。

五、交情的主题

渤海国大使回国后,菅原道真作七言绝句一首,抒发了其与渤海国使节之间的"交情"。

见渤海裴大使真图有感
自送裴公万里行,相思每夜梦难成。
真图对我无诗兴,恨写衣冠不写情。

(《菅家文草》卷二 123)

因为是独咏诗,故更能了解其内心世界。此处不能忽视的是,该诗以"情"为主题。或许在诗臣菅原道真看来,以律令官员的身份与他国大使交涉时,"交情"才是最恰当的主题。因此,菅原道真继承了白居易诗中交友的主题,并自觉地将其作为律令官员在正式场合与文人平等交流的诗歌题材。

六、从唐诗中学到了什么

平安时代的日本人从唐诗中学到了什么?下面列举一个象征性的"说

话"说明这一点:

> 闭阁唯闻朝暮鼓,登楼**遥**望往来船。行幸河阳馆,弘仁御制。
> 故贤相传云:"《白氏文集》一本诗渡来在御所,尤被秘藏,人敢无见。此句在彼集,叡览后即行此观,有此御制也。召小野篁令见,即奏曰'以**遥**为**空**最美'者。天皇大惊,敕曰'此句乐天句也,试汝也,本空字也。今汝诗情与乐天同也'者。"文场故事尤在此事,仍书之。
>
> (《江谈抄》卷四——5)

① 《江谈抄》:藤原实兼(1085—1112)记录的大江匡房(1041—1111)的言论。
② 河阳馆:嵯峨天皇的行宫,位于山崎、淀川之阳(北)。《文华秀丽集》收录嵯峨天皇《河阳十咏》。
③ 弘仁:即嵯峨天皇(延历五年[786]至承和九年[842],大同四年[809]至弘仁十四年[823]在位),同时也是嵯峨天皇治世时的年号。嵯峨天皇为桓武天皇第四皇子,是平安初期的代表性诗人。
④ 小野篁:延历二十一年(802)生,仁寿二年(852)卒。岑守之子,官至从三位参议。

以上是创作于12世纪的围绕《白氏文集》在日本受容的"说话"。从现有的资料来看,承和五年(838)传入日本的《元白诗笔》是已知最早传入日本的白居易诗歌。当然,白居易诗歌也有可能在此之前就以某种形式传入日本。笔者本节想要讨论的问题,并非这个"说话"的历史可靠性,而是日本人想从白居易诗中学习什么。下面所引诗歌是唐元和十五年(820)年49岁的白居易担任忠州刺史时所作七言律诗:

春 江

炎凉昏晓苦推迁,不觉忠州已二年。
闭阁只听朝暮鼓,上楼**空**望往来船。
莺声诱引来花下,草色勾留坐水边。
唯有春江看未厌,紫砂绕石渌潺湲。

(《白氏文集》卷十八 1159)

诚然,颔联无论用"遥"还是"空"都能表达句意。不过从整体来看,首联下句有不知不觉间时过境迁的感慨,而只有"空"字与"闭阁只听"这一倦怠感相契合。平安时期的文人在熟读玩味白诗的过程中,应该学到了这样的情感表现方式。前述菅原道真的外交诗亦是如此,菅原道真根据自身所处的情况,将从白诗中析出的交友主题移植至外交诗中,成为其个性化的表达。

谷口孝介,日本筑波大学人文社会系教授,日本和汉比较文学学会常任理事,主要从事和汉比较文学、白居易研究。著有《菅原道真的诗与学问》《王朝文学与东亚宫廷文学》等,发表论文多篇。

王连旺,郑州大学外国语与国际关系学院副研究员,上海师范大学唐诗学研究中心兼职研究员,兼任东亚唐诗学研究会理事,"东亚唐诗学讲坛"发起人之一、第六讲主讲人。主要研究东亚汉文学与汉文献、东亚国际关系史、东亚文化交流史,出版《朝鲜通信使笔谈文献研究》《唐宋八大家文读本·苏轼》等中日文专著2部;邱惠珍、余倩,郑州大学外国语与国际关系学院硕士研究生。

本文为2023年4月18日"东亚唐诗学讲坛"第三讲讲稿。

日本中世唐诗学

——五山文学中的唐诗接受

[日] 堀川贵司 撰　王连旺、余　倩、邱惠珍 译

摘　要　本文聚焦日本五山文学中的唐诗接受，从日本五山文学的概念、内涵、形式及分期讲起，进而深入讲解五山文学对古代中国典籍，尤其唐诗的接受历程。尤其围绕《三体诗》与杜甫，兼及《新选集》《新编集》《锦绣段》等五山僧人新编中国诗集中的唐宋诗，最后以一休宗纯诗为例，具体呈现日本诗歌如何学习唐诗的词句与意境。

关键词　五山文学　杜甫　三体诗　日本唐诗学

一、五山文学概观

（一）五山文学的定义

五山文学指13世纪后半叶至17世纪前半叶，在被称为五山的禅宗寺院内的文学活动中产生的作品的总称。

所谓五山，指受武士政权（镰仓幕府、室町幕府）保护，在普及禅宗的同时将中国的先进文化引入日本过程中发挥了巨大作用的禅宗寺院。具体指京都六寺（南禅寺、天龙寺、相国寺、建仁寺、东福寺、万寿寺），以及镰仓五寺（建长寺、圆觉寺、净智寺、净妙寺、寿福寺），其下在全国还设有十刹、诸山寺格的寺院。另外，不属于五山的禅宗寺院（称为林下）有大德寺、妙心寺等，有研究者将这些寺院的文学活动也包括在内，使用禅林文学这一名称。本

讲座主要探讨五山的文学活动,也论及林下。

(二) 五山文学的形式

五山文学大致分为两种,一种是像语录、偈颂,禅僧为了表明自我觉悟境界、指导弟子而创作的诗文;另一种是以世俗的内容、主题而创作的诗文。另外,介于两者之间的一种是被称为疏的禅宗寺院的官方文书(祝贺住持就任的入寺疏等)。本稿以唐诗的接受为主题,探讨的对象偏于世俗诗文,但在其他方面,也有利用唐诗的表现。反之,世俗诗文也有以中国禅僧的语录和诗文为典据的情况。可以说,表现形式的多样性正是五山文学的特征之一。

(三) 五山文学的变迁

将本文开头所述的 13 世纪后半叶到 17 世纪前半叶的 400 余年,分为五个时期[①],概述其变迁如下:

第 1 期:草创期(镰仓后期,13 世纪后半期至 1333)以偈颂为中心

渡日僧人移植宋元文学(一山一宁等)。

第 2 期:定型期(南北朝时期,1334—1392)从偈颂到世俗诗文的过渡期

以中国文人为典范的诗体、文体多样化的著作(中岩圆月、虎关师练、义堂周信、绝海中津等)。

第 3 期:安定期(室町前期,1393—1466)以世俗诗文为中心

诗文形式和阅读书目的集中化,讲义、注释的大量涌现(惟肖得岩、江西龙派等)。

第 4 期:普及期(室町中后期,1467—1573)以世俗诗文和注释为中心

与以公家为中心的传统文化(博士家的学问、和歌、连歌)的交流,地方与中央的文化交流,注释的大量积累(一休宗纯、万里集九、月舟寿桂、惟高妙安等)。

---

① 岛尾新、住吉朋彦、中本大、堀川贵司:《〈座談会〉五山文學研究の新段階》,《文学》第 12 卷第 5 号,2011 年。

第 5 期：融合期(安土桃山、江户初期,1574—17 世纪前半期)以世俗诗文和注释为中心

与公家文化的融合,主体向近世汉学家及黄檗僧的转变(策彦周良、英甫永雄等)。

由上可知,在第 1 期到第 5 期的大趋势中,从以偈颂为中心(第 1 期)到以世俗诗为中心(第 2 期以降),从诗体、文体的多样化(第 2 期)到对特定事物的集中化(第 3 期以降),与此同时,到对特定作品的集中讲义、注释(第 3 期以降)等变化。后述将提到的《三体诗》和杜甫都是在第 2 期刊行了五山版并普及开来,第 3 期以后开始积累注释。五山僧编纂中国诗歌总集的工作始于第 3 期,更为精选的小规模诗集在第 4 期以后开始普及。

二、五山文学中的汉籍接受

(一) 对五山文学产生影响的中国诗派

五山文学的形成(第 1 期)与成熟(第 2 期),就中国而言,始于南宋,经元朝至明初为止,大约在 13 世纪后半叶至 14 世纪后半叶,正是渡日的中国僧人,以及在中国留学归国的日本僧侣往来最为频繁的时期。因此,这一时期中国的文学状况在唐诗的接受方面也所反映,尤其重要的当是江湖诗派和江西诗派。前者继承了对入门书《三体诗》及江湖诗派诗人诗歌作品的接受,后者则承袭了对杜甫、苏轼、黄庭坚诗集的尊崇与接受。

(二) 禅籍、汉籍整体受容中的唐诗接受

探究五山禅僧在禅籍、汉籍中重视哪些书籍的方法有两种：

一是否制作了抄物(注释书)：对内容进行细致的解读(质的深入)。另外,抄物多以讲义录为基础,所以可以说是进行讲义的必读书(量的扩展)。

二是否以五山版出版：仅靠输入和抄写在中国出版的书籍不能满足需求,所以在日本也进行出版工作(量的扩展),并被广泛阅读。

兼备以上两个条件的作品如下：

【禅籍】

《人天眼目》(中国禅宗各宗派教义的总结)

《景德传灯录》(中国最早的禅宗史),《五家正宗赞》(代表性的禅僧略传集)

《临济录》(临济宗祖语录),《虚堂录》(临济宗大应派祖语录)

《蒲室集疏》(摘录元代僧人笑隐大䜣语录中名为"疏"的四六文)

《四部录》(信心铭、证道歌、十牛图、坐禅仪)

《碧岩录》、《无门关》(在具有代表性的公案中附加解说和偈颂)

《江湖风月集》(宋代禅僧的偈颂总集)

《敕修百丈清规》(元代奉皇帝敕命编纂的清规)

【汉籍】

经部:《论语》

史部:《史记》《汉书》,以及《十八史略》(历代正史等的摘录本)

子部:《诗学大成》《韵府群玉》《老子》

集部别集:[诗]杜甫、苏轼、黄庭坚(也有仅以演雅诗为对象的山谷诗抄物),[文]柳宗元、韩愈

集部总集:《三体诗》《古文真宝》《联珠诗格》

【日本人编纂的书籍】(中世皆未被刊行,但有抄物存世)

《锦绣段》(正续)(中国诗歌总集)

《花上集》(五山诗歌总集)

《中华若木诗》(中国及五山诗歌总集)

《汤山联句》(五山僧的联句作品)

(三)五山文学中的唐诗接受

从上述(一)、(二)可知,在唐诗接受中最受重视的是《三体诗》和杜甫。《古文真宝前集》和《联珠诗格》中也收录了大量唐诗,如《诗学大成》《韵府群玉》等作诗所用的类书、韵书,以及《古今事文类聚》(有五山版)和《方舆

胜览》(无五山版)等类书、地理书中也引用了唐诗,因此也有必要关注通过这些书籍接受唐诗的情况。

更重要的是由五山僧编纂的中国诗总集。因为其如实反映了当时的五山僧重视哪些中国诗歌,及以哪些中国诗歌作为学习的对象。

三、关于《三体诗》

(一) 概要和编者

本书成书于南宋末年,即13世纪中叶的唐诗总集,全3卷。因收集七言绝句、七言律诗、五言律诗三种诗体而得名。

编者周弼是南宋江湖诗派的诗人群体中的一员。宋代,随着科举制度的确立,全国建立起应试教育机构,在此学习者形成了士大夫和平民之间的知识分子阶层。江湖诗派是一个包含官僚、商人等广泛阶层的诗人结社,作为其中一员的出版者陈起将他们的诗集整理出版,其中有周弼的《汶阳端平诗隽》4卷,由古诗、五言律诗、七言律诗、七言绝句(开头仅载五言绝句)构成[1]。

(二) 编纂的目的和内容

对于初学者,为其讲解三种诗体的吟法时,以作为典范的唐诗,特别是当时受欢迎的中唐、晚唐的作品为中心进行了选择。笔者将以上内容共分为21类。

五言律诗……四实、四虚、前虚后实、前实后虚、一意、起句、结句、咏物。

七言律诗……四实、四虚、前虚后实、前实后虚、结句、咏物。

七言绝句……实接、虚接、用事、前对、后对、拗体、侧体。

分类的核心概念是"实"和"虚"。如果某句描写的是风景、物体等是实;如果描写的是情感、事件等则为虚(以绝句为例,句首有体言[实字]为实,用言等则[虚字、助字]为虚,这样说便于理解)。律诗中,通过第三句至第六句的对

---

[1] 杜晓勤:《周弼〈唐诗三体家法〉中日版本流传考述——以元刊本和日本"五山版"为中心》,刘玉才、潘建国主编《日本古钞本与五山版汉籍研究论丛》,北京:北京大学出版社,2015年。

偶部分两联判断是实还是虚,据此分为四实、四虚、前虚后实、前实后虚。绝句中依据第3句是实是虚分为实接、虚接。吟诗时,注意情景结合,自古代《毛诗》的六义"赋"(直叙)、"比"(直喻)、"兴"(暗喻)以来,一直是中国诗的传统,而用虚实这一概念将其明晰化,展开诗的结构论,在诗论的历史上具有划时代的意义。另外,关于绝句,指出重视第三句的转换,也同样意义深远。

其他11个部门的分类,大概是为了列举一些特殊情况而设置的。属于此分类的诗总计只占全体的一成多。

所收作品多为被江湖诗派奉为典范的中唐(白居易、贾岛等)、晚唐(杜牧、许浑、雍陶、李商隐等)诗歌,初唐、盛唐诗歌较少(其中以王维、岑参居多)。特别需要注意的是,杜甫、李白的诗歌一首都未被采纳,大概是意识到了初学者不应该模仿李杜诗歌。

(三) 现存文本的种类

进入元代后,释圆至(字天隐)、裴庾(字季昌)二人为本书作注释,因而得以广泛流传。之前的无注本现已无存。现在能看到的是天隐注中附加了部分季昌注的《增注唐贤三体诗法》3卷(增注本)、季昌注加上少量天隐注的《诸家集注唐诗三体家法》3卷(集注本),以及天隐单注本《唐三体诗说》21卷。但天隐单注本利用的是末卷阙如的明刊本《笺注唐贤三体诗法》20卷(笺注本),在中国主要阅读这个版本。逮至清代,高士奇又利用笺注本作注,编成《唐三体诗》6卷①。

增注本、笺注本均按七绝、七律、五律的顺序排列,而集注本则按五律、七律、七绝的顺序排列。周弼在21种门类的每个门类开头均有总案,在五律和七律重复的部分,有关七律的讲解较为简略,因为已在五律中有所帮助。因此可以推断,在原始的无注本中应是五律在前,七律在后。另外,参考《汶阳端平诗隽》的编排方式也可以推断集注本的顺序沿袭了无注本。改变这种编排方式,将七绝置于首部的当是天隐。禅僧作偈颂时,大多使用绝句而

---

① 查屏球:《〈唐诗三体家法序〉辑考》,《古典文学知识》第4期,2009年;查屏球:《日本藏南宋遗民诗人严子安"和唐诗"辑考》,《学术界》第172期,2012年。

非律诗,正是禅僧的这一喜好促使天隐改变了本书的编排方式。

(四) 在日本的流布

在日本,集注本作为五山版刊行于南北朝时期(第 2 期),随后在室町时代初期(第 3 期)刊行了增注本,当时应是禅宗寺院内部作为作诗教科书来阅读的。

季昌注多是对人物、地名或典故表现的客观注解,而天隐注则是对诗的内容和作者的意图进行了细致的注解,这一点可能迎合了当时禅僧的喜好,而几乎不载天隐注的集注本流传甚少,只有增注本流传(笺注本在抄物中有提及,虽然在室町时代有传入,但流布不广,当时传来的刊本及其传抄本现已无存)。

增注本是应仁之乱(1467—1477)(第 3 期和第 4 期的交汇期)中板木被烧毁,继室町初期刊本之后,于明应三年(1495)在京都相国寺覆刻的刊本(明应版)。之后,该书的板木流入(大阪)堺的阿佐井野氏(医学世家,因刊行明代医书《医书大全》而闻名)之手,追刻了新刊语后重印,此即阿佐井野版。后来两种版本都不断被覆刻,广为流行。

近世以来,在此基础上加上训点的付训覆刻本被刊行,此后直到 18 世纪初,出现了多种版本。之后由于《唐诗选》的流行,新版的刊行被中断。但是,18 世纪末以南宋诗为规范的诗风兴盛,本书又以之前的板木加以重印,幕末又重新刊行了笺注本和高士奇注本。

另外,《三体诗》在朝鲜的流布情况尚有很多地方不甚明晰。国立国会图书馆藏有 16 世纪末刊行的增注本(整版),另外还有一种印本(私人收藏),虽然只有卷三(首尾残缺),但可以看出是依据了增注本的乙亥字(15 世纪后半叶到 16 世纪后半叶使用的铜活字)。因此可以推测出,日本当时也有增注本流传。

(五) 日本的《三体诗》注释

在禅宗寺院中,处于指导地位的禅僧讲授本书的内容,并被记录下来作为注释书流传,此即所谓的抄物。现存较早的有应仁之乱前后(第 4 期初)

希世灵彦(南禅寺)与桃源瑞仙(相国寺)的抄物,此后万里集九(原相国寺,应仁之乱后还俗)、湖月信镜(东福寺)、月舟寿桂(建仁寺)①、彭叔守仙(东福寺)、盐濑宗和(建仁寺)等人都曾注释《三体诗》,但都以七言绝句为对象。室町末期(第5期),妙心寺派的说心慈宣(别号素隐)所作的《三体诗素隐抄》对《三体诗》进行了整体注释,该本几乎是唯一的全注本。

江户时代初期,湖月信镜《三体诗贤愚抄》、盐濑宗和《三体诗绝句钞》相继刊行,其中最受欢迎的是《素隐抄》。此后,熊谷立闲《三体诗备考大成》、宇都宫遯庵《三体诗详解》等新的注释书也相继问世。近代以降,有野口宁斋的《三体诗评释》。

(六) 接受范围的扩大

早在南北朝时期(第2期),公家二条良基就询问义堂周信是否应该读《三体诗》,并得到了肯定的答复(义堂周信日记《空华日用工夫略集》)。进入15世纪后期(第4期),最为典型的例子是相国寺兰坡景茝于文明十年(1478)在宫中讲授《三体诗》,由此可知该书的接受范围已扩大至公家与武士群体。此后,中院通胜(1556—1610)以《三体诗》的诗句为题吟咏和歌。江户时期松尾芭蕉的弟子森川许六将《三体诗》中的七绝译为日语,创作了《和训三体诗》,这些都对整个文学界产生了影响。

四、杜 甫

(一) 初学书之后的读书对象

通过背诵《三体诗》《古文真宝》或《锦绣段》(后文)等掌握了基础知识后,就可以向阅读高级书籍迈进。外典中应为杜甫、苏轼、黄庭坚的诗集。

如前所述,五山僧大量引进汉籍的第1期和第2期,为中国南宋至元朝时期。这一时期,杜甫、苏轼、黄庭坚作为诗人得到了最高的评价,注释活动

---

① 刘玲:《以〈三体诗幻云抄〉管窥日本室町时代汉籍流布状况》,中国高校人文社会科学信息网,2016年。

及附带批评的诗集的刊刻活动同时盛行。特别是有关杜诗、东坡诗的注释很多,并在某一阶段集成刊行的抄物多达数种。日本禅僧在留学所在地直接接受中国禅僧教导的同时,还将注释书带回日本,根据注释的内容进行讲授,对作品的解释不断累积。

(二) 杜甫诗集

中国刊行的杜集中,宋代徐居仁编、黄鹤补的《集千家注分类杜工部诗》25卷,宋代刘辰翁评、元代高楚芳编《集千家注批点杜工部诗》20卷(附《杜工部文集》2卷及附录)尤其受到欢迎,分别作为五山版在南北朝时代刊行。但是,抄物中也参考了未在日本刊行的其他注释书。

由书名可知,这两种是先前各种注释的集大成之作。分类本是按主题编排的诗,便于作诗时参考,同时为了让读者能将杜诗与其生平联系起来鉴赏,在册首附有详细的年谱,注明了每首作品的创作年份。批点本按创作顺序排列,刘辰翁的批评和批点附于正文之中。

(三) 杜诗抄物

从江西龙派的杜诗抄物《杜诗续翠抄》(《续抄物资料集成》[全三册],清文堂,1980—1981)可知,关于著名的《登岳阳楼》诗第三、四句"吴楚东南坼,乾坤日夜浮",有如下注释(第3册第424页。后附汉译,下同):

此ノ水中ニハ吴モ無ク楚モ無ク、皆坼ケテイツタ。唯ダ天地斗リフラリフラリトシタ也。日夜浮カンデ有ルバカリ也。天地ハ水ヲ以テ乗リモノト為スモノト。是レ気ノ乗ズル所ヲ以テス。唯ダ気ノ為ノミ。北西ハ地アガツテ、東南ハ卑キ故、水皆ナ之ニ入リ、「吴楚東南ニ坼ケ」是レ也。乾坤ハ水ニ浮カブ者也。二句皆ナ水也。天地ノ外モ水、内モ水也。夫ハ鳥卵ノ水中ニ在ルガ如ク、又夕瓢箪ニ水ヲ入レテ水中ニ置クガ如シ。中外ニ水有リ、故ニ天地ハ悉皆水ヲ以テ成シタ者也。故ニ此ノ両句、洞庭ノ水ノ事ヲ謂フ也。

批(注:劉辰翁的批評)ニ「気ハ百代ヲ圧ス」トハ此ノ句ノ事也。

「五言雄渾ノ絶タリ」トハ五言ノ詩ノ絶妙ト云フ意也。「下両句略ボ意ヲ用ヒズ、シカモ情ト境ト適等ナリ」トハ「呉――、乾――」ハ必ズシモ時ノ事ヲ謂ハズ、唯ダ境ヲ咏ジ出ダシ、自然下ニ其ノ意有ルコソ、覚悟シテ云フデハナイ也。

（此水中无吴无楚，皆坼，唯天地漂浮也，日夜浮也。天地以水为乘，是气所以乘。唯气也，北西之地为上，东南为卑，故水皆入之。"吴楚东南坼"是也。乾坤浮水者也，二句皆水也。天地之外亦水，内亦水也。夫如鸟卵在水中，又如置瓢箪入水于水中，中外有水，故天地悉皆以水成者也，故此两句谓洞庭水之事也。

批［注：刘辰翁的批评］中所言"气压百代"者即此句之事也。"五言雄渾之绝"云五言诗绝妙之意也。"下两句略不用意，而情况适等"，即"吴楚东南坼，乾坤日夜浮"未必谓时事，唯咏出境，自然下有其意，非觉悟而云也。）

因为是根据讲义的"闻书"记录下来的，所以很难把握文脉，前半部分的概要是，吴楚之地从西北向东南方向裂开，低洼的东南处积水，形成了洞庭湖。这样看来，似乎已经看不到吴楚之分，整个天地就像鸟卵或装有水的葫芦浮在水面，里外都是水的状态，这大概是塑造天地的"气"的运转所至。后半部分是对第四句末的刘辰翁的批评的解说。换言之，作为五言律诗，这是空前绝后的杰作，这两句诗中，杜甫描写的不过是眼前的风景，却与后四句抒发感情的句子自然融为一体。

所谓"下有其意"，与江西龙派在注释中作为解释方法多用的"下心"（诗句中没有表现，诗人真正想表达的心情）意思相同，在自然描写中，后半部分四句中已经包含了明显的悲哀之情。刘辰翁评价杜甫"非觉悟而云"（并非有意而言），这就是评价杜甫为自然天成之诗人的原因所在。

杜诗抄物[①]还有仁甫圣寿的《续臆断》（仅有庆应义塾大学附属研究所斯道文库藏本）、雪岭永瑾的《杜诗抄》（建仁寺两足院等藏，有影印本）。

[①] 太田亨：《日本禅林における中国の杜詩注釈書受容》，《日本中国学会报》第55期，2003年。

五、五山僧编纂的中国诗歌总集

（一）《新选集》《新编集》的成立

进入第3期（安定期）后，由于寺院内盛行诗会，以及受到以将军为代表的武家方面的委托而作诗（通常附带绘画）等，偈颂向世俗诗的转换也变得明朗起来。其模板，或者说材料是以唐以后的诗歌为依据。《三体诗》等各种各样的总集、别集陆续面世，为了能尽快找出与当时的主题相符的素材，按主题分类自行编纂整理出中国诗歌总集，此法可谓绝妙。也许其中还有不少仅限于自用的个人编纂之作，但后世流传、抄写之物甚少。《新选集》《新编集》便是罕见的个例，二集与《三体诗》不同，仅收录了七言绝句。

现列出《续新编分类诸家诗集》（新编集）内阁文库本跋文全文：

> 新选·新编二诗集，盖咸成于余两叔父之手也。续翠江西翁、水竹慕哲翁，其先皆东浓人也，余先亦食邑于浓。余甫七载由浓抵洛，谒季父攀慕哲翁于东山，而奉侍者殆二十载，策砺之言耳濡于今。慕翁一日谓余曰："大雅之典，虽吾徒亦宜厝意，岂以佛有绮语之制可决而废耶？虚堂愚师大禅佛也，阅杜少陵诗会旨；大慧杲师大宗匠也，闻薰风自南来之唱，心地开通；至觉范、参寥，皆大法主盟，而世以诗僧称焉。其不以诗为外事可知矣。"是以吾伯父江西翁尝搜索自李唐以来逮宋明台阁山林钜公名缁诗稿，而甄抡一千余首，缉作一巨册，名曰《新选分类诸家诗集》。爰（或为"奚"）翅删后复有诗耳，实达道门户也。历后十余年，慕翁又捆撼江翁所遗略者，撰成一集，今之《新编集》是也。余时岁十四五，捧砚伸笺，矆旭靡怠，由是得悉知其编修颠末也。盖续翠所取，大较以词语艳丽为尚。水竹所载，凡皆以格力壮健为先。二叔父嗜好虽有少异，至其有补于世，则一揆也。其曰《学者旅亭》，乃《新编》异号也。其曰《闲中鼓笛》，乃《新选》别名也。率偕续翠晚笔也。是岁冬，浓之利方居士以《新编集》投余，欲为后语。余有感于怀。伏念慕翁属纩在应永甲辰季冬，江西掩光实文安丙寅仲秋，乌虖！江梅香销，山矾闃艳。

顾龙门落莫之甚,苛痛毒人。何谓今日闲中鼓笛变之以为思旧邻笛,学者旅亭化之以鹤唳华亭。三抚陈编,敛泪谨书。宝德初元龙集仲冬二十九日,葵斋野释龙睬,朱印三々在之。

（新选、新编二诗集均出自我叔父之手。江西龙派、慕哲龙攀两翁的亡父出身于美浓东部,与我亡父同样统领美浓的领地。我七岁时初次从美浓到京都,在东山建仁寺见到了叔父慕哲龙攀。从那以后便在叔父身边侍奉了近20年,其叱咤之声犹在耳边回响。某日,慕哲龙攀对我说:"在学习《诗经》以来的汉诗时须多加注意。佛教教诲要禁戒狂言绮语,因而要远离汉诗。虚堂智愚虽是伟大的禅者,但也可以读杜诗来领悟禅的本质。大慧宗杲亦是伟大的宗师,却也吟咏'闻薰风自南来之'而心地开通。觉范惠洪、参寥道潜等都是有名的禅僧,并且都以'诗僧'身份闻名于世[注：都与苏轼等北宋诗人有所交流]。由此可知诗歌并非与我们没有关系。"叔父江西翁把从唐至明侍奉于朝廷的诗人、在寺院砺于修行的名僧的诗歌收集起来,选出千余首编成一大册,命名为《新选分类诸家诗集》,既成此集,何曾还有读其他诗的必要呢？此集作为入门书再合适不过。十余年后,慕哲翁在江西翁未曾收录之诗中再挑选一番,又编成一集,便成了如今的《新编集》。当时我十四五岁,送纸端砚,早晚在旁侍奉,因此知道编辑此书的全部过程。依我看,江西翁所选之诗概是以表现华丽为佳,而慕哲翁则优选格调高雅之诗。二位叔父的喜好略有不同,但都对后世作出了贡献。《学者旅亭》[学问人心灵栖息之处]为《新编集》的异名,《闲中鼓笛》[激励学习的笛与太鼓]为《新选集》的别名,都是江西翁晚年命名的。这年冬天,美浓的利方居士将《新编集》交于我,欲求跋文,我不禁感慨万分。细思一番,慕哲翁在应永三十一年[1424]十二月示寂,江西翁于文安三年[1446]八月离世。川畔江[江暗指江西,为兄长]梅香消逝,山中沈丁花矶[矶暗指龙攀,为弟]亦谢了[注：出处为《古文真宝前集》所收黄庭坚诗《赠东坡》中"山矾是弟梅是兄"句]。看到黄龙派[注：建仁寺开山荣西为始的流派,仅传于建仁寺内,但出了许多五山文学史上重要诗僧]一门的没落,甚是痛心。未曾想,那"闲中鼓笛"竟变成了"思旧邻笛"[注：能让人想起往昔的邻家的笛音。晋代向秀在友人死后经过其家时,听到了邻家传来的笛音,想起从前快乐的宴会的典故],"学者旅亭"却成了"鹤唳华亭"[鹤鸣的华亭,晋代陆机在被处刑时,哀叹再也听不到曾在华亭听过的鹤鸣的典故]。反复抚摸陈旧的书物,拭泪记下此文。)

笔者九渊龙眎从美浓(今日本岐阜县南部)上洛,随侍慕哲龙攀之时,应为慕哲龙攀离世的约20年前,即应永十一年(1404)左右。当时他7岁,而《新编集》的成立在7至8年后的应永十八、十九年(1411—1412),则《新选集》的成书时间应是在此"10余年"前的应永初期(1400年前后)。

(二)《锦绣段》的编选

天隐龙泽精选两书的内容作成了《锦绣段》。在康正二年(1456)的自跋中:

> 近有《新编》《新选》二集,而出自中唐至元季,每篇千余首,童蒙者往往倦背诵。余暇日采撷为三百二十八篇,又自书以与二三子,令诵之。庶几知鸟兽草木名云。

> (最近有《新编》《新选》二集,各收录中唐至元末诗歌千余首。但是僧童往往疲于背诵。因此,我闲暇之时抄出328首,亲自抄写并命弟子们背诵。若能因此识得动物、植物之名,亦是幸事。[注:《论语》阳货篇:"多识于鸟兽草木之名。"])

天隐龙泽还作成了该书的续编《续锦绣段(抄)》[1]。大永元年(1521)常庵龙崇序:

> 昔吾豻庵翁概采唐宋元明诸贤绝句诗,辑成一帙,名曰《新选集》,而又蝉闇慕哲两埙篪,扶隐搜逸,别出一卷,更名《新编集》。前后摠二千有篇,江湖竞写,以为诗家捷径。

> (昔有先辈豻庵[即江西翁]收录唐宋元明优秀诗人的绝句汇为一集,命名为《新选集》。蝉闇[即瑞岩龙惺]与慕哲龙攀的兄弟、弟子的作品并未被收录,因而另编为一卷,命名为《新编集》,合计2000首,禅林中人争相抄写,将之视为成为诗人的捷径。)

---

[1] 仁枝忠著:《锦绣段讲义》,东京:樱枫社,1984年。

江西龙派、慕哲龙攀是美浓豪族东师氏之子,二人兄弟益之之子常缘与南叟龙朔、正宗龙统、九渊龙眽等以歌人、学者而闻名,常缘之子即常庵龙崇,还有无血缘关系的瑞岩龙惺,皆属建仁寺黄龙派,关系非常亲密。《锦绣段》的编者天隐龙泽参学于九渊龙眽,之后成了建仁寺住持。《新选集》《新编集》《锦绣段》《续锦绣段》,以及正续《锦绣段》的抄物(天隐龙泽的弟子月舟寿桂,以及月舟寿桂的弟子继天寿戬之作),都是从与他们密切相关的人以及学统之中诞生的。

(三) 三者分类与所收作品数

新选集(内阁文库本)		新编集(内阁文库本)		锦绣段(元和二年[1616]刊本)	
天文	32	天文	25	天文	22
节序	94	节序	93	地理	14
地理	7	地理	31	节序	31
寺观	24	草木	104	怀古付题咏	73
怀古付题咏	155	禽兽	43	人品	5
人品	25	宫省	14	简寄	10
简寄付赠答	57	居室	38	寻访付会合	4
寻访付会合	8	怀古付题咏	122	送别	10
送别	37	儒学	47	行旅	18
行旅付从军	52	仙道	14	游览	12
游览	66	释教	34	闺情	14
闺情	50	武用付从军	19	哀伤	3
哀伤	9	杂职	17	器用	14
器用	34	人事	15	食服	3
食服	14	简寄付赠答	71	草木	33
草木	119	寻访付会合	15	鸟兽	11
鸟兽	71	送别	35	画图	34
画图	104	行旅	56	杂赋	18
杂赋	179	游览	54		
		闺情	62		
		哀伤	16		

		图画	101		
		器用	39		
		食服	42		
		杂赋	161		
计	1137	计	1268	计	328

关于类别名称,应当受到了宋代刘克庄(后村)所编中国分类总集《分类纂门唐宋时贤千家诗选》前集 22 卷(时令、节候、气候、昼夜、百花、竹林、天文、地理、宫室、器用、音乐、禽兽、昆虫、人品等 14 门)的影响①。

各部类的作品数量反映了禅林内部的诗会中,频繁吟咏了季节风物以及中国历史人物及典故的情况。在画图方面,诗题亦经常被运用,实际上也是为画题的绘画题赞时提供一个参考。

虽然还未详细考证过从何处收集数量如此庞大的作品,但其与《三体诗》基本无重复,应是使用了《联珠诗格》《千家诗选》《中州集》《皇元风雅》等总集、诗人各自的别集(比较多的是陆游、白居易等,而完全没有杜甫、李白,也基本没有苏轼、黄庭坚)、《事文类聚》等类书中所引作品。

(四) 初学书《锦绣段》

正如天隐龙泽的跋文所言,《锦绣段》是基于初学者背诵的用途而编纂的。既然《三体诗》已是诗歌初学书,为何又要特地编纂《锦绣段》一书呢?

《三体诗》是重视诗法的诗集,收录的作品也仅限于唐代。从学习诗歌的题材这点来看是有缺陷的。另外,五山在第 3 期以降,所作之诗的诗体中,七言绝句的数量是压倒性的。《三体诗》的抄物基本仅以七言绝句为对象的情况也是受此趋势的影响②。

---

① 卞东波:《〈唐宋千家联珠诗格〉与宋代诗学》,《南宋诗选与宋代诗学考论》,北京:中华书局,2009 年;卞东波:《天隐龙泽〈锦绣段〉文献问题之考订》,《域外汉籍研究集刊》第 6 辑,2010 年;卞东波:《域外汉籍中的宋文学史料——以日本汉籍〈新选分类集诸家诗卷〉〈续新编分类诸家诗集〉为例》,《宋代诗话与诗学文献研究》,北京:中华书局,2013 年。

② 大岛晃主编:《古文真宝前集·增注三体诗·瀛奎律髓·联珠诗格作者篇目总合汇检(稿)》,《上智大学国文学科纪要》第 12 号,1995 年。

总的来说,为了补全《三体诗》不足的部分,更大范围地接触七言绝句的先行作品,因而面向初学者编纂了此书。因此,此书在遴选作品时,并不怎么重视作品是否为唐人之作。但是,从诗风来看,《三体诗》所收的诗人确是有所偏好,比如说《锦绣段》所收的唐诗作者有袁郊、韩偓、陆龟蒙、罗隐、来鹄(鹏)、李郢、白居易、孟云卿、释法振、李群玉、汪遵、温庭筠、杜牧、释皓然、韦庄、崔鲁、权德舆、李商隐、高蟾、施肩吾、薛能、雍陶、韦应物、朱长通、韩琮、张继、陈陶、薛涛、王焕、马逢、李益、李亿、罗邺、高骈(按出现顺序),基本是《三体诗》的作者,出典书目也与《千家诗选》《联珠诗格》《三体诗》等有同样的选择倾向,也许是自然而成的,但也可能是受到广为人知的《三体诗》的熏陶,进而偏向于收录这些诗人的作品。

六、结　论

五山文学中的唐诗受容,主要偏向于初学书《三体诗》,以及用于深入学习的杜诗,还有与《三体诗》一样同为作诗参考的中、晚唐的七言绝句。这应当是受到五山文学形成期影响的中国同时代思潮的制约。之后,比起与大陆的交流,出现了内部整理与集中的倾向。这些都可能是其成因。

五山之中没有形成中国风的诗派、热衷于写作诗话或诗论的情况,因此只能从总集的编纂中探索五山僧对于杜诗、《三体诗》以外的唐诗的评价与嗜好情况。可以发现,如前述一样,并没有特别重视唐代诗人,而是广泛涉猎唐宋元诗人的作品,并以此作为诗歌创作的参考①。

下一阶段的研究应当具体地比较、探讨唐诗如何影响五山僧的创作活动,但发表者尚未准备充分,本次只举一例加以帮助。此外,关于第2期的杜甫受容情况尚永亮氏已有专论②。

下文为一休宗纯(1394—1481)13岁时所作七言绝句:

---

① 村上哲见:《三体诗》,《中国古典选》第29—32卷,东京:朝日新闻社,1978年。
② 尚永亮:《论前期五山文学对杜诗的接受与嬗变》,《中华文史论丛》第4期,2006年;尚永亮(爱甲弘志译):《义堂周信の杜甫受容について》,《中国文学报》第70册,2005年。

长 门 春 草

秋荒长信美人吟,径路无媒上苑阴。

荣辱悲欢目前事,君恩浅处草方深。

(居住于长信宫的美人的歌声,如同深秋季节般寂寥。无人去往她的居所,被遗忘在宫廷庭院的角落。荣辱与屈辱,悲哀与欢喜,全在眼前飘过。君主宠爱淡去,行道上的草愈发深茂。)①

此诗应是融合了下列作品的表现而创作的。

长信者　许浑　(《三体诗》卷一)

无媒迳路草萧萧,自古云林远市朝。

公道世间惟白发,贵人头上不曾饶。

宫词　李商隐　(《三体诗》卷一)

君恩如水向东流,得宠忧移失宠愁。

莫向樽前奏花落,凉风只在殿西头。

宫草　崔国辅　(《千家诗选》卷十一)

长信宫中草,年年愁处生。

时侵珠履迹,不使下阶人。

另有下列江西龙派的作品(后收录于《中华若木诗抄》):

城南寻去年花

玄都千树涨车尘,荣辱悲欢旦暮新。

赢得渭南三四屋,去年花对去年人。

此时的一休宗纯跟随建仁寺慕哲龙攀参学,因而阅读过与慕哲关系匪浅的江西龙派的诗的可能性极高。当然,《三体诗》既为入门书,应当是熟知到能背诵的程度。《千家诗选》是《新选集》《新编集》的编纂材料之一,其中

---

① 柳田圣山:《一休〈狂云集〉の世界》,京都: 人文书院,1980 年;荫木英雄译注:《一休和尚全集》第 2 卷《狂云集·下》,东京: 春秋社,1997 年。

的五言绝句虽未被收入两书,但应当也是有机会了解的①。

整体上,此诗以《三体诗》中收录的(特别是失宠的女性)主人公为宫女的作品群为基础,取崔国辅诗中的"草"为新元素,利用吟咏隐者居所的许浑诗句,参考江西龙派化用刘禹锡诗歌以吟咏人生,夺胎换骨,这些都是值得关注的。另外,第四句使用了句中对的技法。七言绝句这种短诗型之中,充满了表达的意外性与节奏感,这一点正是此时期(第 3 期)以降五山诗的主流特征。

此外,第 3 句"目前事"出自《碧岩录》第 15 则本则:"举。僧问云门:'不是目前机,亦非目前事时如何。'门云:'倒一说。'"此为禅问答,意思是能成为顿悟契机的眼前事物。以此为基础进行解释,则可解读成宫女历尽了人生的悲欢,如今达到了顿悟的境界。但或许应该可以这样理解,一休宗纯的诗中并未使用这一深奥的含义,仅是单纯地借用了"目前事"这一诗语而已。②

堀川贵司,日本庆应义塾大学附属研究所斯道文库教授,日本著名古文

---

① 李更、陈新校正:《分门纂类唐宋时贤千家诗选校证》上下册,北京:人民文学出版社,2002 年。
② 关于中世日本的唐诗学,还可参考:(1) 芳贺幸四郎著:《中世禅林の学问および文学に关する研究》,东京:日本学术振兴会,1956 年。后再刊于《芳贺幸四郎历史论集》Ⅲ,京都:思文阁出版,1981 年。(2) 堀川贵司:《詩のかたち・詩のこころ中世日本漢文学研究》,东京:若草书房,2006 年。收录《〈三体詩〉注釈の世界》《〈新選集〉〈新編集〉〈錦繡段〉》《中世禅林における白居易の受容》。(3) 堀川贵司:《五山文学研究资料と论考》,东京:笠间书院,2011 年。收录《五山における漢籍受容—注釈を中心として—》以及包含唐诗在内的资料录文。(4) 堀川贵司:《续五山文学研究资料と论考》,东京:笠间书院,2015 年。收录《五山文学における偈頌と詩》《五山僧に見る中世寺院の初期教育》《詩法から詩格へ—〈三体詩〉およびその抄物と〈聯珠詩格〉—》。(5) 堀川贵司:《日本中世における〈三体詩〉の受容—五山を中心として》,江湖派研究会《江湖派研究》第 3 卷,2013 年。(6) 堀川贵司:(陈小远译)《関於〈新選集〉》,《国际汉学研究通讯》第 7 期,2013 年。(7) 堀川贵司:《〈錦嚢風月〉解題と翻刻》,《国立历史民俗博物馆研究报告》第 198 集,2015 年。《锦囊风月》与《新选集》《新编集》类似的,是五山僧编纂的中国诗歌总集。(8) 堀川贵司:《五山文学における總集と別集—编成を中心に—》,《日本中国学会报》第六十九集,2017 年。(9) 堀川贵司:《五山版をどう考えるか》,藤本幸夫编《書物・印刷・本屋日中韓をめぐる本の文化史》,东京:勉诚出版,2021 年。

献学家,日本中世唐诗学研究专家。曾出版《五山文学研究资料与论考》《续五山文学研究资料与论考》《书志学入门——古典籍的知见与阅读》《诗形与诗心》《潇湘八景——诗画艺术中的日本化面貌》等著作。

王连旺,郑州大学外国语与国际关系学院副研究员,上海师范大学唐诗学研究中心兼职研究员,兼任东亚唐诗学研究会理事,"东亚唐诗学讲坛"发起人之一;余倩、邱惠珍,郑州大学外国语与国际关系学院硕士研究生。

本文为2022年12月6日"东亚唐诗学讲坛"第一讲讲稿。

江户时代《唐诗品汇》的传播与接受(上)

刘芳亮

摘　要　《唐诗品汇》东传日本应该发生在江户时期,并在荻生徂徕等古文辞派的积极推动下逐渐流行,而服部南郭校订本问世则令该书传播更为便捷。而且,不止古文辞派后世门生,同期非古文辞派甚至反古文辞派学者,亦大都对该书评价很高,批判者仅有如服部苏门等。然至江户后期,随着清新性灵派等反对势力崛起,古文辞派式微,《品汇》也随之遭受质疑和否定,但由于江户后期诗坛整体趋向折中,故该书仍占有一席之地。而《品汇》也不止"四唐""九品"说在江户诗学引起涟漪,因其收诗宏富、体例成熟,江户学者编纂诗格、诗语、诗歌总集等著作时,亦往往有所借鉴,甚至直接以《品汇》为重要取材来源编选唐诗,如十洲性范《静余选》。

关键词　唐诗品汇　日本唐诗学　唐诗接受　日本汉学　域外汉籍

《唐诗品汇》(以下简称《品汇》)是明初高棅编撰的一部非常著名的唐诗选本,也是在一部诗学批评史上有着广泛影响的诗学批评著作。该书始编于洪武十七年(1384),至洪武二十六年(1393)完成,凡90卷,选诗5769首[1],作者620人。分体编排,计五言古诗24卷、七言古诗13卷(附长短句)、五言绝句8卷(附六言绝句)、七言绝句10卷、五言律诗15卷、五言排律11卷、七言律诗9卷(附七言排律)。洪武三十一年(1398),高棅又搜补作者61人,诗954首,为《拾遗》10卷,遂使全书足成百卷,凡681

---

[1] 申东城指出,高棅在《唐诗品汇·总叙》中自述的这个数字统计有误,当为5840首。见其《〈唐诗品汇〉研究》,合肥:黄山书社,2009年,第91—92页。

人,诗6723首。

是书前有高氏自撰《总叙》,简述唐诗流变,在严羽、杨士弘唐诗分期观点的基础上,明确将唐诗分为初、盛、中、晚四个阶段,并对各阶段诗歌的特征进行了描述,可以"观诗以求其人,因人以知其时,因时以辨其文章之高下"[1],有助于对唐诗发展流变的认识,并一直为后世所沿用。《总叙》后有《凡例》,说明《品汇》一书对每一种诗体"定立正始、正宗、大家、名家、羽翼、接武、正变、余响、旁流诸品目",而"大略以初唐为正始,盛唐为正宗、大家、名家、羽翼,中唐为接武,晚唐为正变、余响,方外、异人等诗为旁流。间有一二成家特立与时异者,则不以世次拘之。如陈子昂与太白列在正宗,刘长卿、钱起、韦、柳与高、岑诸人同在名家者是也"[2]。《品汇》以此九品与分期、分体相参差,就衍生出对于不同时期、不同文体,乃至不同诗人的诗史地位的判断,既注意到每一时期总的趋向和共同的风貌,也顾及同一时期不同作家、不同体裁诗歌各自的艺术成就,通过正与变的辩证关系,进一步阐明了唐诗的发展过程和规律,具有贯穿始终的理论体系。因此,王士禛《香祖笔记》称:"宋、元论唐诗,不甚分初、盛、中、晚,故《三体》《鼓吹》等集,率详中、晚而略初、盛,揽之愦愦。杨仲弘《唐音》始稍区别,有正音,有余响,然犹未畅其说,间有舛谬。迨高廷礼《品汇》出,而所谓正始、正音、大家、名家、羽翼、接武、正变、余响,皆井然矣。"[3]

《品汇》虽标榜初盛中晚各不偏废,但受到严羽《沧浪诗话》的影响,特重盛唐,这可以说是与宋元以来所有唐诗选本最为不同之处。明前后七子倡"诗必盛唐"说,名为崛起,实以《品汇》为先导,以致《明史·文苑传》谓"终

---

[1] 高棅:《唐诗品汇·总叙》,上海:上海古籍出版社,2012年,第10页。
[2] 高棅:《唐诗品汇·凡例》,第14页。王顺贵考证《品汇》的唐诗"四分"法和"九品"评诗也受到李存《唐人五言排律选》和戴表元《唐诗含弘》的影响。《唐人五言排律选》提出"四唐"说早于《品汇》,而《唐诗含弘》创造性地提出了"接武""正变""余响""旁流"等四种品目,《品汇》七古和七律部分的入选诗作和诗人大多出自《唐诗含弘》。详见王顺贵《〈唐诗品汇〉何以成为典范的唐诗选本——论元代三种唐诗选本与〈唐诗品汇〉的关系》,《文学遗产》2013年第2期,第69—83页。
[3] 王士禛著,戴鸿森校点:《带经堂诗话》,北京:人民文学出版社,2006年,第38页。

明之世,馆阁宗之"①,谢肇淛亦云"明诗所以知宗夫唐者,高廷礼之功也"②。然而,清人钱谦益、吴乔、叶燮、贺裳等皆批评此书,唯四库馆臣的评价比较公允:"唐音之流为肤廓者,此书实启其弊;唐音之不绝于后世者,亦此书实衍其传。功过并存,不能互掩。"③总之,《品汇》明辨诸体,精分四唐,各个时期的重要作家和作品大多网罗在内,基本能反映唐代诗歌创作的全貌,为后世的唐诗学研究奠定了基调。在明代300多种唐诗选本④中,大概只有《品汇》与李攀龙的《唐诗选》影响最大、流传最广,但在收录之广泛、体系之完整、理论之阐述等方面,后者不及此书。

《品汇》的版本数量甚多,现存最早的有明成化十三年(1477)陈炜刻本,其后又有弘治六年(1493)张璁刊本,嘉靖十六年(1537)姚芹泉刻本,嘉靖十七年(1538)康河重修本,嘉靖十八年(1539)牛斗刻本,屠隆刻本,"月到天心处"本,万历三十三年(1605)陆允中刻本,汪宗尼校订本,汪季舒、汪宗尼校订本,金陵富春堂刻本,张恂重订刻本,崇祯十六年(1643)石城唐光元刻本,顺治十四年(1657)梅墅石渠阁刻本,以及嘉靖二十六年(1547)刊吴西立编《唐诗品汇七言律诗》2卷、嘉靖三十二年(1553)潘梅刻《删正唐诗品汇》50卷、明黄氏撰《唐诗品汇选释断》、清康熙朱克生删辑《唐诗品汇删》18卷等

---

① 张廷玉等撰:《明史》卷二百八十六,北京:中华书局,1974年,第7336页。陈国球认为:"这个讲法是很有问题的,因为从明初到明中叶期间,《唐诗品汇》都没有什么影响力,它的影响要到嘉靖以后才显现。"(见《明代复古派唐诗论研究》,北京:北京大学出版社,2007年,第170页)周兴陆质疑陈氏的观点,认为"《唐诗品汇》和《唐诗正声》在明前期的影响,并不像陈先生所说得那样微不足道",二书对明前七子的影响,应该维持古人既定的说法。(《关于高棅诗学的两个问题——兼与陈国球先生商榷》,《学术界》2007年第1期,第114页)叶晔也以为:"不管怎么看,在弘治、正德年间的中央诗坛,高氏二选的文学影响已相当广泛。"(《明代中央文官制度与文学》,杭州:浙江大学出版社,2011年,第160页)薛宝生在综合陈、周二人之说的基础上又补充新的证据,指出"高选在嘉靖以前是有一定影响力的,但这种影响范围只限于明东南部地区(即以闽地为中心的周边地区),既没有陈先生所说的那么微弱,也没有反对者所指称的那么盛行"(《明代唐诗选本中"以盛唐为楷式"之现象研究》,《暨南学报(哲学社会科学版)》2014年第3期,第82页),此说可从。
② 谢肇淛:《小草斋诗话》卷二外编上,张健辑校《珍本明诗话五种》,北京:北京大学出版社,2008年,第370页。
③ 永瑢等撰:《四库全书总目》,北京:中华书局,1965年,第1713页。
④ 这个数字参考金生奎《明代唐诗选本研究》,合肥:合肥工业大学出版社,2007年,第17页。

派生本。①

一、《唐诗品汇》东传日本考略

《品汇》虽有10余种明刻本,但就笔者所考察的资料而言,江户时代以前找不到《品汇》在日本流传的踪迹。② 室町时代五山禅林阅读的唐诗选本主要是《三体诗》《唐音》《唐诗鼓吹》《唐宋千家联珠诗格》等宋元人所编选本,而明代的唐诗选本似乎一概缺席。这是一个很有意思的现象。《品汇》之所以未见流传于日本室町时代,原因推测如下:《品汇》虽然早在成化年间就有刻本,但该刻本版木在弘治元年(1488)毁于大火,故传本很少,其真正被重视并广泛传播的局面要到弘治六年(1493)重刻特别是嘉靖以后才算形成,这个时候相当于室町后期。即便《品汇》此时传入日本,也会受到五山禅林代代沿袭的阅读习惯和诗学传统的顽固抵抗,恐怕一时难以成为禅林的关注点,因此没有留下相关记载。

目前,《品汇》东传日本的最早记载是林罗山的《既见书目录》,它记载了罗山在庆长九年(1604)以前的读书书目,其中包含《唐诗品汇》和《唐诗拾遗》③,罗山的札记《梅村载笔》中也列有"《唐诗品汇》,明高棅撰"④。可见《品汇》传入日本的时间不晚于庆长九年。如果再考虑到整个室町时期都没有《品汇》在日本传播的记录,那么它东传日本的时间很可能在江户初期前后。据《图书寮汉籍善本书目》,日本宫内厅书陵部现藏《唐诗品汇》90 卷、

---

① 金生奎根据多种书目判断最初的刻本为洪武刻本,参见其《明代唐诗选本研究》,第89、95页。
② 日本多个机构所藏五山版《新刊五百家注音辩唐柳先生文集》中有五山禅僧的手写批注,内容为刘辰翁批语,而《品汇》中也有柳诗的刘辰翁批语,如《南涧中题》《晨诣超师院读禅经》等,但禅僧的手写批注中也有很多不见于《品汇》者,因此并非据后者转引。详见太田亨:《日本中世禅林における柳宗元詩受容の一側面―五山版の書き入れをめぐって―》,《中国中世文学研究》2014年第63—64号,第356—375页。
③ 《林罗山集附录》卷一,京都史迹会编《林罗山诗集》(下),东京:ぺりかん社,1979年,第9页。
④ 林罗山:《梅村载笔》,日本随笔大成编辑部编《日本随笔大成》(第1期第1卷),东京:吉川弘文馆,1975年,第33页。

《拾遗》10卷,共23册,附如下说明:"明高棅编,明刊本,题屠隆长卿刊。前有洪武辛巳马得华、同癸酉高棅序。文政中,毛利出云守高翰所献幕府,首有'江云渭树''佐伯侯毛利高标字培松藏书画之印'印,又每册首有'秘阁图书之章'印记。"①"江云渭树"乃林罗山藏书印,然则此书当为林罗山旧藏。

又据东北大学狩野文库所藏《御文库目录》的记载,宽永十六年(1639)以前,德川幕府的红叶山文库也收入了《唐诗品汇》。② 尾张藩《宽永目录》中有该藩宽永十五年买入一套24册的记载③,可见将军家和尾张藩很可能是同年购入。尾张藩所购不见于《名古屋市蓬左文库汉籍分类目录》,但筑波大学图书馆藏《品汇》23册,署名"东海屠隆长卿刊",内有"尾阳文库""拂"印,当为尾张藩旧藏。是书缺卷八十八至九十,这部分相当于1册,然则筑波大学所藏恐系尾张藩当初购入的那一套。

江户中期以后,《品汇》输入日本的记录比较清楚,次数和数量都很可观。根据大庭修《江户时代における唐船持渡书の研究》④和《舶载书目》⑤里收录的各种持渡书籍目录,能够查到相关输入记录13条,具体如下:

> 正德二年(1712),辰四番船载来《唐诗品汇》一部四套,顺治十四年石渠阁刊本。
>
> 正德四年(1714),午一番南京船载来《唐诗品汇》一部二套十六本。
>
> 享保四年(1719),亥二十二番南京船载来《唐诗品汇》一部。
>
> 享保二十年(1735),卯二十七番船载来《唐诗品汇》二套。
>
> 宽延三年(1750),午七番船载来《唐诗品汇》四部二套(?)二十本。
>
> 宝历四年(1754),戌番外船载来《唐诗品汇》两部,一部四套三十二本,一部二套二十本,《大意书》云嘉靖十八年刊,故当为牛斗刻本。

---

① 宫内省图书寮编:《图书寮汉籍善本书目》卷四,宫内省图书寮,1930年,第57页下。
② 大庭修:《東北大學狩野文庫架藏の御文庫目録》,《关西大学东西学术研究所纪要》1970年第3卷,第43页。
③ 名古屋市蓬左文库监修:《尾张德川家藏书目录》(第1卷),东京:ゆまに书房,1999年,第163页。
④ 大庭修编:《江户时代における唐船持渡书の研究》,大阪:关西大学东西学术研究所,1967年。
⑤ 大庭修编:《舶载书目》,大阪:关西大学东西学术研究所,1972年。

宝历九年（1759），卯一番船载来《唐诗品汇》十五部六十套。

宝历九年（1759），卯十番船载来《唐诗品汇》五部二十套。

宝历九年（1759），卯十二番船载来《唐诗品汇》五部二十套。

宽政十二年（1800），申二番船载来《唐诗品汇》五部四套。

文政十二年（1829），丑五番船载来《唐诗品汇》一部。

天保十二年（1841），子一番船载来《唐诗品汇》一部四套。

天保十五年（1844），辰六番船载来《唐诗品汇》一部四套。

从这些输入记录可以发现，宽延至宝历年间《唐诗品汇》的输入最为频繁，数量也最多，共计31部，特别是在宝历九年，三艘清商船载来的《品汇》多达25部。这究竟是什么原因呢？笔者推测，可能是因为彼时日本诗坛提倡盛唐诗的古文辞派方兴未艾，李攀龙《唐诗选》大行于世，故而对于同样"专重于盛唐"（王偁《唐诗品汇序》）且给予李选深刻影响的《品汇》①也有旺盛的需求。此外，《品汇》大多刻于东南沿海地区，便于主要从这一带出港的清商采购运输，所以才能有那么多部《品汇》运往日本。值得注意的是，这些从中国舶来的《品汇》，有的是幕府要员订购的。据大庭修介绍，长崎圣堂文书中保存了书物改役向井元仲制作的《御调拨书籍此次唐人持渡书中有之番号及部数》文书，其中有如下记录："卯拾贰番持渡三部（朱书）。《唐诗品汇》，一部。右　壹岐守大人。"②壹岐守乃北条藩主水野忠见（1730—1775），宝历十年（1760）起出任仅次于幕府最高官员老中的若年寄一职，根据文书可知宝历九年卯十二番船载来的《品汇》中就有他订购的1部，这一

---

① 胡震亨《唐音癸签》卷三十一云："高又自病其繁，有《正声》之选。而二百年后，李于鳞一编复兴，学者尤宗之。详李选与《正声》，皆从《品汇》中采出，亦云得其精华。但高选主于纯完，颇多下驷谬入；李选刻求精美，幸无赝宝误收。"（《唐音癸签》，上海：上海古籍出版社，1981年，第326页）熊坂台州《白云馆近体诗式》云："其诗次序一惟与《品汇》同，乃知于鳞之选唐诗，以其英豪之气，唯点检《品汇》一过，批点其合乎己者，遂命侍史录之，即辄序而传之也。"（庆应大学图书馆藏宽政九年刊本）平野彦次郎《唐詩選は果して偽書なりや》，将《唐诗选》与《品汇》的诗篇编次进行对比，肯定《唐诗选》乃由《品汇》摘出，且先于《古今诗删》成书。（《唐诗选研究》，东京：明德出版社，1974年，第23—56页）

② 大庭修著，戚印平等译：《江户时代中国典籍流播日本之研究》，杭州：杭州大学出版社，1998年，第354页。

方面表明当时《品汇》已经在日本流行,并引起了大名的兴趣,他们利用特权向清商订购,另一方面也可以证实上面关于日本国内对《品汇》有较大需求的推测。其他各藩也积极搜求《品汇》。据严绍璗《日藏汉籍善本书录》的著录①,尊经阁文库藏明刊本30册。该文库藏书乃原加贺藩主前田家的旧藏,故舶来的《品汇》也流入了前田家。又据严书②和《米沢善本の研究と解题》③,米泽市立图书馆藏有汪宗尼校订《唐诗品汇》90卷和张恂重订《唐诗拾遗》10卷,卷中有"莓苔园藏书记""汪永瑞印""兴让馆藏书"等印记,可知其皆系明末清初汪永瑞旧藏,后流入米泽藩。

目前日本各机构收藏的中国所刻《品汇》极多,除上面提到的外,东京大学东洋文化研究所、宫内厅书陵部(古贺家本)、国立公文书馆(昌平坂学问所和林家旧藏本二种)、东洋文库、静嘉堂文库(中村敬宇旧藏)、京都大学人文科学研究所、名古屋大学图书馆、早稻田大学图书馆宁斋文库、关西大学附属图书馆内藤文库、御茶之水图书馆、广岛大学图书馆、大垣市立图书馆、东京都立图书馆等亦均有收藏。版本主要包括姚芹泉刻本、汪宗尼校订本、屠隆刻本、陆允中刻本、张恂重订刻本、石渠阁刻本等,其中以张恂重订刻本为最多。这与《品汇》在中国的现存情况相同,金生奎指出,"此本今存,藏北京大学等二十五馆,为各本中存世最多者"④。虽然日本现存《品汇》未必都是江户时代传来的,但至少说明当时从中国输入日本的《品汇》数量相当多,以至于留存至今者仍十分可观。

二、江户时代《唐诗品汇》接受的历时性考察

江户前期,林罗山以下三代都是当时罕见的硕学鸿儒。作为政府的重要幕僚,他们不仅能接触到大量典籍,而且自身也博览群书。林罗山年轻时未入仕幕府之前的读书目录中,就包含许多唐诗总集,《品汇》不过是其中一

---

① 严绍璗:《日藏汉籍善本书录》,北京:中华书局,2007年,第1890页。
② 严绍璗:《日藏汉籍善本书录》,第1888页。
③ 吉池庆太郎编:《米沢善本の研究と解题》,米泽:市立米泽图书馆,1958年,第161页。
④ 金生奎:《明代唐诗选本研究》,第92页。

种而已。后来林罗山在承应三年(1654)给石川丈山的回信中回忆道:"余壮岁尝电瞩户田氏所藏《百家唐诗》。尔来《唐文粹》《文苑英华》《古乐府集》《唐诗纪事》并《品汇》《鼓吹》《正音》《遗响》及《唐诗类苑》、《诗隽类函》、古今之诗话,暇时左右任手管阅之。"①这里提到的各种诗文总集,有数种是明人所编的,显示出与主要阅读宋元典籍的五山缁流不同的学问兴趣。但彼时在中国已经具有广泛影响的《品汇》"四唐"说似乎还没有被林罗山接受,他在《三体诗考》中说:"唐诗以时言之,则有唐初体、盛唐体、大历体、元和体、晚唐体。以人言之,则有沈、宋体,陈拾遗体,王、杨、卢、骆体,张曲江体,少陵体,太白体,高适体,孟浩然体,岑参体,王维体,韦苏州体,韩、柳体,李长吉体,西昆体,玉川体,元、白体,杜牧体,张籍、王建体,贾岛体,孟郊体,杜荀鹤体等。"②这段话完全是对严羽《沧浪诗话》的袭用,原文为:"以时而论,则有……唐初体、盛唐体、大历体、元和体、晚唐体……。以人而论,则有……沈、宋体,陈拾遗体,王、杨、卢、骆体,张曲江体,少陵体,太白体,高达夫体,孟浩然体,岑嘉州体,王右丞体,韦苏州体,韩昌黎体,柳子厚体,韦、柳体,李长吉体,李商隐体,卢仝体,白乐天体,元、白体,杜牧之体,张籍、王建体,贾浪仙体,孟东野体,杜荀鹤体……"③可见,严羽的唐诗分期法似乎更被林罗山认同。

林罗山三子林鹅峰也读过《品汇》,他利用《品汇》的"诗人爵里详节"来考证《唐诗纪事》卷三十二中"陆海"与"孙海"孰正孰误的问题④,还指出《品汇》所载《衔命使本国》诗的作者"胡衡"乃"朝衡"(即阿倍仲麻吕)之误⑤。

林罗山四子林读耕斋同样"好唐诗,如《万首唐绝》《全唐诗话》《唐诗记事》《唐诗品汇》《唐诗正声》《唐诗解》《唐诗选》《唐诗类苑》等所藏若干……皆傥见之"⑥,其别集中多处言及"初盛中晚"。如作于明历二年

---

① 京都史迹会编:《林罗山文集》卷七,东京:ペりかん社,1979年,第97页。
② 京都史迹会编:《林罗山文集》卷六十三,第758页。
③ 郭绍虞:《沧浪诗话校释》,北京:人民文学出版社,1983年,第52—59页。
④ 林鹅峰:《简读耕子》,《鹅峰先生林学士文集》卷三十九,国立公文书馆藏元禄二年(1689)序刊本。
⑤ 林鹅峰:《求唐鉴唐雅二书告彦复弟灵文》,《鹅峰先生林学士文集》卷六十五。
⑥ 林鹅峰:《感怀记事》,《鹅峰先生林学士文集》卷七十六。

(1656)的《申复石丈山》云:"初盛中晚,钧是唐也。正变、高下、精粗、厚薄之隽永余膏,固不相同。"①又如万治三年(1660)的《本朝一人一首后序》云:"今就李唐而告之。其诗人之多多,莫过于计氏之《唐诗纪事》,而千口之外几希眷。夫初盛中晚之才子,岂得较计乎?"②又《书籍漫题二百首》跋云:"嗟夫唐家三百年,博声文场,扬誉诗场者,不知几百家也。初盛中晚,风体千变。"③"四唐说"虽定型于《品汇》,但它在后世成为几乎每位论诗者都要谈论的一个基本的诗学命题,因此仅从林读耕斋的别集中提到"初盛中晚"这一点,还不能断言他直接汲取了《品汇》的"四唐说"。但如果仔细观察前引《申复石丈山》,就会发现它与《品汇总叙》有着密切的关联。《品汇总叙》云:"或称才子,或推诗豪,或谓五言长城,或为律诗龟鉴,或号诗人冠冕,或尊海内文宗,靡不有精粗、邪正、长短、高下之不同。……因目别其上下、始终、正变,各立序论。"④《申复石丈山》所云"正变""高下""精粗"等词语都见于《品汇总叙》,结合林读耕斋读过《品汇》这一事实,那么他直接接受《品汇》的"四唐说"应该是确定无疑的。

与林罗山同出藤原惺窝门下的松永尺五(1592—1657),有一篇很能体现其诗史观的文章,即《凹凸窠先生诗序》,当中涉及唐代的部分明显受到了《品汇》的影响:

> 昉自王、杨、卢、骆之美,而陈子昂、李巨山之雅正,宿老、沈、宋、苏、张之新声大手笔,此初唐之正体也。李翰林、杜拾遗之飘逸沉郁,孟储之清雅真率,二王之精致声俊,高、岑、韦、刘之悲壮雅澹,此盛⑤唐之盛风也。韩、柳之博大超然,元、白之序畅分明,李、卢、郊、岛之鬼怪饥寒,此晚唐之变态也。及五季之衰,诗风亦悴弊。⑥

---

① 《读耕林先生文集》卷三,《读耕斋全集》,国立公文书馆藏宽文九年(1669)刊本。
② 《读耕林先生文集》卷十三,《读耕斋全集》。
③ 《读耕林先生外集》卷十一,《读耕斋全集》。
④ 高棅:《唐诗品汇·总叙》,第9—10页。
⑤ 原作"中",石川丈山《新编覆酱集》作"盛",从改。
⑥ 松永尺五:《尺五堂先生全集》卷十,德田武编《近世儒家文集集成》(第11卷),东京:ぺりかん社,2000年,第207—208页。

试与《品汇总叙》比较：

贞观、永徽之时，虞、魏诸公稍离旧习，王、杨、卢、骆因加美丽，刘希夷有闺帷之作，上官仪有婉媚之体，此初唐之始制也。神龙以还，洎开元初，陈子昂古风雅正，李巨山文章宿老，沈、宋之新声，苏、张之大手笔，此初唐之渐盛也。开元、天宝间，则有李翰林之飘逸，杜工部之沉郁，孟襄阳之清雅，王右丞之精致，储光羲之真率，王昌龄之声俊，高适、岑参之悲壮，李颀、常建之超凡，此盛唐之盛者也。大历、贞元中，则有韦苏州之雅澹，刘随州之闲旷，钱、郎之清赡，皇甫之冲秀，秦公绪之山林，李从一之台阁，此中唐之再盛也。下暨元和之际，则有柳愚溪之超然复古，韩昌黎之博大其词，张、王乐府得其故实，元、白序事务在分明，与夫李贺、卢仝之鬼怪，孟郊、贾岛之饥寒，此晚唐之变也。降而开成以后，则有杜牧之之豪纵、温飞卿之绮靡、李义山之隐僻、许用晦之偶对，他若刘沧、马戴、李频、李群玉辈，尚能黾勉气格，将迈时流，此晚唐变态之极，而遗风余韵犹有存者焉。①

画线部分是《品汇总叙》中对应于《凹凸窠先生诗序》的文字，不难看出从代表诗人的选择、风格评价到整体叙述结构，后者都蹈袭前者，可以说是一个缩略版。唯一不同之处在于，松永尺五将《品汇总叙》的盛唐和中唐合并为盛唐，"四唐"变成了"三唐"，即初唐、盛唐和晚唐，从而消解了中唐的存在。他之所以加以改变，或许是因为不想与《品汇》完全雷同。另外，中国诗论史上也出现过"三唐"的分期法，比如杨士弘《唐音》就按照世次将唐代诗人分成唐初盛唐、中唐和晚唐三个类别，但又明显不同于松永尺五的分法。

江户前期接触《品汇》者还可举出木下顺庵以及伊藤仁斋、伊藤东涯父子。《木石园诗话》云："及元禄之际，锦里先生者出，始唱唐诗，风靡一世，然其所奉书仅止于《沧浪诗话》、《品汇》、《正声》沧溟伪《唐诗选》、胡氏《诗薮》而已。"②这是说自木下顺庵首倡唐诗之后，包括《品汇》在内的推崇盛唐

---

① 高棅：《唐诗品汇·总叙》，第8—9页。
② 久保善教：《木石园诗话》，池田胤编《日本诗话丛书》（第1卷），东京：龙吟社，1997年，第519页。

诗的诗话和选本便流行开来。但观顺庵文集,并没有直接言及《品汇》之处,唯其《三体诗绝句跋》中"唐人绝句以青莲、龙标为正宗,虽以少陵圣于诗者,有不逮焉"①这个看法,明显受到了《品汇》的影响。后者《七言绝句叙目》将李白和王昌龄的绝句定为"正宗",而将杜甫列在第三等级的"羽翼":"盛唐绝句,太白高于诸人,王少伯次之,二公篇什亦盛,今列为正宗。……杜少陵所作虽多,理趣甚异……为羽翼。"②木下顺庵因袭了《品汇》的这一评判,说明他对此是认同的。至于伊藤仁斋、东涯父子,二人也应该读过高棅的选本。仁斋云:"近世善评诗者,莫严仪卿、刘会孟若也;善选诗者,莫高廷礼、李于鳞若也。然皆规规乎巧拙之间,而于诗之本则未之论。"③仅就此句来看,仁斋虽然高度称赞高棅等人的选本,但认为它们只是谈论诗歌的技巧,没有深达诗歌的本质层面。伊藤东涯则以高棅、周弼、李攀龙等人的唐诗选本为例,指出即使这些选本也不能避免后人的诟病:"选焉者,汉魏尚矣。其于唐也,自《河岳英灵》,而至仪卿、廷礼、伯弜、于鳞之选,指不遑屈也。然皆不能免于后人之议,则选亦不易矣。"④又云:"诗之选,唐为最。自《英灵》《间气》,以至《鼓吹》、《正音》、《品汇》、沧溟选之作,不知其几数百家,坠珥遗簪,罔不搜罗,咸收载之,以为诗家之精选。然由其意尚之或殊,而致取舍之不一,所以不能无遗憾焉。"⑤其旨趣与上文大抵相同。

要之,江户前期的一些儒学者开始积极关注并阅读《品汇》,大多给予它肯定的评价,或汲取其中的诗学资源来表达自己的主张,或用作考证的材料。但总体而言,这期间《品汇》传播不广,亦无相应的和刻本,因此接受者有限。《品汇》真正的流行,还要等到作为其底色的复古诗学主张在江户中期的崛起。

迨至江户中期,荻生徂徕所领导的古文辞派慨然以复古为教,主盟坛

---

① 木下顺庵:《锦里文集》卷十七,国立公文书馆藏宽政元年(1789)刊本。
② 高棅:《唐诗品汇·七言绝句叙目》,第427—428页。
③ 伊藤仁斋:《蕉窗余吟序》,《古学先生文集》卷一,国文学研究资料馆藏享保二年(1717)刊本。
④ 伊藤东涯:《明诗大观序》,《绍述先生文集》卷四,国立公文书馆藏宝历八年(1758)刊本。
⑤ 伊藤东涯:《屏风诗选序》,《绍述先生文集》卷三。

坫,天下学子喁然向风。徂徕祖述李攀龙、王世贞等明后七子之说,在诗歌上推崇盛唐诗,谓"夫古诗昉汉魏,故太康以还弗取也;近体昉唐,故大历以还弗取也"①,"古诗以汉魏为至,近体以开天为至"②。古文辞派奉李攀龙《唐诗选》为圭臬,遂使该诗选成为当时最流行的唐诗选本。而与《唐诗选》在诗学上一脉相承的《品汇》也因此得到徂徕的青睐:"诗则《唐诗选》《唐诗品汇》等,当目为益友。"③在给友人入江若水的信中,徂徕同样推荐《品汇》:"足下或能以沧浪《诗话》、廷礼《品汇》、于鳞《诗删》、弇州《卮言》、元瑞《诗薮》朝夕把玩,诗亦在阿堵中,何必待不佞也?"④此外,在给弟子木下兰皋达开列的书目中,《唐诗品汇》以及高棅所编另一部唐诗选本《唐诗正声》都被列为"吾党学者必须备左右,不可缺一种"之一。⑤ 从以上事实,足见徂徕对《品汇》的重视,而且相比于《唐诗选》,他似乎更推崇《品汇》。

　　徂徕的高徒服部南郭继承乃师的主张也劝人多读《品汇》:"尊处如有高廷礼之《唐诗品汇》,当时时览读。凡三唐之名诗,尽收书中。尤其《品汇》之叙目,须仔细斟酌,尽论三唐诗人之巧拙。"⑥"初学熟沧溟《选》,乃后稍稍就诸家读焉,则左右取之,无不逢其原。诸家则《沧浪诗话》、《品汇》、《正声》、弇州《卮言》、元瑞《诗薮》,此其杰然者,亦不可不读焉。"⑦徂徕的另一高足、以经世论著称的太宰春台,早年追随徂徕学说亦将《唐诗品汇》等诗选作为学习唐诗的必读之物:"凡欲作诗,古诗则熟读《文选》,唐诗则明高廷礼所辑之《唐诗正声》《唐诗品汇》、李攀龙《唐诗选》等,谙记其中诗至数百千首,朝

---

① 《徂徕集》卷二十三《与薮震安》,富士川英郎等编《诗集日本汉诗》(第3卷),东京:汲古书院,1986年,第240页。
② 《徂徕集》卷十九《题诗学三种合刻首》,富士川英郎等编《诗集日本汉诗》(第3卷),第197页。
③ 《徂徕先生答问书》,中村幸彦校注《近世文学论集》(日本古典文学大系第94),东京:岩波书店,1969年,第172页。
④ 《徂徕集》卷二十六《与江若水》,富士川英郎等编《诗集日本汉诗》(第3卷),第273页。
⑤ 岛田虔次编:《荻生徂徕全集》(第1卷),东京:みすず书房,1973年,第537页。
⑥ 服部南郭:《南郭先生灯下书》,关仪一郎编《日本儒林丛书》(第3卷史传书简部),东京:凤出版,1971年,第8页。
⑦ 服部南郭:《唐诗选·附言》,早稻田大学藏宽政四年(1792)刊本。

夕讽咏,自然作得也。"①但后来他对《品汇》的看法有所改变,不太同意所谓"后之知诗者,莫如宋严仪卿;选诗之精者,莫如明高廷礼、李于鳞"的观点,认为"仪卿之论诗至矣,廷礼、于鳞之选诗,则犹有可议者焉"。因为在他看来,高棅选诗有不当之处,"如五言古诗,唐人出陈隋之下而未振,无足观者也。李太白、王少伯七言律,皆其所短,而少伯殊甚。杜子美五七言绝句,皆极不佳,凡此皆不足观,亦不足法者,而二氏之选乃取之"。春台诟病高棅、李攀龙二人选本的原因,还在于他认为诗之取舍取决于人之好恶,所以他们的取舍并不能完全符合自己的心意。于是,春台"就高李二氏之选而取吾所好,因又采二氏所遗吾素所好者数篇,辑而录之",编成《新选唐诗六体集》。② 在徂徕的亲炙弟子中,太宰春台晚年的诗学主张逐渐与乃师异辙,对明诗和古文辞学多所非难,所以春台对《品汇》态度的改变亦与之相关。

在古文辞派的积极推动下,《品汇》逐渐流行开来。原念斋《先哲丛谈》云:"今时作诗者,或奉宋诗,目白石、南郭辈所作为模拟剽窃,于是《唐诗品汇》《唐诗选》、明七子集渐废,《瀛奎律髓》《联珠诗格》等盛行矣。"③这句话虽然是说江户后期宋诗流行之际,《瀛奎律髓》《联珠诗格》等诗选取代了《唐诗品汇》《唐诗选》的地位,但从侧面反映了古文辞派鼎盛时期《唐诗品汇》和《唐诗选》并行诗坛的局面。不过,《品汇》规模较大,如果只依靠从中国输入,则无法实现大范围的传播。《唐诗选》之所以成为江户时代最畅销的唐诗选本,原因之一就是它有形形色色的版本在社会上流通,极易获得。在这种情况下,《品汇》的翻刻就成为现实之需。于是,享保十八年(1733)由服部南郭校订的《唐诗品汇》五七言绝句18卷问世了。服部南郭专门为《唐诗品汇》写了一篇序文④,里面表达了如下观点:第一,为诗歌定品,知其正变是

---

① 太宰春台:《倭读要领》卷下,早稻田大学图书馆藏享保十三年(1728)刊本。
② 太宰春台:《紫芝园后稿初编》卷五,小岛康敬编《近世儒家文集集成》(第6卷),东京:ぺりかん社,1986年,第148—149页。
③ 原念斋《先哲丛谈》卷一"藤原惺窝"条,国立国会图书馆藏文化十三年(1816)刊本。
④ 服部南郭:《唐诗品汇序》,富士川英郎等编《诗集日本汉诗》(第4卷),东京:汲古书院,1985年,第166—167页。此序又见于元文三年(1738)刊行的《唐诗品汇》卷首,题作"订阅唐诗品汇序",署时"享保甲寅春正月"。序文具有服部南郭一贯的模拟古文辞之风,大量引用《庄子》《礼记》等汉以前典籍中的词句和典故。

很难做到的,非无党无私者不能为之。严羽虽然开启此道,但经久而至于高棅才得以定型。第二,高棅"立目寓品,依品第人",厥功甚著。而其之所以不厌收诗之多,是因为他希望通过大量诗篇来具体展现品级之分,反映正变之貌,因此《品汇》的编辑与其说是选,不如说是排序。但蒙昧轻躁之人不了解高棅的真正意图,只取《品汇》收诗之富;又或有师心自用者鼓吹"自我作唐",遂使诗政不振。第三,诗歌应当"尚正",同时也要"穷变",尚正则旁通无碍,穷变则识志趣情操和品级之高下差别,亦能助正者更加广大充裕。所以,《品汇》虽博取多收,但那些"正"以外的"变"诗起着"无用之用"的作用。总之,南郭试图通过正与变之间的辩证关系来解释《品汇》的编纂意图。

继享保十八年刊行的《唐诗品汇》绝句18卷之后,元文三年(1738),《唐诗品汇》七律部分8卷又翻刻梓行,这两种和刻本都是由与古文辞派有着密切合作关系的嵩山房须原屋小新林兵卫出版的。在此之前,嵩山房已于享保九年(1724)刊行了服部南郭校订的《唐诗选》,风靡一时,大概是尝到了成功的甜头,嵩山房便趁热打铁,推出同样以盛唐为宗的《品汇》。不过,《品汇》的和刻本种类和销量无法与《唐诗选》比肩,体量较大恐怕是其中一个原因(收诗数量为《唐诗选》的12倍多),因此它往往以分体抽选的方式被翻刻。元文三年刊本每卷首页下端题有"新宁高棅编辑""关中张恂重订",可知其所据底本为明末张恂重订本。享保十八年刊本虽然只标有"新宁高棅编次",但与元文三年刊本一样均为服部南郭考订、嵩山房出版,因此其底本也应当是张恂重订本。享保十八年刊本的版框之上刻有若干校语,如五绝卷一杨重玄诗《正朝上左丞相张燕公》"岁去愁终在,春还命不来"句上有校语"还,一作来",卷二崔国辅诗《采莲》"玉溆花争发,金塘水乱流"句上有校语"溆,一作树",而底本中并没有这些校语。此外,底本中的一些讹误也在享保十八年刊本中得到了校正。例如底本七绝叙目第4卷接武上之一"韩翃"下注选诗数量"十",而享保十八年刊本改为"十一";底本七绝卷八杜牧《将赴吴兴登乐游原》诗后评论"故未有昭陵之句",享保十八年刊本改"未"作"末";底本七绝卷十古乐府《伊州歌》题注"乐苑白",享保十八年刊本改"白"作"曰"。这些改动都是正确的。可见,服部南郭确实对底本做了认真细致的校订。

关于《品汇》的享保十八年和元文三年刊本,还有一点需要补充。早稻田大学服部文库所藏享保十八年刊本(索书号：イ1702063)长约 24 cm,而常见刊本长约 16 cm,二者内容版式虽然完全相同,显系同一版木刷印,但纸型更大的服部文库本天头留白甚多,可作批注之用,而且墨色十分均匀清晰(见下图),推测乃嵩山房为服部南郭特制的初印本。① 服部文库所藏元文三年刊本(索书号：イ1702065),较常见刊本多 1 册,这一册内容包括服部南郭序、高棅序、张恂序、王偁序、凡例、历代名公叙论、引用诸书、总目,缺少底本原有的诗人爵里详节、七言律诗叙目。该刊本墨色十分均匀清晰,当系初印本。

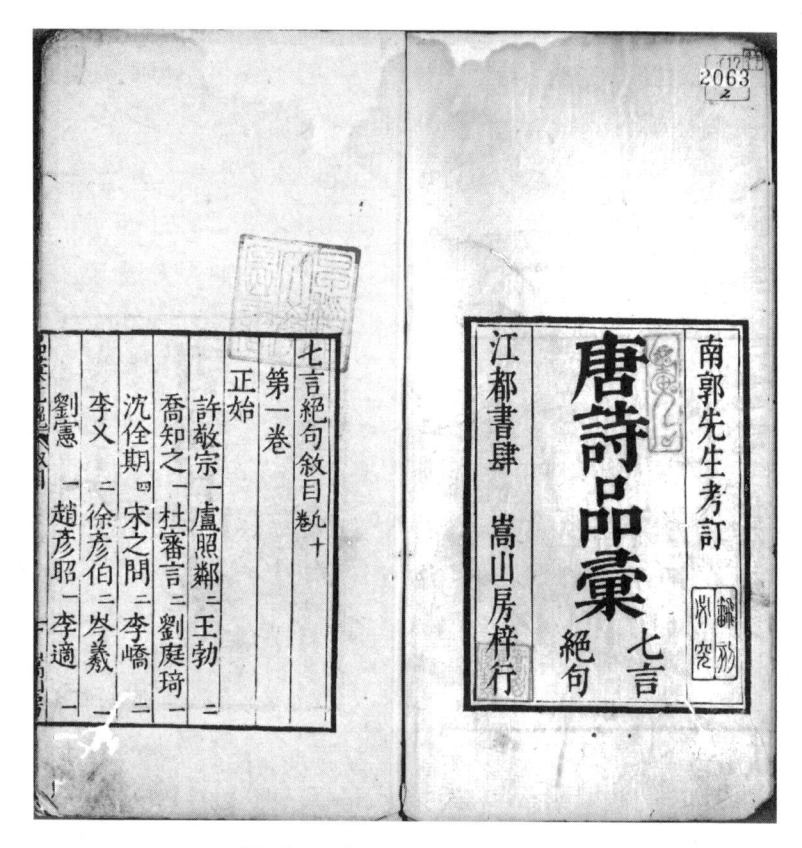

《唐诗品汇》享保十八年刊本书影

---

① 有木大辅指出,服部文库所藏天明二年刊《唐诗选国字解》的用纸较通行本更好,纸型更大,双行夹注的字间距更宽,应该是嵩山房作为样品寄赠给服部家的特制本。见其《早稻田大學図書館所藏天明二年初版『唐詩選国字解』について》,《中国文学论集》2009 年第 38 号,第 107—121 页。

古文辞派的后世门生对《品汇》的评价基本上都很高,而且动辄将它与《唐诗选》并举或对比。例如徂徕的再传弟子林东溟将《唐诗品汇》《唐诗正声》《唐诗选》等列为"古今最上精选者"。① 另一位再传弟子原田东岳亦云:"高廷礼有《唐诗正声》,李于麟有《唐诗选》,是皆师友渊源,千古指南也。而今虽儿童皆能读之。然恨左袒于鳞,辄以《正声》为弁髦。盖廷礼以韵为重,辞句次之。于鳞因辞为式,音韵相该。……繇是观之,声之为重,如斯彰彰矣。则廷礼《正声》怀为和氏,欲以与照乘同价,其至文理密察,乃是具眼应辨焉。因谓《唐诗品汇》《古今诗删》匹也,皆可览观。荆山傍以玉打鹊,满地珠玑,罣采可掇也。"在东岳看来,高棅《唐诗正声》实可与《唐诗选》媲美,二者各具特色,但前者不像后者那样被人追崇。《唐诗品汇》和《古今诗删》也是如此,尽管它们都不逊色于《唐诗选》,却如同遗珠不为人所爱重。对于风靡诗坛的《唐诗选》,东岳并非毫无微词,认为拣选太严,以致遗漏了一些好作品:"于麟氏《唐诗选》简当严深,妙于摭捃矣。然属眼太过,犹有遗珠之诋。"②要言之,原田东岳对高棅《唐诗品汇》《唐诗正声》的评价似乎略高于《唐诗选》。

又如徂徕的再再传弟子熊坂台州也将高棅和李攀龙二人的选本进行对比,仍以《品汇》为宗:"高廷礼既穷数十年之力,广搜博采,编《唐诗品汇》。又恐其博而寡要,杂而不纯也,乃复穷精阐微,选其声律纯正,得性情之正者,名曰《唐诗正声》。是世所知也。余因捡《正声》,其诗前后有与《品汇》

---

① 林东溟:《诸体诗则》,池田胤编《日本诗话丛书》(第 9 卷),东京:龙吟社,1997 年,第 317 页。江村北海认为这只是林东溟的浮夸之辞:"周父(林东溟字)在京都时,余屡与其人会面,大抵悉知其人,非务博综而有学殖者。故右所举书目未遍读品题,可谓大半虚喝矣。且《诗则》一书,其优劣姑置不论,要非自己胸中有成书而后执笔也。自《卮言》《诗薮》《三家诗话》抄出,杂以萱园绪论,故书无次第,少所益于初学也。"见江村北海《授业编》卷七,岸上操编《少年必读日本文库》(第 3 编),东京:博文馆,1891 年,第 319 页。熊坂台州也指出:"宽保中,长州林义卿作《诸体诗则》,其书率引严仪卿、胡元瑞诸人之说以立论,其意殆似不欲使学者读其全书矣,且一小册子欲以尽历代诸体,亦惑矣。而其论声律,一以于鳞为准,于唐诸家盖阙如也。"见熊坂台州《白云馆近体诗式自序》,熊坂台州《白云馆近体诗式》,庆应大学图书馆藏宽政九年(1797)刊本。
② 原田东岳:《诗学新论》,池田胤编《日本诗话丛书》(第 3 卷),东京:龙吟社,1997 年,第 271—272 页。

不同者,乃知廷礼之选《正声》,朝讽夕诵,五日采一章,十日录一篇也。而于鳞之选则异于是,其诗次序,一唯与《品汇》同,乃知于鳞之选唐诗,以其英豪之气,唯点检《品汇》一过,批点于其合乎己者,遂命侍史录之,即辄序而传之也。况其取舍有不满人意者乎?是余所以不得不宗高廷礼也。"①在熊坂台州看来,《品汇》广搜博采,《唐诗正声》乃其精粹之编,至于《唐诗选》,则不过是李攀龙从《品汇》中选录合乎自己趣味者而已,其取舍亦有所不足,因此《唐诗选》不如高棅的两部诗选。熊坂将《正声》和《品汇》列入门生学诗必读之书,而《唐诗选》不在其中:"家塾立法,令学诗者先诵《文选》诗,《选》诗成诵,而后《正声》,而后《品汇》,而后李杜诸集,庶几乎免捐本逐末之消矣。"②这也表明对于熊坂来说,《品汇》的作用和地位高于《唐诗选》。

再如古文辞派后学冈崎庐门,在《诗学道标》开篇就向初学者推荐《品汇》等书作为了解唐诗的必读书目:"欲学近体诗,莫若唐诗,当自初学熟读唐诗以为法则。唐诗中亦有初唐、盛唐、中唐、晚唐之品。欲看唐诗,当先熟读《唐诗选》《唐诗正声》《唐诗品汇》等。"③于此足见其推重《品汇》之意。上述三人都不约而同地提到了《唐诗选》《唐诗品汇》《唐诗正声》,这表明它们确实是深受古文辞派欢迎的唐诗选本。

同时期的一些非古文辞派甚至反古文辞派学者,也对《品汇》给予高度评价。例如仙台藩士畑中荷泽云:"《品汇》分诗之高下,明其要义,然此中亦有异议者。明杨升庵善诗,然因文人相轻之习,忌恨高氏《品汇》,谓其乃无识之书。……倘如升庵所言,唐诗似可弃置。缘此识见,升庵斥《品汇》,且谤《品汇》多选许浑、温庭筠诗。是无理也。人心之不同,如其面焉。要之,可取代《品汇》之唐诗书籍无有也。"④因此,荷泽主张"当读《品汇》及《唐诗选》所收诗"⑤,其《太冲诗规》大量利用《品汇》,足见他对《品汇》的推重。大

---

① 熊坂台州:《白云馆近体诗式》,第 1 页下—第 2 页下。
② 同上,第 1 页下。
③ 冈崎庐门:《诗学道标》卷一,东京大学东洋文化研究所藏明和八年(1771)刊本,第 1 页上、下。
④ 畑中荷泽:《太冲诗规》,池田胤编《日本诗话丛书》(第 9 卷),第 64—65 页。
⑤ 同上,第 84 页。

阪怀德堂的朱子学者中井竹山虽然在经学和文学两方面都否定古文辞派，但他对古文辞派文学的批评主要是因为后者模拟剽窃，不能求实务真，对于唐诗尤其盛唐诗本身仍推崇备至。① 与畑中荷泽推荐《品汇》和《唐诗选》不同，中井竹山扬《品汇》而贬《唐诗选》："至明兴也，高廷礼氏评骘四唐，标老杜以大家，是皆论之确者矣。及其中叶，学之术一变，唯反宋是务，然律法之于老杜，无复异辞。独有李于鳞氏力持鸷辩，病老杜以'愤焉自放'，以推王维、李颀。其心岂为非是而不贵也，无佗焉。《品汇》《正声》，终明世馆阁宗之者，史册可征。歆艳之衷，与妒忌会，乃骛殊见，欲以陵驾廷礼氏也已。文士倾轧之态可憎矣。世之醉其毒者奉以为金科玉条，其谬不足道也。予于是编，以老杜为主，从唐宋已还之公论，以复廷礼氏之旧云。"②竹山认为，对待杜甫诗歌，高棅《品汇》和李攀龙《唐诗选》表现出截然不同的态度：前者尊老杜为大家，后者诉病老杜七律"愤焉自放"，不如王维、李颀。杜甫乃竹山最崇尚的诗人之一，而李攀龙则颇为竹山所不屑③，因此将杜甫列为大家的《品汇》得到竹山的称赞，而对杜甫七律有所微词的《唐诗选》则被严厉抨击。④

另外，京都学者江村北海出于《品汇》方便初学者获取这一考虑，也对它给予了比较正面的评价："遐乡远境，其左右若无良师，则《唐诗选》《唐诗正声》《唐诗品汇》但有其一，皆可熟读吟诵。又至如《明诗选》《明诗正声》《新安风雅》《七才诗集》《绝句解》，皆可随有随阅。"⑤北海在文中所提到的都是古文辞派主柄诗坛期间比较流行的诗歌选集，对于身处偏僻之地的学子来

---

① 详见松下忠：《江户时代的诗风诗论》，东京：明治书院，1982年，第539—546页。
② 中井竹山：《诗律兆》，池田胤编《日本诗话丛书》（第10卷），东京：龙吟社，1997年，第313—314页。
③ 竹山称赞杜甫："老杜诗圣，千载所宗，唐宋诸名家皆崇奉以为蓍龟焉。"见《诗律兆》，第313页。竹山指斥李攀龙云："当世流行之王、李不足言。其割裂纂组之巧，假而不归之术，在彼腹中，初见之，或有一长，然终为鸡鸣狗吠之雄耳。"见中井竹山《竹山国字牍》（卷下），怀德堂记年会编《怀德堂遗书》，大阪：松村文海堂，1911年，第32页。
④ 竹山在《竹山国字牍》中也讽刺《唐诗选》道："予尝读《唐诗选》之序，戏曰：明无古文，而有其古文，李于鳞以其古文为古文，弗取也。是虽一时戏言，于麟恐难下一转语。"见中井竹山《竹山国字牍》（卷下），第33页。
⑤ 江村北海：《授业编》卷七，岸上操编《少年必读日本文库》（第3编），第310页。

说较易寓目,因此他建议只要有这些诗集,都不妨读之,引为良师益友。不过,在北海看来,《品汇》优于《唐诗选》《唐诗训解》,而《训解》又优于《唐诗选》:"若有《唐诗品汇》,《唐诗选》《训解》无之亦可。《唐诗正声》《古唐诗合解》《唐诗选》《唐诗训解》,但有之,皆当用。就中《唐诗选》与《训解》,所载可谓全同,唯五七首出入增减,何得失之有焉? 余如此言,乃为远乡遐邑乏书者,以及游学都下、身贫无从致书之徒而虑也。无心求书者,固无论也。以余见闻所及,如右所云贫生,多以旧持《训解》为劣本赠书林,而求小册《唐诗选》,是不思之甚也。《训解》虽非良书佳选,然文句出处、诗中典故皆有注脚,且于原选之诗外,亦附记他诗。其当否姑且不论,然有诗解,有评语,甚便于远境遐陬之乏书者,及藏书不多之贫生也。"① 但如果从诗学本身出发,北海对《品汇》的评价其实并不高,以为"无可尚焉"②,即没有值得推崇的地方。

当然,批判《品汇》者也并非没有。京都学者服部苏门早年信奉徂徕之说,后来转变立场反对古文辞派。正是由于这个原因,他彻底否定高棅的《品汇》及《唐诗正声》。兹不惜篇幅,译录于下:

> 服子迁曰:"明兴,高廷礼《品汇》《正声》出,而唐人诸家,玄黄不蔽,诗亦简拔神骏,冀北遂空。沧溟继兴,盖犹以廷礼为旁通多可,芟柞益严,抡选数百首,唐诗之粹森如也。"是本出徂徕之说,南郭绍述之。崇尚于鳞《唐诗选》之余,以为《品汇》《正声》乃其所原,故重之。和汉一辙也。然在中华,于鳞之后,钟伯敬、钱谦益等出,评驳高、李之选。其所论虽各有理,然此辈别立一家,不免有故异前人之情,今难引为公论。但于鳞以前,杨用修既论《品汇》《正声》不精。杨氏未必有立一家之私意,且其所评皆据事实,非空论,足称公论也。《品汇》《正声》非精选,则本于二书之《唐诗选》不言而可知矣。然世人不见杨氏之论,为徂徕、南郭说所惑,谓高、李二氏实选唐诗之至善至精,可悯也。故予今兹

---

① 江村北海:《授业编》卷八,岸上操编《少年必读日本文库》(第3编),第343页。
② 江村北海:《日本诗选凡例》,富士川英郎等编《词华集日本汉诗》(第2卷),东京:汲古书院,1983年,第68页。

表出其论,使酰鸡之族知有天地也。

《丹铅总录》曰:"唐诗至许浑,浅陋极矣,而俗喜传之,至今不废。高棅编《唐诗品汇》,取至百余首,甚矣棅之无目也!陈后山云:'近世无高学,举俗爱许浑。'斯卓识矣。孙光宪云:'许浑诗、李远赋,不如不做。'当时已有公论。"《铅录》又曰:"许浑《凌歊台》诗曰:'宋祖凌歊乐未回,三千歌舞宿层台。'此宋祖乃刘裕也。《南史》称:'宋祖清简寡欲,俭于布素,嫔御至少,尝得姚兴从女,有盛宠,颇废事。谢晦微谏,即时遣出。'安得有三千歌舞之事也?审如此,则是石勒之节宫、炀帝之江都矣。浑非有意于诬前代,但胸中无学,目不观书,徒异声律以侥幸一第,机关用之既熟,不觉于怀古之作亦发之。而后之浅学如杨仲弘、高棅、郝天挺之徒,选以为警策,而村学究又诵以教蒙童,是以流传至今不废耳。"

予又按,宋祖清简寡欲,非唯《南史》所载,《世说新语补》曰:"殷仲文劝宋武帝畜伎,帝曰:'我不解声。'仲文曰:'但畜,自解。'帝曰:'畏解,故不畜。'"注引《宋书》云:"帝未尝视珠玉舆马之饰,后庭无纨绮丝竹之音。"然则"三千歌舞"之妄益可见矣。且《品汇》评此诗,赞曰:"其古今兴废,山河陈迹,凄凉感慨之意,读之可为一唱而三叹矣。"杨氏无目之讥,诚不为过也。

《铅录》又曰:"五言古诗,汉魏而下,其响绝矣。六朝至初唐,止可谓之半格。"又曰:"近体,作者本自分晓,品者亦能区别。高棅选《唐诗正声》,首以五言古诗,而其所取,如陈子昂'故人江北去,杨柳春风生',李太白'去国登兹楼,怀归伤莫秋',刘昚虚'沧溟千万里,日夜一孤舟',崔曙'空色不映水,秋声多在山',皆律也。而谓之古诗,可乎?譬新寡之文君,屡醮之夏姬,美则美矣,谓之初笄室女,则不可。于此有盲妁,取损罐而充完璧,以白练而为黄花,苟有屠婿,必售其欺。高棅之选,诚盲妁也。近见苏刻本某公之序,乃谓《正声》,其格浑,其选严。噫!是其屠婿乎!"

予又按,高氏以律为古诗,不止右所举,其余犹多。杜甫《游龙门奉先寺》之作,收入杜律。古来以"天阙象纬逼"属对"云卧"不切,或改为

"天阅",或有作"天阕"之说,皆视之为律诗而论故也。若为古诗,何问对之切不切? 又王维"中岁颇好道",既载《三体诗》,胡元瑞《诗薮》亦于近体部评之。然高氏评此诗,违众强认作古诗,盖其属对不切,又有声病失粘等,故以为终非近体。盲妁之譬实当。且孱婿,吾日本似亦不乏之矣。①

在这段题为"高李选唐诗"的短论中,服部苏门多次引据杨慎《丹铅总录》之说,认为高棅学识不足,致使其《品汇》《正声》中出现了许多错误,难称精选;日本人却为古文辞派所蛊惑,遵奉高棅、李攀龙的唐诗选本。同样是征引杨慎的观点,前述畑中荷泽不以为然,而服部苏门则深表赞同,这是二人不同的诗学立场所导致的结果。

进入江户后期以后,随着清新性灵派等反对势力的崛起,古文辞派受到有力的批判和挑战,因而逐渐衰弱,他们所推崇的《品汇》也被质疑和否定。山本北山对古文辞派所推崇的唐诗选本批判道:"《唐诗选》,伪书也;《唐诗正声》《唐诗品汇》,妄书也。"②他之所以贬低《品汇》,大概出于以下理由。其一,选诗不严:"《品汇》非《唐诗选》之类伪书,乃高廷礼真作。然其选随己意取舍,遗真诗者多,且谬搀入非唐人诗者。《延州笔记》曰:'《唐诗品汇》载释宝月、刘令娴诗,皆以为唐人。按释宝月者,齐武帝时人,刘令娴者,徐悱之妻,梁武帝时人。陈徐陵《玉台新咏》已有二人诗。又梁钟嵘《诗品》云:"宝月《行路难》,本出东阳柴廓。"又《隋经籍志》云:"有梁妇人《刘令娴集》。"'"③在这段论述中,北山充分发挥折衷学派所擅长的考证本领,引用文献指摘《品汇》不仅任意取舍,而且收入了一些非唐人之作。其二,选诗不当:"太白本集有《秋浦歌》十七首,'白发三千丈'当其十五。篇篇既言秋浦之景与事,中间自不可无言此等情之诗。然《唐诗选》《唐诗解》《品汇》《正声》诸书,此诗一首不收,题以《秋浦歌》,不唯使见者不知何义,亦大失故人

---

① 服部苏门:《燃犀录》,关仪一郎编《日本儒林丛书》(第4卷论辩部),东京:凤出版,1971年,第10—12页。
② 山本北山:《孝经楼诗话》,池田胤编《日本诗话丛书》(第2卷),东京:龙吟社,1997年,第72页。
③ 同上,第68页。

连璧之意。"①其三,《品汇》存在选诗实践与编选宗旨不一致的缺点:"《杨升庵外集》斥《品汇》,非高棅无目。宋人诗话以韩退之'一间茅屋祭昭王'一首为《唐人万首绝句》之冠,《品汇》取此说,与其主盛唐之识见龃龉,似无持操也。且《品汇》强分三唐,然取许浑诗及百余首。许浑乃晚唐之极,是亦与主盛唐之意相乖。至如高棅《唐诗正声》,亦殊浅劣之书,学者不可触目也。"②在这里,北山引用并赞同杨慎的看法③,认为《品汇》虽宗主盛唐,却将韩愈诗作为唐人绝句之冠,且大量选入晚唐代表诗人许浑的作品,未能真正贯彻编选宗旨。

清新性灵派的另一代表人物、江湖诗社成员菊池五山也对《品汇》予以否定,原因主要在于他并不喜欢选集,尤其厌恶对诗歌分品:"余一切不喜选集,劝人读诗必就本集。大抵古今选者,各收合己格调之诗。如济南选唐诗,世称为严刻,然其所谓'唐诗尽于此'者,亦济南家法唐诗尽于此也。廷礼《品汇》,稍为浩瀚,但廷礼选诗先立几种阶级,以区别四唐,任意黜陟。譬之一衙门,分职择人,曰某任某官,某充某职,一入其门,先视其头衔何如。此岂选诗之道哉?凡读唐诗,莫善于读《全唐诗》。若或无书,则李杜王孟以下,至义山、樊川,诸家全集具存,读之为有余师。其读宋元诸诗,亦复如此。今读高李诸选,谓唐诗如此;读宋元诸抄,谓宋诗如此。管窥蠡测,我知其不可共语诗也。"④

江湖诗社盟主市河宽斋在《诗烬》中专设"《品汇》之谬"条,指出《品汇》辨体之误云:"刘方平《乌栖曲》、孟郊《临池曲》、季贺《蝴蝶舞》,俱是七言四句而换韵,且不拘声律,乃梁乐府之遗法也。必当属之古体,而高廷礼编之绝句中,不知何谓。"⑤但宽斋不像山本北山那么偏激,对《品汇》不因汉魏而

---

① 山本北山:《作诗志彀》,中村幸彦校注《近世文学论集》(日本古典文学大系第94),第300页。
② 山本北山:《孝经楼诗话》,池田胤编《日本诗话丛书》(第2卷),第68页。
③ 杨慎原文:"宋人诗话取韩退之'一间茅屋祭昭王'一首,以为唐人万首之冠。今观其诗只平平,岂能冠唐人万首? 而高棅《唐诗品汇》取其说。甚矣,世人这有耳而无目也!"见王大厚笺证:《升庵诗话新笺证》,北京:中华书局,2008年,第478页。
④ 菊池五山:《五山堂诗话》卷六,池田胤编《日本诗话丛书》(第10卷),第605—606页。
⑤ 市河宽斋:《诗烬》,《宽斋先生余稿》,东京:游德园,1926年,第237—238页。

废唐之古诗的态度予以肯定:"唐无五言古诗,而有其古诗,不取也。此言一出,近时奉其教者皆曰汉魏汉魏,谁曰不然?画虎而不成姑置,有唐三百年,名匠大家精神所钟,徒饱蠹鱼而不顾,何冤!宋诗误人则亡论,犹且博大家所不弃也。且济南不取者,名也,故目之曰'其古诗',岂欲尽废其诗哉!高廷礼编《品汇》,不欲为汉魏黜唐之古。如献吉、元美盛唱汉魏,有时学唐体者,盖其意以汉魏自汉魏,而唐亦一种格调尔。夫宇宙之大,何所不有?拘拘守株一家,偏贵汉魏,非阿所好,则亦高叟之为哉,何足谓大家!"①

清新性灵派之外的其他学者也对《品汇》大张挞伐,如属于考证学派的村濑栲亭谓:"今以诗文自命者,身外求心,境外求情,故沙门诗欲无蔬笋气,闺阁诗欲无脂粉气,是何异于啖甘蔗而欲其苦,尝荼蓼而欲其甘,截趾适屦,弃律吕而求八音之调也?不亦缪乎!其若是,则为累实多矣。后世诗道蓁塞,歌哭笑骂皆非其情。鼎俎笾豆、箪角盘盂,非殷周之制,以为不中用;酒非郁鬯,炙非牛羊,醢非蚳,酱非卵,以为不中馔。此严羽、廷礼之陋,而沧溟、弇州为之俑也。殊不知古今殊制,风俗异趣。诗曰:'物其在矣,维其时矣。'今乃件件而尸之,事事而祝之,其于感人情不亦远乎!"②在这段序文中,栲亭严厉批评古文辞派脱离实情实境的拟古创作,进而贬斥他们所祖述的严羽、高棅、李攀龙和王世贞这些以盛唐为宗的先行者,其诗学主张可以说与清新性灵派接近。

尽管清新性灵派极力排斥古文辞派,连带批评古文辞派所推崇的《唐诗选》《品汇》《正声》等选本,但由于随着江户后期的诗人们在整体上趋向于折中化的立场,因此《品汇》仍在诗坛占据一席之地。就中最值得一提的是赖山阳对《品汇》的评价:"唐诗之选,至明高廷礼氏《唐诗品汇》《正声》始备。"③又云:"先于李而选者,何独一伯弜。大抵选古诗文,最后出者最佳。无他,论定故也。选唐诗者,至高廷礼《唐诗品汇》稍备,而未免袭时习。如

---

① 市河宽斋:《诗烬》,《宽斋先生余稿》,第 222—223 页。
② 村濑栲亭:《六如庵诗钞后编序》,《栲亭三稿》卷四,国文学研究资料馆藏文政九年(1826)刊本。
③ 赖山阳:《唐绝新选·例言》,木崎爱吉、赖成一编《赖山阳全书》(全集下),广岛:赖山阳先生遗迹彰显会,1932 年,第 2 页。

李选,真不可解者。以仆观之,莫善于清人沈归愚之选《五朝诗别裁》也。"[1]他认为《唐诗品汇》虽不免沾染时习,但比较完备,远胜《唐诗选》。赖山阳之所谓"备",大概是指《品汇》收诗数量较多,且体例完整。所以,他在编选《唐绝新选》时,大量取材于《品汇》:"《品汇》失之繁,《正声》失之简。与其简而有遗也,宁繁而过取。故今之选。取于《品汇》者为多,而旁及群书。"[2]事实上,《品汇》收诗多且完备,加之流通量大、容易获得,这一其他唐诗选本难以取代的优点,使得诗家们经常利用它编纂著作,或者征引其中的材料以佐证自己的观点,因而《品汇》始终受到一定关注。关于这个问题,下文将予以详论。

《品汇》在江户后期诗坛的接受热度,亦能从其出版情况观察到。具体如次:

> 《唐诗品汇》七言古诗十三卷,木活字本,刊年不明。翻刻张恂重订本。扉页右栏题"《唐诗品汇》原本颇有谬误,未遑以数本校之。或有可征者,则从而改之,又疑者,姑从原本而不敢正焉。观者其思诸",左栏下题"蓝水藏"。
>
> 《唐诗品汇》五言律诗十五卷,活字本,松平世轨等校,宽政八年(1796)忘忧馆刊。翻刻张恂重订本。
>
> 《唐诗品汇拾遗》五卷(卷四、五、六、七、十),活字本,河阳子(森和阳子)阅,松平世轨等校,忘忧馆刊,卷四末尾题"宽政丙辰"(1797),卷十末尾题"宽政丁巳孟秋之日"。翻刻张恂重订本。
>
> 《唐诗品汇》五言排律十一卷,木活字本,中村广等校,文化十三年(1816)曝书楼刊本。翻刻张恂重订本。

以上列举的刊本全部为活字印本,若加上此前出版的享保十八年刊本和元文三年刊本,那么除五言古诗部分外,《品汇》全书绝大部分都被翻刻了,且底本皆为张恂重订本。就翻刻的种类和数量而言,《品汇》虽然无法与

---

[1] 《赖山阳文集》卷六《村濑士锦藤城问目条对十八则》,木崎爱吉编《赖山阳全书》(文集),广岛:赖山阳先生遗迹彰显会,1931年,第222页。
[2] 赖山阳:《唐绝新选·例言》,木崎爱吉、赖成一编《赖山阳全书》(全集下),第2页。

《唐诗选》相比,但置于其他唐诗选本中是可以脱颖而出的。

以上按照时间顺序大略考察了《唐诗品汇》在江户时代的接受情况,但主要聚焦于诗坛对《品汇》的评价以及和刻本等方面,尚不能充分揭示《品汇》的影响。为此,下文将从其他几个方面继续展开探讨。

刘芳亮,国防科技大学外国语学院副教授,2024年6月15日"东亚唐诗学讲坛"对谈活动嘉宾。主要研究中日古代文学关系、中日文化交涉史,出版专著1部,发表相关论文20余篇,主持完成国家社科基金一般项目1项,参与国家社科基金重大项目1项。

韩国唐诗学

新罗末宾贡诸子的唐诗接受

刘 畅

摘 要 新罗末，崔致远、崔承祐、崔匡裕、朴仁范等人在唐宾贡及第，因时值晚唐，故历来多言其有晚唐诗风。而今文学史所谓"晚唐诗风"，大抵指晚唐苦闷的时代风气下，诗人将关注点由国家命运转移至个人生活，尤其私人情感与哲学思考，诗歌感情往往细腻伤感，也更注重艺术形式的精工雕琢。若细读宾贡诸子的传世作品，其诗作抒写的内容并不都带有明显的晚唐特征，在艺术形式上虽严守近体诗格律，但并未精雕细刻，从这一角度来看，不属文学史"晚唐诗风"典型。而在唐末、罗末两国衰飒时代氛围下，诸人诗作体现出个人有志难伸的苦闷压抑，这又与晚唐诗衰飒的氛围相符。

关键词 唐诗学 新罗 宾贡 唐诗接受

新罗末，崔致远、崔承祐、崔彦㧑、崔匡裕、朴仁范等人均曾赴唐留学，且以能诗善文、宾贡及第彪炳东国史册。乾符元年（874），崔致远于礼部侍郎裴瓒下一举及第；唐懿宗咸通年间（860—873），朴仁范在唐国学学习，876年宾贡及第；885年，崔匡裕入唐，后宾贡及第。890年，崔承祐入唐，893年及第。其中，朴仁范、崔承祐、崔匡裕均有10首七律传世，崔致远作为东国文宗、汉文学鼻祖，存诗百余首，文名最盛。

韩国古代诗话多言上述诸人诗作带有"晚唐诗风"，今学界研究亦往往

---

* 本文为国家社会科学基金重大项目"东亚唐诗学文献整理与研究"（18ZDA248）阶段成果。

受此影响,聚焦宾贡诸子的晚唐诗风①。然诗歌史概括的晚唐诗风为偏爱形式上的精雕细琢、锻造工致,以词采华赡、声情流美、委曲细腻为追求,但实际上的晚唐诗坛却多彩纷呈,初盛唐尤其中唐诗人诗作之追随者不乏其人。新罗宾贡诸子入中国,时当晚唐,其诗自然带有晚唐烙印,这种烙印固然有"晚唐诗风"的体现,但也或溢出其外,呈现出对各色唐诗的接受。诸子诗风的形成,即源自其在晚唐的生活经历,又与晚唐与新罗的时代背景密切相关。

一、晚唐诗风

晚唐诗人喜咏物:"非风花雪月、禽鸟虫鱼竹树,则一字不能作。"②且其作品不仅注重形式美,还往往流露出感伤的风调,注意刻画凄美而唯美的诗境。崔承祐诗重用叠字、用典,体现出对形式美的追求;崔匡裕诗体物之际,也往往呈现出忧伤气质,朴仁范咏史诗也带有凄美之感,均与晚唐衰飒诗风更相贴近。

具体说来,崔承祐 10 首传世诗中,有五首使用叠字相对:"方朔绛囊游渺渺,鸱夷桂楫去匆匆"③"银烛剪花红滴滴,铜台输刻漏迟迟"④"团团吟冷江心月,片片愁开岳顶云"⑤"南浦片帆风飒飒,东门驱马草青青"⑥"纷纷舞袖飘衣举,袅袅歌筵送酒频"⑦。叠字使描写更加生动形象,节奏感更强,然其叠字集中在七律的颔联颈联,则也显然降低了对仗的难度。

---

① 期刊论文如杨会敏:《统一新罗时期汉诗的晚唐风韵》,《延边大学学报(社会科学版)》,2014(6);李丽秋:《新罗末期至朝鲜前期韩国汉诗的唐风宋调》,《国际汉学》,2020(4)。学位论文如王杨:《韩国罗末丽初汉诗与中国文学的关联研究》,吉林大学博士学位论文,2020。
② (元)方回:《瀛奎律髓》卷四十二。
③ [朝鲜朝]徐居正:《东文选》卷十二《镜湖》,《朝鲜群书大系续》第八辑《东文选一》,韩国马山市:民族文化刊行会,1994 年。
④ [朝鲜朝]徐居正:《东文选》卷十二《献新除中书李舍人》。
⑤ [朝鲜朝]徐居正:《东文选》卷十二《忆江西旧游,因寄知己》。
⑥ [朝鲜朝]徐居正:《东文选》卷十二《别》。
⑦ [朝鲜朝]徐居正:《东文选》卷十二《邺下和李秀才与镜》。

用典则如《镜湖》尾联:"明皇乞与知章后,万顷恩波竟不穷。"①天宝初,贺知章请为道士还乡,唐玄宗诏赐《镜湖剡川》一曲,说镜湖水势浩大,皆因圣恩御赐之故。以此歌功颂德,妥帖明了。又如《送曹进士松入罗浮》颔联:"厌次狂生须让赋,宣城太守敢言诗。"②即用东方朔、谢朓作比,言曹松诗赋兼善。还如《关中送陈策先辈赴邠州幕》首二联:"祢衡词赋陆机文,再捷名高已不群。珠泪远辞裴吏部,玳筵今奉窦将军。"用祢衡、陆机作比,赞美陈策文笔独步一时;裴吏部即裴枢(?—905),唐昭宗光化二年(899)任吏部侍郎,天复三年(903)任吏部尚书,窦将军即汉代窦宪,借指邠宁节度使李继徽,他自897年起任十年,治所在滨州。彼时,陈策当于裴枢幕转赴李继徽幕下。

崔匡裕存世诗作重在体物,往往为忧伤之情所笼罩。如《御沟》③:

> 长铺白练静无风,澄景涵晖皎镜同。
> 堤柳雨余光映绿,墙花春半影含红。
> 晓和残月流城外,夜带残钟出禁中。
> 人若有心上星汉,乘查未必此难通。

全诗未直接点明所写对象为御沟之水,但句句紧扣"御"字,尾联一语双关,以御沟比天河,皇宫则似天上宫阙。首联虽用谢玄晖"澄江静如练"的语典,但重点已在雕画物象。值得注意的是,晚唐诗人因国势倾颓、个人遭际不顺,尤其为残缺之美而感伤。崔匡裕这首诗颈联两"残"字相对,分别修饰"月"和"钟";他诗如"一鞭寒彩动残星"④"繁枝半落残妆浅"⑤"帘卷残秋岳色高"⑥等,亦常用"残"字修饰物象。再如《鹭鸶》⑦,诗中的隐士形象高蹈而

---

① [朝鲜朝]徐居正:《东文选》卷十二。
② [朝鲜朝]徐居正:《东文选》卷十二。
③ [朝鲜朝]徐居正:《东文选》卷十二。
④ [朝鲜朝]徐居正:《东文选》卷十二《早行》。
⑤ [朝鲜朝]徐居正:《东文选》卷十二《庭梅》。
⑥ [朝鲜朝]徐居正:《东文选》卷十二《郊居呈知己》。
⑦ [朝鲜朝]徐居正:《东文选》卷十二:"烟洲日暖隐蒲丛,闲刷霜毛伴钓翁。高迹不知舟顶鹤,疏情应及绀翎鸿。严光台畔苹花晓,范蠡舟边苇雪风。两处斜阳堪爱尔,双双零落断霞中。"《东文选》卷一。

孤冷,尾联"斜阳""零落""断霞"的写意,更添感伤色彩。

又如《庭梅》①:

> 练艳霜辉照四邻,庭隅独占腊天春。
> 繁枝半落残妆浅,晴雪初销宿泪新。
> 寒影低遮金井日,冷香轻锁玉窗尘。
> 故园还有临溪树,应待西行万里人。

冬日阳光,原本是会让人感到温暖的暖阳,但诗人起笔却描述成"练艳霜辉",冷调的光,虽满是光明,但体感上却让人感到霜雪的寒气。在这样的环境下,梅花独放,带来春的气息,虽起笔劲健,但很快笔调一转,诗中梅花并非霜雪中的战士:远行游子的眼中,梅花历经摧残,大半零落,花容衰损;梅枝上,晴光融化雪水,如一夜新泪。景语即情语,梅之泪即诗人游子之泪,日影寒冷即人心之寒,残梅纵有冷香,也难以透过沾满尘土的玉窗,飘进居室,与游子为伴,作者之思绪却由此引发,想到家乡溪边那熟悉的树木,一定在等我这远方的游子回家。人思乡则梅泣泪,打破梅花傲骨的刻板印象,重写其柔弱之美。一如晚唐崔橹"强半瘦因前夜雪,数枝愁向晚来天",②将梅花写成因愁而瘦者,体现晚唐人"弱态美"审美风尚。同样,其写细雨道:"微泫晓花红泪咽,轻霑烟柳翠眉颦。"③细雨滴落花上如美人呜咽般惹人怜爱,同样营造出一种柔弱凄美之态。

再如《商山路作》④:

> 春登时岭雁回低,马足移迟雪润泥。
> 绮季家边云拥岫,张仪山下树笼溪。
> 悬崖猛石惊龙虎,咽涧狂泉振鼓鼙。
> 懒问帝乡多少地,断烟斜日共凄凄。

---

① [朝鲜朝]徐居正:《东文选》卷十二。
② (五代)王定保撰,陶绍清校证:《唐摭言校证》卷一〇《海叙不遇》,北京:中华书局,2021年,第427页。
③ [朝鲜朝]徐居正:《东文选》卷十二《细雨》。
④ [朝鲜朝]徐居正:《东文选》卷十二。

更是显然受到李商隐《商於》的影响：

> 商於朝雨霁,归路有秋光。背坞猿收果,投岩麝退香。
> 建瓴真得势,横戟岂能当？割地张仪诈,谋身绮季长。
> 清渠州外月,黄叶庙前霜。今日看云意,依依入帝乡。①

崔匡裕诗,商山高耸,雪路难行,然唐人云"商山名利路,夜亦有人行"②,此路既经过四皓隐居之所,也途经张仪借以诓骗楚怀王的商於之地。对看两诗,均连用绮里季、张仪典故,结尾同归仙乡,且崔诗前六句写的很有力量,尤其颈联颇有声势,李诗前八句亦皆遒劲,但李商隐诗仍是"怀",相形之下,崔匡裕尾联"懒问"二字似不关心,却用"断烟""斜日""凄凄"收束,一片无可奈何、欲说还休之感,就变成了"伤"。

朴仁范咏史诗也不类杜牧之巧思翻案,而更哀婉伤情。如《马嵬怀古》③：

> 日旆云旗向锦城,侍臣相顾暗伤情。
> 龙颜结恨频回首,玉貌催魂已隔生。
> 自此暮山多惨色,到今流水有愁声。
> 空余露湿闲花在,犹似仙娥脸泪盈。

马嵬坡为杨贵妃死地,故自唐玄宗重回故地、缅怀故人,诗人多有咏叹之作。但朴仁范这首诗,没有单纯聚焦在唐玄宗赐死杨贵妃场景的想象,而是将大量笔墨用于侧面描写和环境烘托,山水愁惨、侍臣伤情,而引发诗人全部思绪与情感波动的,不过是"闲"即不相干的花而已,由花带露想见美人垂泪,进而哀婉伤怀,全诗紧扣一个"暗"字。相较此诗,《九成宫怀古》则全力在今昔对比,以"忆"写"惨",昔日大唐全盛时期有多繁盛,今日怀恋之情就有多悲戚："忆昔文皇定鼎年,四方无事幸林泉。歌钟响彻烟霄外,羽卫光分草树前。玉榭金阶青霭合,翠楼丹槛白云连。追思冠剑桥山月,千古行人尽惨然。"④

---

① （唐）李商隐撰,刘学锴、余恕诚著：《李商隐诗歌集解》,北京：中华书局,2004 年,第 894 页。
② （清）彭定求等编：《全唐诗》卷七百一王贞白《商山》,北京：中华书局,1960 年,第 8061 页。
③ [朝鲜朝] 徐居正：《东文选》卷十二。
④ [朝鲜朝] 徐居正：《东文选》卷十二。

二、初盛唐诗风与晚唐诗作法

除却上述明显符合诗歌史所谓"晚唐诗风"者,崔承祐、朴仁范,尤其崔致远等人诗作,更有学习并近似盛唐,尤其中唐风格的诗作。这虽不符合追求形式美感、情调哀婉凄美的晚唐诗取向,但与晚唐诗坛实际多样化的面貌相符。

首先,以崔致远献高骈诸诗代表,体现出对盛唐诗接受。如《练兵》:

> 陇水声秋塞草闲,霍将军暂入长安。
> 太平天子怜才略,曾请陈兵尽日看。①

境界宏阔,格调高雅,甚有盛唐气象。再如《射虎》:

> 锯牙钩爪碍王程,一箭摧斑四海惊。
> 白额前驱羌胆碎,方知破石是虚声。②

声律流宛,气势雄浑,更可看出对卢纶《塞下曲》的模仿。再看《射雕》:

> 能将一箭落双雕,万里胡尘当日销。
> 永使威名振沙漠,犬戎无复吠唐尧。③

王昌龄《出塞》慨叹当世无大将,致使胡马度阴山,崔诗则反用其意,赞美高骈威名远播,致使邻邦不敢入侵。

其次,学习中唐者,往往受孟郊、贾岛"苦吟"诗风的影响。如朴仁范《江行呈张峻秀才》④:

> 兰桡晚泊荻花洲,露冷蛩声绕岸秋。
> 潮落古滩沙觜没,日沉寒岛树容愁。

---

① [新罗]崔致远:《桂苑笔耕集》卷十七《献诗启》,[新罗]崔致远著,李时人、詹绪左编校:《崔致远全集》,上海:上海古籍出版社,2018年,第400页。
② [新罗]崔致远:《桂苑笔耕集》卷十七《献诗启》,《崔致远全集》,第400页。
③ [新罗]崔致远:《桂苑笔耕集》卷十七《献诗启》,《崔致远全集》,第399页。
④ [朝鲜朝]徐居正:《东文选》卷十二。

>风驱江上群飞雁,月送天涯独去舟。
>
>共厌羁离年已老,每言心事泪潸流。

秋季来临,荻花瑟瑟,冷露寒蝉,无不透露着动植物生命的行将结束,潮水落下,太阳也要落山,更用冷色调强化秋季的寒凉。大雁南飞避冬尚且成群结队,对比之下,独在异乡的自己却要与友人分别,而末尾说自己年老,又与全篇秋季来临、生灵凋敝的氛围回环呼应,全诗笼罩在以生离预感死别的凄苦之中。再如崔致远诗:

>秋风惟苦吟,举世少知音。
>
>窗外三更雨,灯前万古心。①

>旅馆穷秋雨,寒窗静夜灯。
>
>自怜愁里坐,真个定中僧。②

秋风萧索,雨水淅沥,彻夜难眠,无人共话平生,惟有"苦吟"自解。点点灯火,更加凸显黑暗笼罩;孤灯相伴,也更加凸显无人与陪。秋雨、黑夜、索寞、昏暗、无望,简单而常见的词语搭配在一起,形成慢慢暗夜中杳渺绵长、无穷无尽的孤寂忧愁。"苦吟""僧",更不免令人想到唐末仕进无望,唯效法贾岛,将心力用在沉潜字句的时风。

崔诗的直接来处当是陶渊明"举世无知者一作'音'"③,但若将此二诗与罗隐《思故人》"故人不可见,聊复拂鸣琴。鹊绕风枝急,萤藏露草深。平生四方志,此夜五湖心。惆怅友朋尽,洋洋漫好音"④相对读,则可知崔、罗之诗虽同写夜晚,同写无有知音见采的孤寂,但罗隐"四方志、五湖心",更重在凌云虚负、襟抱未开,崔致远"万古心"则在历史纵深之中,强调旷古以来的大空寂。同有晚唐风味,然崔诗更为沉重苍凉。

---

① 〔新罗〕崔致远:《孤云集》卷一《秋夜雨中》,《崔致远全集》,第 517 页。
② 〔新罗〕崔致远:《孤云集》卷一《邮亭夜雨》,《崔致远全集》,第 517 页。
③ （晋）陶渊明著,丁福保笺注,郭瀟、施心源整理:《陶渊明诗笺注》卷四《咏贫士七首》其六,上海:华东师范大学出版社,2017 年,第 140 页。
④ （唐）罗隐撰,潘慧惠校注:《甲乙集》卷五《思故人》,第 136 页。

再次，诸人诗作亦有体现出晚唐影响，但不能体现"晚唐诗风"者。内容上，可以崔承祐的酬应诗为代表，写法上，则以崔致远为代表。

崔承祐的酬应诗作涉及进士、秀才、太尉、中书、御史（杂端）等，往往与晚唐历史事件相关。如，天复元年（901），唐昭宗复位，令新及第进士之久在名场或年齿已高者各授一官，主文杜德祥奉诏行事，将曹松等五人上报，昭宗分授秘书省正字、校书，《送曹进士松入罗浮》当在此后。同光三年（925），李愚（？—935）随魏王西征前蜀，平定四川，以军功升任中书舍人，崔承祐作《献新除中书李舍人》，当即此事。又如891—892年间，韦昭度（？—895）以西川节度使讨伐陈敬瑄、田令孜，三年不能克，遂转任淮南节度使，赴职扬州，此即《春日送韦大尉自西川除淮南》的写作背景。《赠薛杂端》中的薛杂端即薛贻矩。唐天祐（904—909）初，薛贻矩因朱温保荐，拜吏部尚书，顷升御史大夫。天祐四年（907）春，昭宗欲禅位朱温，遣薛贻矩持诏赴大梁（今河南开封）。当年，朱温称帝，建立梁朝，史称后梁，薛贻矩成为开国元勋，任中书侍郎平章事兼判户部，翌年夏为门下侍郎监修国史，后迁弘文馆大学士。①

此类酬应诗因多出于公务酬应的现实用途，用事多为俗典，且尤喜本朝时典，不合宋初獭祭渔猎的"西昆体"，但所写内容均可见晚唐历史事件的影迹，无不透露晚唐社会的影响。

崔致远诗作法，受到李商隐、秦韬玉、罗隐等人影响。如《留别女道士》②：

> 每恨尘中厄宦途，数年深喜识麻姑。
> 临行与为真心说，海水何时得尽枯？

不禁令人联想到李商隐《海上》"直遣麻姑与搔背，可能留命待桑田"、《谒山》"欲就麻姑买沧海，一杯春露冷如冰"③等。崔致远以麻姑比女道士，却直问麻姑，天地岁月何时发生巨变，或即受李商隐置麻姑于目前，直观陈述

---

① 上述诗作创作背景参见笔者拙文《中华折桂，难挽鸡林落木——罗末丽初的汉诗》，《国际中国文学研究丛刊》，2016年。
② ［新罗］崔致远：《桂苑笔耕集》卷二十，《崔致远全集》，第496页。
③ （唐）李商隐撰，刘学锴、余恕诚著：《李商隐诗歌集解》，第626、2179页。

沧桑变化写法的影响。

崔致远有的作品明显受秦韬玉等人影响,如《江南女》①:

> 江南荡风俗,养女娇且怜。性冶耻针线,妆成调管弦。
> 所学非雅音,多被春心牵。自谓芳华色,长占艳阳年。
> 却笑邻舍女,终朝弄机杼。机杼纵劳身,罗衣不到汝。

可将此诗与秦韬玉《贫女》对读:

> 蓬门未识绮罗香,拟托良媒益自伤。
> 谁爱风流高格调,共怜时世俭梳妆。
> 敢将十指夸偏巧,不把双眉斗画长。
> 最恨年年压金线,为他人作嫁衣裳。②

同处唐末,同写贫女,然秦诗以贫女哀怨自道才貌双全、无人可托,寓托自身空有德才、不遇明主,偏重内心独白;崔致远则在旁观角度,抒写江南娇女有姿色而不务正业,邻舍女子终日辛勤织布却不得罗衣,由此形成鲜明对比。这与孟郊《织妇辞》"筋力日已疲,不息窗下机。如何织纨素,自着褴褛衣"③可谓同调。若再将李商隐"八岁偷照镜"④一诗加入对比,则更可见李商隐重点只在明主难遇、有志难伸,崔致远与秦韬玉诗则还包含对出身差异影响仕途发展的怨怼不满,只不过秦诗止于"伤",崔诗批判意味更加浓厚。

类似的讽喻之作又如其《蜀葵花》⑤:

> 寂寞荒田侧,繁花压柔枝。
> 香轻梅雨歇,影带麦风欹。

---

① [新罗]崔致远:《孤云集》卷一,《崔致远全集》,第515页。
② (五代后蜀)韦縠编,傅璇琮等编:《才调集》卷五秦韬玉《贫女》,北京:中华书局,2014年,第1068页。
③ (唐)孟郊著,韩泉欣校注:《孟郊集校注》卷二《织妇辞》,杭州:浙江古籍出版社,2012年,第48页。
④ (唐)李商隐撰,刘学锴、余恕诚著:《李商隐诗歌集解》,第23页。
⑤ [新罗]崔致远:《孤云集》卷一,《崔致远全集》,第514页。

>车马谁见赏,蜂蝶徒相窥。
>自惭生地贱,堪恨人弃遗。

蜀葵盛开,花枝繁盛,但只因为生在荒田,出身微贱,无车马即官贵赏识,与左思《咏史·郁郁涧底松》相比,左诗"世胄蹑高位,英俊沉下僚"①直接点破所批判的社会现实,而崔致远诗则止步于托寓层面,道而不破。罗隐《鹦鹉》云:"莫恨雕笼翠羽残,江南地暖陇西寒。劝君不用分明语,语得分明出转难。"②崔致远《蜀葵花》以物托寓的写法,颇与此相类。

此外如朴仁范典重之作,也体现出皮日休影响。如《送俨上人归乾竺国》③:

>家隔沧溟梦早迷,前程况复雪山西。
>磐声渐逐河源迥,帆影长随落月低。
>葱岭鬼应开栈道,流沙神与作云梯。
>离乡五印人相问,年号咸通手自题。

若对比皮日休《送圆载上人归日本国》(唐懿宗咸通十一年[870])④:

>讲殿谈余着赐衣,椰帆却返旧禅扉。
>贝多纸上经文动,如意瓶中佛爪飞。
>飓母影边持戒宿,波神宫里受斋归。
>家山到日将何入,白象新秋十二围。

可发现,两诗写作年代、题材相仿,但不同于皮诗实写人物、事件、在华佛学活动,描写归途举重若轻,朴仁范重在想象僧人返国之旅,突出路途遥远而艰险的特点,通过声音、影像的动态描写,直至不知年号的飘然联想,求法路

---

① 王友怀、魏全瑞主编:《昭明文选注析·咏史八首》其二,西安:三秦出版社,2000年,第216页。
② (唐)罗隐撰,潘慧惠校注:《甲乙集》卷二《鹦鹉》,杭州:浙江古籍出版社,2011年,第76页。
③ [朝鲜朝]徐居正:《东文选》卷十二。
④ (唐)皮日休、(唐)陆龟蒙等撰,王锡九校注:《松陵集校注》卷九《送圆载上人归日本国》,北京:中华书局,2018年,第2113页。

上孤寂苍凉、九死一生之感更加显现,而俨上人不畏艰险、置生死于度外的崇高精神也得到最大展示。全诗虽未用典,然章法谨严,颇有典雅庄重之态。

三、诗风成因

诸人虽各有特点,但总体诗作内容、形式风格等,不免看重形式,且带有哀婉之风,与晚唐诗的整体风尚相符。

总体观察上述诸人诗作则可发现:罗末宾贡诸子存在一种共同的思想包袱,即迫切希望在唐及第、受提拔重用,最终一展才华。[1] 若未能及第,不仅有家难回,甚至连寄信都不敢:"仙桂未期攀兔窟,乡书无计过鲸涛。"[2] 看到同学及第回乡,更会表现出"同离故国君先去,独把空书寄远家"的怅惘。[3] 这种压力在崔致远诗文中也非常明显,其《陈情上太尉》明确说:"本求食禄非求利,只为荣亲不为身。"[4] 谋职的最主要目的不是为了自己,而是为了家族荣耀。正如他十二岁入唐临行前父亲所嘱:"十年不第,即非吾子也。行矣勉之!"[5]

罗末知识人热衷留学唐朝、务求宾贡及第、在唐仕宦,最重要原因即此乃其唯一可以改变自身乃至家族面貌的机会。新罗自国初,即"用人论骨品,苟非其族,虽有鸿才杰功,不能逾越"[6]。具体而言,圣骨是骨品制度最高等级,父母均有王室血统;其次真骨,父母一方拥有王族血统;[7] 再次是王族

---

[1] [朝鲜朝] 徐居正:《东文选》卷十二,如崔匡裕《长安春日有感》:"麻衣难拂路歧尘,鬓改颜衰晓镜新。上国好花愁里艳,故园芳树梦中春。扁舟烟月思浮海,羸马关河倦问津。祗为未酬萤雪志,绿杨莺语大伤神。"崔承祐《忆江西旧游,因寄知己》:"掘剑城前独问津,渚边曾遇谢将军。团团吟冷江心月,片片愁开岳顶云。风领雁声孤枕过,星排渔火几船分。白醪红脍虽牵梦,敢负明时更羡君。"

[2] [朝鲜朝] 徐居正:《东文选》卷十二《郊居呈知己》(崔匡裕)。

[3] [朝鲜朝] 徐居正:《东文选》卷十二《送乡人及第还国》(崔匡裕)。

[4] [新罗] 崔致远:《桂苑笔耕集》卷二十,《崔致远全集》,第493页。

[5] [高丽] 金富轼:《三国史记》卷第四六《列传》第六《崔致远》。

[6] [高丽] 金富轼:《三国史记》卷第四七《列传》第七《薛罽头传》。

[7] 自太宗武烈王(603—661),新罗王位继承人均为真骨。

以下的诸贵族,即六头品、五头品、四头品。任职的官阶范围即依据出身划定：各部门最高长官只能由真骨担任,六头品止步于次长官,五头品、四头品则再降等。自读书三品科实行,贵族子弟往往以此进身,但国学毕业要求达到的官阶(大奈麻、奈麻等)是五头品在出身范围内所能达到的最高等级。故国学、读书三品科,实际是为六头品以上出身准备。与此同时,由于对唐关系是新罗政务重中之重,且汉字作为官方通用语,汉文写作也成为官员任用的重要考察技能。唐朝允许外国人留学、应举,为新罗贵族提供了新的思路。

加之9世纪后半叶,伴随新罗国王强化王权的需要,六头品贵族成为新罗国王要加强王权、对抗真骨贵族垄断权力的最佳拉拢对象。与此同时,以国王为核心的内朝官僚集团再度形成,名义上的公文写作机构,实为国王的近侧秘书机关。① 而宾贡诸子在唐留学,熟悉两国语言、国情,视野开阔;宾贡及第,乃至拥有仕宦经历,说明其典籍学习、知识掌握、公文写作等均经过了唐朝检验,不失为近侍文翰、唐罗间使臣的最佳人选。

对六头品贵族而言,若在本国读国学、考三品科,穷尽一生最高也只能担任某部门次长官;但若留学唐朝、宾贡及第甚至仕宦,则有可能成为本国近侍机构的重臣,有机会一展拳脚,甚至突破骨品限制。②

诸人满怀希望,但当真西渡,深入唐朝,则不免发现："宦寺擅于内,藩镇横于外,朱梁纂弑之兆已萌。"于是回归新罗,希望借宾贡身份在本国一展拳脚,但旋即又发现："昏主委政于匪人,女后淫渎而乱纪,嬖幸盈朝,禽禽訾訾。"不论唐朝、新罗,均"固不可容吾身,而望其行吾道乎"。③ 这成为宾贡诸子共同面对、无可施为的宿命,而其诗作所带有的衰飒之风,则是晚唐、罗末双重影响的时代烙印。

---

① 参考[韩]李基东:《罗末丽初近侍与文翰机构的扩张——中世侧近政治的志向》,[韩]《历史学报》,1978(总77)。
② 上述骨品制相关内容参见笔者拙文《中华折桂,难挽鸡林落木——罗末丽初的汉诗》,《国际中国文学研究丛刊》,2016年。
③ [朝鲜朝]曹伟:《梅溪先生文集》卷四《题崔文昌传后》,《影印标点韩国文集丛刊》第16册,第342页。

但与此同时,又以崔致远为代表,体现出对盛唐、中唐诗作的广泛接受,这主要与其个人在唐经历有关。其在唐期间,与罗隐、张乔等文士相交游。如前所述,罗隐长于咏物,张乔素喜贾岛,其《题贾岛吟诗台》更可见对贾岛诗的模仿,崔致远更寄诗"一种诗名四海传,浪仙争得似松年乔字也",以超过贾岛来劝慰友人。尤重要的是,崔致远上司高骈素喜豪迈之作。

唐僖宗命淮南节度使高骈为诸道行营都统,讨伐黄巢,崔致远见同年顾云献高骈长启1首、短歌10篇,即得高骈赏识,于是跃跃欲试,献上所作七言《纪德》绝句30首,迫切期望得其任用。如《兵机》:"唯将志业练春秋,早蓄雄心铲国仇。三十年来天下事,汉皇高枕倚留侯。"[1]前二句诉说自己志向的同时,后二句显然含有对国家安定有赖高骈的颂扬。其《磻溪》诗"刻石书踪妙入神,一回窥览一回新。况能早遂王师业,桃李终成万代春。"更是在注释中直接说明:"伏睹相公《磻溪》诗云:'及到王师身已老,不知辛苦为何人。'又《经虢县》诗云:'手栽桃李十余春,今日经过重建勋。'"[2]直言对高骈诗的化用。至于《性箴》诗"波澄性海见深源,理究希夷辟道门。词翰好传双美迹,何须更写五千言"[3],钻研道教学问,显然出于对高骈崇尚道教而投其所好。

崔致远为求任用,大量阅读高骈作品,干谒之际,有意抒写豪情、引用高骈诗句,亦是人之常情。故蒙高骈赏识,超越拔擢,崔致远感佩之情溢于言表:

> 某东海一布衣也。顷者万里辞家,十年观国,本望止于榜尾科第,江淮一县令耳。前年冬罢离末尉,望应宏词。计决居山,暂为隐退;学期至海,更自琢磨。俱缘禄俸无余,书粮不济,辄携勃帑,来扫膺门。岂料太尉相公迥垂奖怜,便署职秩,迹趋郑驿,身寓陶窗。免忧东郭之贫,但养北宫之勇。去年中夏,伏遇出师,忽赐招呼,猥加驱策,许随龙旆,

---

[1] [新罗]崔致远:《桂苑笔耕集》卷十七《献诗启》,《崔致远全集》,第399页。
[2] 同上,第400页。
[3] 同上,第399页。

久倚鹢舟。每恨布鼓音凡,铅刀器钝。纵倾肝胆,莫副指踪。①

自述平生,甚至有诸葛亮《出师表》感念刘备知遇恩情之感。故当中和四年(884),崔致远离唐东归,停舟大珠山下,再向高骈投诗留念,同样写得波澜壮阔、壮志凌云。② 足见高骈个人诗风喜好对崔致远产生的深刻影响。而崔致远十二岁来唐,在唐宾贡及第,因高骈知遇,得以讨黄巢檄文声闻天下,最终以使臣身份荣归故里,时年不及三十,也自有宗悫乘风破浪、孔明出山时的意气风发。

小　结

如前所言,韩国古代诗话多称宾贡诸子诗作带有"晚唐诗风"。但所谓"诗风",当指诗歌风格,包括内容和形式上别具一格的特点。严格来说,"晚唐诗风",当指晚唐诗歌的"风格",即区别于初盛中唐的诗歌特点,是属于晚唐这一时代的独特标识。诗学史一般将"晚唐诗风"归纳为偏爱形式美,"致力于艺术作品的精雕细琢,把锻造工致的形式视为诗歌创作之能事",而以"温、李一派的词采华赡、声情流美、笔触细腻、命意委曲"为典范。但若仔细阅读诸人传世诗作,可见其虽严守近体诗形式,但未见形式上的精雕细刻;且除却李商隐等晚唐诗人的影响,也有体现对初盛中唐诗的接受。

实际上,晚唐社会整体陷入危机,诗人创造力衰减,诗坛整体固然由注重风骨、兴寄,转向对声律、辞采、韵味的追求。但文学史对"晚唐诗风"的概括,乃出于对时代新风的把握,并非对诗坛全貌的总述。实际的晚唐诗坛风气庞杂:李频等人学贾岛的清苦,项斯、司空图等人学张籍的雅正,于濆、曹邺等学元结的简古,陆龟蒙学韩愈的博奥,罗隐学白居易的通俗,李群玉、吴融等人则学温庭筠、李商隐的精工典丽,各种风格不乏其人,更有如杜荀鹤、

---

① [新罗] 崔致远:《桂苑笔耕集》卷十八《长启》,《崔致远全集》,第420页。
② [新罗] 崔致远:《桂苑笔耕集》卷二十《潮浪》:"骤雪翻霜千万重,往来弦望蹑前踪。见君终日能怀信,惭我趋时尽放慵。石壁战声飞霹雳,云峰倒影撼芙蓉。因思宗悫长风语,壮气横生忆卧龙。"《崔致远全集》,第499页。

皮日休融合多家诗风者。

通过上述对诸子诗作的考察我们发现，宾贡诸子入中国时值晚唐，在晚唐与新罗末的双重影响下，其诗自然带有晚唐烙印，但若以独领风骚的时代风格论之，诸人诗作固有重形式、诗风哀婉凄美者，但同时也有接受盛唐、中唐诗作，乃至虽承袭晚唐诗作诗法，却带有不同风味者，这部分作品并不符合作为独特时代格调的"晚唐诗风"，但却与晚唐诗坛的实际情形相符合。

刘畅，上海师范大学唐诗学研究中心副教授，兼任东亚唐诗学研究会秘书长，"东亚唐诗学讲坛"发起人之一。主要研究中国古代文学、东亚汉诗与唐诗学，兼及古代中韩交流史。曾合作出版《日本汉诗话集成》、《诗话丛林校注》(第一作者)、《韩国诗话人物批评集》(第一作者)、《韩国诗话全编校注》等古籍整理著作，撰写《韩国文人名字号训诂辞典》(第一作者)，翻译《韩国汉文学史》(第二译者)，编译《中朝三千年诗歌交流考论》(第二编者，并翻译书内韩语论文)。独立承担国家社科基金青年项目《古代中国影响下的高丽汉诗发展研究》，并在《文史哲》、《南开大学学报》、《文化遗产》、《江汉论坛》、《洌上古典研究》(韩)等中韩刊物发表论文多篇。

高丽与朝鲜时期的唐诗论

[韩] 沈庆昊　撰　王飞燕　译

摘　要　本文从朝鲜半岛朝鲜王朝唐诗学习兴起的背景讲起,进而深入讲解唐诗影响下的朝鲜半岛诗论,包含唐诗选集的接受与再选编,诗格诗品论与声律形式论等方面,呈现出朝鲜半岛高丽与朝鲜时期文人士大夫、中人、庶人阶层,乃至朝鲜民间,唐诗学习与接受的大体面貌。

关键词　高丽　朝鲜　唐诗学　诗论

一、序　论

近代之前韩国文体的发展,基本是国家权力决定着文体的层次,而知识阶层的私人文学创作与民间的文学创作则或被编入其中或与之对抗。近代以前,一方面,韩国国家权力决定文学样式的层次构成,另一方面,文学样式也在知识人的私人文学以及民间文学的加入与对抗中,获得发展。自7世纪中叶至11世纪,古代韩国文学的核心文体是碑文中的骈文-铭文。[①] 至9世纪文学创作中才开始重视韵语的使用。[②] 869年新罗的景文王曾与僧侣朗慧一起讲读过《文心雕龙》,[③]881年秋,唐僖宗避祸黄巢之乱而西狩时,宪康

[①] 新罗景明王(917—924在位)亲自所作《真镜大师碑文》,其序为骈文-古文混用形式。
[②] 沈庆昊:《韩国汉文基础学史》,太学社,2013年(2册);沈庆昊:《古典文学发展的实状与研究课题:对韵语的发达的考察》,《国语国文学》185,国语国文学会,2018年,第5—36页。
[③] 崔致远于新罗真圣女王四年(890)奉王命而作的《有唐新罗国故两朝国师教谥大朗慧和尚白月葆光之塔碑铭》中,言景文王十一年(871)秋国王下诏书令无染前来首都,王就《文心雕龙》向其请教佛法。

王曾派朗慧为慰问使节,并要求熟知六义之人作送别歌。彼时作为在家弟子的王孙魏荣为之作歌,而其他人则作诗,制成诗卷,侍读翰林才子朴邕为之作引。

高丽于光宗九年(958)引入了科举制度,设制述科与明经科,制述科中以八角韵排律为考试科目。12世纪,高丽文治发达,官僚诗人阶层开始壮大,① 也大约就在这一时期,文人们开始编撰文集。其中李仁老编撰了林椿的《西河先生集》,李奎报自编了《东国李相国集》。同时,随着汉诗作者层的壮大,官僚士人开始在宴飨或者仪式中进行赓载、联句、分韵作诗等活动。进入朝鲜时代之后,朝廷于科举考试中设诗赋,并且要求新进文臣在月课中作律诗,也要求朝臣应制赓载。② 此外,中国使臣宴会,及中国使臣、日本通信使等使行活动,也为彰显文化地位,而重视作诗唱酬。③ 另一方面,学习性理学的士人则将吟咏诗文作为陶冶性情的手段。16世纪后期,身份较低的庶孽(译者注:庶子)或中人(译者注:身份介于两班贵族与常、贱民之间的社会阶层)甚至女性也开始在吟诗中追求固有的美学。

因此,近代之前韩国的文化与汉诗的流行有着不可分割的关系,以短评、序跋、读后诗、注释、诗话的形态出现的诗论也因而比较发达。相传在中国以"诗话"为题名初见于欧阳修的《六一诗话》,而韩国则初见于朝鲜初期徐居正(1420—1488)所编《东人诗话》。但是在韩国有很多

---

① 崔滋:《补闲集》中言:"今之诗人,评曰:俞文安公升旦,语劲意淳,用事精简。金贞肃公仁镜,凡使字必欲清新,故每出一篇,动惊时俗。李文顺公奎报,气壮辞雄,创意新奇。李学士仁老,言皆格胜,使事如神,虽有蹑古人畦畛处,琢炼之巧青于蓝也。李承制公老,辞语遒丽,尤长于演诰对偶之文。金翰林克己,属辞清旷,言多益富。金谏议君绥,辞旨和裕。吴先生世材、安处士淳之,富赡浑厚。李史馆允甫、林先生椿,简古精隽。陈补阙澕,清雄华靡,变态百出。此皆一时宗匠也。"

② 沈庆昊:《高丽末朝鲜初文人——针对知识层的分韵》,《国文学研究》27,国文学会,2013年,第7—33页;沈庆昊:《朝鲜的科举诗与韵书》,赵季、刘畅编《中朝三千年诗歌交流考论》,天津:南开大学出版社,2016年,第216—242页;沈庆昊:《〈皇华集〉序文与箕子关联唱酬中出现的朝鲜文臣的自主性文明意识》,《皇华集和皇华酬唱》,韩国学中央研究院出版部,2022年。

③ 《西浦漫笔》下—142:"我东诗所以不好者,以古诗有科制,律诗有月课、皇华酬应故也。"

收录因作诗而产生的诸多故事的笔记漫录,如高丽中叶李仁老(1152—1220)的《破闲集[破闲]》①、李奎报(1168—1241)的《白云小说》②、崔滋(1188—1260)的《补闲集[《续破闲》《补闲》]》③、高丽末李齐贤(1287—1367)的《栎翁稗说》④等相继而出。朝鲜时期开始深入思考诗的独立价值。许筠(1569—1618)在《鹤山樵谈》中收录了一些围绕着作诗产生的一系列的故事,编为名为"诗话"的《惺叟诗话》。许筠还对朝鲜的汉诗进行选录,编撰了《国朝诗删》,并附有短评。李晬光(1563—1629)在《芝峰类说》⑤中设"诗文部",对中国汉诗与朝鲜汉诗的风格以及相关事实进行了

---

① 观崔滋《续破闲集序》,李仁老《破闲集》编成于高丽高宗四十一年(1254)。《破闲集》(高丽大学图书馆藏)卷三中有"左谏议大夫秘书监宝文阁学士知制诰 李仁老"的署名。据此推测此书版刻时间可能为高丽为避祸蒙古的侵入而迁都江华岛的时期,即庚申年(1260)版刻,亦即李世黄作跋文之时,《破闲集跋》末尾有"庚申三月日孽子阁门祗候世黄谨志"的标识。李仁老初讳得玉,其将海东耆老会诗100余篇编成《双明斋集》3卷发刊。高丽高宗初年历任秘书监。其在武臣政变的混乱之中跟随其叔父华严僧统寥一出家成了僧侣。
② 有观点认为"白云小说"的题名并非李奎报自定,而是朝鲜后期洪万宗在编纂《诗话丛林》时将李奎报的文集与其他资料中的诗话类内容辑出31条时所加的名称。金镇英:《白云小说研究》,《国语教育》26,韩国语教育学会,1976年,第77—95页。比如《白云小说》从《尧山堂外纪》中取了有关乙支文德的故事。
③ 崔滋受武臣执政期崔怡(?—1249)之命,为增补李仁老《破闲集》而编辑了147篇诗话,并命名为《续破闲集》。推测初刊约在高丽高宗四十一年(1254)。《成宗实录》中成宗二十四年(1493)十二月戊午条中有朝鲜成宗二十三年(1492)庆尚监司李克墩与其他诗话一起刊行了《补闲集》的记录。2001年7月朴现圭教授在北京国家图书馆(前北京图书馆)发现的《补闲集》早期刊本似乎就是这一刊本。孝宗十年(1659)庆州府尹严鼎耈又重刊了[己亥本]《补闲集》,现存亦有赵涑旧藏本《补闲集》。1911年朝鲜古书刊行会将《补闲集》与《破闲集》一起以新式活字加以刊行。此外,现存的还有安鼎福旧藏本的笔写本(抄本)《补闲集》,但没有崔滋的序与附录。
④ 《栎翁稗说》前后两集,每集两卷。1814年居住于庆州的益斋后孙将其与《益斋乱稿》版刻刊行时一起刊出。
⑤ 《芝峰类说》虽然在李晬光52岁即1614年(光海君六年)7月脱稿,但刊行是在其去世后的1633年(仁祖十一年)由其子李圣求与李敏求版刻刊出。整体20卷中收录有25部门3435条目182项目。25部门分别为天文、时令、灾异、地理、诸国、君道、兵政、官职、儒道、经书、文字、文章、人物、性行、身形、语言、人事、杂事、技艺、外道、宫室、食物、卉木、禽兽等。卷9"文章"部二重新分为诗、诗法、诗评各项。

论述。南龙翼(1628—1692)编纂了《壶谷诗话》①(收录于《诗话丛林》②),并编撰了《箕雅》。金万重(1637—1692)在《西浦漫笔》中叙述中国诗特性与文坛动向、评论朝鲜诗特征的诗话,大都流传了下来。③ 李瀷(1681—1763)在《星湖僿说》中设"诗文门",收录了一些诗的起源论与形式论以及诗话的内容。④ 18世纪出现了不少诗话与漫录,其中申纬(1769—1847)的《论诗绝句》对朝鲜盛行的汉诗进行了批评。

严羽的《沧浪诗话》由诗辨、诗体、诗法、诗评、考证五部分组成,这种分类与韩国诗论及诗话的中心主题基本一致。许顗在《彦周诗话》中言"诗话者,辨句法,备古今,纪圣德,录异事,正讹误也。若含讥讽,著过恶,诮纰缪,皆所不取。"⑤以此而言,则韩国的诗话中带有"含讥讽,著过恶,诮纰缪"倾向的内容不少。清代章学诚在《文史通义·诗话》中,将诗话的内容分为"论诗及辞"与"论诗及事"。柳光翼(1713—1780)的《枫岩辑话》⑥

---

① 《壶谷漫笔》的下卷,洪万宗在编纂《诗话丛林》时单独选出67项目编为《壶谷诗话》。《壶谷漫笔》卷三开头记有《壶谷漫笔下并叙》(1689),其后便罗列了各种诗话。据其序文所言此为1680年脱稿之文,1689年重新整理而成。分别附有① 诗评、选诗,② 唐诗,③ 宋诗,④ 明诗,⑤ 东诗,⑥ 诗话,⑦ 俪评等小题目。对骈俪文的评语亦一起录入。
② 1961年文林社油印4卷4册。上有1652年(孝宗三年)洪万宗自序、1714年(肃宗四十年)任璟、任堅跋文。收录有24种诗话笔记类。卷一有李奎报《白云小说》、李齐贤《栎翁稗说》、成俔《慵斋丛话》、南孝温《秋江冷话》、金正国《思斋摭言》、曹伸《谀闻琐录》、金安老《龙泉谈寂记》等。卷二有沈守庆《遣闲杂录》、权应仁《松溪漫录》、鱼叔权《稗官杂记》、李济臣《清江诗话》、尹根寿《月汀漫录》、车天辂《五山说林》、申钦《晴窗软谈》《山中独言》等。卷三有李睟光《芝峰类说》、柳梦寅《于于野谈》、许筠《惺叟诗话》、梁庆愚《霁湖诗话》、张维《谿谷漫笔》等。卷四有金得臣《终南丛志》、南龙翼《壶谷漫笔》、任堅《水村漫录》、任璟《玄湖琐谈》等。卷末有《诗话丛林证正》。
③ 《西浦漫笔》笔写本(抄本)的异本(不同版本)在韩国与外国均有收藏。金万重著,沈庆昊译:《西浦漫笔》1—2,문학동네(出版社名),2007年。
④ 李瀷在其人生的后半期历经30余年将各种论说文加以集成,命名为《僿说》。其外甥李秉休所整理的版本构成如下:卷一—三天地门(223项)、卷四—六万物门(368项)、卷七—十七人事门(990项)、卷十八—二十七经史门(1048项)、卷二十八—三十诗文门(379项),诗文门中所录诗话100余条。
⑤ 何文焕编订:《历代诗话》,北京:中华书局,1981年,第378页。
⑥ 朴仁镐:《〈枫岩辑话〉的编纂与编史精神》,《韩国史学史学报》12,韩国史学史学会,2005年。

是"论诗及辞"的代表性例子。洪重寅（1677—1752）的《左海诗数》（日本早稻田大学图书馆藏）[1]已初具集成诗话的"韩国汉诗史"的雏形。

近代之前韩国的唐诗论不仅出现在诗话中，也经常出现在论辩体的诗论或者诗选集的序跋文中。笔者曾于2006至2014年在高丽大学民族文化研究院研究团中担任"韩国传统美学思想与艺术批评资料集成研究"与"韩国传统美学思想与艺术批评资料集成译注"课题的研究，兹就其中韩国诗话诗评的唐诗相关讨论，展开考察。

二、诗创作论与唐诗

（一）文章自有一定之价论

高丽和朝鲜的核心知识阶层在仕宦生活中将文学的机能置于"经国"或"鸣国"之上，且以众体具备、酬应不窘为贵。[2] 高丽末期李穑曾有诗，言"韵强排律或五百，调古拟诗才二三"[3]。士人在出仕之前经常处于不安、不遇的境地，在仕宦过程中也经常遭遇政治上的疏离，因此往往通过作诗来表现"性情之真"。从高丽末期开始，朱子学即性理学开始盛行，至朝鲜朝，学派林立，相互拮抗，学者士人认为诗也应该承担载道的理念，并以此为依据对诗作与诗人进行评价。但是也有一部分士人知识分子更看重与"经国"或"性情之正"无涉的作品，由此形成了另外一种潮流。只是，不管是哪种情况，均将唐诗与宋诗视为评价的标准。

---

[1] 张豪晟：《新发掘诗话集〈左海诗数〉的内容与编者探索》，《汉文教育论集》58，韩国汉文教育学会，2022年，第447—491页。

[2] 《西浦漫笔》下—127："谢康乐推陈思以八斗，高廷礼尊子美为大家者，良以盛唐以前，此道休明，一切天魔外道未行于世，故只言其富，不称其异，理固然矣。元和以还，蹊径渐岐，雅俗兼陈。故元、白巨秩，世所谓广大教化主，而笃论者，终不如之于王、孟、韦、柳之上。岂不以材具虽大，而声调近俗故欤？今人论诗，率以篇什富盛，酬应不窘为贵，故车天辂、柳梦寅之徒，得以称雄大，而崔、白寂寥之篇，往往见轻于人。诗道本不如是。譬之一握珠玑，论其果腹，诚不如高廪陈粟。若过波斯会集，则握珠可预末席，廪粟安敢通名乎？"

[3] 李穑《有感三首》其二（《牧隐诗稿》卷八诗）："诗味虽然苦且甘，野狐禅窟莫教参。韵强排律或五百，调古拟诗才二三。太平风月藏壶底，余事文章擅斗南。驰骋赓歌千载下，未知何日脱征骖。"

李仁老(1152—1220)在《破闲集》中称颂不遇诗人吴世才,主张贫富贵贱无法遮蔽诗才。① 李仁老又提及李奎报在游览名山时途中闻莺而作的诗与其友林椿流浪江南时亦闻莺而作的诗,称赞二人的托物寓意的手法,认为二人之作:"羁游旅迫之状,了了然皆见于数字间,则所谓诗源乎心者,信哉!"②"诗源乎心说"见曾慥《类说》卷三十四《摭言》中"江南李氏宫中诗"与《类说》卷五十六《古今诗话》中"李氏宫中诗"引欧阳修之说。③ 之后15世纪初,朝鲜崔恒在《山谷精粹序》中曾言:"人得天地精秀之气以生,有心则有声。诗者,心之形而言之华也。"强调了诗的美学价值。④

朝鲜初期安平大君李瑢(1418—1453)于1444年(世宗二十六年)据三体诗法的体制选取了李白、杜甫、韦应物、柳宗元、欧阳修、王安石、苏轼、黄庭坚八人的五言、七言律诗与七言绝句,编成了《唐宋八家诗选》10卷。安平大君又于1445年编辑了《半山精华》,在作于十二月十九日的《半山精华序》中言"诗者,志之所之也。在心为志,发言为诗。然则诗者复岂有工拙为哉?

---

① 《破闲集》下—21:"天下之事,不以贵贱贫富为之高下者,惟文章耳。盖文章之作,如日月之丽天也,云烟聚散于大虚也。有目者无不得睹,不可以掩蔽。是以布葛之士,有足以垂光虹霓,而赵孟之贵,其势岂不足以富国丰家? 至于文章,则蔑称焉。由是言之,文章自有一定之价,富不为之减。故欧阳永叔云:'后世苟不公,至今无圣贤。'濮阳世材,才士也。累举不得第,忽病自作诗:'老与病相随,穷年一布衣。玄华多掩映,紫石少光辉。怯照灯前字,羞看雪后晖。待看金榜罢,闭目坐忘机。'三娶辄弃去,无儿息托锥之地,箪瓢不继,年至五十得一第,客有东都以殁。至其文章,岂小穷踬而废之。"

② 《破闲集》下—18:"白云子弃儒冠,学浮屠氏教,包腰遍游名山,途中闻莺,感成一绝。'自怜绛帻黄衣丽,宜向红墙绿树鸣。何事荒村寥落地,隔林时送两三声?'吾友耆之失意,游江南,闻莺亦作诗云:'田家椹熟麦将稠,绿树初闻黄粟留。似识洛阳花下客,殷勤百啭未曾休。'古今诗人托物寓意,多类此。二公之作,初物与之相期,吐词凄惋,若出一人之口。其有才不见用,流落天涯,羁游旅迫之状,了了然皆见于数字间,则所谓诗源乎心者,信哉!"

③ 曾慥《类说》卷三十四《摭遗》"江南李氏宫中诗":"欧永叔曰:'诗,源乎心者也。富贵愁怨,系乎所处。'江南李氏宫中诗曰:'帘日已高三丈透,金炉次第添香兽。红锦地衣随步皱,佳人舞彻金钗溜。酒恶时拈花蕊嗅,别殿时闻箫鼓奏。'与'时挑野菜和根煮,旋斫生柴带叶烧'之句异矣。"《类说》卷五十六《古今诗话·李氏宫中诗》:"欧公云:'诗源乎心,贫富愁乐皆系其情。'江南李氏宫中诗曰:'帘日已高三丈透,金炉次第添香兽。红锦地衣随步皱,佳人舞彻金钗溜。酒恶时拈花蕊嗅,别殿微闻箫鼓奏。'与措大诗'试挑野菜和根煮,旋斫青柴带叶烧'异矣。"

④ 崔恒:《山谷精粹序》,《太虚亭文集》卷一序类。

但视其志之所向耳",主张"诗言志说"。安平大君主张"诗者,天趣也",尤其关注李白与杜甫所习得的"五法九品之格"与"三工二概之义"。①

朝鲜时期对诗与性情的关系的强调形成了诗论的主流,将性情视为经过陶冶的心性的情况更多。18世纪中叶,李瀷(1681—1763)将诗看作是"志之发",主张苏武、李陵之后,诗作堕落,应给予禁断,以变化风习。又批判五言、七言诗仅追求形式之美,令人骇怪。② 之前朱熹在《答巩仲至书》中曾言:"诗有三变,自虞夏以来,下及晋魏,为一等;自晋宋间颜、谢以后,下及唐初,为一等;自沈、宋以后,定著律诗,下及今日,为一等。尝欲抄取经史所载,下及汉魏古词,以尽乎郭景纯、陶渊明,为一编,而附于《三百篇》《楚词》之后,以为根本准则。又于下二等,择近于古者,各为一编,以为羽翼、舆卫。其不合者悉去之,不使接于吾之耳目,则其为诗,不期于高远而自高远矣。"李瀷认为朱熹的选诗编辑也并非厘正风教的最佳方式。③ 李瀷的主张是极端道德主义的,其同时又重视诗的讽喻功能,高度评价了白居易诗的"劈脑拔根之喻"④。

(二)"诗能穷人"与"穷诗"

近代之前韩国的文学主要指向"经国",士人学者力求确保"鸣国"的地位。但是,遭遇政治上或者身份上的疏离与失意的诗人则将写诗作为自我

---

① 安平大君《半山精华序》:"魏晋诸贤,尚不用意于其间,而况古诗乎? 余故曰:诗者,天趣也。古之君子,德足以求其志,志之所之,成于自然,格律遣辞,悉皆中于法度,非以精粗善否而求之也。自三百篇以降,诗道几废。及唐而复兴,五法九品之格,三工二概之义,唯李杜得焉。大历以下诸作,竞以工拙相夸,往往有其句而无其意者,未免于俗狂轻露之失。于是葩藻之辞胜,而言志之功隐矣。故论诗者,以此病焉。逮于赵宋,诗道尤盛,称大家者,至以百数,而拟古者愈鲜矣。独王荆公之诗,清淡而华妙,高雅而从容。其为作也,祖渊明而从灵运,体子美而用太白。属对之精,用韵之功,实拟古而无间焉。所谓'剥落文彩,知其妙而不知其所以妙'者,非宋诗也,乃宋诗而唐者也。"
② 《星湖僿说》卷二十九诗文门 2—6《诗家藻绘》。
③ 《星湖僿说》卷十七人事门 11—6《禁五七言》。
④ 《星湖僿说》卷二十九诗文门 2—11《乐天讽喻》。李瀷认为各诗均各表其意,如《新丰折臂翁》"戒边功"、《道州民》"美臣遇明君"、《驯犀》"感为政之难终"、《缚戎人》"达穷民之情"、《青石》"激忠烈"、《涧底松》"念寒儁"、《紫毫笔》"讥失职"、《鵶九剑》"思决壅"、《海漫漫》"戒求仙"等。

表现的一种手段。

众所周知,杜甫在《天末怀李白》中曾言:"文章憎命达,魑魅喜人祸。"韩愈在《荆潭唱和诗序》中言:"欢愉之辞难工,而穷苦之言易好。"又在《送孟东野序》中言:"抑不知天将和其声,而使鸣国家之盛耶?抑将穷饿其身,思愁其心肠,而使自鸣其不幸耶?"①期望最终成为"鸣国"的诗人。苏轼曾言:"诗人例穷蹇,秀句出寒饿。"②欧阳修在论梅尧臣的诗作时曾言:"世谓诗少达而多穷,盖非诗能穷人,殆穷者而后工也。"③但是,陈师道(1053—1101)在《王平甫集后序》中言:"诗能达人,未见其穷人也。"④提出了"诗能达人论"。高丽与朝鲜时期的诗人在关注中国的这些诗论的同时,也反观自身,以自己的方式来论述诗才与穷达之间的关系。

高丽晚期李穑(1328—1396)在《有感》中曾言,自己虽处于羁穷之境,但与其如苏轼所言期待"得秀句",不如迈进用功以"求中"。⑤ 朝鲜后期否定"诗能穷人"之说而肯定"诗穷而后工"的观点,与诗人的穷达与诗作的工拙并无关系的观点,两说并行。这也是朝鲜后期,对处境贫寒的闾巷之人、庶孽、寒士等文学持肯定态度、高扬其价值的方便之法。⑥ 李睟光(1563—1628)⑦与

---

① 韩愈:《送孟东野序》,《韩昌黎文集》卷十九。
② 苏轼:《病中大雪数日未尝起观虢令赵荐以诗相属戏用其韵答之》,《东坡全集》卷一。
③ 欧阳修:《梅圣俞诗集序》,《文忠集》卷四十二。
④ 《古今事文类聚别集》卷十《诗能达人》:"欧阳尝谓梅圣俞曰:'世谓诗人多穷,非诗能穷人,殆穷而后工也。圣俞以为知言。东坡亦云:'此语真不妄。'吾闻醉翁语,陈无已作王平甫集后序,则云:'诗能达人,未见其穷人也。'余以为有激而云耳。"
⑤ 李穑《有感三首》(《牧隐诗稿》卷八诗):"非诗能穷人,穷者诗乃工。我道异今世,苦意搜鸿蒙。冰雪砭肌骨,欢然心自融。始信古人语,秀句在羁穷。和平丽白日,惨刻生悲风。触目情自动,庶以求厥中。厥中难造次,君子当用功。"
⑥ 安淳台:《诗人之穷达与诗之工拙间关系之论研究——以朝鲜后期论说为中心》,《韩国汉诗研究》19,韩国汉诗学会,2011年。
⑦ 李睟光《芝峰类说》卷十四诗艺:"或曰:'诗必专而后工,故为工者多出于寒苦困阨之中。'如唐之李翰林、杜工部、孟襄阳、东野、贾浪仙、卢玉川,乃寒苦者也。以近世言之,李容斋、金慕斋、申企斋、郑湖阴、林石川、卢苏斋,或久于窜谪,或久于闲退。白光勋、李达、车天辂,皆出于寒苦。古今如此者,难以悉举。是则惟穷者能工,非诗之能使人穷也。且天于是人,若或相之,穷阨其身,增益其所不能。向使其穷不甚,必不如是之工也。韩愈之送穷,其亦疏矣。"

李廷龟(1564—1635)①等人认为,诗人身处困穷而致力于作诗,其诗往往成就颇高,因而主张"诗穷而后工"的观点。柳梦寅(1559—1623)评价朋友成汝学的诗时,言其非荣华富贵之人气象,认为:"其语虽极工,而其寒淡萧索,殊非荣贵人气象,岂独诗之使其穷哉?诗亦鸣其穷也。"又言:"非诗能穷,人穷也,故诗者如斯哉!但有才者,天亦猜之,于世人,又何尤焉?惜哉!"②

车天辂(1556—1615)在《诗能穷人辩》中言:"诗者,随其才之高下,发于性情,非可以智力求,非可以勉强得。"主张"才之工拙,各随其分;命之穷达,各任其数"③。张维(1587—1638)作为课作而制的《诗能穷人辩》中言:"富贵于身者,犹谓之达,况富贵于艺者而为穷乎?"主张应将富贵荣达与作诗荣达相区别。④ 但是李敏叙(1633—1688)强调朝鲜与欧阳修所言相反:"宗工哲匠,恒出于富贵钟鼎之家。"⑤

金万重(1637—1692)认为诗人应不受困于处境而始终保持温柔心性,并将这种心性融于诗中。因此,其对杜甫夔州之后诗作中表露出的赤裸裸的懦弱心性有所不满,而对李白身处江湖之中却能安于其分而未流露"穷气"颇为欣赏。金万重认为杜甫在《奉赠韦左丞丈二十二韵》中所说的"纨袴不饿死,儒冠多误身"与韩愈流配漳州时呈于光范门的《上宰相书》相似,"殆为饥火所恼也";韩愈送孟郊的《孟先生诗》与此体制相近,但"清宵静相对,发白聆苦吟。采兰起幽念,珪然望东南"之语,"觉胜之也"。而对孟郊的《答

---

① 李廷龟《习斋集序》(《月沙集》卷三十九):"文章一技也,而必专而后工,盖非纷华富贵驰逐声利者所能专也。故自古工于诗者,大率穷愁羁困,不遇于时,非工之能使穷,穷自能专,而专自能工也。"
② 柳梦寅:《于于野谈》,韩国国立中央图书馆笔写本(한고조56-나89)。
③ 车天辂《诗能穷人辩》(《五山集》卷五):"诗者,随其才之高下,发于性情,非可以智力求,非可以勉强得。或有陋穷而能之者,或有显达而能之者,又有穷者达者而不能者。盖受之天者才分,成于人者学力,学力或可强,才分不可求,是故,古人有以挽弓,譬其力量。……才之工拙,各随其分,命之穷达,各任其数。"
④ 张维:《诗能穷人辩》(课作),《谿谷先生集》卷三杂著。
⑤ 李敏叙《竹阴集序》(《西河集》卷十二):"虽然,余尝考于古今文人之得失,有所深慨于公者矣。自古论文,谓穷者而后工,世以为知言,至于我东则不然,宗工哲匠,恒出于富贵钟鼎之家,而枯槁陋穷者不与焉。虽若反于古所云者,而以余观之,文章之盛衰,由气之偏全,得其清明昌大之气者,乃能发以为文雄,其人之得富贵利达,亦其理宜也。"

韩愈李观别因献张徐州》中的"古树春无花,子规啼有血"的诗句,认为"其穷诚不可医也"。① 但金万重认为无法通过诗语来预言诗人的幸与不幸。明代王思任《昌谷诗解序》中评价李贺时曾言"人命至促,好景尽虚,故以其哀激之思,变为晦涩之调,喜用鬼字、泣字、死字、血字,如此之类,幽冷谿刻,法当夭乏。"观《渔隐丛话》与《诗林广记》,有人就寇准(961—1023)《春日登楼怀归》中"野水孤舟"一句,占其他日当为宰相。② 金万重认为此则纯属偶然。当时有人吟雪,云"人间污秽同归净,天下崎岖尽变夷"③,人预言其将成就大贤事业,实际未见成真。有童子吟磨面,曰"雷声动处白雪飞,上石回回下石定"。人言"定"字极有力量,然童子虽至壮年,不及中人。但金万重并未反驳"诗之过于清幽者为鬼语"之说,例如,其曾就曹唐《仙子洞中有怀刘(刘晨)阮(阮肇)》中的"洞里有天春寂寂,人间无路月茫茫"④之句,论断其为"短命句"。⑤

---

① 《西浦漫笔》下—135:"少陵'纨裤不饿死',宋人极称之,而殊不见其好处。此与昌黎《光范书》相似。平日倒海拔山之气,不知向何处去,殆为饥火所恼也。昌黎《送孟生》诗,体制颇相近,而如'清宵静相对,发白聆苦吟。采兰起幽念,珪然望东南'之语,觉胜之也。若孟之'古树无春色,子规啼有血',其穷诚不可医也。"
② 寇准《春日登楼怀归》:"高楼聊引望,杳杳一川平。野水无人渡,孤舟尽日横。荒村生断霭,古寺语流莺。旧业遥清渭,沉思忽自惊。"《诗林广记》后集卷九《寇莱公》引《渔隐丛话》,引《政要》云:"公尝赋诗,有'野水无人渡,孤舟尽日横'之句,时人以此觇其相业。"
③ 尹元举(1601—1672)《咏雪》(《龙西集》卷五):"太古淳风梦未期,今朝坐看此何时?人间污秽同归净,天下崎岖尽变夷。少昊威仪徒自见,羲皇民物怳难知。朱门金阙终还耻,翠黛红颜却不思。"
④ 曹唐《仙子洞中有怀刘阮》:"不将清瑟理霓裳,尘梦那知鹤梦长。洞里有天春寂寂,人间无路月茫茫。玉沙瑶草连溪碧,流水桃花满涧香。晓露风灯零落尽,此生无处访刘郎。"(《全唐诗》卷六百四十);又《唐才子传》卷六:"唐与罗隐同时,……唐尝会隐,各论近作。隐曰:'闻兄游仙之制,甚佳,但中一联云:"洞里有天春寂寂,人间无路月茫茫。"乃是鬼耳。'……忽一日昼梦仙女,鸾佩花冠,衣如烟雾,倚树吟章唐天台刘、阮诗,若欲相招而出者,唐惊觉,颇怪之。明日暴病卒,亦感忆之所致也。有诗集二卷,今传于世。"
⑤ 《西浦漫笔》下—161:"古人以诗验人之穷达。如寇莱公'野水孤舟'之语,预占后来相业。然此亦适然。近有人咏雪曰:'人间污秽同归净,天下崎岖尽变夷。'大为先生长者所赏。然其言甚大,非大贤事业,未易称之也。又有童子咏磨面曰:'雷声动处白雪飞,上石回回下石定。'上下石信奇语,而定字极有力量,及长愦愦不及中人。如此者亦多矣。古人以诗之过于清幽者为鬼语。如唐人'洞里有天春寂寂,人间无路月茫茫'是也。今俗谓之短命句,盖谓人而鬼语,不寿之征也。"

(三) 性情论、天机论、神韵论与唐诗

学唐要求构思新奇或翻案奇妙。高丽晚期的李齐贤在论范蠡的故事时,曾言:"论功岂啻破强吴?最在扁舟泛五湖。不解载将西子去,越宫还有一姑苏。"李晬光谓"其意甚新"。李晬光予以高评,盖因其诗所论方向不同前人,如杜牧即将范蠡与郭汾阳相较,其《云梦泽》道:"日旗龙旆想悠扬,一索功高缚楚王。直使飘然五湖去,未如终始郭汾阳。"

崔滋曾在《补闲集》中引用"诗评",言"气尚生,语欲熟。初学之气生,然后壮气逸;壮气逸,然后老气豪"。无法确知此处"诗评"具体何指。崔滋谓李奎报"少年时走笔,皆气生之句",并列举了数例。并言无衣子(真觉国师慧谌)为太学生时所作《野行》中"臂筐桑女盛春色,顶笠蓑翁戴雨声"之句"气与语俱生";而陈澕的"触石树腰成磊磈,入地泉脚失潺湲"则"气虽生,语犹熟"。①

崔滋在《补闲集》中称"诗文以气为主,气发于性,意凭于气,言出于情,情即意也。而新奇之意,立语尤难,辄为生涩。虽文顺公,遍阅经史百家,熏芳染彩,故其辞自然富艳。虽新意至微难状处,曲尽其言,而皆精熟。"又引用俞升旦之语"吴世才先生,才识绝伦,尝得类篇览之曰:'为学莫此为急,乃手写毕颂。'言'凡作者,当先审字本,凡与经史百家所用,参会商酌,应笔即使,辞辄精强,能发难得巧语。辞若不精强,虽有逸情豪气,无所发扬,而终为拙涩之诗文也。'"

韩国在接受性理学之前,将文学的重心置于志与心之上;在接受道学的过程中,开始将重心置于性情之上。众所周知,诗由性情之说出自严羽《沧浪诗话》中"诗者,吟咏性情也"之句,而黄庭坚在《书王知载朐山杂咏后》中

---

① 《补闲集》下:"诗评曰:'气尚生,语欲熟。初学之气生,然后壮气逸;壮气逸,然后老气豪。'文顺公少年时走笔,皆气生之句,脍炙众口。如次韵文长老见赠云:'睡美工夫深巷雨,夜寒消息一瓶冰。'又:'数篇诗句闲中迫,一局棋声静里喧。'又:'一洞烟霞僧富贵,两峰松月鹤生涯(其寺对两峰)。朝暮鸟声门外树,古今人影路傍潭。'又:'阶竹困阴孙未长,庭梅饱雨子初肥。'又:'颜逢美酒双红易,眼为佳人一白难。''满林白雪猿跳破,半壁斜阳鸟唤残。''竹根擘地龙腰曲,蕉叶翻堦凤尾长。''蟾腹砚寒书易冻,猊蹄鑪煖坐慵迁。''观棋遗迹衣生皱,省酒奇功语减喧。'半壁斜阳,语格清爽,省酒奇功,气生语熟,古今人影,辞虽已陈,属意则新,闲中迫,联辞浅,而意不浅。无衣子为大学生时,《野行》云:'臂筐桑女盛春色,顶笠蓑翁戴雨声。'陈补阙云:'触石树腰成磊磈,入地泉脚失潺湲。'臂筐之句,气与语俱生,为时俗所尚,触石联,气虽生语犹熟,虽诗老亦惊。"

言"诗者,人之性情",由此可知此说之所由来。朝鲜时期梁周翊(1722—1802)在1775年3月上旬所作的《题濂洛风雅跋》中言"中和者,天地之性情也","诗也者,出乎人之性情,则贵其极中和,而尽天地之性情也",又言"中和之见乎诗,如玄酒之味淡如也"。而濂洛诸公之诗,正是达到了此种境界。①

但是17世纪之后,朝鲜的诗论开始将"天机"作为主要概念加以使用。有人将"天机流动"与"吟咏性情"相结合,另有人则是为了从性理学的性情论之中跳出,将其发展为重视情感的自然流露的论说。《庄子·内篇·大宗师》言"其耆欲深者,其天机浅"。《外篇·天运》中言"天机不张,而五官皆备"。《外篇·达生》中所言"用志不分,乃凝于神"指的是主体超越人为的局限而纯粹投入对象的心理体验,是摆脱所有的杂念,内心寂静沉寂之时,获得的美的观照。② 张维(1587—1638)在《石洲集序》中言"诗,天机也",天机"情境妥适,律吕谐协",其根基是对天机可以扩充人心至全部全量这一可能性的信赖。朝鲜诗人学者将关注的重点从"吟咏性情"转向"天机流动"的理由,在于对理学诗的划一意境感到不满,进而开始重新发现"兴趣"与"妙悟"的学说有关。③

吴光运(1689—1745)主张以"静"与"无心"的态度来观察现实世界的复杂多变。其为岫云柳德章的无心斋所写的记文④中强调"心"之"无系着",

---

① 梁周翊《题濂洛风雅跋》(《无极集》卷九):"中和者天地之性情也。天地之中吾其性,天地之和吾其情。诗也者,出乎人之性情,则贵其极中和,而尽天地之性情也。三百风雅,一以蔽之曰中和。中和之见乎诗,如玄酒之味淡如也,黄钟之声浑如也。下此而为诗者,虽斗百奇,竞千巧,煞泄发天地之机,即桂醑椒浆之爽乎口,燕筑赵瑟之快乎耳,终非中和之自然者也。濂洛诸公之诗,深有得于风雅遗意,优游乎太和元气中,举有浴乎沂风乎舞雩底气象,是道中和之极工也。然是编也,或不无正偏通滞之可论者,是亦风雅之有正变大小之别也欤。噫!无声者黄钟之君,无味者玄酒之母,为诗者,淡而至乎无味,浑而归乎无声,求尽己中和之性情,以尽夫天地之性情。当如《思传》之致中和,终之以上天之载无声无臭,而后可也。故余曰为诗之道与为学无间。"
② 徐复观:《中国艺术精神主体的呈现》,《中国艺术精神》,台北:台湾学生书局,1983年。
③ 이동환《朝鲜后期"天机论"与其文艺、思想史上的含义》(《韩国学会发表论文集》2000年8月)中将天机论引申为民族性美学思维的一种样式。此外,也有学者认为17世纪朝鲜王朝文人对"天机论"的认识是混合了性情论与兴趣论以及王夫之(1619—1692)的客观论等,并从中生出来的一种美学。李敏弘:《韩国汉文学的美学照明》,《韩国汉字汉文教育学会国际学术大会资料集》,第二次汉字与汉文教育国际学术大会,2011年10月,第90—94页。
④ 吴光运:《无心斋记》,《药山漫稿》卷十六。

言"淡然而遇,悠然而感,融然而会,援而不为滞,奚不可之有?"其创作了《文指》《诗指》《赋指》等一系列的文学创作理论,指出坚持"无系着"的专一之心在作诗与创作书法时才能不拘于形色而达到神会的境界。但其主张传承"神气"的范式,存在于自周汉到唐宋的杰作之中,因而需要法古。由此可知其将"神会说"与"法古论"加以了结合。但其也留意到不同时代的"本色"。吴光运在《文指》中言"自周汉至唐宋,其杰者,皆有神气。承传不在于句读色相之内,为文者不可不知。然周自周,汉自汉,唐自唐,宋自宋,其时代本色,亦不可掩。"①这也与其在评论文章时"评骘文章有二科,一则以其世,一则以其心"的逻辑相通。② 其于《诗指》中在每一诗体之下罗列了堪为典范的作家。③ 吴光运认为作诗需要具"六物",即格、调、情、声、色、趣;同时需要有"六戒",即俚俗、噍急、幽怪、纤细、多引事、喜咏物。其在实际作诗时,为严守"六戒",对繁杂的典故与事物本身不甚关心,其咏怀组诗《感遇》19 首便是代表性例子。④

洪良浩(1724—1802)曾言人心之灵(灵觉),"发而为声,声藏于肉,机触而生,神与机合,应律成章",将诗的创作过程从灵-机-神的相互关系中加以把握,将作诗的"别裁妙悟"视为"天人合一"的状态,⑤主张为了天机

---

① 吴光运:《文指》,《药山漫稿》卷十一。
② 吴光运:《六寓堂集序》,《药山漫稿》卷十五。
③ 吴光运《文指》(《药山漫稿》卷十一):"五言古,尚朴高旨远,故学汉魏,未能则阮、左、鲍、谢,未能则陶、韦,未能而后杜、韩。七言古,尚风华才长,故以李、杜为宗,而辅以高、岑、王、李。五言绝,玄妙上于爽朗,故取右丞,而配以青莲。七言绝,飘逸长于婉柔,故标青莲,而次者少伯,以少陵为禁戒。五言律,主神境,故型范少陵,而兴趣寄于王、盟。七言律,重格调,故准的王、李、高、岑,而气骨参之少陵。排律,推少陵为都料匠,然后雄浑壮丽清谈间,远不失冠冕之象,烟霞之气,而不落小家恶道矣。吾之基业门户已定,则此而中晚诸家,至宋元明作者,皆可取其长,而采其精,以资吾材具笔路尔。"
④ 沈庆昊:《姜朴与南人文坛的形成》,《韩国汉诗的理解》,首尔:太学社,2000 年。
⑤ 洪良浩《诗解》(《耳溪集》卷十七):"人心之灵,发而为声,声藏于肉,机触而生,神与机合,应律成章,天假之风,人其鸣铿锵。譬如雷奋于夏,虫吟于秋,若或命之,不可得而休焉。故诗之为言,以时而名。人之为诗,与天偕行,不可有意,则离于真,不可无意,恐丧其神,若有若无,妙在其间,玄乎微哉! 言不能传,旨在辞表,象寓境先,如伏卵鸡,如蜕壳蝉,释智忘形,乃邻自然。情与物胶,人也,非天,虚中之籁,月中之光,良玉有辉,名花生香,孰知其自? 孰宰其功? 为我问之无倪之翁。"

的自由表现应该使用长篇古诗的体裁。① 洪奭周(1774—1842)在《题诗薮后》中对胡应麟的《诗薮》提出了批判。胡应麟认为诗应同于古诗,情景为主,不可置议论。诗者,取决于神韵。洪奭周虽然同意胡应麟的诗论,反驳了钱谦益对胡应麟的批判,但是其认为诗无法以一个标准来评论,因为诗为"言之精也,天机之自然也,人情之所不能已也"的艺术形式,因而不可能存在感情与天机完全合一的诗。② 尽管如此,洪奭周依然就以下几个方面对胡应麟提出了批评:为了模拟而不惜剽窃与蹈袭;虽然在诗中以情景为主,排除议论,但没有考虑在之前的诗中除去议论便无法评价的问题;宣扬首重神韵,却忽视了切题,从而使诗的价值有所损伤。洪奭周在《原诗上》③中提出,诗为表现天人之妙感,《原诗中》④主张诗之高下虽可控,而妙鉴则古今皆同。

　　洪世泰(1653—1725)在为崔承太的诗集所写的《雪蕉诗集序》中,将天机视为与嗜欲相对的纯善之心、纯粹之志、自然本性、天性意味。⑤ 另外,洪世泰在1712年编成委巷人(间巷人)之诗集《海东遗珠》,在《海东遗珠序》中视天机为与人为的修饰与雕琢相对立的灵感,并将其定为间巷人之诗的根基。⑥ 吴光运在1737年(英祖十三年)刊行蔡彭胤所编委巷诗集《昭代风

---

① 洪良浩《与宋德文论诗书》(《耳溪集》卷十五):"独我东俗,专尚近体,稍知操觚,已习骈偶,开口缀辞,便学律绝,不知古风长句之为何状,是可谓诗乎哉?仆尝西游中国,见华人诗话,云高丽人好作律绝,不识古诗,使我颜发骍也。夫东方之文,惟诗为长技,名世之家,蔚然相望,而其为古诗长篇者,绝罕焉。间有之,犹趑于宋人迹辙,而惟郑东溟起而振之,力倡古风,庶几乎盛唐遗音。但恨格力胜,而天机浅,未有冲和渊永之味,动荡要妙之韵,是则不可学而能耳。然使后生,始知古诗之声容步武者,其功不可少也。今欲一反乎古,莫如师其道,道得则法随之,声在其中矣。噫!生乎千载之后,欲追古人之音,不亦迂且狂乎?然人心之灵,天机之妙,亘万世而不息不变,惟在自得之耳。"
② 洪奭周《题诗薮后》(《渊泉集》卷二十):"诗者,何也? 言之精也,天机之自然也,人情之所不能已也。言不期乎同也,期乎当而已,情不期乎同也,期乎正而已。若夫天机之流动,吾又安得以容吾意哉?"
③ 洪奭周:《原诗上》,《渊泉集》卷二十四。
④ 洪奭周:《原诗中》,《渊泉集》卷二十四。
⑤ 洪世泰《雪蕉诗集序》(《柳下集》卷九):"诗者,一小技也。然而非脱略名利,无所累于心者,不能也。蒙庄氏有言曰:嗜欲深者,其天机浅。历观自古以来,工诗之士,多出于山林草泽之下,而富贵势利者,未必能焉。以此观之,诗固不可小,而其人亦可知矣。"
⑥ 洪世泰:《海东遗珠序》,《柳下集》卷九。

谣》时,继高时彦之后协助选录,并撰写了《昭代风谣序》,评价闾巷人之诗能"全其天性"。① 申维翰(1681—1752)不重视诗的规矩格律与声容色泽,而崇尚天机。② 申维翰在《杜机诗选叙》将作诗视为"采真之游"之一,③认为"格物沿情"才是作诗的根本。④ 之后赵斗淳(1796—1870)的《风谣三选序》中也认为闾巷人之诗很好地表现了天机与性情。⑤ 这种天机论同时具有对政治上被疏离的庶孽与中人的天赋诗才加以肯定的意味。

金正喜(1786—1856)以王士祺(王士禛,1634—1711)的《精华录》为底本抄录了一些作品编成了《精华选存》1册。⑥ 王士祺自幼受教于王士禄,专修王维、孟浩然、王昌龄、韦应物、柳宗元的诗作。其于28岁在扬州时,为次子选录了唐诗中,歌咏自然"一如"的五七言律诗、绝句,并将其选集名为《神

---

① 吴光运《昭代风谣序》(《药山漫稿》卷十五):"风之行于天下,假人以鸣曰谣,其鸣也以天。故人之性情,代之污隆,如镜焉,一以人而杂之,则其天汩矣,又何以镜焉? ……余意其出于闾巷讴谣之自然者,方叶于风诗,而一涉思索则失之矣。我东方与燕都,同箕尾之分,世所谓云汉末派,明风之自勃碣也,东方固已首被矣。今天下皆已侏离,勃碣之风,渡江以迁,亭毒煽鼓于一区文物之邦,而又求其风之所龠,则汉京是已。夫以华山汉水秀美冲和之气,开辟以来,蟠际胎蟹,不一泄以启昭代之文化,而又为箕尾汉汉之所穷,搢绅士不能独当,而委巷圭窦,往往钟灵焉。且后世士大夫撌撌然用力于举业,尤不能全其天,外乎此者,不过遐荒山泽,方外孤绝之语,漠然与王化不相关,又乌足以为风乎? 惟我国闾井之人,限于国制,科举无所累其心,生于京华,又无方外孤绝之病,得以游闲诗社,歌咏文化。大者能追步古作者,蔚然为家数,小者亦能袅娜成腔调,要之乎全其天性,发之天机,咨嗟咏叹,不能自己者,实岐镐江汉之遗也。"
② 申维翰《笔园夜话有述五十韵》并序(《青泉集》卷一):"吾于诗,不以规矩,不以格律,不以声容色泽,而所把玩者,天机也。"
③ 申维翰:《杜机诗选叙》,《青泉集》卷四。
④ 申维翰《笔园夜话有述五十韵》(《青泉集》卷一):"大抵,格物沿情,葩分蕊别,认得人间无限臭气,无限光景,便与自家意思一般,即吾师乎,吾师乎!"
⑤ 赵斗淳《风谣三选序》(《心庵遗稿》卷二十八):"本朝上文治今五百年,学士大夫彬彬矣,下至凡民俊秀,咸从事占毕。甫学语,辄授之句读,稍长,攻古文辞五七言歌诗。盖菁莪朴棫之化,豁而毋阂,而独用人,局以门地,士大夫拣华摘藻,扬声展步,各究其材识所底。惟委巷则不然,抑而在下,郁而不畅,楚国之骚,不得为廊庙朝廷之用,东野之诗,无由鸣国家之盛。如李苏谷之清丽,刘村隐之高古,概嵱之一时风谣而止,此《昭代风谣》所由名也。中有《续选》焉,今又选之三,而率皆出于沉屈低垂蹭蹬自画者流,而大都楚楚,多可喜可读。夫诗,天机也性情也。愉悦忧怨,皆得夫自然之天,而发于性情之正,则岂阀阅家世所独薄,而区以域乎其间者哉? '《诗》三百,一言蔽之,曰思无邪。'"
⑥ 旧韩末的藏书家沈宜平非常整洁地抄录编册的抄本现收藏于日本东京的东洋文库。

韵集》。其于55岁时编纂《唐贤三昧集》,尊崇盛唐近体诗中体现出来的悟道境界。此外,其还在宋人洪迈《万首唐人绝句》100卷的基础上编撰了《唐人万首绝句选》7卷,主要选取了唐诗绝句中神韵深厚的作品。王士禛重视诗的象征性与画面感,追求在与外物接触时产生的兴趣,将透彻的感悟当作创作方法。金正喜对王士禛的诗论深表赞同。

三、唐诗选集的接受与朝鲜人的自选

(一) 对唐诗集的接受

高丽与朝鲜时期的诗人对唐诗与宋诗都很重视。严羽《沧浪诗话》《诗评》中将唐诗与宋诗加以比较,言:"本朝人尚理而病于意兴,唐人尚意兴而理在其中。"李晬光亦曾言:"唐人作诗,专主意兴,故用事不多;宋人作诗,专尚用事,而意兴则少。"①

高丽晚期的知识分子对苏轼最为尊崇。② 朝鲜初期安平大君在1446年仲春对梅尧臣的诗作加以选取,并简单地进行了加注,编成了《宛陵梅先生诗选》。③ 徐居正受到黄庭坚与江西诗派的影响,在《东人诗话》的很多诗评中参考了《诗人玉屑》《诗话丛龟》《苕溪渔隐丛话》的同时,也参考了《唐诗

---

① 李晬光:《芝峰类说》卷九文章2"诗"。
② 徐居正的《东人诗话》中有如下论评:"论者谓牧隐(李穑[1328—1396])酷似东坡,间有发越处,或过之。有问阳村权先生(权近[1352—1409])者,先生笑曰:'子归读东坡前后《赤壁赋》、牧隐《观鱼台赋》,自当知之矣。予谓古人以苏老前后《赤壁赋》,为一洗万古,则非后人所可议拟也。'"又有如下论评:"予尝读李相国长篇,豪健峻壮,凌厉振踔,如以赤手搏虎豹挈龙蛇,可怪可愕,然有粗猛处。牧隐长篇,变化阖辟,纵横古今,如江汉滔滔,波澜自阔,奇怪毕呈,然喜用俗语。学诗者,学牧隐不得,其失也流于鄙野。学相国不得,其失也如捕风系影,无着落处。近世学诗者,例喜法二李,不学唐宋。古人(《春秋左氏传》昭公四年浑罕[子宽])云:'作法于凉,其弊犹贪,作法于贪,弊将何救?'"金万重认为《东人诗话》中的此两条项均甚好。《西浦漫笔》下—99:"《东人诗话》中,此二语甚好。"
③ 以甲寅字刊行之后,1447年(世宗二十九年)7月,全罗道观察黜陟使李思任在锦山校订重排。申叔舟于1446年仲春乙丑作成序文,《宛陵梅先生诗选序》,《保闲斋集》卷十五。序文中言:"匪懈堂手简抵予曰:诗之体,盛于唐而兴于宋。然其间所赋之诗,豪放美丽,清新奇怪,则或有之矣。至如简古精纯,平淡深邃,寄兴托比,自与唐人无校,则独圣俞一人而已。"

鼓吹》《瀛奎律髓》《精选唐宋千家联珠诗格》中的唐诗评论。①

朝鲜初期世宗于1422年(世宗四年)10月将宋代曾原一编、黄茂辉刊行的《选诗演义》以庚子字印出,1434年8月曾将此书内赐大臣。1435年将《分类补注李太白诗》用甲寅字刊出,1440年同样将《唐柳先生集》以甲寅字刊行。1442年世宗以刘履辑选、金德玹校正的建阳刊本为底本,将《风雅翼选诗》以甲寅字刊行。《风雅翼选诗》为刘履继承朱熹遗意而制,内容包括从《文选》中选辑出诗,并采录没有收录入《文选》的诗作,编成《选诗补注》8卷7册;对自唐虞以后至晋代的传记与诸子集中散见的古歌辞加以遴选,编成了《选诗补遗》2卷1册;将唐宋的一些作品与朱熹的《感兴诗》一起编成《选诗续编》5卷2册。并各附上注释。② 1443年4月根据"杜诗注释书纂辑令",安平大君总括负责的《纂注分类杜诗》开始编纂,③《纂注分类杜诗》的补注中利用了魏庆之的《诗人玉屑》与蔡正孙的《诗林广记》。④

在那之前的1431年,庆尚道密阳官衙中覆刊了宋朝鲁訔编纂、蔡梦弼会

---

① 柳和廷:《〈东人诗话〉中所接受的中国诗学书研究》,《东洋汉文学研究》36,东洋汉文学会,2013年,第101—122页。

② 《选诗补注》选有246首诗,分别来自《文选》212首、《陶靖节集》29首、《后汉书》2首、《文章正宗》1首、《阮嗣宗集》2首。《选诗补遗》所选则是从唐虞之后至晋为止在各种传记与诸子集中所见的42首诗。《选诗续编》选了唐、宋诗人的112首与朱熹《感兴诗》20首。1553年(明宗八年)前后重刊,并下赐给白光弘的刊本现收藏在韩国全罗南道长兴岐阳祠中。鲁耀翰:《朝鲜前期〈风雅翼选诗〉的刊行与〈选诗补注〉的注解方式研究》,《汉文古典研究》36,韩国汉文古典学会,2018年,第123—158页。

③ 世宗于1443年(世宗二十五年)4月下令将杜诗注释书加以综合。由安平大君总领,辛硕祖等六人负责具体工作。世宗末似乎完成了《纂注分类杜诗》本文25卷(目录1册)。在此基础之上,成宗十二年(1481)下令谚解。《纂注分类杜诗》的主要底本为宋代徐宅(字居仁)编纂,黄鹤补注《集千家注分类杜工部诗》25卷(宋刊本1231年刊,元刊本的初期刻本1312年刊)与元代高崇兰(字楚芳)编纂《集千家注批点分类杜工部诗集》20卷(原来的版刻为1303年)。徐宅编纂本为分类式而高崇兰的编纂本为编年式。高崇兰编纂本追刻了宋代刘辰翁(号须溪)的批点。高丽大学晚松文库中收藏有初铸甲寅字的字体所版刻的,三叶花纹鱼尾,大黑口版心的木刻本残卷《纂注分类杜诗》。似乎是以初铸甲寅字本整版(将活字本更改为木版本)而成。柳允谦等数位官僚于1481年(成宗十二年)开始编纂《分类杜工部诗谚解》。

④ 《诗林广记》的元版本在其后以乙亥字印出。柳和廷:《〈纂注分类杜诗〉补注中所活用的宋、元代文学批评书检讨》,《东洋汉文学研究》61,东洋汉文学会,2022年2月,第103—126页。

笺的《杜工部草堂诗笺》,包括本集 40 卷、诗话 2 卷、年谱 1 卷、补遗 10 卷、外集 1 卷,共 18 册的体制。1436 年(世宗十八年)将宋代周弼选录七言绝句、五言律诗、七言律诗而成的《三体诗法》附记上释圆至注,裴庚增注编成的《增注唐贤绝句三体诗法》在忠清道清州以木版覆刊。1439 年(世宗二十一年)同样在清州将《诗人玉屑》以木版覆刊。1471 年(成宗二年)在忠清道清州将《虞注杜律》2 卷覆刊。《虞注杜律》在明代朱熊于 1434 年(明宣德九年)刊行之后,1443 年(正统八年)由林靖校正、石璞重刻的重刻本刊行。清州覆刻本以石璞的重刻本为底本。

元代方回的《瀛奎律髓》是江西诗派的唐宋诗选本,然而这一选本在朝鲜被用作学唐的课本。朝鲜成宗年间初刻,至 1592 年的壬辰战争之前,刊行了两次,1595 年之后又数次续刊。① 《瀛奎律髓》采取了按主题分类的方式,② 其分类的各项能够在作诗时,为选题提供一定的帮助。

王安石《唐百家诗》甲辰字金属活字本 3 册(全 27 册)现收藏在延世大学图书馆中,③ 此书又以《唐百家诗选》或《王荆公唐百家诗选》之名为人所知,总 20 卷。根据《四库全书提要》的说法,该书是由宋敏求与王安石合作编纂。④ 书中选录了唐朝 104 家诗 1200 余首,根据时间先后进行了编次。王安石的自序言:"余与宋次道同为三司判官时,次道出其家藏唐诗百余篇,诿余择其精者,次道因名曰《百家诗选》。"其中所收录多为中晚唐人的作品。选诗有王建 92 首、皇甫冉 85 首、岑参 81 首、高适 71 首、韩偓 59 首,其中并未

---

① 김상일:《瀛奎律髓与朝鲜时代接受的意味》,《韩国文学研究》23,2000 年,第 133 页。
② 登览、朝省、怀古、风土、升平、宦情、风怀、宴集、老寿、春日、夏日、秋日、冬日、晨朝、暮夜、节序、晴雨、茶、酒、梅花、雪、月、闲适、送别、拗字、变体、著题、陵庙、旅况、边塞、宫闱、忠愤、山岩、川泉、庭宇、论诗、技艺、远外、消遣、兄弟、子息、寄赠、迁谪、疾病、感旧、侠少、释梵、仙逸、伤悼等总 49 卷 49 项。
③ 四周双边,半郭 22.5 cm×15.0 cm,有界,12 行 20 字,上下大黑口,上下内向花纹鱼尾;34 cm,册 1,郎士元集。皇甫冉(集)。司空曙集。——册 2,马戴集。秦系集。吕温集。张司业集。——册 3,李长吉集。李嘉祐集。
④ 曾追随王安石的杨蟠任温州太守时初刊,将编者单列为王安石。现存宋刻残本,清康熙四十三年(1704)宋荦、丘迥刻本著录于《四库全书》集部八总集类。1928 年由上海商务印书馆刊行。查屏球:《名家选本的初始化效应——王安石〈唐百家诗选〉在宋代的流传与接受》,《安徽大学学报(哲学社会科学版)》,2012 年 1 月,第 62—73 页。

收录李白、杜甫、王维、刘长卿、韦应物、刘禹锡、韩愈、柳宗元、白居易、元稹、杜牧、李商隐等人的诗作,名篇的脱漏也很多。① 吕祖谦在《宋文鉴》中收录有王安石的序文,丽泽书院将其用作教材。江湖诗风的漫延也与此书有关。②

成石璘(1368—1423)留有对《唐音》中收录的韦应物诗的次韵作,目前无法确定当时流传到朝鲜的《唐音》的版本情况。《唐音》是元代杨士弘于1335年开始编纂,到至正四年(1344)完成的选集,收录唐诗1341首。③ 根据朝鲜王朝实录之《燕山君日记》1505年5月19日的记录,命校书馆印"唐音诗"上呈,当时刊行的朝鲜版本目前无法确认。之后,在朝鲜有《唐诗始音辑注》《唐诗正音辑注》《唐音遗响集注》的《唐音辑注》流通。据说1556年(朝鲜明宗十一年)刊行了乙亥字金属活字本《唐诗正音辑注》14卷10册。④《唐音》的不同版本有明初张震辑注的《唐音辑注》12卷、顾璘(1476—1545)批点的《批点唐音》15卷、清乾隆帝敕撰《四库全书》中著录《唐音》14卷等。收藏于首尔大学奎章阁韩国学研究院中的《唐音遗响辑注》中有1439年东吴李继的《唐音辑注后序》,⑤据其《凡例》,言因李白、杜甫、韩愈的诗各有全

---

① 清代王士禛《渔洋诗话》中言其"去取大谬",沈德潜《说诗晬语》中言其"杂出不伦"。宋代赵彦卫《云麓漫钞》中认为王安石的选诗底本为唐代举子行卷之作,因而脍炙人口的名作并未收入。宋代严羽《沧浪诗话》中认为此书的前半部取自《河岳英灵集》与《中兴间气集》,多佳作,但大历之后的诗不甚好。南宋中后期之后王学虽然失势,《唐百家诗选》依然广为流传。倪仲传于1169年(乾道己丑)四月望日作《唐百家诗选序》。
② 查屏球:《名家选本的初始化效应——王安石〈唐百家诗选〉在宋代的流传与接受》,《安徽大学学报(哲学社会科学版)》,2012年1月,第62—73页。
③ 杨士弘因避清乾隆帝弘历之讳亦写作杨士宏,字伯谦。原籍许昌襄城(现在河南),祖父代时曾仕临江(现在江西)因而居其地。《元史》中无立传。明代李贤《明一统志》言杨士弘善乐府诗,留有《鉴池春草集》与《唐音》,《鉴池春草集》并未流传下来。
④ 李仁荣的《清芬室书目》中著录为"乙亥字本"。首尔大学奎章阁韩国学研究院中所藏《唐诗正音辑注》似乎是这一时期的刊本。16世纪初中期以乙亥字刊行的《唐诗正音辑注》《唐音遗响集注》现收藏于诚庵古书博物馆与国立中央图书馆,奎章阁等处也收藏有木版本。
⑤ 有明初张震辑注的《唐音辑注》12卷,顾璘(1476—1545)批点《批点唐音》15卷,清乾隆帝敕撰《四库全书》著录《唐音》14卷。中国国家图书馆藏有《唐音辑注》。《批点唐音》15卷1561年刊本现收藏于台湾"中央"研究院傅斯年图书馆。韩国学中央研究院收藏有顾林序文的《批点唐音》木版本,为1803日本版本。

集,因而并未收录。《唐诗始音》中收录了唐初杨炯、王勃、卢照邻、骆宾王"四杰"的作品。《唐诗正音》根据诗的形式分为五言古诗、七言古诗、五言律诗、五言排律、七言律诗、七言排律、五言绝句、六言绝句、七言绝句,而时期则分为初盛唐、中唐、晚唐3种。《唐音遗响》中将《唐诗正音》中没有收录的大家的作品与僧侣、闺秀、无名氏的作品按作家分类进行了收录。

许筠在《批点唐音跋》中言其于1582年得到顾璘批点的《批点唐音》,并随身携带诵读10余年。① 许筠在《题唐绝选删序》中言:"就其中略而精核者,曰杨士弘所抄《唐音》。其详而敷缛者,曰高棅《唐诗品汇》。其匠心独智,不袭故不涉套,以自运为高者,曰李攀龙《唐诗删》。"但许筠在《批点唐音跋》中批判了《唐诗始音》《唐诗正音》《唐音遗响》的分类无稽,使沈佺期、王昌龄、高适等在《唐音遗响》中互见,且不及张九龄、王维、许浑、李商隐所占比例。

16世纪初,朝鲜标榜学唐的柳梦寅称因《唐诗》而使人们忽视了杜甫与韩愈的诗作。柳梦寅在《于于野谈》中言"近来学唐诗者,皆称崔庆昌、李达,姑取其善鸣者而录之。……皆清澹可尚,但此人等,只事小诗,元学不裕,终不大鸣如古人,可惜!"但李晬光在《芝峰类说》中肯定道:"我东人诗,多尚苏黄,二百年间皆袭一套。至近世崔庆昌、白光勋始学唐,务为清苦之词,号为崔白,一时颇效之,始变向来之习。"任相元(1638—1697)在《恬轩集》中议论了三唐派与其成就得失。②

---

① 许筠《批点唐音跋》(《惺所覆瓿稿》卷十三文部10"题跋"):"元襄城杨伯谦氏选唐诗,分始、正、遗三品,命曰《唐音》,谈艺者为之右祖。吴郡顾东桥璘氏,又为之评点,海内士无不尊尚之,为嚆矢矣。二公之功,亦勤乎哉!然伯谦之分正音、遗响,已甚无稽。华玉又弃掷不批,是正音数编,足以尽唐人诗耶?如沈云卿、王少伯、高达夫之作,互见于遗响。是数公之什,其不及于张、王、许、李乎?不然,顾则尤聩聩矣。余壬午藏得此本,时年幼不辨得失,手而诵者,殆十年余,失于兵燹,每思之而不可得。客岁有人购自燕市遗余,展玩则如见少日亲交面,意甚欢不忍释去。特以未及遗响为恨耳。其批语或透窾处,或嚌不通处,或明概或晦,而去就颇不失体。其用功之不怠,概可见矣。以故人面孔,故挟而不舍云。"
② 任相元《苏谷集跋》(《恬轩集》卷三十杂著):"当穆陵朝,有称三唐集者,谓崔孤竹庆昌、白玉峰光勋、李荪谷达也。是三子者,刻意摹唐,间有绝相肖者,骤而读之,蒨丽可爱,若夺唐人之髓,徐而味之,色泽似矣,风神则未也。其失也格蹏而思窄,令人欲投水而不顾,是何也?由学不足以起其材也。其中最深者,惟李氏乎!李氏微甚。世所贱者,流离困悴,备见于诗,乃其兴寄清远,音节铿锵,合作者,足以洗一代之陈,践古人之迹,讵不伟欤?"

朝鲜前期曾将金代元好问收录有中晚唐七言律诗96人596篇的《唐诗鼓吹》①与其续篇《续鼓吹》([明]朱绍、[明]朱积集编,[明]楼宏校正《鼓吹续编》)以甲寅字刊出。朝鲜后期则有明代郝天挺注《新刻苏板古本句解唐诗鼓吹大全》(万历辛巳[1581]杨淙序)的木版本流通。中国版本选录了唐代七言律诗96家596首,编为10卷,但奎章阁的藏本收录有79家531首,分为元、亨、利、贞4卷4册,收录于中国版本的李白、杜甫、韩愈等大家的诗文并未收录其中。据杨淙《重刊唐诗鼓吹引》所言,唐诗不仅具备风、雅、颂之体与赋、比、兴之志,且诗风自然多变,人物、家数、气象无限,因而选录的前提为历代最佳者,尤其是"用格准绳,用句操炼,用意高远,用韵稳健,音律铿锵"的作品。

16世纪后期,明朝复古派的作品开始传入朝鲜。彼时高棅(1350—1423)编纂的《唐诗品汇》本集90卷(620人5769首),拾遗10卷(61人954首),总100卷受到了关注。李东阳高度评价了唐诗选集中的《唐音》,其次也认可《三体唐诗》的水平,但因《唐诗鼓吹》内晚唐的诗作过多而不取。李睟光不同意其观点,②其认为《唐音》中所收录作品不过1341首,且少律诗与绝句,不涉及李白、杜甫、韩愈的诗集。又指出《唐诗鼓吹》只收录七言近体诗,《三体唐诗》中没有古选的长篇,因而认为《唐诗品汇》为最佳。③ 李睟光以《唐诗品汇》为基准编成了《唐诗汇选》。④

---

① 郝天挺注《新刻苏板古本句解唐诗鼓吹大全》4卷4册中有万历辛巳(1581)春王正月吉旦清江八景幽人杨淙(明)书的《重刊唐诗鼓吹引》。明万历己卯(1579)廖文炳《唐诗鼓吹注解大全》中补正郝天挺注,清初有钱朝鼒、王俊臣校注,王清臣、陆贻典笺《唐诗鼓吹笺注》。
② 李睟光:《唐诗汇选序》,《芝峰集》卷二十一杂著。
③ 李睟光《芝峰类说》卷七经书3"书籍":"李东阳言选唐诗者,唯唐音为庶几,次则周伯弼三体。若鼓吹则多以晚唐卑陋者为入格,吾无取焉。余谓唐音之选,世号精粹。然其诗仅一千三百四十一首,而律绝尤少。且不及李、杜、韩集,未免疏略。鼓吹所编,只七言近体,而三体,无古选长篇。其最优者,唯品汇乎!"
④ 朝鲜晚期随着唐诗的大众化,书名开始用《唐音》,奎章阁等处藏有19世纪末刊行的坊刻本《五言唐音》《七言唐音》《唐诗长篇》等,这些作品是从《唐音》中选取一些作品,再补充一些李白与杜甫等人的作品而成的书籍。高丽大学藏《谚解唐音》是将《五言唐音》的韩语译本。奎章阁藏《唐诗长篇》则是韩译了3种坊刻本中的部分内容。奎章阁内还收藏有《唐音精选》的坊刻本。其中的一部分书籍在20世纪初也曾以新式活字数次刊行。琴知雅:《朝鲜时代唐诗选集的编撰样相研究》,《中国语文学论集》84,中国语文学研究会,2014年;이종号:《朝鲜人喜欢的唐诗》,首尔:民音社,2021年。

明代的唐诗选集在《唐诗品汇》以后有《唐诗选》《唐诗归》《唐诗删》，这些选集的共同特征是根据宋代之后提出的唐诗分期说进行分类、对盛唐诗的强调、评点与汇释相结合。但是这三种唐诗选集选诗的基准各不相同。①

　　金万重十分关注复古派文学。其并未将复古派一律视为对盛唐诗的模仿，而是关注每一位诗人的长处。其认为济南李攀龙与吴郡王世贞的七言律诗、信阳何景明与武昌吴国伦的五言律诗、北地李梦阳的歌行、苏门高叔嗣的选体，都达到了极致的境地。② 王世贞将杜甫的诗视为第一，听到有人崇尚王维而不喜欢杜甫，便答以杜甫的诗中有王维的旨趣。但是金万重并没有完全认同王世贞的观点，其认为王维与杜甫的诗各有特色，不能强求二者兼具。金万重称王维《终南别业》中的"行到水穷处，坐看云起时"与《积雨辋川庄作》的"漠漠水田飞白鹭，阴阴夏木啭黄鹂"都是在杜甫的诗中难以找到的诗句。王维的诗清远幽窅，而杜甫的诗乃压倒世间一切声音的声音。③ 金万重从接受美学的观点出发，难以理解王安石在《四家诗选》选诗的过程中何以将杜甫列为第一，其次为韩愈与欧阳修，而以李白为末。④ 据朱熹的观点，范仲淹喜欢韦应物《郡斋雨中与诸文士燕集》中的"兵卫森画戟，燕寝凝清香"；欧阳修喜欢某人《送别》中的"晓日都门道，微凉草树秋"；朱熹喜欢韦应物的《寺居独夜寄崔主簿》中的"寒雨暗深更，流萤度高阁"。⑤ 金万重

---

① 崔晢元：《通过明代诗选集看对唐诗的知识创作与接受》，《中国文学》96，韩国中国语文学会，2018年8月，第107—125页。
② 《西浦漫笔》下—124："皇明诗，济南、吴郡之七言律，信阳、武昌之五言律，北地之歌行，苏门之选体，皆其至者也。"
③ 《西浦漫笔》下—123："有人诗尚王右丞，不喜老杜，王弇州曰：'公若熟读杜诗，其中自有右丞。'弇州此言，不敢以为然。文章如金石丝竹，其声不能相兼，而各有所至，苟欲兼之，则亦未必成声也。千石之钟，万石之簴，声满天地，众乐皆废，老杜之于诗是也。然泗滨、峄阳之清远幽窅，亦不可不还他所长。如右丞之'行到水穷处，坐看云起时'，'漠漠水田飞白鹭，阴阴夏木啭黄鹂'，杜集何尝有此语？"
④ 《西浦漫笔》下—104："王介甫选四家诗，以杜为首，次欧、韩，以李为末，其怪拗如此。'祖宗不足法，人言不足恤'，皆从此推去者。"《文献通考》卷二百四十八："陈氏曰：王安石所选杜、韩、欧、李诗，其置李于末，而欧反在其上。或亦谓有抑扬云。"
⑤ 《朱子语类》卷一百四十《论文下》："今江西学者有两种：有临川来者，则渐染得陆子静之学。又一种自杨、谢来者，又不好。子静门犹有所谓学，不知穷年月做得那诗，要作何用？江西之诗，自山谷一变至杨廷秀，又再变，遂至于此。（本朝）杨大年虽巧，然巧之（转下页）

认为,读范仲淹与欧阳修所喜欢的诗句,可知二人深虑国家安危之情,而观朱熹所喜诗句,可知其具有清新高古之气象。

17世纪之后,朝鲜诗人开始关注模仿李攀龙所编《选唐诗》诗风的选唐体。李攀龙在《选唐诗序》中言唐无五言古诗,七言古诗唯有杜甫不失初唐气格,五言七言绝句只有李白达到最高境界,而五言律诗、排律,诸家多有佳句,七言律诗则只有王维与李颀颇臻其妙,杜甫则"隤焉自放"矣。① 金万重认为在选体上比较出色的朝鲜诗人为郑斗卿(1597—1673),而选唐体比较出色的是许𥠖(1563—1641)。② 金万重曾评论道,许𥠖诗清峭古雅,较之权韠、李安讷,则若何景明、李攀龙之有苏门山人高叔嗣,惟恨时人专攻七律,致其名不甚赫赫。③

(二) 朝鲜人所辑唐诗选集

朝鲜时期的文人也直接编辑唐诗选集。就目前所知,从16世纪李睟

(接上页)中犹有混成底意思,便巧得来不觉。及至欧公,早渐渐要说出来。然欧公诗自好,所以他喜梅圣俞诗,盖枯淡中有意思。欧公最喜一人送别诗两句云:'晓日都门道,微叙草树秋。'又喜王建诗:'曲径通幽处,禅房花木深。'欧公自言:'平生要道此语不得。'今人都不识这意思,只要嵌字,使难字,便云好。[雉]"

① 李攀龙《选唐诗序》(《沧溟集》卷十五):"唐无五言古诗而有其古诗,陈子昂以其古诗为古诗,弗取也。七言古诗,唯杜子美不失初唐气格而纵横有之。太白纵横,往往强弩之末,间杂长语,英雄欺人耳。至如五七言绝句,实唐三百年一人,盖以不用意得之,即太白亦不自知其所至,而工者顾失焉。五言律排律,诸家概多佳句。七言律体,诸家所难,王维、李颀颇臻其妙。即子美篇什虽众,隤焉自放矣。作者自苦,亦惟天实生才不尽。后之君子,乃兹集以尽唐诗,而唐诗尽于此。"

② 《西浦漫笔》下—107:"近代名家,惟李泽堂、权石洲诗,各体俱好。东溟歌行及五律七绝最高,七律次之,而惟选体不竞。阳凌君许𥠖号水色,五言诗清峭古雅,得选唐体,一时操觚者,未见敌手。方之洲、岳,盖犹中朝何、李之有苏门也。而到今声名不甚赫赫者,以世人专习七言律诗故也。独其宗人许筠盛推之。筠之为诗有慧性,而定力不足,故杂出唐宋元明之调,不能如东岳、石洲之深造乎道也。然其识鉴当为近代第一。泽堂与子弟言,每称许筠为知诗云。"

③ 朝鲜时期所重视的唐诗的形式是七言律诗。据推测初盛唐时期所作的七言律诗400余首,中唐2000余首,而晚唐4000余首。陈伯海注,이종진译:《唐诗学的理解》,사람과 책,2001年,第277—278页。

光编撰《唐诗汇选》①开始到 19 世纪李祥奎所编的《唐律汇髓》共有 18 种。朝鲜中期以《唐音》为代表的各种专门书籍广为流传,学唐的风气更为兴盛。这 18 种唐诗选集流传到现在的只有 8 种,其余的只能通过一些序跋文来推测其内容。朝鲜的唐诗选集有的各体皆备,有的只选绝句或律诗与歌行。据之前研究者的研究成果,朝鲜人编选的 18 种唐诗选集如下:②

《唐诗汇选》10 卷,李睟光,以《唐诗品汇》为模本所编。玉山书院藏有 10 卷 10 册完帙,翠庵文库藏有残本(卷 8—9),延世大学藏有残本(卷 1 一部分,卷 2,卷 6)。

《唐诗选》,许筠,参考《唐音》《唐诗品汇》《唐诗删》(李攀龙)各体,2600 首,编为 60 卷。

《唐绝选删》10 卷,许筠,参考《唐音》《唐诗品汇》《古今诗删》(李攀龙),只选绝句,国立中央图书馆藏有 10 卷 2 册本。

《四体盛唐》许筠,盛唐的歌行、五言律诗、七言律诗选集。

《唐律广选》7 卷 6 册,李敏求七言律诗选集。收藏处有国立中央图书馆、藏书阁、奎章阁、高丽大学、延世大学 7 卷 2 册木活字本。

《唐诗类选》2 卷,闵晋亮,七言 400 余首选集,釜山大学。

《唐百家诗删》,金锡胄,以《唐诗品汇》《唐诗正声》为底本。

《唐律辑选》,任埅,五七言律诗 800 首选集。

《手书唐五言古诗》,任埅,五言古诗,手书本。

《歌行六选》2 卷,任埅,歌行 682 首选集。

《唐诗五言》2 卷,任埅,五言古诗选集。

《千首唐绝》3 卷,安鼎福,绝句 1000 首选集,从宋洪迈《万首唐人绝句》选取了 1/10。

《百选诗》,安鼎福,参考了《文选》《唐音》《唐诗品汇》《诗选》,主要以《唐音》为底本,选录了 100 首。

---

① 李睟光:《唐诗汇选序》,《芝峰集》卷二十一。
② 琴知雅:《朝鲜时期唐诗选集的编撰样相研究——以延世大学所藏 4 种唐诗选集的类型、特征及文献价值为中心》,《中国语文学论集》84,中国语文学研究会,2014 年,第 265—287 页。

《三唐律选》,吴载纯,盛唐、中唐、晚唐之五七言律诗119首选集。

《唐律集英》4卷,张混,七言律诗选集。

《全唐近体选》20卷4册,申纬,五绝287首、七绝627首、五律250首、七律260首、词142首,总1566首,奎章阁。

《唐诗画意》,申纬,古近体诗540首、词191首,国立中央图书馆藏有4册抄本完帙,藏书阁藏有5册抄本零本,伯克利大学ASAMI文库藏有11卷3册抄本残卷,延世大学藏有抄本15卷5册完帙。

《唐律汇髓》卷2—6,李祥奎,七言律诗分类同《瀛奎律髓》,延世大学藏有孤本6卷6册,卷1缺。

许筠参考了杨士弘《唐音》与高棅《唐诗品汇》以及李攀龙《唐诗删》[《古今诗删》]等,从中选取了绝句2600首编为《唐绝选删》10卷。许筠言亦参考过"徐子充百家选",但未详徐子充是否为徐中行(1517—1578,字子舆、一作子与)。《百家选》亦未知是否为王安石的《唐百家诗》[《集唐百家选》或《唐诗百家选》]或曾慥的《百家选》。许筠言:"尝谓诗道大备于三百篇,而其优游敦厚足以感发惩创者,国风为最盛,雅颂则涉于理路,去性情为稍远矣。"认为唐诗绝句"其言短而旨远,其辞藻而不靡,正言若反,危言若率,不犯正位,不落言筌,含讽托兴,刺讥得中,读之令人三叹咨嗟,真得国风之余音"①。此外,许筠认为七言歌行与五七言律诗至盛唐而大盛,故编成《四体盛唐》,

---

① 许筠《题唐绝选删序》(《惺所覆瓿稿》卷五文部2"序"):"尝谓诗道大备于三百篇,而其优游敦厚足以感发惩创者,国风为最盛,雅颂则涉于理路,去性情为稍远矣。汉魏以下为诗者,非不盛且美矣。失之于详至宛缛,是特雅颂之流滥耳。何足与于情性之道欤?唐之以诗名者殆数千,而大要不出于此。甚至绮丽风花,伤其正气,流而贻教化主之消,此岂非诗道之阳九耶?以余观之,唐人五七言绝句,梓而传凡万首,其言短而旨远,其辞藻而不靡,正言若反,危言若率,不犯正位,不落言筌,含讽托兴,刺讥得中,读之令人三叹咨嗟,真得国风之余音,其去三百篇为最近。是以当世乐人采以填歌曲,如王维、李益辈之作,至以千金购入乐府,王少伯、高达夫之词,云韶诸伎,皆能唱之,岂不盛欤?唐之诸家,盛而盛。至中晚而渐漓,独绝句则毋论盛晚,具诗人之逸韵,悉可讽诵。虽闾巷妇人,方外仙怪之什,亦皆超然。唐之诗到此,可谓极备矣。余于暇日,取沧溟《诗删》、徐子充《百家选》、杨伯谦《唐音》、高氏《品汇》等书,拔其绝句之妙者若干首,分为十卷,弁曰《唐绝选删》,置之案右,以朝夕讽诵焉。噫!唐之绝句,于是尽矣,而三百篇之遗音,亦可以此推求,则其于性情之道,或不无少补云尔。"

其言"诗学之盛,莫唐若也。而尤盛于景龙[唐中宗]、开元[唐玄宗]之际,大历以下,固不足论已",且五言古诗:"譬如谈禅,汉魏为最上乘。潘、陆已落第二义,鲍、谢、曹、江下也,而唐则直声闻耳。"且绝句"则毋论季叶,人人皆当行,不可以盛晚为断"。不选李杜两家。梅氏钞即梅鼎祚编、屠隆集评《合刻李杜二家钞》"亦足以尽之矣"。①

李睟光(1563—1628)言自幼研磨初唐、盛唐诗法,有所自得。② 其认为至盛唐而诗道大成,其后虽气格渐下,但晚唐众体亦未失唐诗风格,③但批判了《正音》《鼓吹》《三体》多主晚唐。④ 又言:"余谓《唐音》之选,世号精粹,然其诗仅一千三百四十一首,而律绝尤少。且不及李杜韩集,未免疏略。《鼓吹》所编,只七言近体,而《三体》无古选长篇。其最优者,唯《品汇》乎!"⑤李睟光以

---

① 许筠《题四体盛唐序》(《惺所覆瓿稿》卷五文部2):"是编成,客问于余曰:'何谓四体?'余曰:'七言歌行及五七言律,至盛唐大备。故余所取止是。'曰:'何只取盛唐?'曰:'诗学之盛,莫唐若也。而尤盛于景龙、开元之际,大历以下,固不足论已。'曰:'奚不取五言古诗为?'曰:'譬如谈禅,汉魏为最上乘。潘、陆已落第二义,鲍、谢、曹、江下也,而唐则直声闻耳。'曰:'有唐三百年,绝句最多名家,胡不取?'曰:'否否。余所取只盛唐,而绝句则毋论季叶,人人皆当行,不可以盛晚为断。矧余别有选矣。'曰:'李、杜亦可遗否?'曰:'兹二家如睹大鳌稽天,宁可以斗斛耶?况梅氏钞,亦足以尽之矣。'客唯而退,余答以弁之。"
② 李睟光《唐诗汇选序》(《芝峰集》卷二十一杂著):"余平生无所耆,所嗜唯诗,而于唐最偏耆焉。"李睟光《诗稿跋》(《芝峰集》卷二十):"颇阅古今诸集,尤好始盛唐诗法。观其体格,究其意趣,稍有所自得。"
③ 李睟光《诗说》(《芝峰集》卷二十一杂著):"夫诗自魏晋以降陵夷,至徐庾而靡丽极矣。及始唐稍稍复振,以至盛唐诸人出,而诗道大成,蔑以加焉。逮晚唐则又变而杂体并兴,词气萎弱,间或剽窃陈言,令人易厌。然比之于宋,体格亦自别矣。后之人,骤见其小疵,而概以唐为可薄,又徒知晚唐之为唐,而不知始盛之为唐,甚者守井管之见,肆雌黄之口,全昧声律利病,而妄议工拙是非。至谓唐不可学,或谓唐不必学,靡靡焉惟宋之趋,才属文则曰足矣,不复求进,苟以悦时人之目而止,信乎言诗之难也。古人曰:刻鹄不成尚类鹜,画虎不成反类狗。余窃以为唐譬则鹄也,宋譬则虎也。学盛唐不懈则可以出汉魏以及乎古,学宋而益下则恐无以复正始,而宋亦不可能矣。噫! 苟非沈潜妙诣,顿悟独得者,曷足以兴此?"
④ 李睟光《唐诗汇选序》(《芝峰集》卷二十一杂著):"夫诗道至唐大备,而数百年间,体式屡变,气格渐下,故有始盛中晚之分。所谓晚唐则众体杂出,疵病不掩。然论其品格,犹不失为唐。譬之于味,始盛之诗,其犹八珍脍炙,而晚唐之作,亦犹禁脔之余味,其可嗜一也。但世或有嗜晚唐,而不识始盛唐之为可嗜,惑矣。如《正音》《鼓吹》《三体》等编,亦多主晚唐。或失之太简,而唯《品汇》之选,所取颇广,分门甚精,视诸家为胜。第编帙似伙,学者病之。余尝择其中尤隽永者为八卷,命曰《唐诗汇选》。"
⑤ 李睟光:《芝峰类说》卷七书籍。

高棅《唐诗品汇》90卷(拾遗10卷)的6719首为底本,抄录编成《唐诗汇选》,盖于1615年刊行了有尹暄(1573—1627)跋文的甲寅字体训练都监木活字本10卷(李晬光序文中言"8卷")。延世大学所藏只有1卷(一部分)、2卷、6卷。①《唐诗汇选》虽然沿袭了《唐诗品汇》的体制,但与《唐诗品汇》不同,将近体诗放到了前面。其具体构成为:卷一,五言绝句、六言绝句;卷二,七言绝句;卷三—五,五言律诗、五言排律;卷六—七,七言律诗;卷八—十,五言古诗、七言古诗(卷十,七言古诗)。根据《唐诗品汇》分为九格(正始、正宗、大家、名家、羽翼、接武、正变、余响、旁流),援用"四唐说",分为初唐诗正始;盛唐诗正宗、大家、名家、羽翼;中唐诗接武;晚唐诗正变、余响。旁流则无关时代,选录了方外、异人、闺秀之作。《唐诗汇选》中未见《唐诗品汇》中曾有的刘辰翁的评注。②

李晬光的次子李敏求(1589—1670)严选63人的七言律诗926首,编成了《唐律广选》。延世大学收藏有7卷2册(乾、坤)木活字本。乾册收录有序文以及卷一—四:初唐(卷一,31人87首),盛唐(卷二,8人52首),中唐(卷三,25人163首;卷四,36人170首)的七言律诗。坤册则为卷五(晚唐,10人166首),卷六(晚唐,18人148首),卷七(晚唐,35人148首)。《唐诗鼓吹》收录有86人597首七言律诗,多于《唐诗品汇》收录的129人490首。③ 李敏求在序文中言:"诗以唐为宗,唐固作者之准的哉!盖诗辞之精者,律又诗之精者,而古人谓七言更加二字,为尤难,然则斯又其最精者也。"列举了初唐诗之元气,盛唐诗之轨度,中唐诗之风调,晚唐诗之援物寓兴、取境寄意等长处。④

---

① 现存版本除了延世大学藏完帙本外,还有国立中央图书馆藏7卷2册(木版本)与7卷3册(木活字本),高丽大学华山文库所藏7卷2册的木活字本(训练督监字),高丽大学晚松文库所藏7卷1册的木活字本(训练督监字)和7卷2册的木版本等。公私立图书馆中也收藏有很多转写本。庆北大学校翠庵文库收藏有卷八—九的残本,卷八为从《唐诗品汇》卷一—八中精选而成的1卷,卷九为《唐诗品汇》卷九—二十四中精选而成的1卷,均为五言古诗部分的缩略。黄渭周编:《翠庵文库韩国学资料的综合性研究》,国学资料院,2003年。
② 《延世大 古书解题》V.第181—182页。
③ 《延世大 古书解题》V.第150页。
④ 李敏求《唐律广选序》:"唐有四变,操觚之士类,能知之,其始也,天葩未敷,大羹未调,元气可袭也。其盛也,体赅气完,蔑以加矣。轨度可则也。中唐声格稍缓,体裁稍别,然其风调浏浏犹为匠门之高手也。晚则卑弱欠力,其细已甚,无完篇,无全格,然其援物寓兴,取境寄意,犹为摸索,知唐摘句则可也。"

姜朴(1690—1742)与吴光运的观点不同,其认为作诗比起将一定的格式作为范式,更应该重视性情的流露。其在《翰墨识戏》中批判了依靠抄选集强为清逸风格的尊唐诗论者,①且在《答黄守愚书》中言:"诗不出于性则害性,若出于性,何能害性?"排斥刻苦雕琢,主张诗本性情论。

《唐诗画意》为朝鲜后期文臣兼画家申纬(1769—1845)于1820年6月编纂的唐诗选集。延世大学中央图书馆收藏的贵重本(藏书编号:贵305)为15卷5册的抄本。内封页"唐诗画意"的题目旁有"紫霞山人钞,凡十五卷,例目各1卷,庚辰秋八月,碧芦舫藏本"的记录,第1册中包括序文4篇(自序2篇,徐耕辅序,徐淇修序),例言15则(紫霞山人申纬述),画意总目(118人540首)。第5册包括跋文2篇(洪显周、柳本学),题词1篇(尹定铉),赘言1篇(清 卢见曾)。此外,美国伯克利大学东亚图书馆ASAMI文库中收藏有赵重弼(1843—?)辑,安銷于1862年重抄的11卷3册(卷1—6,卷11—15)零本。申纬在《例言》第5中称:《河岳英灵集》(唐 殷璠)、《中兴间气集》(唐 高仲武)、《才调集》(蜀 韦縠)、《百家诗选》(宋 王荆公)、《三体唐诗》(宋 周弼)、《唐诗鼓吹》(金 元遗山)、《唐音》(元 杨士弘)、《唐诗品汇》(明 高棅)、《唐贤三昧集》(清 王士禛)等均是以诗选诗,而自己是以画选诗。② 申纬在序文中主张"诗画一律",③在《例言》第15中称:"古有'每事

---

① 姜朴《翰墨识戏》:"世之论诗者,遇其韵致浑朴,则曰,此不清逸,非唐调。……盖其所见,止于唐诗抄选,而谨守一律……殊不知唐人大家全集,府库甚备,无物不有,已先包陈陆苏黄在内,不止于一段清逸而已。"

② 申纬《例言》(《唐诗画意》第1册):"古今选唐人诗,最著者,如唐殷璠《河岳英灵集》,高仲武《中兴间气集》,蜀韦縠《才调集》,宋王荆公《百家诗选》,周弼《三体唐诗》,金元遗山《唐诗鼓吹》,元杨士宏《唐音》,明高棅《唐诗品汇》,近时王阮亭《唐贤三昧集》等书,皆以诗选诗,至若以画选诗,则创自兹集卷秩,虽小,亦一种,出奇文字,凡诸同志,览余苦心,勿以简选忽之,独宋孙绍远《声画集》,稍近于此书之名。然所编,原是题画之作,又兼采唐、宋二代,则义例判不同矣。"

③ 申纬《自序一》(《唐诗画意》第1册):"诗有画意,诗三百十一篇,皆画家之蓝本也。凑泊涣涣,春景融怡,飘风发发,冬景惨凄,灌木黄鸟,夏景秾丽,蒹葭白露,秋景澄霁。衡门泌水,隐居画也。雨雪杨柳,行旅图也。界画楼阁,《斯干》章也。屏间耕织,《七月》篇也。鸡鸣苍蝇,曹不兴也。鱼丽鳣鲨,徐景山也。戴嵩之牛,其耳湿湿。薛稷之鹤,白鸟翯翯。顾野王之草虫,阜螽趯趯。房从真之射猎,选徒嚣嚣。骐骝骊骊,宛对韩干。螓首蛾眉,如(转下页)

须存画意'之语,故取以为集名。"解释了书名由来。①这一选集中所选杜甫的作品最多,有 58 首。此外,王维 48 首,李白 26 首,杜牧 21 首,孟浩然 19 首,韦应物 17 首,白居易 17 首,柳宗元 12 首等。

(三) 李白杜甫论

朝鲜自世宗朝就开始对李白与杜甫的诗选集进行覆刊或者独立地集成注解。

元代范梈批选、郑鼐编次的《杜工部诗范德机批选》《李翰林诗范德机批选》中前者甚为流行。有明嘉靖七年(1528)朝鲜闵寿千重刊宣德六年(1431)本、弘治辛酉(1501)腊月前司宪府持平安彭寿跋、嘉靖戊子(1528)端午奉直郎都事蔡世英跋朝鲜李纬等编刻朝鲜刻本,还有宋蔡梦弼会笺、元郑鼐编次《范太史精选杜诗》2 卷的朝鲜乙亥字活字本。② 明代赖进德的《李杜诗解》3 卷的宣德刻本之后,直至梅鼎祚编、屠隆集评《合刻李杜二家钞评》8 卷明末余绍崖刻本,朝鲜刊行有多种李杜选集,此类选集刊行的风潮也势必对朝鲜诗坛产生过影响。

《虞注杜律》于世祖初年在青州覆刊了明刊本之后,直至朝鲜后期在很多地方覆刊流通过。但是朝鲜后期对此书进行批判的观点渐多。对于杜甫《奉和贾至舍人早朝大明宫》的"九重春色醉仙桃"一句,《虞注杜律》中称是喻桃子熟了变得很红,但是李瀷以许浑的《骊山诗》《洛城诗》、章孝标的《金可记归新罗》等为例,将此句解读为仙味入口而香沁骨髓。③ 姜朴在《虞注杜

(接上页)见周昉……余于读诗,而得读画之妙,如此。此余所以有《唐诗画意》之选也。或曰:'然则曷不于风人而乃唐人之是选耶?'余曰:'唐人诗,诗而已。风人诗,经也。诗固可选,经不可以选也。夫诗自汉魏以降,至唐而大备……前乎唐而选,则吾惮其僻也。后乎唐而选,则吾惧其滥也。选之止于唐,岂无所以哉?'唯唯而退。余将以读三百十一篇之心,读画,以读画之心,读唐人诗。"

① 조기영:《对紫霞申纬的碧芦舫藏本〈唐诗画意〉的研究》,《东洋古典研究》6,东洋古典学会,1996 年;李炫壹:《紫霞诗研究》,成均馆大学博士学位论文,2006 年;琴知雅:《对申纬的〈唐诗画意〉与〈全唐近体选〉的研究》,《文献与解释》44,首尔:文献与解释社,2008 年;卢京姬,《〈唐诗画意〉解题》,高丽大学民族文化研究院海外韩国学资料中心。

② 全寅初主编:《韩国所藏中国汉籍总目》1—6,首尔:学古房,2005 年 6 月。

③《星湖僿说》卷二十八诗文门 1—24《醉碧桃》。

律》中作《书虞集杜律注后》,批判虞注急于寻找杜诗出处,而主张应该"以吾身设为作者"求其"会境寓感"的"属思时光景"。① 姜朴接受了明末清初重视诗之精神与兴趣的杜诗评论,以自己重视余韵的独特诗观对《虞注杜律》进行了评论。19世纪前期,申纬也以严肃的语气批判了当时朝鲜诗人对《虞注杜律》的遵信。② 这一点与钱谦益《杜诗笺注》的流行也有关系。③

钱谦益在《牧斋集》中称杜甫写给谏议大夫韩注的诗,是期望能够得到李邺侯的荐举而作,并引用了《李邺侯外传》的"李泌游衡山,遇羡门、安期生降之羽车,幢节流云,神光照灼山谷"之句解说玉京群帝之事。然而李瀷认为李泌因避李辅国之谗而入游衡山,所谓麻姑献酒皆为假托,而玉京群帝乃譬喻擅断之李辅国。④

李瀷崇尚李白、杜甫、韩愈。其认为李白之《禅房怀友人岑伦》中能见《离骚》中所现"清迥孤绝,能泻注胸臆之十怨九思",李白本人亦能"取其清明、华彩、馨香、奇高,陶铸为诗料,一见可知为胸里水镜、世外金骨也"。并

---

① 姜朴《书虞集杜律注后》:"世或言虞注便览,而余见之,亡论寻得出处来多错,即其用己意注解处,牵强穿凿,琐屑支离,愈释而愈晦,愈详而愈乱,徒见其劳且妄矣。而后生晚辈,不甚究察,但喜其逐句分析,无所遗阙,而谓为详要,酷信独守,则其为诗学之害,岂少哉? 且不待伯生然也。诗家自古无善注。盖诗人一时会境之语,寓感之词,类难以迹求而形模。虽使作之者解之,恐或不能无憾,况从后妄道哉? 余故曰:'诗不必有注,有亦不必看。'看诗者,但先去吾荦血气芬华想,从净静暇豫地,坐卧自在看,方其看时,心眼并到,但勿缚住,不止玩其辞,必寻其言外。不止寻其言外,必以吾身设为作者,以求见其属思时光景,然后合首尾楚音咏味,徐取前人批评,参己意,究其得失,则闇然之间,日有所进,将庶几于古人之阃奥矣。"
② 申纬《题虞注杜律二首并序》(《警修堂全稿》[祝圣草稿所收]中言《虞注杜律》与《杜工部律诗演义》为同一本书,其选者为元代张性。张性字伯行,与虞集的字伯生,因发音相近而出现了错误。):"《虞注杜律》,余自少日,每疑其托名于伯生,持此论久矣。近见成《沧浪集》抄本所载,以为《虞注杜律》,嘉靖间太原守济南黄臣,与山西监察御史浮山穆相,重刊此书,黄自为跋,其略云:'余读麓台诗话,西涯论虞注必非伯生之作,余游都下,偶获一本,名曰《杜工部律诗演义》,实与虞注不差,序称:"元季京口进士,张性伯行,博学,早亡,乡人悼之,得此遗稿,因相与合力刊行。"余得之喜甚,欲将此书告西涯,会其卒而未果。'此书至今以虞注行,据此则此书之非伯生,古人已先我而疑之。况有黄跋之明证耶? 张性,元人也,伯行与伯生,音相近而早亡。虞道园则元时大家也,故遂以虞注见称耶!"
③ 钱谦益收藏有宋代杜诗版本之一的吴若本,其活用此本进行了杜诗注释。최석원:《清代文人的杜诗注释中出现的传统与变化的混在——以〈杜诗详注〉〈读杜心解〉〈杜诗镜铨〉为中心》,《人文科学研究论丛》38,明治大学人文科学研究所,2014年5月,第33—58页。
④ 《星湖僿说》卷二十八诗文门1—90《子美寄韩谏议诗》。

称李白之五言气象得之于阮籍、谢朓、谢灵运,杜甫诗"如冲车、拐马,方隅钩连,但欠参伍机变之术",《北征》《自京赴奉先县咏怀五百字》《壮游》三大篇如长江大河,八哀诗"只是江汉之大",韩愈虽有"冗卑下乘之语",然"延绵气脉,以待激昂奋发"。①李白承国风之泛言托兴,《古风》59篇"上希于风,下挹于骚,欲以风刺乎世"②。李瀷认为李白善用各种色觉感受,如同《离骚》借自然之物言志,而杜甫则善于使用色彩对比,以突出事物的特征。③他还认为李白并不长于双对,评其"好鸟迎春歌后院,飞花送酒舞前檐""卑劣无足观",相比而言,杜甫则"专于双对,又往往致意尾联"。④

朝鲜士人对朱熹的诗评亦有所反应,或全盘接受,或进行局部修正。对朱熹的杜诗论评则赞反两论对立。夔州之后,杜甫与外部世界隔绝,除了吟咏山川与人民的生活之外,便是回顾自己的青年时节。《夔州歌十绝句》《负薪行》《秋兴八首》《登高》《阁夜》等都作于此时。杜甫虽然没有抛却对国家与人民的忧心,但开始雕琢字句,重视音律。因此,黄庭坚在《答王观复书》

---

① 《星湖僿说》卷三十诗文门3—5《李杜韩诗》,《类选》卷十下诗文篇论诗门。"屈原之作《离骚》,其志洁,故其称物也芳,兰、蕙、菌、苏、揭车、杜蘅之属,烂然于齿颊之间,其芬馥便觉袭人。所以为清迥孤绝,能泻注胸臆之十怨九思也。后惟李白得其意,就万汇间,取其清明、华彩、馨香、奇高,陶铸为诗料,一见可知为胸里水镜、世外金骨也。苟非其物,虽原、白异材,亦何缘做此口气乎?凡诗之能事,多在五字,试举数联。如'五峰转月色,百里行松声''川光净麦陇,日色明桑枝''琴清月当户,人寂风入室''清霜入晓鬓,白露生衣巾''云山海上出,人物镜中行(*来)''山将落日去,水与清[*晴]空宜''独立天地间,清风洒兰雪''一为沧波客,十见红蕖秋''山青灭远树,水绿无寒烟''塔影(*形)摽短月,楼势出江烟''寒螀爱碧草,鸣凤栖青梧''长留一片月,挂在东溪松''秋波落泗水,海色明徂来''水春云母碓,风扫石楠花''梧桐落金井,一叶飞银床',不可尽录。比如玉壶明珠,交辉几席,祥鸾瑞凤,腾骞轩阶,复安容一点尘飞到门屏耶?其《禅房怀岑伦》一篇,最多警切,每讽诵,令人有凌空步虚意思耳,白之得于古人者,可知耳。如阮公之'绿水扬洪波'、玄晖之'澄江净如练'、康乐之'云霞收夕霏',皆气韵相发,鼓吹肠肺,有如此者也。至于杜甫,却是句句气力,字字精神,如冲车、拐马,方隅钩连,但欠参伍机变之术。若三大篇,溶溶渱渱,无容议论,至《八哀诗》,亦恐有累句间之,只是江、汉之大,腐胔不恤也。又如韩退之笔力,往往有冗卑下乘之语,然细详之,非退之不及。乃故为此,延绵气脉,以待激昂奋发。比如山势逶迤,峻必有低,过峡则陡巘,天秀自露。不然,只剑脊鳝走,不与化工相肖也。如是看,方得退之圈套。"
② 《星湖僿说》卷三十诗文门3—114《李白古风》,《类选》卷十下诗文篇论诗门。
③ 《星湖僿说》卷三十诗文门3—105《诗家增光》。
④ 《星湖僿说》卷二十九诗文门2—1《律诗路程》,《类选》卷十下诗文篇论诗门。

中言,这一时期杜甫的古律诗得句法,"简易而大巧出焉,平淡而山高水深""文章成就,更无斧凿病",表现出了典型的江西诗派评论杜诗的观点。黄庭坚虽然评杜诗如"点铁成金",①但朱熹认为"杜诗初年甚精细,晚年横逆不可当"。② 同样喜爱杜诗的李滉对朱熹认为夔州之后的杜诗不佳的观点质疑,在1561年其60岁时所作的书札《答郑子中(惟一)讲目》中,对朱熹的杜诗论评持保留论断。③ 金万重吸收了一部分朱熹的杜诗评论,即"子美入蜀诗,分明如画,夔州以后,横逆不可当",认为"夔州诗郑重烦絮,不如初年诗。鲁直固自有所见,今人见鲁直说好,便却说好,如矮人看戏耳"④。金万重对杜甫夔州之后诗作中懦弱心性的直白表露有所不满,而欣赏李白身处江湖之中依然能安于自己分数而未尝表露穷气。但又言"子美之夔后,皆秋冬之霜雪,谓之不佳,则固不可"⑤。

朱熹认为"李太白诗非无法度,乃从容于法度之中,盖圣于诗者也。《古风》两卷多效陈子昂,亦有全用其句处。太白去子昂不远,其尊慕之如此"⑥。

---

① 黄庭坚《答洪驹父书三首》(《山谷集》卷十九):"子美作诗,退之作文,无一字无来处,盖后人读书少,故谓杜韩自作此语耳。古之为文章者,真能陶冶万物,取古人陈言入翰墨,如灵丹一粒点铁成金也。"
② 《朱子语类》卷一百四十《论文下》:"杜诗初年甚精细,晚年横逆不可当,只意到处便押一个韵。如自秦州入蜀诸诗,分明如画,乃其少作也。"
③ 李滉《答郑子中(惟一)讲目》(《退溪先生文集》卷二十五):"朱子论诗,取西晋以前,论杜诗,取夔州以前。夔州以后诗,亦太横肆郎当,大概则然矣。然如建安诸子诗,好者极好,而不好亦多。子美晚年诗,横者太横,亦间有整帖平稳者,而朱子云然。此等处吾辈见未到,不可以臆断。且守见定言语,俟吾义理熟眼目高,然后徐议之耳。"
④ 《朱子语类》卷一百四十《论文下》:"人多说杜子美夔州诗好,此不可晓。夔州诗却说得郑重烦絮,不如他秦中有一节诗好。鲁直一时固自有所见,今人只见鲁直说好,便说好,如矮人看戏耳。"
⑤ 《西浦漫笔》下一140:"朱子谓:'子美入蜀诗,分明如画,夔州以后,横逆不可当。'又曰:'夔州诗郑重烦絮,不如初年诗。鲁直固自有所见,今人见鲁直说好,便却说好,如矮人看戏耳。'又谓:'退之墓志有怪者。'茅鹿门亦不喜昌黎金石文,盖各有所见也。窃谓自古文章大家,只有四人。司马迁、韩愈之文,屈平之赋,杜甫之诗,是也。皆是具四时之气焉。不然,不足为大家。《史记》之《酷吏》《平准》,昌黎之志铭,《楚辞》之《九章》《天问》,子美之夔后,皆秋冬之霜雪,谓之不佳,则固不可,谓之反胜于《范、蔡》、《荆、聂》、《五原》序书、《离骚》、《九歌》、《出塞》、吏、别、入蜀诸诗者,吾不信也。"
⑥ 《朱子语类》卷一百四十《论文下》:"李太白诗非无法度,乃从容于法度之中,盖圣于诗者也。《古风》两卷多效陈子昂,亦有全用其句处。太白去子昂不远,其尊慕之如此。然多为人所乱,有一篇分为三篇者,有三篇合为一篇者。"

然而正如李白尊慕陈子昂一样,朱熹亦尊慕陈子昂。之前韩愈于805年(永贞元年)为向宰相郑余庆荐举孟郊而作80句长篇古诗《荐士》中言:"齐梁及陈隋,众作等蝉噪。国初盛文章,子昂始高蹈。"元好问在《论诗三十首》第8首中言:"沈宋横驰翰墨场,风流初不废齐梁。论功若准平吴例,合著黄金铸子昂。"①朱熹为和《感遇诗》而作了《斋居诗》20章。如前所言,朱熹认为:"李太白诗非无法度,乃从容于法度之中,盖圣于诗者也。《古风》两卷多效陈子昂,亦有全用其句处。"②

四、诗格诗品论

(一)诗格论

崔滋《补闲集》序文中曾列"琢炼四格",即琢句、炼意、琢字、炼对。在下卷第一则中又借"好事者"之评提出评诗风格的"声律七字联",提出了新警、含蓄、婉丽、清峭、俊壮、富贵、精彩、飘逸、清远、奇巧、志寓、优游、感怀、豪易、清驶、幽博、明媚(飘然)、爽豁、华艳、佼壮(清雄)、壮丽(赡壮)的21种风格。③虽然含蓄、飘逸的品格与《二十四诗品》中的用语相同,④但整体21种

---

① 《星湖僿说》卷二十九诗文门2—13《陈子昂》。
② 《朱子语类》卷一百四十《论文下》:"杜诗初年甚精细,晚年横逆不可当,只意到处便押一个韵。如自秦州入蜀诸诗,分明如画,乃其少作也。李太白诗非无法度,乃从容于法度之中,盖圣于诗者也。《古风》两卷多效陈子昂,亦有全用其句处。太白去子昂不远,其尊慕之如此。然多为人所乱,有一篇分为三篇者,有三篇合为一篇者。"朱熹曾书曹操字帖,被刘珙讥为学汉帜篡贼,在《题曹操帖》中言"天道祸淫,不终厥命"。李瀷批判曹操的字与陈子昂的诗为同类。《星湖僿说》卷二十九诗文门2—54《周受命颂》。朱熹《题曹操帖》收录于《古今事文类聚》别集卷十二《书法部》中。
③ 崔滋:《补闲集》下;"有一好事者,集声律七字联评之,第其上下,属予曰:'彼雄深奇妙,古雅宏远之句,必反覆详阅,久而后得味,故学者不悦,如工部诗之类也。今所集若干联,皆一见即悦之语,可以资补闲,君其录于后编。'观其所评,皆不法古人,新以臆论之,尚有可取,列之于左。"
④ 《二十四诗品》是否为唐末司空图(837—908)之作尚有异议。24品为:1. 雄浑 2. 冲淡 3. 纤秾 4. 沉着 5. 高古 6. 典雅 7. 洗炼 8. 劲健 9. 绮丽 10. 自然 11. 含蓄 12. 豪放 13. 精神 14. 缜密 15. 疏野 16. 清奇 17. 委曲 18. 实境 19. 悲慨 20. 形容 21. 超诣 22. 飘逸 23. 旷达 24. 流动。

风格似乎应视为崔滋本人归纳整理。

崔滋之论可与中国诗学相比较。例如,《梦溪笔谈》卷十五:"诗又有正格偏格,类例极多。故有三十四格、十九图、四声八病之类。"周弼的《三体唐诗》中将七言绝句列七格:一曰实接、一曰虚接、一曰用事、一曰前对、一曰后对、一曰拗体、一曰侧体;而将七言律诗列为六格:一曰四实、一曰四虚、一曰前虚后实、一曰前实后虚、一曰结句、一曰咏物。又将五言律诗列为七格,前四格与七言同,后三格为一曰一意、一曰起句、一曰结句。

李奎报在《论诗中微旨略言》中言:"夫诗以意为主,设意尤难,缀辞次之。意亦以气为主,由气之优劣,乃有深浅耳。然气本乎天,不可学得。"①接着依次提出了自己针对押韵、对句、构思、诗体的观点。② 且提出了作诗应忌的九不宜体:载鬼盈车体、拙盗易擒体、挽弩不胜体、饮酒过量体、设坑导盲体、强人从己体、村父会谈体、凌犯尊贵体、莨莠满田体。③

作诗最难的就是用典与散对。朝鲜中叶以来《诗学大成》的流布似乎与此有关。《诗学大成》有元代毛直方所编与林贞所编两个系统,据说

---

① 李奎报《论诗中微旨略言》(《东国李相国全集》卷二十二):"夫诗以意为主,设意尤难,缀辞次之。意亦以气为主,由气之优劣,乃有深浅耳。然气本乎天,不可学得,故气之劣者,以雕文为工,未尝以意为先也。盖雕镂其文,丹青其句,信丽矣。然中无含蓄深厚之意,则初若可翫,至再嚼则味已穷矣。"

② 李奎报《论诗中微旨略言》(《东国李相国全集》卷二十二):"凡自先押韵,似若妨意,则改之可也。唯于和人之诗也,若有险韵,则先思韵之所安,然后措意也。至此宁且后其意耳,韵不可不安置也。句有难于对者,沉吟良久,想不能易得,则即割弃不惜,宜矣。何者?计其间,倪足得全篇,而岂可以一句之故,至一篇之迟滞哉?有及时备急则窘矣。方其构思也,深入不出则陷,陷则着,着则迷,迷则有所执而不通也。惟其出入往来,左之右之,瞻前顾后,变化自在,而后无所碍而达于圆熟也。或有以后句救前句之弊,以一字助一句之安,此不可不思也。纯用清苦为体,山人之格也。全以妍丽装篇。宫掖之格也,惟能杂用清警雄豪妍丽平淡然后备矣,而人不能以一体名之也。"

③ 李奎报《论诗中微旨略言》(《东国李相国全集》卷二十二):"诗有九不宜体,是予所深思而自得之者也。一篇内多用古人之名,是载鬼盈车体也。攘取古人之意,善盗犹不可,盗亦不善,是拙盗易擒体也。押强韵无根据处,是挽弩不胜体也。不揆其才,押韵过差,是饮酒过量体也。好用险字,使人易惑,是设坑导盲体也。语未顺而勉引用之,是强人从己体也。多用常语,是村父会谈体也。好犯语忌,是凌犯尊贵体也。词荒不删,是莨莠满田体也。能免此不宜体格,而后可与言诗矣。"

源自《学吟珍珠囊》与《诗苑丛珠》。① 燕山君二年(1496)林贞所编系统的《增广事联诗学大成》在朝鲜覆刊,现在卷四—五收藏在韩国国立中央图书馆,分为叙事、故事、大意(相当于毛直方编本之"散对")、起、联、结六部分。

李晬光在《芝峰类说》中提出,以编缀用事为能事,乃文人之病,并言郑士龙(1491—1570)曾"类抄诸书,盛以大囊。每有制作,必以自随。故其诗多牵补斧凿之痕,绝无平稳底气象。盖亦坐此病耳"。②

16世纪中期尹春年(1514—1567)任校书馆都提调时,于1551年刊行了《诗家一指》,1552年刊行了《文筌》《文断》《诗法源流》,1555年刊行了《木天禁语》。其中《诗家一指》与《木天禁语》收录有"十四诗品"。《诗家一指》由总论、十科、四则、二十四品、外篇四段、三造三段构成。《木天禁语》单卷56张,以乙亥字刊行。此书整体有《木天禁语》《诗家指要》《杜陵诗律五十一格》、[附]《诗法源流》四部构成。③ 其中《诗家指要》中有总论、十科、四则、二十四品、诗代、品类、当代名公雅论等内容。④

尹春年将自己所作的《诗法源流体意声三字注解》附在推测为明代诗僧怀悦所编的《诗法源流》中,并于1552年(朝鲜明宗七年)以木活字刊行。⑤

---

① 张健:《从〈学吟珍珠囊〉到〈诗学大成〉〈圆机活法〉——对一类诗学启蒙书籍源流的考察》,《文学遗产》2016年第3期,第74—103页。
② 李晬光《芝峰类说》卷十三文章6:"金宗直诗云:'诗书旧业戈春黍,翰墨新功獭祭鱼。'按荀子曰:'不道礼意,以诗书为之,犹以戈春黍也。'古书云:'李商隐为文,多点检阅书籍,左右鳞次,号獭祭鱼。'余谓为文而以编缀用事为能者。乃文人之病也。顷世郑士龙类抄诸书,盛以大囊。每有制作,必以自随,故其诗多牵补斧凿之痕,绝无平稳底气象。盖亦坐此病耳。"
③ 二十四品中第23"旷达"被放在第15"疏野"与第16"清奇"之间。12种风格的每种风格标题下面附有符合此格的作家,即雄浑-杜甫,冲淡-孟浩然,纤秾-王维,沉着-杜甫,典雅-揭傒斯,洗炼-范梈,劲健-杜甫,绮丽-赵孟𫖯,自然-孟浩然,旷达-古选,清奇-范梈,委曲-白居易。其余的12种风格没有附上作家。
④ 内题各标有《木天禁语》《木天禁语诗家指要》《木天禁语杜陵诗律》《诗法源流》之题。其中《诗家指要》的二十四诗品与《诗家一指》类似,但"旷达"按一般的顺序被置于第23。
⑤ 尹春年的《诗法源流》现存版本有:修绠室所藏木活字本、美国伯克利大学东亚图书馆所藏木活字本、涧松文库乙亥字本、抄本(首尔大学奎章阁、高丽大学中央图书馆、成均馆尊经阁等)、日本国立公文书馆内阁文库木版本等。안대회:《尹春年的声律论与汉诗的音乐美》,《韩国韩诗的分析与视角》,首尔:延世大学出版部,2000年;안대회:《尹春年与诗话文话》,소명출판,2001年。

尹春年在《诗法源流跋》中言及自己之所以留意此书,是因为曾见明初赵㧑谦(1352—1395)的《学范》中提及此书。

尹春年刊行的《诗法源流》中有尹春年的《诗法源流序》,杨载(1271—1323)的《诗法源流序》《诗法源流总目》,"傅与砺述德机范先生意、嘉禾怀悦用和编集"的《诗法正论》(《诗法源流》《诗法至论》《诗评》),卢挚(1242?—1314?)的《诗法家数》[《文章宗旨》],杨载的《诗解》《诗格》,尹春年的《诗法源流体意声三字注解》七张,怀悦的《诗法源流后序》(成化乙酉,1465),周廷征的《诗法源流后序》(正德戊辰,1508)。

尹春年虽然对唐诗与宋诗的差异有明确的认识,但其对二者均不加否定,而是主张把握不同诗人的独特风格,并主张通过诗的形式来探讨诗风。① 其在"诗法源流体意声"中提到"体"有五言古诗、歌行、律诗、绝句等诗形,且言"心者,统性情者也。意者,主张乎心者也"。认为"意"是统御性情的心的主宰者,而"声"不只是指平仄,而是包括五音十二律。其在《诗法正论》中言:"大抵起处要平直,承处要舂容,转处要变化,合处要渊永。"指出了起承转结的结构。同时收录其中的《诗解》言及赋比兴、诗的结构、风格,以及作诗时应留意的问题。②《诗格》中将杜甫的七言律诗分为以下36格:

> 《诗格》36格:接项格、夹股格、续腰格(开合格)、双蹄格、首尾互换格、首尾相同格、单蹄格、字应格(正中之变)、开合格(变中之变)、开合变格(变中之不变)、叠字格、句应句格、叙事一意正中之变格、中联互锁格、结上生下格、兴兼比格、兴兼赋格、[结上生下格]、拗句格、节节生意格、抑扬格、归题格、歇续意格、前多后少格、前开后合格、此其格去上正而变格特结异尔、比兴格、连珠格、归题格前后相似而变、一意格、两

---

① 尹春年《诗法源流体意声三字注解》:"盖唐人以诗为诗,宋人以文为诗。唐诗主于达性情,故于三百篇为近。宋诗主于立议论,故于三百篇为远。然达性情者,国风之余,立议论者,国风之变,故未易以优劣之也。"
② 杨载的序以及《诗解》与《诗格》都有可能是伪作。大山洁:《〈诗法源流〉伪书说新考》,《日本中国学会白》51,日本中国学会,1999年;张健:《元代诗法校考》,北京:北京大学出版社,2001年;이현일,《美国伯克利大学东亚图书馆所藏〈诗法源流〉解题》,高丽大学民族文化研究院海外韩国学资料中心。

重格、变字格、前实后虚格、藏头格、先体后用格、双字起结格。

李睟光在《芝峰类说》中引用《诗法源流》,言:"诗法源流曰:'诗者原于德性,发于才情,心声不同,有如其面。故法度可学而神意不可学。'此言是。"但无法确定其是否读过尹春年的刊本。

《诗法正论》与《诗格》以及《诗法源流体意声三字注解》对之后洪万宗的《小华诗评》、申景濬的《诗则》、李德懋的抄录集《骚坛千金诀》等都产生过影响。

18世纪初期《全唐诗》传入朝鲜,其附录《二十四诗品》再次引起了朝鲜士人的关注。这与清代诗坛领袖王士禛、袁枚、翁方纲等人对《二十四诗品》的推崇也有关系。《全唐诗》《古文渊鉴》《佩文韵府》一起在1713年由康熙帝颁赐给朝鲜王室。其中收有毛晋(1599—1659)汲古阁本《津逮秘书》第八册中收录的《二十四诗品》。①

严羽在《沧浪诗话·诗评》中以崔颢《登黄鹤楼》为唐律第一。明代何景明以沈佺期《古意》为第一。李攀龙以王昌龄《从军行》为绝句中第一。杨慎《升庵集》卷57《柳枝词》中则以刘禹锡《踏歌词》为第一。胡应麟则以王翰《凉州词》为第一。朝鲜权鞸最喜许浑之《谢亭送客》。李睟光于唐代律诗,历诋王维、杜甫、贾至、岑参之《大明宫》②,孟浩然之《岳阳楼》③,而以沈佺期

---

① 画家郑敾(1676—1759)于1749年冬至月以绘画描绘了二十四品,李匡师(1705—1777)1751年闰五月以书法书写了《二十四诗品》的原文。紫霞申纬利用了全唐诗附录本,权敦仁(1783—1859)与吴世昌利用了汲古阁本《二十四诗品》。权敦仁(1783—1859)抄之后作成了《司空表圣诗品帖》。《二十四诗品》在构成19世纪诗坛主轴的紫霞申纬(1769—1847)与金正喜(1786—1856)的同仁集团中,被活用为代表艺术倾向的诗论书的一种。

② 王维《和贾舍人早朝大明宫之作》:"绛帻鸡人送晓筹,尚衣方进翠云裘。九天阊阖开宫殿,万国衣冠拜冕旒。日色才临仙掌动,香烟欲傍衮龙浮。朝罢须裁五色诏,佩声归向凤池头。"杜甫《奉和贾至舍人早朝大明宫》:"五夜漏声催晓箭,九重春色醉仙桃。旌旗日暖龙蛇动,宫殿风微燕雀高。朝罢香烟携满袖,诗成珠玉在挥毫。欲知世掌丝纶美,池上于今有凤毛。"贾至《早朝大明宫》:"银烛朝天紫陌长,禁城春色晓苍苍。千条弱柳垂青琐,百啭流莺绕建章。剑珮声随玉墀步,衣冠身惹御炉香。共沐恩波凤池里,朝朝染翰侍君王。"岑参《奉和中书舍人贾至早朝大明宫》:"鸡鸣紫陌曙光寒,莺啭皇州春色阑。金阙晓钟开万户,玉阶仙仗拥千官。花迎剑珮星初落,柳拂旌旗露未干。独有凤凰池上客,阳春一曲和皆难。"

③ 孟浩然《临洞庭》:"八月湖水平,涵虚混太清。气蒸云梦泽,波撼岳阳城。欲济无舟楫,端居耻圣明。坐观垂钓者,徒有羡鱼情。"

《奉和立春游苑迎春》为第一。① 李晬光在《芝峰类说·诗评》中提到诗评的主观性,其言:"早朝大明宫诗,古人以岑参为第一,王维为第二,杜甫为第三,贾至为第四。余谓四诗俱绝佳,未易优劣。若言其微瑕,则岑参'莺啭皇州春色阑',似馁而连用'曙''晓'二字,且'花迎剑佩'一联好矣。而'星初落'三字,似不衬矣。王维诗叠使衣色字,且'翠云裘''冕旒''衮龙'等语,似叠矣。杜甫诗'五夜漏声催晓箭',既曰'五夜'则似不当言'催晓'。且'旌旗日暖龙蛇动'与'宫殿风微燕雀高',工则工矣,但于早朝,似泛矣。贾至诗首句甚佳,而'剑佩声随玉墀步'一联,似松矣。大抵四诗结句,皆用'凤池',所谓'和'也。杜作乃用'凤毛'以结之,最妙。"②

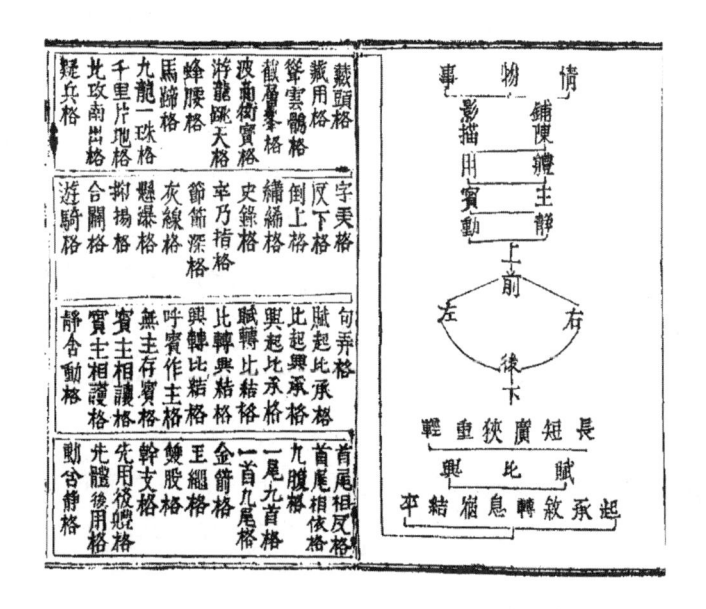

申景濬(1712—1781)的《诗则》由五幅图表和解说构成。其首先用诗的最基本的构成要素体、意、声来构架结构,之后对各自的特性用图表来加以

---

① 《西浦漫笔》下—102:"诗人于古人之诗,所尚各不同,亦可见其才识。宋严沧浪以崔颢《黄鹤楼》为唐律第一。明何大复以沈佺期'卢家少妇'为第一。李沧溟以王昌龄'秦时明月'为绝句第一。杨升庵以刘禹锡'春江一曲'为第一。胡元瑞以王翰'蒲桃美酒'为第一。国朝权汝章最喜许浑'劳歌一曲解行舟'之诗。李芝峰于唐人律诗,历诋王、杜、贾、岑之《大明宫》,孟浩然之《岳阳楼》,而以初唐'林间觅草才生蕙,园里寻花尽是梅'之诗为第一。"
② 李晬光《诗评》,《芝峰类说》卷6。

说明。意分为主意与运意,主意再分为颂美、讥刺、忧哀、喜乐;运意再分为占排、取舍、阔蹙、构结,以之论诗之优劣。声可分为歌、辞、行、曲、吟、叹、怨、引、谣等形式,基本音数律为五言与七言。宫商角徵羽的五音与十二律有着密切的关系。申景濬将表现体、意、声的方式分为① 情物事、② 铺陈影描、③ 体用、④ 主宾、⑤ 动静、⑥ 上下前后左右、⑦ 长短广狭重轻、⑧ 比赋兴、⑨ 起承叙转息宿结卒、⑩ 四十八格等十个条目。物、情、事是诗的素材,铺陈为直叙情况的方法,影描为描写对象的技法,体用、主宾、动静乃表现意境的方法,"上下前后左右"与"长短广狭重轻"是在"立语"中按配意境的方式。兴比赋乃表现技巧;起、承、叙、转、息、宿、结、卒乃构成作品内容并加以展开的方式。申景濬所列的"诗格"四十八格如下:①

《诗则》48 格: 藏头格、藏用格、耸云鹃格、截层峰格、波商衔宝格、游龙跳天格、蜂腰格、马蹄格、九龙一珠格、千里片地格、北攻南出格、疑兵格、游骑格、合辟格、抑扬格、悬瀑格、灰线格、节节深格、卒乃指格、史录格、绣绨格、倒上格、反下格、字弄格、句弄格、赋起比承格、比起兴承格、兴起比承格、赋转比结格、比转兴结格、兴转比结格、呼宾作主格、无主存宾格、宾主相让格、宾主相护格、静含动格、动含静格、先体后用格、先用后体格、干支格、双股格、玉绳格、金箭格、一首九尾格、一尾九首格、九腹格、首尾相依格、首尾相反格。

以上所列与《诗法源流》中所言"诗格"不同,且只有简单的说明,基本上没有给出例示。

(二) 构意造辞及琢句与用事

崔滋在《补闲集》中言:"大抵体物之作,用事不如言理,言理不如形容。然其工拙,在乎构意造辞耳。"崔滋言理以金富轼之诗、用事以李仁老之诗、形容以李奎报之诗为例进行了说明。②

---

① 李向培:《旅庵 申景濬의 诗理论体系》,《语文研究》96,语文研究学会,2018 年 6 月,第 229—253 页。
② 《补闲集》中:"文烈公和慧素师[黄海道白川郡江西寺释慧素]《猫儿》云:'蝼蚁道存狼虎仁,不须遣妄始求真。吾师慧眼无分别,物物皆呈清净身。'文顺公《蟾》(《群虫咏》(转下页)

高丽与朝鲜时期的唐诗论　　129

前面提到李仁老在《破闲集》中言琢句之法杜甫最为绝妙,以杜甫《衡州送李大夫七丈勉赴广州》中"日月笼中鸟,乾坤水上萍"之句与《风疾舟中伏枕书怀三十六韵奉呈湖南亲友》中"十暑岷山葛,三霜楚户砧"之句为例进行了说明。而就琢句之例,则提到苏轼《和柳子玉喜雪》中"灯青火冷不成眠,一夜捻须吟喜雪"之句;贾岛与韩愈之间谈论"推敲"之事;孟启本事诗《高逸》中李白为戏弄杜甫"拘束"而作的"饭颗山"中"饭颗山头逢杜甫,头戴笠子日卓午。借问何来太瘦生,总为从前作诗苦"之事;①"意尽西峰钟撞半夜"之事②。并提到"及至苏黄,则使事益精,逸气横出,琢句之妙,可以与少陵并驾"③。

用事与琢句的问题在高丽和朝鲜时期基本归结到有关"换骨夺胎"的议论。李仁老的《破闲集》中引黄庭坚"不易古人之意而造其语谓之换骨,规模古人之意而形容之谓之夺胎"的说法,列举了自己家门子弟及朋友诗作中的"换股脱胎"的事例。④ 李仁老云:"诗家作诗,多使事,谓之点鬼簿。李商隐

――――――
(接上页)8首中第1首)云:'痱磊形可憎,爬虬行亦涩。群虫且莫轻,解向月中入。'眉叟《蚁》云:'身动牛斗分,穴深山恐颓。功名珠几曲,富贵梦初回。'文顺公形容甚工,李学士句句皆用事,文烈公寄意浮屠,言理最深。大抵体物之作,用事不如言理,言理不如形容。然其工拙,在乎构意造辞耳。"李仁老的诗中使用了两个故事,其一是北宋睦庵善卿《祖庭事苑》中有关孔子穿珠的故事,即孔子无法将线穿过内有九曲的珠子,而听了村妇的话,在细丝绑在蚂蚁身上,在珠孔的另一面涂上蜂蜜,于是就把珠子穿上了的故事;其二是《南柯记》中淳于芬梦游槐安国的故事。但金富轼的诗中也将《庄子》外篇《知北游》中庄子与东郭子的问答中出现的稊稗与蝼蚁的故事作为典故使用。
① 孟启《本事诗·高逸》:"白(李白)才逸气高,与陈拾遗齐名……尝言:'兴寄深微,五言不如四言,七言又其靡也,况使束于声调俳优哉!'故戏杜曰:'饭颗山头逢杜甫,头戴笠子日卓午。借问何来太瘦生,总为从前作诗苦。'盖讥其拘束也。"
② 似指张继《枫桥夜泊》"月落乌啼霜满天,江枫渔火对愁眠。姑苏城外寒山寺,夜半钟声到客船"所言。
③《破闲集》上—21:"琢句之法,唯少陵独尽其妙。如'日月笼中鸟,乾坤水上萍''十暑眠山葛,三霜楚户砧'之类是已。且人之才,如器皿方圆,不可以该备,而天下奇观异赏,可以悦心目者甚伙。苟能才不逮意,则譬如驽蹄临燕越千里之途,鞭策虽勤,不可以致远。是以古之人,虽有逸才,不敢妄手手,必加炼琢之工,然后足以垂光虹蜺,辉英千古。至若句锻季炼,朝吟夜讽,捻须难安于一字,弥年几赋于三篇。手作敲推直犯京尹,吟成大瘦行过饭山,意尽西峰钟撞半夜。如此不可缕举。及至苏黄,则使事益精,逸气横出,琢句之妙,可以与少陵并驾。"
④ 黄庭坚的话虽然取自北宋惠洪《冷斋夜话》卷一"换骨夺胎法"中整理的内容,但《冷斋夜话》中的内容是"不易其意而造其语,谓之换骨法。窥入其意而形容之,谓之夺胎法。"宋代阮阅(1126年前后在世)的《诗话总龟》卷九《评论门》5中言:"不易其意而造其语谓之(转下页)

用事险僻,号西昆体,此皆文章一病。近者苏黄崛起,虽追尚其法,而造语益工,了无斧凿之痕,可谓青于蓝矣。"①"点鬼簿"与(南宋)曾慥《类说》卷40"点鬼簿算博士"中的"古人姓名连用"方式不同,似与许𫖮《彦周诗话》中的"正尔填实"相通。② 李仁老对西昆体的批判与《冷斋夜话》中"西昆体"③的内容相通。

(三) 言外之意

关于李白《蜀道难》,《本事诗》的说法是李白初入洛,欲以此见知于贺知章。而《新唐书》卷一百二十九《严武传》中则称杜甫之依严武,白忧其见害而作。两说俱出于唐人,而其不同如此。金万重认为作为蜀人的李白,称自己的出生地"朝避猛虎,夕避长蛇,磨牙吮血,杀人如麻",似乎没有如此贬下薄待之理,认为后一说法更近乎事实。但是观"剑阁峥嵘"之下的"剑阁峥嵘

(接上页)换骨法,规模其意而形容之谓之夺胎法。"《破闲集》下—20:"堂弟尚书惟卿,相门子少以风流自命,与之游者若近玉山行。尝中酒,入赏春亭,吟赏木芍药,枢府李阳实从傍见之,爱其风韵赠诗云:'一片陇西月,飞来照洛城。别时如久雨,逢处若新晴。'韵多不载。昔山谷论诗,以谓不易古人之意而造其语谓之换骨,规模古人之意而形容之谓之夺胎。此虽与夫活剥生吞者相去如天渊,然未免剽掠潜窃以为之工。岂所谓出新意于古人所不到者之为妙哉! 仆得是诗,以谓此古人得意句。昨双明斋见李枢密论诗,语及此诗,李相俊昌愀然变容曰:'此先公赠某诗也。'仆惊叹不已,谓座客曰:'若以此诗编小杜集中,孰知其非?'"

① 《破闲集》下—4:"诗家作诗,多使事,谓之点鬼簿。李商隐用事险僻,号西昆体,此皆文章一病。近者苏黄崛起,虽追尚其法,而造语益工,了无斧凿之痕,可谓青于蓝矣。如东坡'见说骑鲸游汗漫,忆曾扪虱话悲辛','永夜思家在何处,残年知尔远来情',句法如造化生成,读之者,莫知用何事。山谷云:'语言少味无阿堵,冰雪相看只此君','眼看人情如格五,心知世事等朝三',类多如此。吾友耆之亦得其妙,如'岁月屡惊羊胛熟,风骚重会鹤天寒','腹中早识精神满,胸次都无鄙吝生',皆播在人口,真不愧于古人。"

② 许𫖮《彦周诗话》:"凡作诗若正尔填实,谓之'点鬼簿',亦谓之'堆垛死尸'。能如《猩猩毛笔》诗曰:'平生几两屐,身后五车书。'又'管城子无食肉相,孔方兄有绝交书',精妙明密,不可加矣,当以此语反三隅也。"

③ 《冷斋夜话》卷四《西昆体》:"诗到李义山,谓之文章一厄。以其用事僻涩,时称西昆体。然荆公晚年亦或喜之,而字字有根蒂。如作雪诗曰:'借问火城将策探,何如云屋听窗知。'又曰:'未爱京师传谷口,但知乡里胜蚕头。'其用事琢句,前辈无相犯者。昔李师中作送唐介谪官诗曰'去国一身轻似叶,高名千古重于山。并游英俊颜何厚? 未死奸谀骨已寒'云云。已而闻介赴北首上官,李大敬以书索其诗。唐公笑曰:'吾正不用此无寸马落颜诗。'遂以还之。李大敬,久之乃悟'一身''千古'非挟对,与荆公措意异矣。"

而崔嵬,一夫当关,万夫莫开。所守或非亲,化为狼与豺。朝避猛虎,夕避长蛇。磨牙吮血,杀人如麻。锦城虽云乐,不如早还家。蜀道之难,难于上青天,侧身西望长咨嗟"的内容,"忠愤隐痛之意,喷薄于文字间,其为明皇幸蜀而发,无疑矣"。① 金万重的这一说法符合王琦(1696—1774)在《李太白集注》中的说法。王琦认为李白有感于遭遇安禄山之乱,天子避祸蜀地,因而创作了《蜀道难》,评曰:"太白深知幸蜀之非计,欲言则不在其位,不言则爱君忧国之情不能自已,故作诗以达意也。"当时朝鲜刊行的太白诗集主要以(宋)杨齐贤集注、(元)萧士赟补注的《分类补注李太白诗》为主要底本,最古本为1310年版本,②朝鲜有以1435年初铸甲寅字本的16世纪末的训练都监字本和刊记未详的木版本行世。

从金万重的这一评论中可以看到,朝鲜的诗人学者重视作品的"言外之意"。之前唐代皎然曾在《诗式》卷1《重意诗例》中提到:"两重意已上,皆文外之旨。若遇高手如康乐公,览而察之,但见情性,不睹文字,盖诗道之极也。"《重意诗例》的内容如下:③

  一重意 宋玉云:"晰兮若姣姬,扬袂障日而望所思。"
  二重意 曹子建云:"高台多悲风,朝日照北林。"
      王维诗:"秋风正萧索,容散孟尝门。"
      王昌龄诗:"别意猨鸟外,天寒桂水长。"
  三重意 古诗云:"浮云蔽白日,游子不顾返。"
  四重意 古诗云:"行行重行行,与君生别离。"
      宋玉《九辩》云:"了栗兮若在远行,登山临水兮送将归。"

但是朝鲜的诗论与诗话中没有对重意进行1—4重分辨的例文。朝鲜

---

① 《西浦漫笔》下—98:"李白《蜀道难》,或以为白之初入洛,以此见知于贺知章,或以为杜甫之依严武,白忧其见害而作。两说俱出于唐人,而其不同如此。窃谓李白蜀人,不应无端贬薄本土,比之豺虎,后说盖近之矣。而今观'剑阁峥嵘'以下,其忧深,其语切,忠愤隐痛之意,喷薄于文字间,其为明皇幸蜀而发,无疑矣。以此观之,尤觉朱文公不用诗序之高也。"
② 芳村弘道:《元版〈分类补注李太白诗〉と萧士赟》,《日本中国学会报》42,日本中国学会,1990年。
③ 张伯伟:《全唐五代诗格汇考》,南京:凤凰出版社,2002年4月。

的诗人学者更关心的是探索"陈述言表"与"微意"之间的关系。

《冷斋夜话》卷4中认为"诗言其用不言其名"是用事琢句的要点。这一点与惠洪在《诗人玉屑》中提到的唐代的僧侣善用的"象外句"[①]有相通之处。但《冷斋夜话》接着提到贾岛诗的"影略句"为谜语式咏物诗,[②]《诗人玉屑》中也曾提到过"影略句法"。[③] 胡仔《苕溪渔隐丛话》中也将其视为"迷子诗"的一种。[④] 高丽与朝鲜的诗论与诗话中并未发现有讨论影略句的内容。[⑤] 只是朝鲜僧侣无竟子秀(1664—1737)有《见暮云暂时合散感,影略句格》的诗流传下来,诗云:"行客迷前路,归禽失旧林。长风吹拾去,忽尔露青岑。"[⑥]

高丽与朝鲜时期的诗人将诗语置之创作脉络之中,苦心探索其象征性与寓言性。如卢仝的《月蚀》在《新唐书》卷一百七十六《卢仝传》中言"仝自号玉川子,尝为月蚀以讥切元和逆党,愈称其工",即将此诗视为对元和年间爆发的宦官陈洪志之乱的讽谏之作。但是宋代魏仲举的《五百家注昌黎文集》中录有韩愈的《月蚀诗效玉川子作》与卢仝的《月蚀》,在对题目加的注中引宋代孙傅之言道:"史谓仝诗以讥切元和逆党,按仝诗作于元和五年,而宦

---

① 《诗人玉屑》卷三《象外句》:"唐僧多佳句,其琢句法比物以意,而不指言一[某]物,谓之象外句。如无可上人诗曰:'听雨寒更尽,开门落叶深。'是落叶比雨声也。又曰:'微阳下乔木,远烧入秋山。'是微阳比远烧也。用事琢句,妙在言其用而不言其名耳。"

② 《冷斋夜话》卷四《贾岛诗》:"贾岛诗有影略句,韩退之喜之。其《渡桑干》诗曰:'客舍并州三十霜,归心日夜忆咸阳。如今更渡桑干水,却望并州是故乡。'又《赴长江道中》诗曰:'策杖驰山驿,逢人问梓州。长江那可到,行客替生愁。'"

③ 《诗人玉屑》卷三《影略句法》:"郑谷咏落叶,未尝及凋零飘坠之意。人一见之,自然知为落叶。诗曰:'返蚁难寻穴,归禽易见窠。满廊僧不厌,一个俗嫌多。'"

④ 胡仔《苕溪渔隐丛话》(《说郛》卷八十四下):"刘义落叶诗云:'返蚁难寻穴,归禽易见窠。满廊僧不厌,一片俗嫌多。'郑谷柳诗云:'半烟半雨溪桥畔,间杏间桃山路中。会得离人无限意,千丝万絮惹春风。'或戏谓:'此二诗乃落叶及柳谜子。'观者试一思之,方知其善谑也。"

⑤ 佛教中有"影略互显"的叙述法。《佛光大辞典》(慈怡法师主编)中的说明是:"于说明二种有关之事件时,此方所略之事由他方显发,他方所略之事由此方说明。如是相互补充成完全之说明方式,称为影略互显。"例如维摩经弟子品中有"断烦恼,入涅槃"一句,在"断烦恼"之次省略"得菩提",在"入涅槃"之前省略"离生死",即于与烦恼相对之菩提与涅槃相对之生死以影略互显之方式说明。(《成唯识论》卷六、《俱舍论光记》卷一、《成唯识论述记》卷六末)

⑥ 无竟子秀:《无竟集》杂著11,《韩国佛教全书》第9册,首尔:东国大学校出版部,1994年。

官陈洪志之乱,乃在于十五年,安得预知而刺之? 盖唐史误也。"金万重从前后事件的脉络中推测此诗与围绕宪宗的元妃郭氏和侍婢郑氏之间的事情有关,即认为"玉川子《月蚀》诗,当与太白《古风》'蟾蜍薄太清'①同义,前人说恐皆非是。宪宗元妃郭氏,乃汾阳之孙,且有令德,而帝惑于内嬖,终不肯正名中壶,十五年间坤仪缺焉。至宣宗即位,终为侍婢郑氏所逼死"。② 金万重"想其祸已兆于元和,而裴李诸公,未闻有言之者"。此玉川子所以历诋周天星辰,认为诗中卢仝所欲"磔"的虾蟆,亦非侍婢郑氏,而是大臣。③

五、声律形式论

(一) 拗体论

郑知常(? —1135)为高丽中期仁宗朝的文人、诗人。其出身西京,初名之元,号南湖。其传记附记于《高丽史·妙清传》("知常,初名之元。少聪悟,有能诗声,擢魁科。历官至起居注。人言富轼素与知常齐名,于文字闲积不平,至是托以内应杀之。知常为诗,得晚唐体,尤工绝句。词语清华,韵格豪逸,自成一家法"④)。强调郑知常为诗得晚唐体,且尤工绝句。高丽晚期的李齐贤与朝鲜的诗论家都比较关注郑知常的拗体诗。

ⓐ 李齐贤《栎翁稗说》:"郑又有'地应碧落不多远,人与白云相对

---

① 李白《古风五十九首》其二(《李太白文集》卷一):"蟾蜍薄太清,蚀此瑶台月。圆光亏中天,金魄遂沦没。蟏蛸入紫微,大明夷朝晖。浮云隔两曜,万象昏阴霏。萧萧长门宫,昔是今已非。桂蠹花不实,天霜下严威。沉叹终永夕,感我涕沾衣。"据《李太白集分类补注》卷2杨齐贤的注,明月喻唐玄宗之王皇后,而蟾蜍则喻武妃,即后日之武则天。
② 元妃郭氏(懿安皇后)生穆宗,侍婢郑氏(孝明皇后)生宣宗。郭氏乃下嫁给汾阳王郭子仪之子郭暧的升平公主之女。宪宗虽然并未封郭氏为皇后,但封其为后宫中品阶最高的贵妃。郑氏在其子宣宗为光王时为王太妃,宣宗即位后成为太皇后。参考《新唐书》卷77《后妃列传下·宪宗懿安皇后郭氏》。
③ 《西浦漫笔》下—151:"玉川子《月蚀》诗,当与太白《古风》'蟾蜍薄太清'同义,前人说恐皆非是。宪宗元妃郭氏,乃汾阳之孙,且有令德,而帝惑于内嬖,终不肯正名中壶,十五年间坤仪缺焉。至宣宗即位,终为侍婢郑氏所逼死。想其祸已兆于元和,而裴李诸公,未闻有言之者。此玉川子所以历诋周天星辰,而若其所欲磔之一蟆,岂谓郑耶?"
④ 《高丽史》卷一百二十七《叛逆列传》卷四十《妙清传》。

闲','浮云流水客到寺,红叶苍苔僧闭门','绿杨闭户八九屋,明月卷帘三两人','上磨星斗屋三角,半出虚空楼一间','石头松老一片月,天末云低千点山'等句,是家喜用此律[拗律-引用者注]。"

ⓑ-1 徐居正《东人诗话》卷上:"郑诗语韵清华,句格豪逸,深得晚唐法,尤长于拗体。如'石头松老一片月,天末云低千点山','地应碧落不多远,僧与白云相对闲','绿杨闭户八九屋,明月卷帘三两人'等句,出口惊人,脍炙当世,可以一洗空群矣。"

ⓑ-2 徐居正《东人诗话》卷上:"拗体者,唐律之再变,古今作者不多。其法遇律之变处,当下平字换用仄字,欲使语气奇健不群。晚唐人喜用此体。郑诗深得其妙,后无人能继者。惟金英宪之岱得其法,如'云间绝磴七八里,天末遥岑千万重','茶罢松窗挂微月,讲阑风榻摇残锺','白鸟去尽暮天碧,青山犹含残照红','香风十里卷珠帘,明月一声飞玉笛'等句,多有所霑丐云。"

ⓒ 李睟光《芝峰类说》:"郑知常丹月驿诗云:'饮阑欹枕画屏低,梦觉前村第一鸡。却忆夜深云雨散,碧空孤月小楼西。'又有诗曰:'绿杨闭户八九屋,明月卷帘三两人。'又《题灵鹄寺》曰:'上磨星斗屋三角,半出虚空楼一间。'又:'地应碧落不多远,人与白云相对闲。'虽拗体亦好。"①

ⓓ 洪万宗《小华诗评》:"拗体者,律之变也。当平而仄,当仄而平。如'负盐出井此溪女,打鼓发船何郡郎','湘潭云尽暮山出,巴蜀云消春水来'等句是也。郑学士知常深得其妙,题边山苏来寺曰:'古径寂寞萦

---

① 《丹月驿》起承转结4句均遵守了"二四六分明"的规则,遵守了出句与对句的反、承句(第二句)与转句(第三句)之间的粘的规则。但起句(第一句)第一字非平声而是仄声,因而此句的第三字以平声代仄声,即本句自救的形式。没有将这种"一三五"的平仄交替视为拗救的说法。这种平仄交替比b型句拗救更普遍,因而出现了"一三五不论"这样的说法。加之,结句(第四句)第一字"碧"并非平声而是仄声,第三字也并未以平声交替,可见第一字与第三字的平仄交替并非是强制性的。再看《长源亭》一诗,被指为拗体的颈联"绿杨闭户八九屋,明月卷帘三两人"之外,颔联"风送客帆云片片,露凝宫瓦玉鳞鳞"中出句的第一字(平声)与第三字(仄声),对句的第一字(仄声)与第三字(平声)之间虽然有平仄的交替,但这一颔联并未被视为拗体。这便是高丽末与朝鲜的文人并未将近体诗中"一三五"的平仄视为拗救的证据。李睟光言及《丹月驿》与拗体无关,而是将其视为佳作的原因。

松根,天近斗牛聊可扪。浮云流水客到寺,红叶苍苔僧闭门。秋风微凉吹落日,山月渐白啼清猿。奇哉庞眉一衲老,长年不梦人间喧。'清健可诵。"

从ⓑ-2中可知徐居正对拗体的概念整理为:① 是唐律的再变,② 其方式是律的变处在该是平声的地方使用了仄声,导致语气奇健不群,③ 晚唐人喜用这种拗体。金之岱得其法,多从郑知常诗中借用。

众所周知,杜甫不受律诗调、叶、谐等声律上的限制,而试着做过很多不同的拗体诗。晚唐的诗人与北宋的江西诗派也有意识地对声律进行更改。如果说,拗体诗有一些是在律诗的形式固定之前或者形成之后,在诗中导入了一些口语化的表现或者采用了复合语汇(如固有名词),从而导致脱离格式而形成;那么晚唐与北宋时期,则是在律诗的套式中寻求变格而作。前者也有一些被称为江左体的作品,还有杜甫将吴地民歌导入的吴体,以及杜甫借用乐府歌行的音节手法而作的歌行变格。与此不同,晚唐诗人或者江西派采用了有意识地制造出"拗"再设法去"救"的补救方式。还救一句之中的第三字和第五字的方式叫作"三五还救之式";一句之中第五字不合律,用一联中的对句相救的方式叫作"许丁卯句法"。"许丁卯句法"得名于晚唐许浑(791—854?)移家润州丁卯桥附近别墅一事。①

王力将拗救(补救)分为 b 型句拗救、B 型句拗救、a 型句拗救等三种,称其中 B 型句拗救与 a 型句拗救是真正的拗体。② b 型句拗救或 B 型句拗救常见于唐诗中。A 型句不进行拗救时,其下三字"平平仄"变为"仄平仄"时,也属于音节上的自然改变。

b 型句的拗救说的是在五律中"平平平仄仄→平平仄平仄",在七律中是"仄仄平平平仄仄→仄仄平平仄平仄"的改变。这一改变在尾联出句(第7句)中经常被使用。唐诗中常见 b 型句,因此可以将其视作特殊形式,而非拗句。五言的第一字与七言的第三字一定要是平声字。B 型句的拗救说的是五律中"平平仄仄平→仄平平仄平",七律中"仄仄平平仄仄平→仄仄仄平

---

① 王含光:《吟坛变体》。
② 王力:《古汉语通论·唐诗的平仄》。

平仄平"的变改。也有对 a 型句的拗句不救的情况。即五律中"仄仄平平仄/平平仄仄平→仄仄仄平仄/平平仄仄平"的变改,或者七律中"平平仄仄平平仄/仄仄平平仄仄平→平平仄仄平平仄/仄仄平平仄仄平"的变改。

王力所说的 a 型句的拗救,说的是律诗"变体"中的许丁卯句法。

① 基本型态

  五律：仄仄平平仄/平平仄仄平→仄仄仄平仄/平平平仄平

  七律：平平仄仄平平仄/仄仄平平仄仄平→平平仄仄仄平仄/仄仄平平平仄平

② 这一形式的拗救也与 B 型句的拗救结合出现。

  五律：仄仄平平仄/平平仄仄平→仄仄仄平仄/仄平平仄平

  七律：平平仄仄平平仄/仄仄平平仄仄平→平平仄仄仄平仄/仄仄平平仄平平仄平

③ 若五言律诗第四字、七言律诗第六字为仄声时,对句相救。

  五律：仄仄平平仄/平平仄仄平→仄仄平仄仄/平平平仄平

  七律：平平仄仄平平仄/仄仄平平仄仄平→平平仄仄平仄仄/仄仄平平平仄平

④ 在此情况下,五律的第 3、4 字,七律的第 5、6 字都可以是仄声。

  五律：仄仄平平仄/平平仄仄平→仄仄仄仄仄/平平平仄平

  七律：平平仄仄平平仄/仄仄平平仄仄平→平平仄仄仄仄仄/仄仄平平平仄平

⑤ 在此情况下,有可能结合 B 型句拗句。

  七律：平平仄仄平平仄/仄仄平平仄仄平→平平仄仄仄仄仄/仄平平平仄平

考虑以上各项,来看一下郑知常诗中的拗体联,如下：

  石头松老一片月 天末云低千点山——《开圣寺八尺房》颈联
  ●○●●● ○●○○●○………a 型句拗救-④

地应碧落不多远 僧与白云相对闲——《题登高寺》颔联
●○●●○● ○●●○○●○………a 型句拗救-②

绿杨闭户八九屋 明月卷帘三两人——《长源亭》颈联
●○●●○●● ○●●○○●○………a 型句拗救-⑤

浮云流水客到寺 红叶苍苔僧闭门 ——《题边山苏来寺》颔联
○○○●●●● ○●○○○●○………a 型句拗救-④

上磨星斗屋三角 半出虚空楼一间——《灵鹫寺》①
●○○●●○● ●●○○○●○………a 型句拗救-①

以上，被指为郑知常的拗体的五个例文都是 a 型句拗救。即李齐贤之后的论者指出的郑知常的拗体都是采取了许丁卯句法的诗句。②

另外，徐居正所指出的金之岱诗中学自郑知常诗法的联中 a 型句拗救只有下面一例：

云间绝磴七八里 天末遥岑千万重——《瑜伽寺》颔联
○○●●●●● ○●○○○●○………a 型句拗救-④

徐居正将《瑜伽寺》的颈联"茶罢松窗挂微月，讲阑风榻摇残钟"作为例句来说明 b 型句的特殊形式，也是唐诗中频繁出现的 b 型句拗救的形式。但其之所以选择这一例句，似乎是因为出色的诗思意蕴，而并非定其为拗体。《赠西海按部王侍御仲宣》的颔联"白鸟去尽暮天碧，青山犹含残照红"为江左体，《义城客舍北楼》第 3 联"香风十里卷珠帘，明月一声飞玉笛"是古诗句。③

---

① 《灵鹫寺》在《新增东国舆地胜览》中虽然以七言四句的形式被收录，但第 1—2 句和第 3—4 句各自形成对句，而且均只写景，由此可推测此诗原作有可能是七言律诗。
② 李齐贤、徐居正、李晬光、洪万宗等人都曾言及郑知常的拗体，主要集中在"石头松老一片月，天末云低千点山"(《开圣寺八尺房》)，"地应碧落不多远，僧[人]与白云相对闲"(《题登高寺》)，"绿杨闭户八九屋，明月卷帘三两人"(《长源亭》)，"浮云流水客到寺，红叶苍苔僧闭门"(《题边山苏来寺》)，"上磨星斗屋三角，半出虚空楼一间"(《灵鹫寺》)五联中，从其拗救的方式来看，属七言律诗的 a 型句(平平仄仄平平仄/仄仄平平仄仄平)拗救。但，李齐贤之后的文人并未提及郑知常五言律诗《送人》的颔联属 a 型句(仄仄平平仄/平平仄仄平)的拗救。理由无从可知。
③ 《东文选》卷六七言古诗《义城客舍北楼》的平仄为"○○●●●○○ ○●●○○●●"。

徐居正所举的郑知常的拗体诗句都是狭义上的拗救。与此不同,其所举的金之岱的拗体诗句都是广义上的拗救。被其指为金之岱学之于郑知常拗体诗法的诗句并非仅指模仿郑知常的句子,也包括学之于郑诗意境与诗思意蕴的诗句。

综上,李齐贤之后的论者所指的郑知常的拗体句型是 a 型句(律诗的颔联与颈联)中出现的拗救,即许丁卯句法。但是李齐贤等人所举的 a 型句例文均为七言,而郑知常的 a 型句拗体在五言诗中也出现过。如下面五言诗《送人》的颔联:

忽忽不可止,悠悠何所之
●●●●● ○○○●○………a 型句拗救-④

上句便是 a 型句拗体。郑知常的诗中脍炙人口的往往是写景的联,这一联似乎是因为并非写景,所以并不有名。

郑知常的诗中也有兼取江左体的例子,但李齐贤之后的论者并未将江左体称为拗体。具体言之《开圣寺八尺房》与《题边山苏来寺》违反了粘对的声律规则。① 郑知常的绝句中有将下三字变更为"仄平仄"或"平仄平"的例子,这似乎应该视为音节上的自然变更。正因如此,李齐贤只是将郑知常的七言绝句《送人》结句下三字的"添作波"更改为"添绿波",并未对"平仄平"的声律进行评论。几乎没有李齐贤等人将此种更改称为拗句的例文。

(二) 古诗论

朝鲜前期受王命编写的诗文总集《东文选》与金宗植的朝鲜诗选集《青丘风雅》以及许筠的《国朝诗删》中都没有忽略古诗,然而肃宗时期编纂的《箕雅》中古诗的大部分都是从之前的诗选集中直接移过来的。

朝鲜中期选体开始受到重视。《沧浪诗话·诗体》中言"又有所谓选

---

① 郑知常《开圣寺八尺房》:"百步九折登巑岏,家在半空唯数间。灵泉澄清寒水落,古壁暗淡苍苔斑。石头松老一片月,天末云低千点山。红尘万事不可到,幽人独得长年闲。"郑知常《题边山苏来寺》:"古径寂寞萦松根,天近斗牛聊可扪。浮云流水客到寺,红叶苍苔僧闭门。秋风微凉吹落日,山月渐白啼清猿。奇哉庬眉一老衲,长年不梦人间喧。"

体",其注中称"选诗时代不同,体制随异。今人例谓五言古诗为选体,非也"。王世贞的《弇州四部稿》卷一百四十四《艺苑卮言》中将选体与乐府歌行并论,即"古乐府选体歌行,有可入律者,有不可入律者。句法字法皆然。惟近体必不可入古耳"。这里所说的选体可以理解为指《文选》中收录的五言古诗。

朝鲜后期韩愈的204句五言古诗《南山》与杜甫的五言古诗140句《北征》同受尊崇。尤其是朝鲜文人中有人通过背诵《南山》来熟悉诗的风格。但金万重对此作评价不高,其认为《南山》是"繁重汗漫之文",称背诵《南山》未必有助于提高诗格,且提及李廷龟(1564—1635)要求其子李明汉读《南山》千遍,亦不过是为了"折其飞扬轻锐之气"的权宜之策。①

王力对唐宋古诗的平仄进行过分析,其认为不管是五言还是七言,所谓古诗一般使用三平调,不太使用四平脚、孤仄、平仄相间的诗体,即古诗的平仄也不是随意使用的。② 清初王士禛与其侄婿赵执信提出了相当繁杂的古诗平仄论。王士禛的《王文简古诗平仄论》分为平韵到底七言古诗论、仄韵到底七言古诗论、换韵(转韵)七言古诗论。③ 朝鲜老论派文人学者洪奭周(1774—1842)在《鹤冈散笔》中针对王士禛与赵执信的古诗平仄论提出了批判,谓诗拘于声律,"言志之功隐矣"。④

丁若镛(1762—1836)批判了朝鲜文人致力于律诗写作,却作出了"尖细破碎缥薄促切之音",其认为通过五言古诗与七言古诗创作"苍劲奇崛雄浑

---

① 《西浦漫笔》下一150:"李白洲少时,月沙使读退之《南山》诗千遍。白洲甚苦之,强读至八百遍,终不能准数而止。余谓:'《南山》诗固杰作,李、杜诗不无尤胜者,何独于此而千读乎?'想白洲负其才敏,不屑诵数,故月沙故以繁重汗漫之文,折其飞扬轻锐之气。此亦黄石老人堕履意也。今之学诗者,或以多读《南山》诗为秘诀。然则一进履于老人者,皆可为帝王师耶?"
② 王力:《汉语诗律学》,北京:中华书局,1973年,第417页。
③ 丁仲祜编订:《清诗话》,台北:台湾艺文印书馆,1977年。
④ 洪奭周:《鹤冈散笔》卷四,《渊泉全书》,首尔:昕晟社,1984年影印。"自诗之有律,而言志之功隐矣。幸而有古诗,犹可以不拘于后世之声律。自近世王士禛、赵执信之说出,而古诗又将拘平仄,古人之高风远韵,日益以不可问矣。顾亭人(顾炎武)言:'诗主性情,不主音巧。'又曰:'诗以义为主。苟其义之至当,而不可以他易,则虽无韵不害也。一韵无字,则旁通他韵,又不得以他韵,则宁无韵。''以韵从我者,古人之诗也。以我从韵者,今人之诗也。'宁人之精于韵学,近古所未有也,而其言若此,视王士禛辈拘拘于五言七言转韵之法者,亦可谓卓尔不群矣。"

闲远嘹亮动荡之音"符合"陶咏性情"的诗学精神。① 丁若镛在1808年整理了自己对七言古诗的押韵与平仄的观点,如下：②

  ⓐ 平入上去必要错杂押去。以平承平,以入承入者,绝无也。
  ⓑ 若韵脚既平,即对眼必用仄声。以平对平者,无有也。
  ⓒ 又如《长安古意》,字字叶律,每四句,各为一章,如绝句然。兹所谓连环律法也。
  ⓓ 若通篇只用一韵字,无此律法。

  丁若镛参考了王士禛的说法,提出了自己的观点,从ⓐ到ⓒ是对转韵的七言古诗平仄的观点,而ⓓ则是对一韵到底七言古诗平仄的观点。

  丁若镛指出了转韵七言古诗中平入上去的韵应该错杂使用,这是针对元和体古体诗而言的。③ 实际上刘禹锡的《秦娘歌》中已经开始使用。元和体虽然以四句一换韵,平仄交替为正格,但是有转韵的句数与平仄韵交替的变通。④ 尤其是转韵之时,一般是平声韵与仄声韵交替,但平声韵接平声韵、仄声韵接仄声韵的情况也时有发生。88句的《琵琶行》虽然是平仄韵交替,但25韵120句的《长恨歌》中却有2处平声韵接平声韵,3处仄声韵接仄声韵的地方。90句的《连昌宫词》中有11处平仄韵交替,1处平声韵接平声韵,3处仄声韵接仄声韵。丁若镛虽说转韵七言古诗中平入上去应该错杂使用,这一说法主要指的是唐代之后有意识地进行转韵的古诗而言。实际上

---

① 丁若镛:《示两儿》,《与犹堂全书》第1集第21卷。
② 丁若镛《又示二子家诫》(嘉庆戊辰中夏之闰,书于茶山)第2书(《与犹堂全书》第1集第18卷):"七言古诗,格率最多。大较平入上去必要错杂押去。以平承平,以入承入者,绝无也。东人尚不知此。若韵脚既平,即对眼必用仄声。以平对平者,无有也。又如《长安古意》,字字叶律,每四句,各为一章,如绝句然。兹所谓连环律法也。若通篇只用一韵字,无此律法。"沈庆昊:《丁若镛의七言古诗形式论》,《韩国汉诗의理解》,首尔:太学社,2000年,第131—150页。
③ 五言古诗四句一转韵的情况开始于齐梁与初唐而盛行于盛唐,形成了一种新式古风诗。尤其是王维等人喜欢每四句转一次韵,请递用平仄韵的方式,之后盛唐与中晚唐的诗人也都模仿王维。
④ 据王力前揭书,《长恨歌》整体120句中符合格律的为70句,接近于格律的30句,模仿古诗的20句,4句1韵的23处,2句1韵的6处,8句1韵的2处。

不以平声韵接平声韵为正格,但变格是被允许的。不仅是不以入声韵接入声韵,不以仄声韵接仄声韵都可视为正格。因此丁若镛的观点需要修正。

在两句诗组成的诗联中,丁若镛将未置韵脚的出句与韵脚相对位置之字(出句末字),称作"对眼"。本来使用平声韵的律诗中只有首句的末字不受平仄的限制,其余的出句末字都需要接以仄脚。与之相比,古体诗中平韵、仄韵、转韵均有,因而比较复杂。就平声韵七言古诗而言,唐代以后出句中使用仄脚是原则。仄声韵七言古诗中,有出句末字平仄交替的例子,但并非强制性规定。转韵七言古诗中,如果押平声韵,则各韵的第一句平声,第三句仄声;若押仄声韵,则各韵的第一句仄声,第三句平声。从这一事实来看,韵脚如果是平声字,则对眼一定要使用仄声字的说法符合唐代之后古体诗的作法。但仄声韵脚的对眼是否有平仄的限制尚不确定。

丁若镛将转韵长篇古诗中每四句(即一章)均采用绝句形式的作法称为"连环律法"。其认为连环律法七言古诗中每四句像绝句一样严守平仄,形成一章,并以卢照邻的《长安古意》为例。《长安古意》中使用了麻、职、先、霰、阳、质、齐、文、纸、灰、漾、东、贿、鱼等十四个韵,麻、职、齐的韵各有八句,其余均为四句。虽然也有从齐韵到文韵的平声韵接平声韵,但其余的都是采用了平声韵与仄声韵的交替。马、齐的韵同平声韵七言律诗,职韵同仄声韵七言律诗,其余都是绝句形态。连环律法的七言古诗中像这样符合律诗格的为正格,即便是不完整的律句也只是第五字的平仄违反了律句。① 古诗的全韵中有各句转韵(即柏梁体),两句一转韵,四句一转韵,随意转韵的形态。七言古诗中随意转韵的情况较多。四句一转韵的连环法也称四杰转韵之格,自初唐至中唐比较兴盛,明代何景明爱用此体。但是这一形式有浮华浮夸之虞,丁若镛并不喜这一连环法。

丁若镛认为一韵到底七言古诗中没有连环律法。一韵到底七言古诗自杜甫开始经韩愈至李商隐,一直盛行。②

---

① 不符合第5字平仄的例子有王维、李颀、高适、崔颢、岑参、刘长卿、钱起、韩翃、白居易、元稹等人的诗。(王力:《汉语诗律学》,第416页。)
② 一韵到底七言古诗不符合律诗格的为正格,使用四六同声(拗句)、二四同声(单一拗)、二四六同声(双拗)。(王力:《汉语诗律学》,第416—417页。)

丁若镛根据自己所探讨的七言古诗平仄论,也作过数篇长篇七言古诗。

六、结　　论

　　高丽与朝鲜时期韵语创作为知识阶层所专有,也是文化权力的象征。但正如高丽末期李穑的《有感》中所吟:"哦诗妙处自难言,批点讥评欲透源。数朵青山溪一曲,竹篱茅屋柳当门。"在诗中吟咏妙处并非易事。① 尤其是追求唐诗风格,结果却止于引发唐诗诗句的事例很多。

　　16世纪引导朝鲜开始关注唐诗风的主导人物为卢守慎(1515—1590)。但李睟光在《芝峰类说》中言:"卢苏斋因送客醉后作一诗未成,有蝉为骤雨所驱,坠于席前。公即续之曰:'秋风乍起燕如客,晚雨暴过蝉若狂。'似有神助。杜诗云秋燕已如客,乃用此也。"即被认为似有神助的卢守慎的诗句不过是对杜甫《立秋后题》的剽窃。李睟光言卢守慎此诗虽然只有一句借用杜诗,但其余诗句也不能不说是从杜甫"玄蝉无停号,秋燕已如客"中截取而来。②

　　李瀷曾言因诗取材于人情物态,因而盛唐之后的诗无不陈腐。近代之前因韩国的文人学者学诗以中国诗歌样式为范式因而很难创出诗格。金万重警惕朝鲜知识人将朝鲜诗与中国诗相提并论。③ 与此相反,其将郑澈(1536—1593)的《关东别曲》与前后《思美人歌》比作朝鲜之《离骚》,其言:"松江《关东别曲》、前后《思美人歌》,乃我东之《离骚》。而以其不可以文字写之,故惟乐人辈口相授受,或传以国书(译者注:朝鲜语)而已。人有以七

---

① 李穑:《有感三首》其一,《牧隐诗稿》卷七诗。
② 卢守慎将颔联第五字从平声变为仄声从而形成了孤平。即和"平平仄仄仄平仄,仄仄仄平平仄平"一样的形式。
③ 《西浦漫笔》下一100:"孟子谓公孙丑曰:'子诚齐人。知管仲、晏子而已。'我东文人皆有此病,往往以东方之诗拟于宋、明。此如人之看山,小山近而大山远,则未必以小山为高。此无他,人身短故也。如使人长如山,必不然。凡以东方前辈诗拟于中华者,见识又在其下故也。本朝诗力量不如前朝,今以前朝最称杰然者,比之宋明大家,则正如南越王赵佗,椎髻箕踞,欲与汉帝争雄;山东富户,自足银钗氍毹,不识金谷富贵也;况余子乎?"

言诗槩《关东别曲》,而不能佳。"①金万重又言:"鸠摩罗什有言曰:'天竺俗最尚文,其赞佛之词,极其华美。今以译秦语,只得其意,不得其辞。'"正如《礼记》《乐记》中言"凡音之起,由人心生也"。金万重又言:"人心之发于口者为言,言之有节奏者为歌、诗、文、赋。四方之言虽不同,苟有能言者,各因其言而节奏之,则皆足以动天地,通鬼神,不独中华也。今我国诗文,舍其言而学他国之言,设令十分相似,只是鹦鹉之人言。而闾巷间樵童、汲妇咿哑而相和者,虽曰鄙俚,若论真赝,则固不可与学士大夫所谓诗赋者同日而论。"②

此外,高丽的诗话中有不少言及诗中使用禅语或佛教用语的内容,但朝鲜的诗话中没有以禅语或者佛教用语为主题加以主体性议论的例子,也几乎没有超过典故的范围,将说话(译者注:民间传说)或小说作为诗材的例子。

朝鲜前期广为阅读的唐诗选集有《三体诗》《唐诗鼓吹》《唐音》。王安石的《唐百家诗》也以甲辰字金属活字印出刊行。属《唐音》系统的明初张震辑注《唐音辑注》也以乙亥字金属活字印出刊行。朝鲜中期之后,又追加了《唐诗品汇》与《唐诗删》等。朝鲜后期,唐、宋诗风混在,诗人学者为了学唐而自编了各种唐诗选集,但版刻行世的比较少。

朝鲜后期的文人学者对中国的格调派、性灵派、神韵派的消长反应灵

---

① 《关东别曲》作于郑澈 45 岁时的 1580(宣祖十三年),其赴任江原道观察使时,游览了关东八景与内外金刚山而作的歌辞。前后《思美人歌》则是郑澈 50 岁时的 1585 年(宣祖十八年)八月,其受到司宪府与司谏院的弹劾,回到故乡昌平之后,于 1588 年(宣祖二十一年)以假托抒发思君之情而作的歌辞。金万重认为这三篇别曲乃天机自发,无夷俗之鄙俚,朝鲜的"真文章",只此三篇。《关东别曲》与《前美人曲》有借文字语(汉字语)润色之处,因而《后美人曲》的水平最高。

② 《西浦漫笔》下—160:"松江《关东别曲》、前后《思美人歌》,乃我东之《离骚》。而以其不可以文字写之,故惟乐人辈口相授受,或传以国书而已。人有以七言诗槩《关东别曲》,而不能佳。或谓泽堂少时作,非也。鸠摩罗什有言曰:'天竺俗最尚文,其赞佛之词,极其华美。今以译秦语,只得其意,不得其辞。'理固然矣。人心之发于口者为言,言之有节奏者为歌、诗、文、赋。四方之言虽不同,苟有能言者,各因其言而节奏之,则皆足以动天地,通鬼神,不独中华也。今我国诗文,舍其言而学他国之言,设令十分相似,只是鹦鹉之人言。而闾巷间樵童、汲妇咿哑而相和者,虽曰鄙俚,若论真赝,则固不可与学士大夫所谓诗赋者同日而论。况此三别曲者,有天机之自发,而无夷俗之鄙俚。自古左海真文章,只此三篇。然又就三篇而论之,则《后美人》尤高。《关东》《前美人》,犹借文字语,以饰其色耳。"

敏,但也并不盲目追从。如李德懋、朴齐家、柳得恭、李书九等人或申纬虽然认可神韵说,但与王士禛不同,对杜诗也积极地加以接受。朝鲜的文人们也在自行展开有深度的诗论探讨,致力于确立有个性的诗风。代表这一意识的便是丁若镛的"朝鲜诗"宣言。丁若镛于1832所作的《老人一快事六首·效香山体》第5首中称甚慕韩愈《山石》中"人生如此自可乐,岂必局束为人鞿?"一句的意思①,宣称无须按中国文坛变迁而变化,而应该固守独立的诗风。

近代之前韩国的文人学者虽然留下了很多实际批评的著述,但有关诗学的专门著述却并不多。有些书籍虽然称为"诗话",但往往包括很多带有"论事及辞"形态的内容。以"诗话"或"漫笔"刊行、刻板、单独发行的例子不多,诗论与诗话传抄,并在一定范围内流通。因此大多数文人对诗学的主要概念或批评方法加以论劾的很少。对近代之前韩国汉诗论与实际创作及时代风潮关系,今后需要深入研究。而且,对每一时期典范的设定以及与中国诗学之间的关系加以辩证,才能把握主要概念的含义。

沈庆昊,韩国高丽大学特聘名誉教授,著名文献学、东亚汉文学学者,撰有《韩国石碑文与碑志文》《江华学派文学与思想》《朝鲜时代汉文学与诗经论》《韩国汉文基础学史》《金时习评传》《山门纪行》等著作三十余部。

王飞燕,鲁东大学文学院副教授,韩国高丽大学韩国古代文学博士,中国古代文学博士。代表作《〈春香传〉在中国的翻译与改编》《乐善斋本〈红楼梦〉翻译研究》。

本文为2023年6月30日"东亚唐诗学讲坛"第四讲讲稿。

---

① 丁若镛:《老人一快事六首·效香山体》第5首,《与犹堂全书》第1集"诗集"第6卷。"老人一快事,纵笔写狂词。竞病不必拘,推敲不必迟。兴到即运意,意到即写之。我是朝鲜人,甘作朝鲜诗。卿当用卿法,迂哉议者谁。区区格与律,远人何得知。凌凌李攀龙,嘲我为东夷。袁尤槌雪楼,海内无异辞。背有挟弹子,奚暇枯蝉窥。我慕山石句,恐受女郎嗤。焉能饰凄黯,辛苦断肠为。梨橘各殊味,嗜好唯其宜。"沈庆昊:《茶山的诗样式选择与抒情的一般化》,《诗与诗学》创刊号,青松:诗与诗学社,1991年3月,第314—338页;沈庆昊:《丁若镛的诗样式选择》,《韩国汉诗的理解》,首尔:太学社,2000年,第101—130页。

韩国唐诗的选与读[*]

[韩] 许敬震　口述　千金梅　翻译、整理

摘　要　韩国最早的唐诗选集是高丽时期编撰的《唐贤诗范》,而《夹注名贤十抄诗》也非常重要。伴随性理学传入,阅读学习宋诗者增多,唐诗读者或购买中国刊本,或进行翻刻,少有自行编纂选集者。朝鲜中期开始更加喜欢唐诗,彼时唐诗选集编纂大抵有三种情况:国王下令编撰、学者编撰、书堂训长和学徒编撰。且由于韩语汉语不通用,所以也出现唐诗谚解。朝鲜朝官方重视杜甫,科举考试也最常考杜诗,官方刊行杜诗谚解;而民间则自发出现李白诗谚解类文献,从中也可分析出李白对学童产生的影响。

关键词　唐诗选本　韩国唐诗学　谚解

一、韩国唐诗选集的变化过程

朝鲜时代大量学习和创作汉诗的原因是科举考试的第一个题目就是赋诗。进士考试要写赋1篇和古诗1首,古诗一般要18韵36对。英祖二十年甲子年(1744)一个叫李命培的应试者的考卷中,我们可以看到上面有他的姓名以及成绩为"三中"(图1)。

还有一张比较典型的科举试卷,题目为"代李太白魂告别杜子美",意思是让应试者以李白的魂向杜甫告别的角度去写诗。这就要求应试者大量阅

---

[*] 本文为国家社会科学基金重大项目"东亚唐诗学文献整理与研究"(18ZDA248)阶段成果。

读学习杜甫和李白的诗,才能写好答案(图2)。

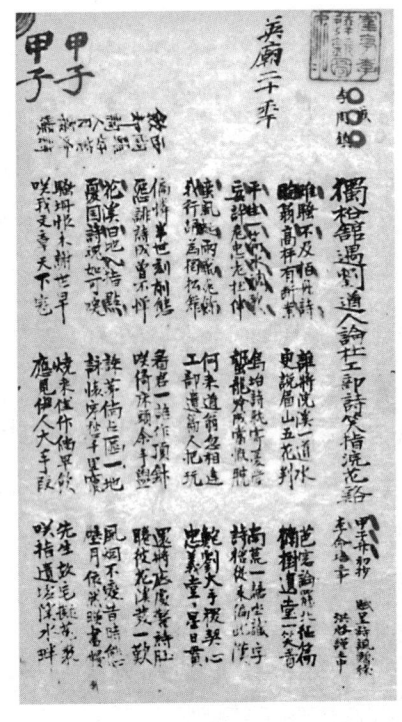

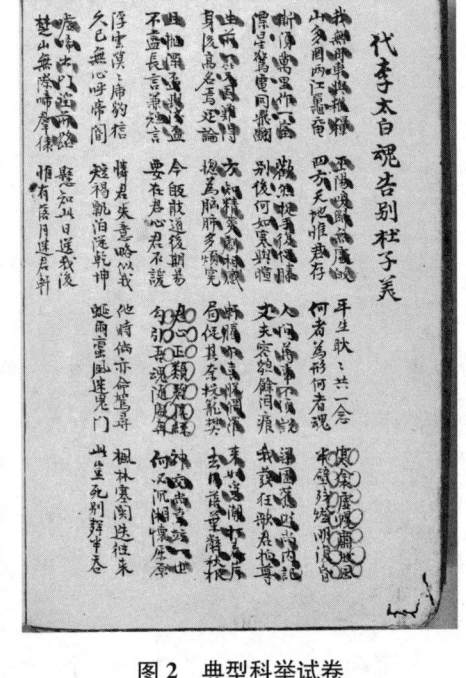

图1 李命培科举试卷　　　　图2 典型科举试卷

申光洙在科举考试时作诗题目是《登岳阳楼叹关山戎马》,这是一首引用杜甫的诗,要求选用其中一个字作为全诗的韵(图3)。申光洙选了"楼"字,全诗22韵44对都用押"尤"这一韵部中的字。这首诗非常有名,在当时朝鲜影响很大,甚至朝鲜全国的妓女都喜欢将这首诗作为歌词传唱。这首科考诗题目出题的意图是让科举应试者以"不要等战争发生了才去叹息,而是应事先做好准备"这种角度去写,而题目中有杜甫"登岳阳楼"这首诗题,是让应试者以杜甫的身份,用杜甫的口吻去写。

申光洙这首诗第一句引了杜甫《秋兴八首》中的"鱼龙寂寞秋江冷"一句,形容了亡国之后的寂寥景象。一般科举考试的古诗都写18韵36对,但申光洙写了22韵,因此纸张篇幅不够,最后4韵就在上方横着写了。又引了杜甫《秋兴八首》中的"每依北斗望京华,听猿实下三声泪"诗句。他从头到尾都引了杜甫的诗进行了创作。这是想让考官们知道他平时大量阅读和背诵了唐诗。

因为准备科举的考生都在学习唐诗，因此就出现了预测出题的练习本《科诗题》。本书由三部分组成，第一部分选录了《唐音遗响》中盛唐以后的七言古体歌行 66 首，有温庭筠诗 18 首、李贺诗 15 首。

韩国流行唐诗的原因，其一是曾有很多留学生去唐朝学习。当时新罗遣唐留学生的名额有 100 个，其中在中国科举考试及第留学生中最著名的是崔致远，韩国历史悠久的史书《三国遗事》中有崔致远的列传。

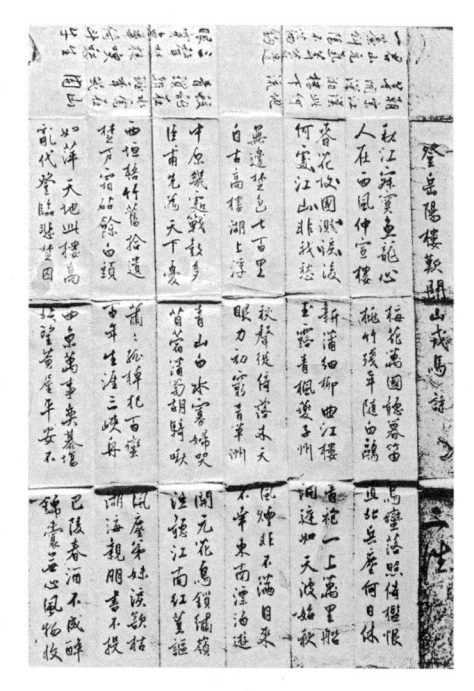

图 3　申光洙科举试卷

崔致远在唐朝科举及第，做官多年，回国后，将自己在唐朝所写编辑成诗文集《桂苑笔耕集》献给新罗国王。这本书就成为韩国最早的文人文集，书中记载了很多与唐朝诗人酬赠的诗歌。但朝鲜时期文人许筠却在《惺叟诗话》说"崔孤云学士之诗，在唐末，亦郑谷、韩偓之流，率俷浅不厚"，认为崔致远的诗没有厚重的味道。虽然许筠的评价不高，但崔致远是韩国最初刊行文集的文人，因此至今受人尊敬。

韩国最早的唐诗选集是高丽时期 1068 年编撰、1246 年木刻刊行的《唐贤诗范》。本书因年代久远，又长期反复印刷，序文字迹已经模糊不清。但还是可以从序文中了解其编撰是从《唐诗类选》和诸贤的诗集中选取了立意高远、格调平逸的五言绝句 163 首，编为 3 卷凡 20 门目。例如卷一，就分"天文、时节、花木、飞禽、杂咏、寻访"等 6 个门目。

韩国海印寺收藏世界文化遗产"高丽八万大藏经"雕板，81258 块雕板中，有 5 块是《唐贤诗范》。原以为大藏经雕板全是佛经，没想到竟有唐诗。其他佛经是 1 板刻 2 张，而《唐贤诗范》却是 1 板刻 6 张 12 面，这是便于携带的袖珍版,因为它是为学童学习而编撰的教科书。此书在"四唐说"确立之前编撰,但其收录的 71 名唐代诗人,盛唐和中唐诗人也有适当比例。其中杜甫诗为最多,共 15 首。

表 1 《唐贤诗范》收录诗人

初唐 (618—712)	骆宾王、东方虬、李福业、孙处玄、韦承庆、宋之问、杨炯、李崇嗣、刘幽求、于季子、沈如筠等	11 人
盛唐 (713—766)	祖咏、王湾、孟浩然、权德舆、王维、丘为、张说、李白、杜甫、高适、王之涣、蔡隐丘、灵一、严维、王昌龄、岑参、孙叔向、陈羽、崔显、崔国辅、薛维翰、郑虔、金昌绪、张九龄等	24 人
中唐 (766—826)	贾岛、武元衡、刘禹锡、吕温、皇甫曾、杨衡、张文姬、钱起、韦应物、包何、李端、司空曙、戴叔伦、邵真、刘长卿、朱彬、韩愈、柳中庸、畅当、张元宗、皇甫冉、皎然、李益、卢纶、朱放、孟郊、李德裕、张籍、法振、李季兰、于鹄、贾岛、皇甫曾等	33 人
晚唐 (827—907)	武瓘、徐凝、许鼎等	3 人
其他	齐九、刘向等	2 人

《夹注名贤十抄诗》是非常重要的一本唐诗选集,它收录了中国中唐以后诗人 26 名和入唐留学的新罗诗人 4 名的七言律诗,每人选 10 首,共 300 首,其中有 100 首是未见于中国文献的诗。这本书分为上中下 3 卷,中卷和下卷都以同样的形式作了注释。此书卷下后面有景泰三年壬申年(1452)朝鲜文人权揽写的跋文,明确记载此书是 1452 年重刊高丽至元三年丁丑(1337)刊夹注本(图 4)。

高丽时期性理学传入韩国,宋诗流行,所以每次中举榜单一出,就会说又有"三十三东坡出矣"。一直到 15 世纪,阅读和学习宋诗的比唐诗更多,因此这时期韩国编撰的唐诗选集很少,他们或者购买中国刊行的唐诗选集直接读,或者进行翻刻。

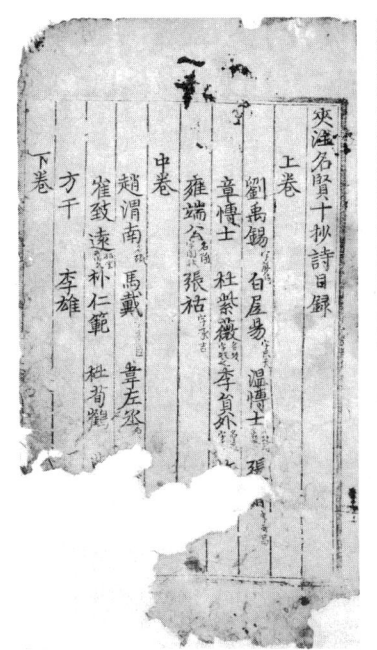

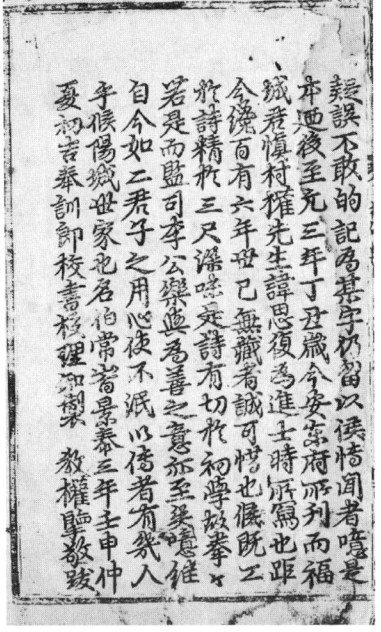

图4 《夹注名贤十抄诗》目录及权揽跋文

朝鲜中期,党争越来越激烈,人们开始更加喜欢具有浪漫色彩的唐诗。许筠在24岁时即1593年编纂了诗话集《鹤山樵谈》,书中他主张学习唐诗。明代在"文必秦汉,诗必盛唐"的口号下刊行了大量的唐诗选集。许筠当时购买了很多明朝书籍,后来编撰了三种唐诗选集。

首先,许筠编撰了《唐诗选》,这是从明代的《唐诗品汇》中删去一半,再从《唐音》和《古今诗删》中选取他认为的好诗,编为60卷。在这个过程中,他觉得唐诗的精髓在于绝句,因此又以李攀龙的《古今诗删》为基础,编撰了《唐绝选删》,此书可以说是唐诗的典范。卷一至卷五选录五言绝句,卷六至卷十是七言绝句。《唐绝选删》所参考选用的唐诗选集如下:

卷一　诗删(明 济南 李攀龙 于鳞 选)54首
卷二　百家选(明 江阴 徐充 子扩 选)46首
卷三　唐音·正音(元 襄城 杨士弘 伯谦 选)105首
卷四　唐音·遗响(元 襄城 杨士弘 伯谦 选)55首
卷五　唐诗品汇(明 新宁 高棅 廷礼 选)91首

卷六　诗删(明　济南　李攀龙　于鳞 选)123 首

卷七　百家选(明　江阴　徐充子扩 选)109 首

卷八　唐音·正音(元　襄城　杨士弘　伯谦 选)96 首

卷九　唐音·遗响(元　襄城　杨士弘　伯谦 选)98 首

卷十　唐诗品汇(明　新宁　高棅　廷礼 选)159 首

可以看到在一些诗题后面用红色的笔墨抄录了徐祯卿、王世贞等人的评语。

许筠时期编撰的唐诗选集可分为 3 种。一是国王下令编撰的;二是学者编撰的;三是书堂的训长和学徒编撰的。朝鲜国王中,出版唐代诗人选集最多的是正祖。1798 年奎章阁大臣们受王命编撰了《杜律分韵》,选录了杜甫的五言律诗,再依韵分类,第一部分就选录了属东韵的 32 首诗(图 5)。这是为了让读者学作诗时方便按韵查找而编撰的。《杜律分韵》选录了杜甫的五言律诗 626 首,七言律诗 151 首,依韵分类,编为 5 卷,印刷出版。正祖在序文中说明了律诗依韵分类的原因:

> 诗而取其律,律而分其韵,韵而知其法。以其律有浅深浓淡之别,韵有平涩硬顺之异,法有纵衡高低之分也。故取其律而后,可以见其全体也。分其韵而后,可以探其实用也。知其法而后,可以详其真谛也。

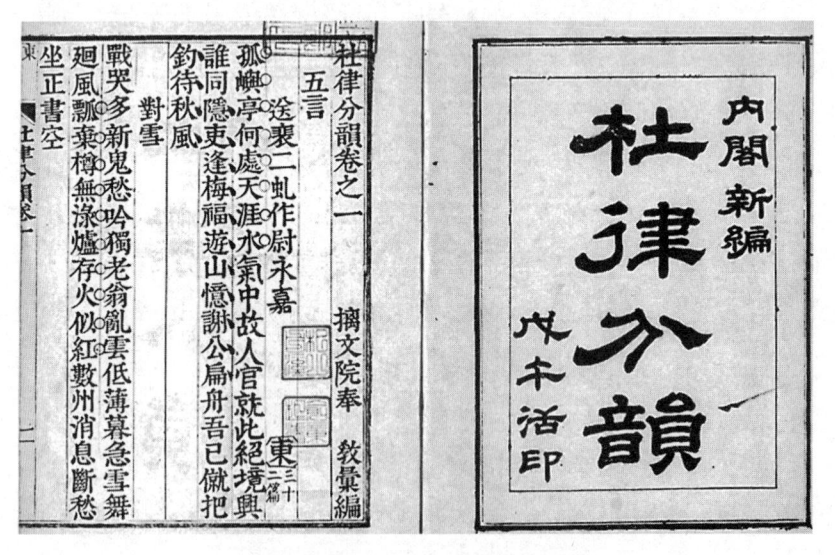

图 5　正祖下令编撰的《杜律分韵》

正祖在1799年又将杜甫和陆游的诗各选500首,编撰了《御定杜陆千选》,而书名中写"御定"两字,就可知是国王编撰的书。国王编撰的书都是用金属活字印刷的。卷一首页的钤印"奎章之宝",正是朝鲜国王的图书馆奎章阁藏书之意(图6)。正祖在序文中又写"手编"二字,强调是他亲手编撰的。序文中引用朱熹的话说明了选录杜诗的缘由,但又并未说明为什么只选取了律诗:

> 夫子又尝曰,光明正大,疏畅洞达,磊磊落落,无纤芥之可疑者,于唐得工部杜先生。夫子,亚圣也,于人物臧否,一言重于九鼎,而其称道杜工部,乃如此者,岂非读其诗而知其人也欤?……当今之时,等古之世,教其民而化其俗,舍杜陆,奚以哉?(《弘斋全书》56卷杂著《题手编杜陆千选卷首》)

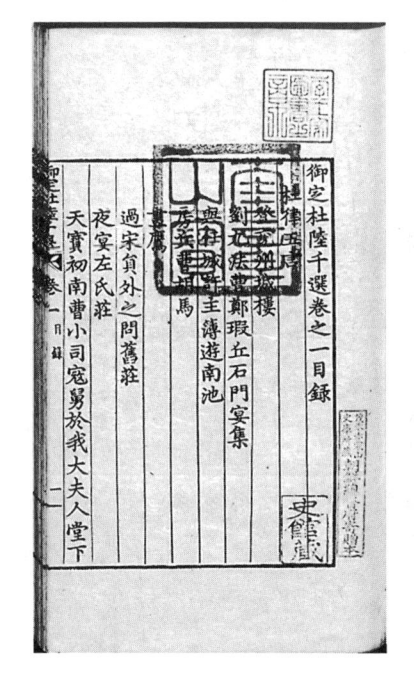

图6 《御定杜陆千选》及正祖序文

除了国王之外,还有一些王子们编辑的唐诗选集。世宗的儿子安平大君选编白居易的五言律诗、七言律诗和七言绝句185首,1445年编撰刊行了

《香山三体法》。此书的跋文中说明了编撰目的。文中说白居易的诗是达道之人所爱惜的可以抒怀的作品很多,但其诗集不传,一直无法接触,而偶然得到诗集原本,但总量太大,3000首诗难以全部出版,因此选取其中可察格式的诗185首,编撰了这本白居易选集(图7)。

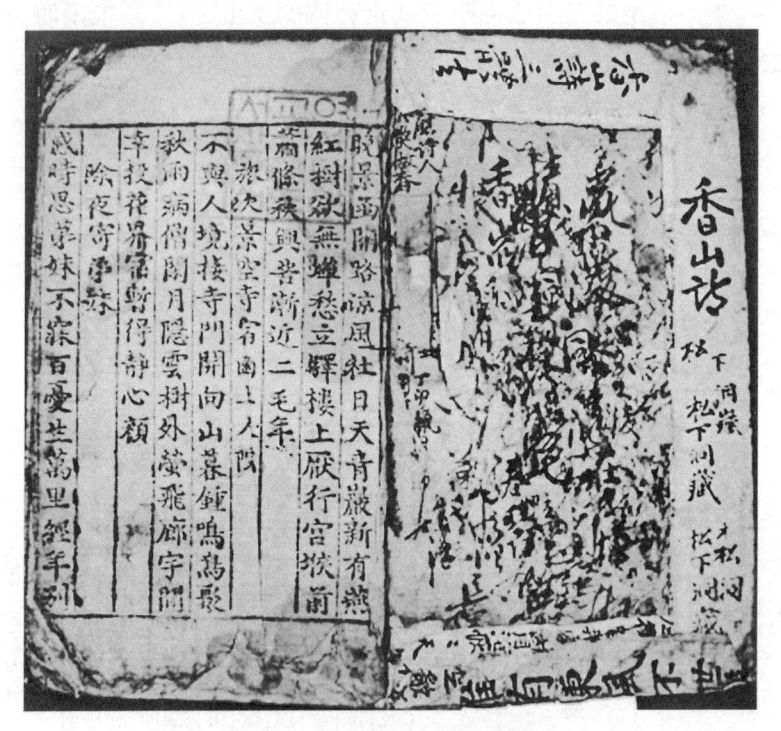

图7 延世大学藏《香山三体法》(1445年)

申纬在1829年奉孝明世子之命,编撰了《全唐近体选》5册,选绝句914首,律诗510首,词142首,共1566首。申纬曾在1812年以燕行使书状官身份入燕,在北京遇见翁方纲,由此确立了"由苏入杜"的诗法。《全唐近体选》书后用七言绝句8首代替了跋文,其中第6首写明了此书编撰标准:

神韵论唐恐未臻,罔闻实事讵知真。
杜韩王韦难偏废,共是开门合辙人。

学者编撰的唐诗选集中代表性的是许筠的连襟李晬光编的《唐诗汇选》,是根据《唐诗品汇》的体例编辑,先分诗体,再将诗人按时代分为九品,即正始、正宗、大家、名家、羽翼、接武、正变、余响、旁流。大体上将初唐诗归入正始,盛唐诗归入正宗、大家、名家、羽翼,中唐诗归入接武,晚唐诗归入正变、余响,其他如方外、异人、闺秀等人的诗归入旁流。

李晬光的儿子李敏求编撰了《唐律广选》,只选录了七言律诗,且多为中唐和晚唐诗。序文中说明"七言更加二字为尤难",因此只选了七言诗。此书编选了初唐诗人24名,盛唐8名,中唐44名,晚唐52名,共128名诗人。

许筠的弟子李植在1640年也编撰了《纂注杜诗泽风堂批解》一书,26卷14册。他对已有的《纂注分类杜诗》有所不满,并为教授子弟而重新编撰了这套书,增加了许多新的见解,对字句和诗法作了详细的解释,有助于作诗(图8)。

安鼎福1772年写的序文中可知《千首唐绝》原计划是从洪迈的《唐人万首绝句》中选其十分之一精粹,但现在流传下来的只有五言绝句375首。《唐人万首绝句》是从五言绝句开始的,如此看来《千首唐绝》似乎也想以同样的顺序编撰。选编名单上写着初唐31名、盛唐24名、中唐46名、晚唐18名,共119名诗人的姓名。安鼎福说自己不能诗,但在60岁时编辑这本诗选集,可能并非为了欣赏,而是为了教育用途。

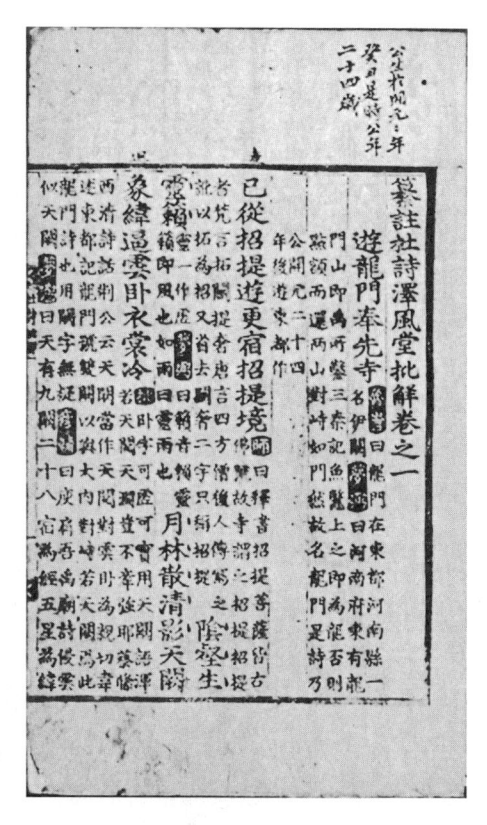

图8　李植《纂注杜诗泽风堂批解》
(1640著,1739刊)

《唐诗画意》是绘画很好的申纬1820年编撰,选录画意突出的唐诗。申纬在序文中说:"诗有画意,诗三百十一篇皆画家之蓝本也。……吾以读画之心读唐诗。"此书选录118名诗人的540首诗,24名词人的91首词,其中杜甫的诗最多,共58首,王维的诗48首。

朝鲜时期很多书堂都在教唐诗,一般使用已出版的教材,但训长自己编撰教材教授的情况却也很多。兴南书堂生徒李康奉在昭和三年(1928)学习了《千字文》,《千字文》的封面上写上了他自己的名字。他又在抄写了几篇唐诗的本子封面上写上了"新唐诗"字样。后来又抄写编辑了《五言杜诗》,这时使用了"春坡"这个号。《五言杜诗》是己巳(1929)秋八月誊写的,可知他自从学习千字文到这时的一年多时间里,一边学习一边编辑誊写了不少书。编撰唐诗选集的目的是为了教育和鉴赏,而抄写和阅读最多的诗集就是杜诗选集。

二、杜诗谚解与李白诗谚解

韩语与汉语是不同的语言,相互不通,所以古代韩国人使用汉字,但是也需要标记韩语的文字。因此朝鲜国王世宗创制了《训民正音》,于1446年颁布。但正音颁布后,选拔官员的科举考试仍然使用汉字作答。使用文字就是为了沟通交流,朝鲜要与中国、日本互通,因此政府文书和外交文书仍使用汉字。

科举进士试的第一考就是作诗,为检验举子们的能力,命作18韵的长律。《适有孤鹤横江东来》这首诗题是从苏东坡的赤壁赋中选取一句出的题。这个举子选了"鹤"字做韵,18个韵字都处于本韵部(图9)。科举考试答题卷子的右上角写了应试举子的姓名和住址,还写了父、祖父、外祖父的姓名,这是为了确认家族是否有罪人(图10)。为了批阅答卷时不让考官知道姓名,事先将这有姓名信息的半张纸裁剪下来,做个序号标记,批完后再根据序号与答卷对上,最终确认考生成绩。

朝鲜时代学童大概在5岁时就入书堂,先从《千字文》开始学习。对于古代韩国人来讲,《千字文》是教字、训、声的文字教科书,也是四言诗。这本《谚解千字文》中,我们可以看到"天"字下面"하늘"是训,"텬"是声。"地"和"宇宙"等一些字的右上角或左上角有个小圆点,这是表示四声的标记(图11)。学童学一年《千字文》,将其完全背诵下来,就等于背诵了250句四言诗。所以如非用于诗歌教学,则只有汉字,不会标音、四声及训解,如日本藏《千字文》(图12)。

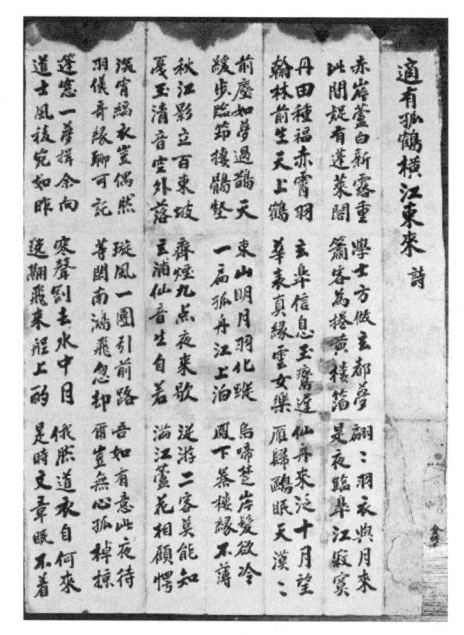

图 9 《适有孤鹤横江东来》诗科举试卷

图 10

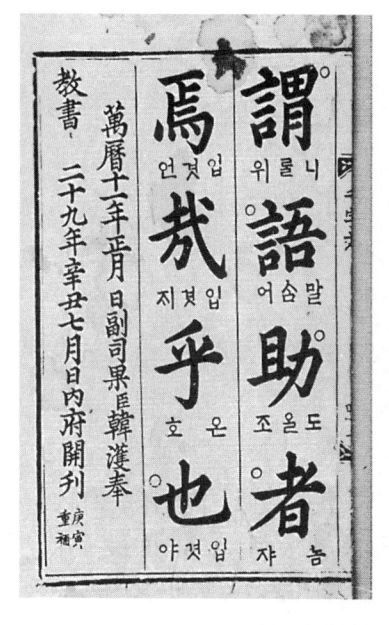

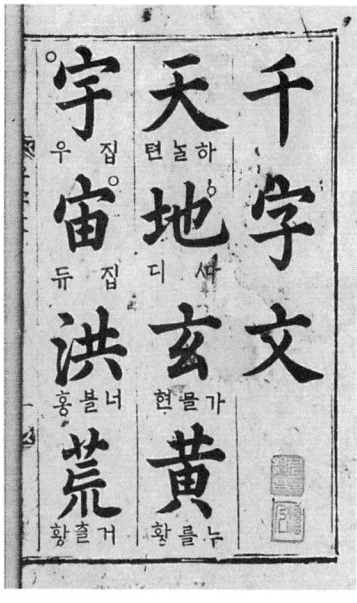

图 11 《谚解千字文》书影

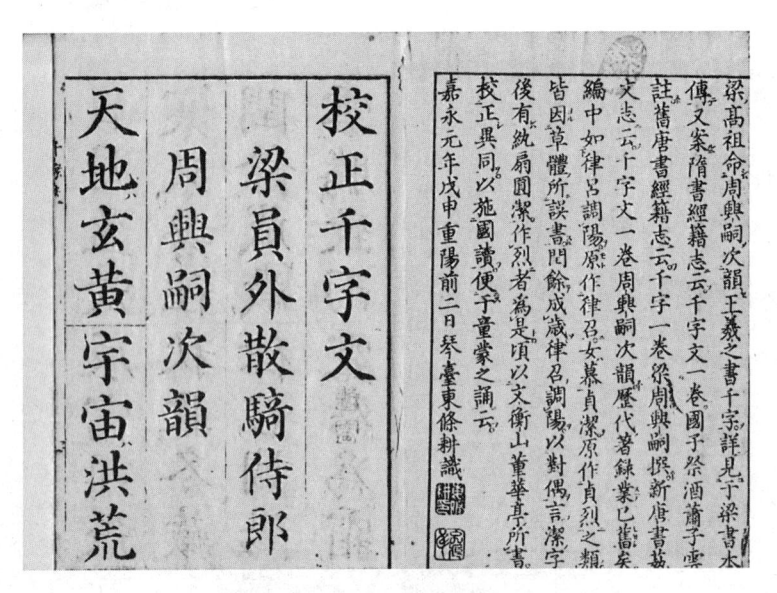

图12　日本藏《千字文》书影

且因科举考试是笔试形式，书法水平也很重要，所以《千字文》经常采用名家写本。韩国书法家韩濩也曾于万历十一年(1583)写《千字文》(图11)，但不同于颜真卿写本面向中国人而无须标注音义，韩濩写本作了标音、训意以便本国学习者使用。

科举考试中最好考的诗就是杜诗。知大丘郡事尹祥为了振兴诗教，在寻找杜诗善本过程中得到《杜工部草堂诗笺》，在1431年刊行。除了尹祥写的跋文，其他内容都是蔡梦弼的汇笺。此书将写字、刻字、监督、校正的人员名单全都刻上，可谓制作非常用心，是地方政府出版的木刻本。世宗时期颁布了很多文教振兴策。1438年世宗命集贤殿学士撰集韩愈和柳宗元的文集注释。南秀文撰写的跋文中说"朱子校本字正而注略，五百家注本字注详而字讹"，而此书做了校订补正。

1443年创制《训民正音》后，世宗"命购杜诗诸家注于中外，时令集贤殿参校杜诗诸家注释会粹为一"。在这种氛围下，一年后编撰《纂注分类杜诗》25卷，用活字印刷。杜诗是由以集贤殿学士为中心的国内最高水平文人注释，但李白诗就只用铜活字重刊中国原书。权近撰写的《分类补注李太白诗》跋文中就有1420年(永乐十八年庚子)金属活字印刷的记载。

1446年《训民正音》颁布后,开始为不懂汉字之人谚解所需书籍,谚解最多的就是针对女性、学童的佛经及蒙学书。《纂注分类杜诗》刊行40年后推出谚解本,每首诗题后加注释,每两句诗后先作注释,再用韩语翻译。两行小字中间,○前是注释,○后是谚解。谚解用直译的方式,但因汉语与韩语的语序不同,翻译后动词和形容词的位置就不同了。前两句"皇帝二载秋,闰八月初吉"都是名词,翻译的语序是一样的,但翻译"维时遭艰虞"句时,动词"遭"就放在了"艰虞"后面。因为韩语的语序是主语、宾语、谓语即动词或形容词。除了语序不同外,其他都是按字意直译的(图13)。

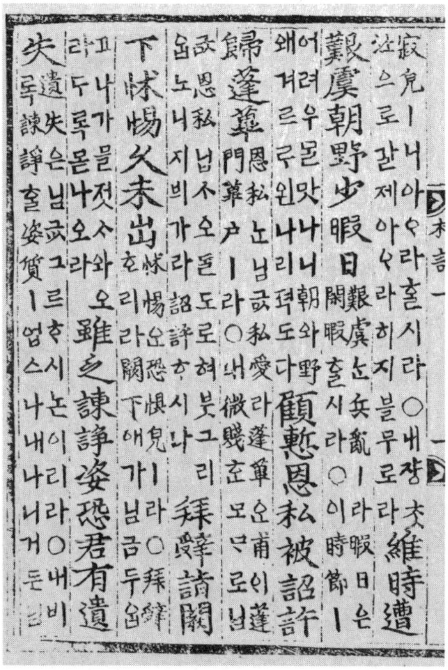

在《杜诗序》中成宗说明了刊行杜诗谚解的目的:"杜诗诸家之注详矣,然会笺繁而失之谬,须溪简而失之略。"因此广摭诸注,取长补短,注释并谚解。这本书印了很多次,读者很多。16世纪末的左议政(正一品)郑澈被流放时,给儿子写家书,信中既担心生病的儿子,却又让儿子将家中所藏《杜诗谚解》全帙25卷持来。

图13 《纂注分类杜诗》谚解本

《杜诗谚解》刊行150年之后,字词用法有了变化,因此又校订重刊。张维撰写的《重刻杜诗谚解序》中说明了进行谚解的原因:

> 诗须心会,何事笺解。解犹无所事,况译之以方言乎?自达识论之,是固然矣。为学者谋之,心有所未会,乌可无解,解有所未畅,译亦何可已也?此《杜诗谚解》之所以有功于诗家也。

说明谚解的目的不是为了欣赏,而是为了教育用。

李白诗有道家风格,因此朝鲜时期朝廷从来没有进行过谚解。这一谚解本是曾在顺川乡校教授学童的韩伯愈对李白诗的谚解。《杜诗谚解》是朝鲜国王购买相关书籍，又动员鸿儒硕学进行的谚解，而李白诗却是不曾出仕做官的一个学士为了教学而做的谚解，他没有活字印刷本，只有这个抄本，是孤本（图14）。

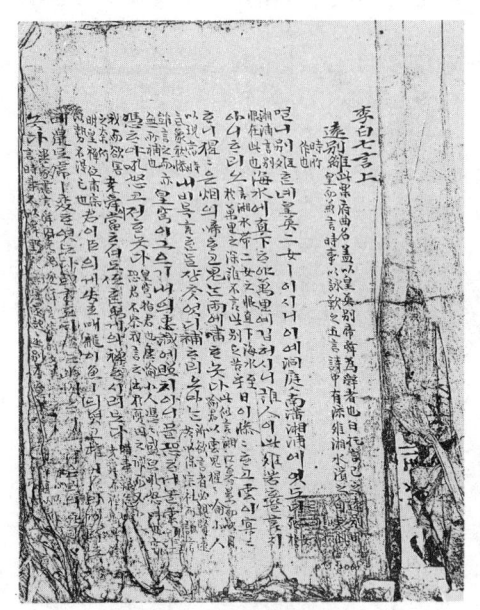

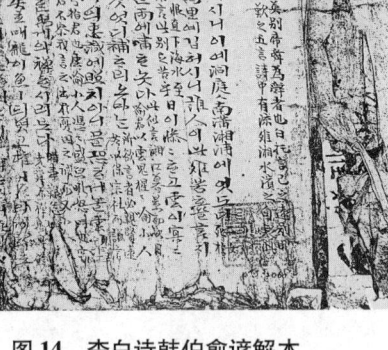

图14 李白诗韩伯愈谚解本　　　　图15 《遗响》抄本

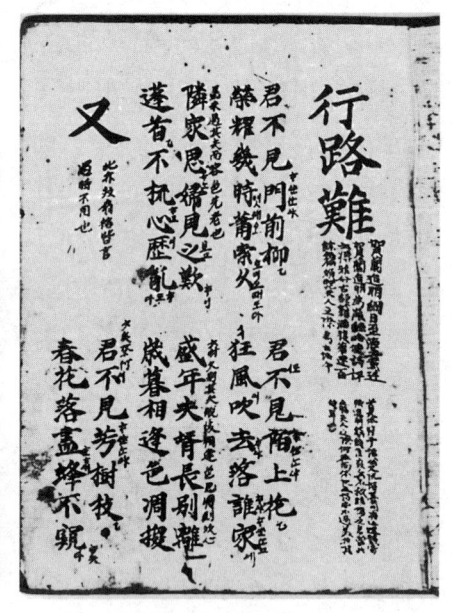

从这本书的体例来看，诗题下面加了解题，没有诗的原文，直接就是谚解，并做了两行小字注释。谚解是直译的，读谚解，在脑海里就可以再构原文，对背诵汉诗更有效果。

在《远别离》解题中，韩伯愈解释这首诗的创作动机为"白托言己之远别明皇，而兼言时事，以咏叹之"。在《遗响》中《白纻歌》解题中又说"白纻吴王夫差时所作曲名"。这是张震的李白诗注释中所没有的内容，是韩伯愈自己加的注释。

这张图片是我今天带来的《遗响》抄本，处处可以发现试图谚解的痕迹（图15）。如果搜集更多的分散在各个地方的相关资料，就可以知道韩国产出了多少李白诗谚解，对学童又产生了多少影响。

许敬震,韩国延世大学特聘教授,著名文献学、东亚汉文学学者,韩国延世大学国语国文学系讲座教授,著有《韩国古典文学中的基督教管窥》《邵南尹东奎》《朝鲜的中人》《朝鲜平民列传》《许筠评传》等。

千金梅,南通大学文学院副教授,博士毕业于延世大学国语国文学系,主要从事东亚汉籍、中韩文人往来尺牍、中韩文化交流等研究,著有《海外墨缘:清代中朝士人交往尺牍》,译著《楚辞考论》《宋王荆公二体诗钞》等。

本文根据2023年8月31日"东亚唐诗学讲坛"第五讲整理。

许筠的唐诗学*

徐宝余

摘 要 许筠是韩国16、17世纪朝鲜时代的重要文人之一，其诗文创作在当时享有盛誉。他的诗受到了韩中文人的高度评价，朱之藩认为足与明人相并，他在韩国也因诗文识鉴广为人所称道。他有两部诗话传世，其重心都是品评韩国诗人，特别是具有唐风的诗人，将之与唐诗人进行对比和比拟，对当时唐诗风的兴盛起到了积极的推动作用。他还对韩中诗歌进行了大量删选批解的工作，仅唐诗就有《唐诗选》《四体盛唐》《唐绝选删》等三种，从不同角度对唐诗多次进行编选。在韩国诗选方面，他的《国朝诗删》也具有鲜明的唐诗美学特征，与此前的多种韩国诗选的选诗标准存在明显的不同。在创作上，他的诗作受到了前辈李达的高度评价，认为足与汉魏盛唐相媲美。同辈相交诗人，如权鞸、李春英、赵纬韩等人，在诗歌方面的建树也足以醒人耳目，几人相为鼓荡，在文学上形成一股潮流，为其时的韩国诗坛带来了新气象。

关键词 许筠 韩国唐诗学 《惺叟诗话》《鹤山樵谈》

许筠（1569—1618）生当朝鲜宣祖、光海君时期，其时正是韩国诗学史上唐诗学最为兴盛的时期。在其青少年时期，卢守慎、黄廷彧、李纯仁等人已进入创作的晚期，而三唐诗人崔庆昌、白光勋二人年命不永，也进入了他们的创作后期，在诗学唐宋转捩之机，这些诗人无疑对许筠产生了不小的影响。其时诗学名家如李达、许篈、林悌、李好闵、车天辂等人，年岁皆略长于

---

* 本文为国家社会科学基金重大项目"东亚唐诗学文献整理与研究"（18ZDA248）阶段成果。

许筠,与之同辈者如柳梦寅、李睟光、申钦、梁庆遇、权韠、李安讷、张维、李春英、金时让、李植等人,无论在创作上,还是在诗学著作上,皆显名于后世。在这种诗学氛围中成长起来的许筠,其诗歌创作和诗学观念都打上了时代烙印。他在唐诗学方面所取得的丰硕成果,便很能说明这一问题。

一、《惺叟诗话》《鹤山樵谈》中的涉唐批评

现在传世的许筠诗话类著作有两种,一是较早的《鹤山樵谈》,一是稍晚的《惺叟诗话》。两部诗话内容虽各有偏重,但是在对唐诗风的鼓吹上却是有着异曲同工的作用。

在《鹤山樵谈》中,他有多条论及唐诗风作家,其中最为重要的有两个方面的人物,一是三唐诗人崔庆昌、白光勋、李达,一是其仲兄许篈及其姊许楚姬。

关于三唐诗人,他说:

> 本朝诗学,以苏黄为主,虽景濂大儒(金宗直)亦堕其窠臼。其余鸣于世者率啜其糟粕,以造腐牌坊语,读之可厌。盛唐之音泯泯无闻。梅月堂(金时习)诗清迈脱俗,然天才逸荡,自去雕饰,或不经意率然而成者多,故间有驳杂处,终非正始之音。忘轩李胄之诗沉着老苍,仲氏(许篈)以为近于大历、贞元,然自是苏、杜中来,大体不纯。冲庵(金净)则清壮奇丽,可谓作家,而生语迭语颇多。厥后无有起颓者。隆庆、万历间,崔嘉运(崔庆昌)、白彰卿(白光勋)、李益之(李达)辈,始攻开元之学。黾勉精华,欲逮古人,然骨格不完,绮靡太甚,置诸许、李间便觉伧夫面目,乃欲使之夺李白、摩诘位邪? 虽然,由是学者知有唐风,则三人之功亦不可掩矣。①

将三唐诗人置诸唐宋诗风的转变历程中,对之加以评价,有批评,也有肯定。

---

① 蔡美花、赵季主编:《韩国诗话全编校注》第 2 册,北京:人民文学出版社,2012 年,第 1435 页。

这里说到的金宗直、金时习、李胄在诗学上虽然总体是宋诗风,然而在唐诗的学习上却都有所成就,只是主体性特征不明显,在许筠看来其实都是"不纯",而三唐诗人以他们的纯然学唐改变了一时的诗歌风尚。这样的定位,应该是十分准确的。

在三唐诗人中,他尤其重视李达。《鹤山樵谈》中有数条载李达之诗,针对当时人对李达其人其文的批评进行了反驳,如:"李荪谷益之《寒食》诗'梨花风雨百五日,病客江湖三十年'、《赠林龟城》诗'频年作客衣还弊,数月离家带有余。谁怜范叔寒如此?自笑苏秦困不归'、《鲁山墓》诗'东风蜀魄苦,西日鲁陵寒'等句,对偶天成,沉着顿挫。世或以风花病之,抑未之思欤?"又:"东坡诗:'惆怅沙河十里春,一番花老一番新。小楼依旧斜阳里,不见当时垂手人。'荪谷《悼亡》诗,亦袭坡语诗曰:'罗帏香尽镜生尘,门掩桃花寂寞春。依旧小楼明月在,不知谁是卷帘人。'秾丽称情,不觉用前人语。益之以花柳之失见谤于人,而乃尔牵情如此耶?"①在三唐诗人中,他既能揭示他们的长处,也能指出他们的缺点,这是比较难能可贵的。在《与李荪谷》书中,他与李达讨论诗学,对李达多所仰慕之情,然而在个体的诗学观念上,却与之保持着距离。这说明,他对三唐诗人并非全盘接受,这样的立场,有利于韩国唐诗学的进一步发展,也有利于韩国诗学自主意识的崛起。

在许筠的笔下,其兄姊的诗文常常为其所称道。宣扬家门文学地位,这似乎是他一直努力的目标之一。比如,许篈早亡,其诗文又失于兵燹,他便依其记忆,参以传诵之作,编为二卷。而当柳根编选东人诗选时,许筠得知没有收录许篈的诗作,便写信给他,冀其多加选评:"亡兄七言歌行最妙,而无一篇收入者。"(《上柳西坰》)②他的《鹤山樵谈》中,也有多处记录了其仲兄的诗歌信息,其中关于诗歌方面的内容他说:"为诗则先读《唐音》,次唐李白,苏、杜则取才而已。"又于另处说:"仲氏诗初学东坡,故典实稳熟。及选湖堂,熟读《唐诗品汇》,诗始清健。晚年谪甲山,持李白诗一部以自随,故谪

---

① 蔡美花、赵季主编:《韩国诗话全编校注》第2册,北京:人民文学出版社,2012年,第1443、1452页。
② 许筠:《惺所覆瓿稿》,《韩国文集丛刊》第74册,第304页。

还之诗,深得天仙之语。长篇短韵,驱驾气势。李益之尝曰:'读美叔学士诗,若见空中散花。'"①对于其姊许楚姬,他也是多次加以称扬。在他与明朝使者交往的过程中,以及作为燕行使者西往中国的途中,他似乎时刻都备着许楚姬的诗集,以便中国使者、学者审阅。他在《识小录》中曾这样描述其兄姊的文学成就:"仲兄博学,为文章甚高古,近代罕比,姊氏诗尤清壮峻丽,其高出于开元、大历,名播中州,荐绅之士皆传赏之。"②

他还将许楚姬放在韩国女性诗人的群体中,对之作出总体的评价:"东方妇人能诗者鲜,所谓惟酒食是议,不当外求词华者邪?然唐人诗以闺秀称者二十余家,文献足可征也已。近来颇有之,景樊天仙之才,玉峰亦大家,不足议为。"然后又列出了郑文荣妻、申纯一妻、杨府使妾等五人之诗,并说:"如此佳作不可缕指,文风之盛,不愧唐人,亦国家之一盛事也。"③揣其意在许楚姬之前,韩国女性几乎没有诗歌,从许楚姬、李玉峰开始,韩国女性诗人多了起来,并且足与唐代女性诗人相媲美。

在《鹤山樵谈》中,他还说到卢守慎似杜、李诚胤学温李、南秋江数诗不减唐人、惟政山人学唐九僧等,都注意到这些诗人或诗作所具有的唐诗特点。

在《惺叟诗话》中,他所论及的唐诗风作家则更多。如说:洪侃诗似盛唐人作;郑梦周有盛唐风格;李陶隐(李崇仁)可肩盛唐、比之刘长卿(引李穑语);郑郊隐、李双梅不减唐人情处(又说双梅《闻莺》酷似杜舍人);李阳城《燕》诗酷似唐人;成和仲拟颜、陶、鲍三诗,绝句得唐乐府体;金宗直学苏黄,许筠称之,将之拟于盛唐;郑淳夫酷似东坡,而《寄慵斋居士》诗有中唐雅韵;李胄诗有盛唐风格,《通州》诗咄咄逼王、孟;金净似刘长卿,《牛岛歌》诗比之李贺;罗湜诗往往逼盛唐;朴守庵(朴枝华)可比于杜甫,因为其深得杜陈之髓;崔庆昌、河大而辈,俱尚唐韵;李山海初年法唐,晚造其极;李安讷去唐人不远;李子顺,许筠以为可肩盛唐;白大鹏学郊岛。这些评语显现出其评论韩国诗歌往往以唐人为标的的特征。

---

① 《鹤山樵谈》,《韩国诗话全编校注》第 2 册,第 1447、1436 页。
② 《惺所覆瓿稿》,第 355 页。
③ 《韩国诗话全编校注》第 2 册,第 1456 页。

二、《国朝诗删》中的删评标准与唐诗话语的运用

许筠有一部韩国人诗歌选本《国朝诗删》,据其《题诗删后》所说,他是在前人前后《风雅》(金宗直《青丘风雅》、柳根《续青丘风雅》)、《文选》(徐居正《东文选》《续东文选》)、《诗赋选》(柳根《海东诗赋选》《续海东诗赋选》)的基础上所做的删减工作。其删选的动机似有以下两个层面:一是在明人诗学的影响下,欲将本国诗歌进行一次精选,以期与明人的诗选相并,有与明诗相争衡的目的;二是受李攀龙《明诗删》的影响,欲对本国诗歌选本进行一次重新整理。他不但对本国诗选不满,对李攀龙《明诗删》也不满,他有《明诗删补》一书,正是基于李攀龙的《明诗删》而发,他在这书的跋文中说《明诗删》"其去就有不可测者,元美(王世贞)所谓英雄欺人,不必尽信者耶?明人号为开天者,不必皆开天也。若以伯谦氏例去就之,吾恐其不入彀者多矣。"[①]所以,他在李攀龙《明诗删》的基础上,并取王廷相的《风雅》、顾起纶的《国雅》及诸家集,"采其合于音者补之",而成 624 篇,是为《明诗删补》。所谓"合于音者",意即合于《唐音》标准,则知其是以《唐音》作为选诗的标准。这个标准在《国朝诗删》中也应是如此。他在《题诗删后》没有明确说明其删诗的标准,但用了一个词叫"合度":"有不合而弃之,沧海或叹其遗珠也。至于不合度而进之者,则无有焉,庶免鱼目相混之诮也。"[②]但是这个"度",我们可以在后来朴泰淳所作的《国朝诗删序》中从反面读取出来,他说:"第其所取者,多主于声律之清,色泽之绚,故轻靡脆弱之作,或有滥竽,沉深平远之什,不免遗珠,至其批评之语,尤多浮夸过实,读者或以是病焉。"[③]"声律之清,色泽之绚",正是《唐音》所取之标准。说他的评语"尤多浮夸过实",当然间或有之,此处姑置不论,我们想通过这些评语,哪怕是"浮夸过实"的评语,来了解一下许筠的唐诗学观点。

---

① 《惺所覆瓿稿》,第 248 页。
② 同上,第 245 页。
③ 许筠:《国朝诗删》,首尔:亚细亚文化社,1980 年,第 234 页。

卷一（五绝）：

成　侃《啰嗊曲》：三篇极似唐人乐府。

罗　湜《题画猿》：此申、郑所阁笔，而苏老所叹服，乃伊州遗格，所谓截一句不得，盛唐人能之。

白光勋《有赠》：不失唐韵。

郑之升《伤春》：引《芝峰类说》：混书唐诗集中，崔大昌诸人不能辨。

卷二（七绝）

郑道传《访金居士野》：玲珑圆转，优入唐域。

朴宜中《次金若斋九容韵》：闲思可掬，香山遗韵。

李　詹《夜过寒碧楼闻弹琴》：有唐人雅格。

　　　《闻莺》：酷似杜紫薇。

卞仲良《铁关道中》：逼唐。

郑以吾《竹长寿》：中唐高品。

金宗直《宝泉滩即事》：独此绝似唐。

申从濩《伤春》：晚李佳品。

南孝温《西江寒食》：何减右丞。

鱼无迹《美人图》：殊非俗语，大逼唐人。

姜　浑《寄星山妓》三首之一：三绝俱香奁本色语。

李　荇《霜月》：不减唐人高处。

申光汉《崔同年益龄……》：唐人正格。

卷三（七绝）

徐敬德《题海州虚白堂》：自在超迈，不下唐家。

林亿龄《示友人》：唐人风格。

卢守慎《许太史箑家吟示诸人》：亦从杜绝来，故帖存之。

朴　淳《砺山郡别行思上人》：晚唐。

崔庆昌《映月楼》：此君绝句，篇篇皆清切，置之唐世，无让少伯诸公。

《采莲曲次郑知常韵》：无愧王龙标、李君虞。

《边思》：何愧王、常耶？

《赠僧》：降涉晚李。

《无题》：崔、白、李三君有复古之功，但十首以后，较易厌。

李　达《宫词》三首之一：王仲初旧格。

《出塞曲》：王少伯(王昌龄)、常征君(常建)清韵。

《步虚词》：源出宾客(刘禹锡)而觉愈秾壮。

《采莲曲次郑大谏韵》：胜孤竹(崔致远)。

《长信四时宫词》：何减王龙标耶？仲初以下不论矣。

《四时词清平调》：调和、格亮、彩绚俱均，真盛唐能品。

《山川》：如入辋川画中。

徐　益《题僧壁》：羚羊挂角。

郑之升《留别》：从郎君胄(郎士元)送王司直诗点出来。

权　韠《寒食》：逼唐。

《幽居漫兴》：篇篇皆法杜绝，而脱去顿滞处，自成一家语，高妙难摸捉。

《忆成川》：有言外意

卷四(五律)

李　詹《登州》前二句：唐人秾韵。

《舟行于沭阳潼阳关》三、四句：极好句，是盛唐人吻。

卞季良《春事》五、六句：贾长江清韵。

郑希良《三田渡》五、六句：逼唐。

金克俭《入侍经筵》三句：有耿拾遗韵。

金宗直《差祭宿江上》三、四句：何减唐人高处。

《仙槎寺》"细雨僧缝衲"句：逼唐。

金时习《登楼》：篇无雕琢，字无推敲，自古雅，自平远，乃是无上上乘，诸诗概同。

《何处秋深好》：出香山而自迢远。

李　胄《通州》：老杜清韵。

李　荇《题天磨录后》：公诗篇古雅沉厚，历劫赞扬所不能尽。

金　净《春放赠奉君……》一、二句：直接孟王高派。

奇　遵《日暮登城》五六句：高岑奇思。

申光汉《醮季女夜宿珍山村舍》五六句评：唐人雅格。

　　《晚望》：通篇清新婉切，真韦孟高韵。

金獜厚《登吹亭》一二句：盛唐高韵。

尹　铉《次杨炯从军行》：此极力模唐人者。

尹　洁《题中原楼轩》：似此等作，何愧古人。

卢守慎《送李钦哉宪国》五六句：降格为王、孟，亦自明概。

丁胤禧《芙蓉抱香死应制》：中唐雅致。

河应临《禁林应制》一二句：太逼沈、宋。批：初唐秾韵。

崔庆昌《间阳驿》：篇篇俱是王、孟、钱、刘雅韵。

　　《七家岭逢立春》一至四句：婉语犹是韦、钱遗意。

白光勋《忆孤竹》：钱、郎遗韵。

　　《送沈公直赴任春川》：三四句：唐人雅趣。

李　达《经废寺》：须似正音。

卷五（七律）

李　詹《寒食》：独有唐韵。

金时习《题细香院南窗》：何减盛唐耶。

李　胄《次安边楼题》：悲壮顿挫，盛唐能品，又结得慷慨。

　　《即事拗体》"游目天涯云更远，北书不至吾得还"：出杜。

姜　浑《废朝应制……》前四句：晚李佳品。

崔淑生《新秋》：稍有晚李风格。

朴　祥《南海堂》：颇似唐人。

奇　遵《禁直记梦》：翩翩造微之语，无愧唐人。

申光汉《沃原驿》：虽曰晚李，亦自清丽。

　　《保乐堂》：何等含蓄，颇似唐诗。

卷六(七律)

郑士龙《腊月二十日夜梦得句……》：无一字懈,无一字俗,公亦自知其所至,又盛唐秾韵。

宋麟寿《题唤仙亭》：殊好,但未免生剥少陵。

卢守慎《寄尹李二故人》前四句：刺骨恨语,真是杜陵。

《弹琴台用讷斋韵》前四句：词雄气杰,少陵劲敌。

《送卢子平赴东莱》五句：换杜之胎。

朴　淳《自龙山归汉江舟中口号》：晚李佳品。

权庆仁《次梁松岩士真韵》：烂熟入妙,何害晚李。

高敬命《百祥楼》：此篇力洗江西,欲入李唐,故颇流丽清远。

黄廷彧《海》：自作一家,非杜非黄。

佚名氏《题琵琶背》：鼓吹能品。

卷七(五古)

成　侃《效颜特进》：五六句批：雕缋虽切,已坠李唐。

李琼仝《用鲍照东门行韵别安东亚判》三四句：两句逼孟参谋。

月山大君《有所思》四句：唐人佳品。

金　净《即景》五六句：辋川高韵。

《感怀》三四：苏州艳处。批：盛李中李之间,自成幽思。

奇　遵《禁直咏示元冲》：浩然遗韵。

林亿龄《题洛山寺》：从韩苏来,深得大篇宏放之法。

崔庆昌《书憩大慈川山》：诸篇出选入唐,可贵,而较弱,气不逮。

《古意》：张王雅韵。

白光勋《斋居感怀寄孤竹》：闻韦柳者。

李　达《斑竹怨》：石洲云：置之太白集,不易卞。

《寻孤竹坡山庄》：出储入韦。

卷八(七古)

成　侃《老人行》：国初诸人所尚苏长公,独此君知法盛唐,如此作，虽非王岑之比，无愧张王乐府。

徐居正《春闺曲》"春愁"末二句：温李遗韵。

成　倪《晓仙谣》：次温飞卿者。"清香满室悄无语"：腴艳达，足嗣温李。

申从濩《日出扶桑国》：盛唐宋作家佳品。"火龙擎出黄金轮"：非温非李，自成伟艳。

金　净《四时词》：规模长公，而出入于唐季，自秾自艳。"帘前蝶散落花寒"：温之雅。

杨士彦《美人曲》：是独得盛唐行曲。首句：从李青莲门中来。

崔　豎《送李桢从郑亚判赴京》"有酒即倾醉不乱"：古朴伛偻，真得杜法。

李　达《漫浪歌》：浙人吴明济云酷似太白。

卷九（杂体）

权　韠《四禽言》：四篇皆逼唐人乐府，苏、秦非其配也。①

在这些评语中，我们可以发现三唐诗人，受到了特别的关注。其中李达涉唐诗者有11首（七绝7首，五律1首，五古2首，七古1首），崔庆昌9首（七绝5首，五律2首，五古2首），白光勋4首（五绝1首，五律2首，五古1首），在律古绝三个方面都有逼近唐诗的地方。白光勋虽然量略显少一些，但是他在《映月楼》诗的批语中说，"此君绝句，篇篇皆清切，置之唐世，无让少伯诸公"，则可知其似唐者，不可以此数篇统计。在对三唐诗人的批语中，他能注意到他们的复古之功（恢复唐诗风），给予了充分肯定，而且还对他们诗歌多样性的缺乏提出了批评，如在崔庆昌《无题》诗下说："崔、白、李三君有复古之功，但十首以后，较易厌。"

---

① 按：此书卷十为《许门世稿》，也有若干批注，然而为其好友权韠所编，其中评语也有涉唐者。许筠《清平山迎送神曲赠闇上人》：引荪谷（李达）云："此篇曲折婉转，深得盛唐歌行法，荷谷歌行中最是第一。"许氏（楚姬）《望仙谣》："长吉之后，仅得二篇。"《湘弦谣》："新都汪世钟云：此作非我明以后诸人所可及也，假使李温操翰，亦未必遽过之。"（《国朝诗删》，分别见第655、658页）

除了三唐诗人,还有一些诗人诗作也是比较值得注意的。成侃、申光汉、卢守慎有5首,李詹、姜浑、权鞸、金净有4首,金宗直、金时习、李胄有3首,许筠都注意到他们的诗作与唐人接近的地方。如评成侃《老人行》:"国初诸人所尚苏长公,独此君知法盛唐,如此作,虽非王岑之比,无愧张王乐府。"这是将之放在丽鲜之交、唐宋苏杜之际,来对其加以批评的,肯定其学盛唐在朝鲜初期的开启之功,同时也没有片面夸大其诗歌的成就,虽然意思是说他学的是盛唐、却坠入中唐,但说"虽非王岑""无愧张王",却是肯定中有否定、否定中有肯定,其态度还是比较谨慎的。又如评金时习《登楼》时说:"篇无雕琢,字无推敲,自古雅,自平远,乃是无上上乘,诸诗概同。"这就不再是评其这一篇作品,而是就其整体诗作来加以品评的。在评价卢守慎时,他特别标注出他的诗歌与杜甫的诗歌之间的关系,如评《许太史箴家吟示诸人》:"亦从杜绝来,故帖存之。"《寄尹李二故人》前四句:"刺骨恨语,真是杜陵。"《弹琴台用讷斋韵》前四句:"词雄气杰,少陵劲敌。"《送卢子平赴东莱》五句:"换杜之胎。"这是抓住了卢守慎的特点,从而在二者之间寻找其相似之处。

在批评术语上,他好用优入、何减、不下、直接、足嗣、大逼、颇似、酷似、遗意、高韵、遗韵等词语,以说明这些诗人诗作与唐诗之间的关系。在用来作比的唐诗人有沈佺期、宋之问、王维、孟浩然、王昌龄、高适、岑参、杜甫、李白、储光羲、韦应物、李益、常建、耿湋、郎士元、张籍、王建、白居易、韩愈、孟郊、杜牧、贾岛、温庭筠、李商隐、崔致远等人,涉及整个四唐时期,可知其对于四唐诗歌的熟稔程度。除了与具体诗人作比外,在有些地方,他直接以唐人或盛唐、晚李等字眼来说明韩国诗人的诗歌与唐诗之间的关系。如评成侃《啰唝曲》:"三篇极似唐人乐府。"评李荇《霜月》:"不减唐人高处。"评河应临《禁林应制》:"初唐秾韵。"评丁胤禧《芙蓉抱香死应制》:"中唐雅致。"评李庆昌《赠僧》:"降涉晚李。"特别是盛唐,他指出了不少诗作堪与盛唐诗作比肩。

  罗 湜《题书猿》:此申、郑所阁笔,而苏老所叹服,乃伊州遗格,所谓截一句不得,盛唐人能之。

  李 达《四时词清平调》:调和、格亮、彩绚俱均,真盛唐能品。

李　詹《舟行于沭阳潼阳关》三、四句：极好句，是盛唐人吻。
金猊厚《登吹亭》一、二句：盛唐高韵。
金时习《题细香院南窗》：何减盛唐耶。
李　胄《次安边楼题》：悲壮顿挫，盛唐能品，又结得慷慨。
郑士龙《腊月二十日夜梦得句……》：无一字懈，无一字俗，公亦自知其所至，又盛唐秾韵。
申从濩《日出扶桑国》：盛唐宋作家佳品。
杨士彦《美人曲》：是独得盛唐行曲。

运用四唐术语来评价韩国诗人诗作，可以见出自《唐音》以来的元明诗学对于朝鲜时期诗学的影响。而当他用"羚羊挂角"来评徐益的《题僧壁》、用"有言外意"来评权鞸的《忆成川》时，我们还可以见到严羽《沧浪诗话》的影响。

在韩国诗歌中发现唐诗，与之进行比较的同时，他还能揭示出韩国诗歌时有超出唐诗范畴的方面，从而形成非唐非宋的自我特色。如评权鞸《幽居漫兴》："篇篇皆法杜绝，而脱去顿滞处，自成一家语，高妙难摸捉。"强调他的"自成一家语"。像这样的批评还有一些，如评金净《感怀》说："盛李中李之意，自成幽思。"评崔庆昌《书憩大慈川山》："诸篇出选入唐，可贵，而较弱，气不逮。"评申从濩《日出扶桑国》："非温非李，自成伟艳。"评黄廷彧《海》："自作一家，非杜非黄。"重视韩国人诗歌"自成一家"的特点，与许筠的诗学观念是相符合的。关于此点，后文将再加详细论述。

三、唐宋明三朝选本中的唐诗批评

关于唐诗选本，许筠有《唐诗选》《四体盛唐》《唐绝选删》等三种。其《唐诗选》乃是合杨士弘《唐音》、高棅《唐诗品汇》、李攀龙《唐诗删》三书而为之，所以在书名上称之为《唐诗选删》似更为合适些。为什么要进行这样的"选删"工作，他在《唐诗选序》中说：

杨氏虽务精，而正音、遗响之分，无甚蹊径。其声俊，古鲁之音，亦或不采,使知者有遗珠之慨焉。廷礼所裒,虽极其富,而以代累人,以人累篇,俾妍蚩并进,韶濮毕御,识者以鱼目混玑诮之,似或近焉。至于于鳞氏所拣,只择劲悍奇杰者,合于己度则登之,否则尺璧经寸之珠弃掷之不惜。英雄欺人,不可尽信也。其遗篇逸韵,埋于众作之间,历千古不见赏者,于鳞氏能拔置上列,是固言外独解,有非俗见所可测度也。①

在这一篇序中,表达了他对于三种唐诗选本的不满之情。杨士弘《唐音》分正音、遗响,没有什么规则可言,并且还有声俊之诗被遗落在外;高棅《唐诗品汇》则所选不精,有鱼目混珠之嫌;李攀龙《唐诗删》虽然注意到了被前两家所埋没的一些诗作,然而他也只是根据自己的偏好来选,只选择那些"劲悍奇杰"的作品,导致摒弃的佳作太多。为了弥补这些缺憾,他便在高棅《唐诗品汇》的基础上,进行删选的工作。首先是删除在他看来滥入的诗作,保留十分之五,然后再参以《唐音》和《唐诗删》,从而汇成一编。在体例上,他也做出了调整,"分以各体,而代以隶人。苟妙则虽晚亦详,而或颣或俗,则亦不盛唐存之"。也就是只看重诗歌本身,而与作者所身处的时代无关。敢于在元明人的选本中进行二次删选,并以己意进行重构,这是非常了不起的一项工作。

《四体盛唐》是从诗体的角度所进行的选编。所谓四体,用他的话就是七言、歌行及五七言律。这四体只选取盛唐,而不及其他的原因,他在《题四体盛唐序》中假主客问答对之进行了解释。他说:

曰:何只取盛唐?

曰:诗学之盛莫唐若也,而尤盛于景龙、开元之际,大历以下固不足论已。

曰:奚不取五言古诗为?

曰:譬如谈禅,汉魏为最上乘,潘、陆已落第二义,鲍、谢、曹洞下也,

---

① 《悝所覆瓿稿》,第175页。

而唐则直声闻耳。

曰：有唐三百年，绝句最多名家，胡不取？

曰：否否。余所取只盛唐，而绝句则毋论季叶，人人皆当行，不可以盛晚为断。矧余别有选矣。

曰：李杜亦可遗否？

曰：兹二家如睹大壑稽天，宁可以斗斛耶？况梅氏钞，亦足以尽之矣。①

四体只取盛唐，与其唐诗学观念有关。古体，他只取汉魏六朝，不认可唐人古体。关于这一点，他在《古诗选》这一选本中，持有相似的观点："魏晋以后，典则虽备，而徘以伤其气。六朝则加以妍侈，去古为愈远矣。至于唐，则自为其诗，非古诗也。今余所拣拔者，盖详于汉魏而略于晋宋，以至梁陈，则所采尤少。其或古而涉近者不必取，近而铨古者不敢遗，唯祈其合于古而已。"②则知其古诗乃是宗汉魏，兼取晋宋齐梁陈；唐诗因为不合古诗之体制，而加以了排除。他关于唐代古诗的观念，明显地是来自李攀龙的"唐无五言古而有其古诗"说。对于唐代五古的排斥，其语言的表述，还表现在以禅喻诗的诗学术语的使用上，"上乘""第二义""曹洞""声闻"，分明见出了严羽的影响。对于绝句，他认为四唐的绝句皆好，没有必要在盛唐中标出绝句。也就是说，他单标盛唐，乃是这四体在盛唐最盛，更何况他还有《唐绝选删》一书，所以不必在此书中列入绝句。在盛唐四体中，又不取李杜，乃是李杜不可选，这样的选取标准，在王安石的《百家诗选》中就已经出现过，所以他这么来处理，也是可以理解的。他还特别提到梅氏的诗钞，这里的梅氏应该就是明代梅鼎祚的《唐二家诗钞》，而且《唐二家诗钞》也是在其《李杜诗选》的基础上所做的修改本。③可知梅氏的工作，基本已经可以替代李杜诗选这部分工作，所以也没有必要再对二家进行选择。

---

① 《惺所覆瓿稿》，第 185 页。
② 同上，第 174 页。
③ 见陈晨：《唐二家诗钞版本考述》，《古籍整理研究学刊》2009 年第 3 期。

在做了《古诗选》《四体盛唐》后,那剩下的就是需要再对绝句进行编选的工作了。他在《题唐绝选删序》中,对这一项工作做出了较为详细的说明:"唐人五七言绝句,梓而传凡万首。其言短而旨远,其辞藻而不靡,正言若反,危言若率,不犯正位,不落言筌,含讽托兴,刺讥得中,读之令人三叹咨嗟,真得国风之余音,其去三百篇为最近。"①之所以对唐人绝句进行单独的选辑,乃在于对唐人绝句的高度认可,认为它与《诗经》中"国风"最为接近。这个接近,可以从声情两个方面来加以论证。在情方面,他认为雅颂已经涉于理路,距离性情稍远,而国风正能体现性情之道,汉魏以下的诗离性情远,唐人七绝正能体现国风般的性情;在声方面,他认为唐人七绝皆是可以歌唱的,他举了王维、李益、王昌龄、高适等人的诗入乐可歌的例子,来说明绝句在音声上的优劣。更为重要的是,绝句四唐皆好,不像其他诸体,有盛晚之分。这样,他将唐诗中绝句的地位及其特色一并加以了揭示,使唐人绝句更能展现其特有的品格和属性,这在其他诗体中是没有的。

以上可知,许筠是韩国第一位对唐诗进行多方位选编的一位学者,既有统选性质的《唐诗选》,又有分体选性质的《四体盛唐》和《唐绝选删》。两相配合,正可见出唐诗的整体风貌。许筠的用心可见一斑。

四、诗歌实践与唐诗之关系

许筠的诗歌在当世就有人对之加以评点,特别重要的两位,一是三唐诗人李达,是他的前辈,一是权鞸,是他的好友。《惺所覆瓿稿》中对这两位同世诗人的评价显得十分瞩目。还有一些评语,虽然没有点明批评者是谁,但应该是李达的评语。今抄录这些评语,然后再作说明:

《渡江作》,荪谷云:有魏晋句法,可贵。(《丁酉朝天录》)
《镇山江道上偶吟》,石洲云:紧切。(《丁酉朝天录》)
《车辇即事》,石洲云:虽云晚李,亦不下刘、柳也。(《幕府杂录》)

---

① 《惺所覆瓿稿》,第 185 页。

《戏用尹以述韵》,荪谷云:四篇虽好,尚有瞿态。(《幕府杂录》)

《太定江作》,荪谷云:中两联,似杜,又(似)孟岑。(《戊戌西行录》)

《过圃隐旧宅歌》,荪谷云:三峰有灵,当吐舌,服其罪矣。(《戊戌西行录》)

《欢喜岭》,尾评:两联轩举。(《枫岳纪行》。按:自此至《湖亭》皆为《枫岳纪行》)

《长安寺》,题下评:此篇出谢一而伤俳。

《长安寺壁……》,尾评:轩动自恣而稍有眉山口气。

《十五百川洞》,尾评:渊悍有力而峻语伤韵。

《灵源寺》,尾评:似盛唐而结太秾,故不逮。

《从望高台下……》,尾评:吾曾蹑此境,思之每厌。此作尽发之,规不加方也。但此篇极悍,可与地争其险丽,而稍伤于古雅。

《表训寺》,尾评:劲而有韵。

《正阳西楼》,尾评:作正阳诗当止此。吾尝五登之,迄不能作一句。

《八角殿画佛》,尾评:深得苏家髓,而时出入杜陈。

《开心台》,尾评:开心之景难状也,文虽好而力少不尽。

《宿正阳寺东厢》,尾评:率尔语,亦不失中唐体。

《万瀑洞》,尾评:此篇最得意。

《圆通寺》,尾评:一生一,排语得好。

《白田庵》,尾评:此篇浑重奇杰,真盛唐,而王、李辈所不能道,独恨结句便宽缓,坠晚格。

《九井峰》,尾评:非宋非唐非六朝,而自成一体,秾厚苍古,写星门谷无遗恨。

《朴达串》,尾评:此境此作,可谓两绝,吾欲赋而不能者,尽发之矣。

《湖亭》,荪谷云:四十七篇俱古雅清丽,高者汉魏,下亦开天大历间。不意晚季有此正始之音。枫岳云墨无竭,亦抃喜当也。

《义昌邸晚咏》,石洲云:婉娟畅丽,此是绝唱。

《前五子诗》,石洲云:五篇俱劲悍沉寥。

《闵乐》,石洲云:诸篇俱瞰劲峭丽,不类他作,实为绝唱。

《宫词》,石洲云:毋论王孟、王赵,自足奇逸遒丽,优游闲畅,且悉官中故实如指次,足备一代诗史,宋元人不敢逼,而勒成一家言也。[①]

据上所抄文字,可知李达对于许筠的评点还是比较多的,而且分布于不同的创作时期,有他30岁左右时的《丁酉朝天录》《幕府杂录》《戊戌西行录》,还有他35岁时创作的《枫岳纪行》。特别是后者,据其自述,他曾将《枫岳纪行》47篇抄录给李达,求其评点,所以在《湖亭》一诗下所录的评语,当是李达对其诗歌的一个总评。自《欢喜岭》至《朴达串》共16首的细评基本是肯定语,略有指瑕。在细评中,李达也不忘将其诗与唐人诗歌进行比较,如《宿正阳寺东厢》说:"尔语,亦不失中唐体。"《白田庵》评:"此篇浑重奇杰,真盛唐,而王、李辈所不能道,独恨结句便宽缓,坠晚格。"皆是在不足处能够发现许筠诗歌的所长,以盛唐、中唐盛赞许筠的诗。如果我们将他30岁左右时期的诗作评点加以合观,则知其以许筠比之盛唐的倾向十分明显。所以,在《湖亭》一诗下所系录的近似总评的话语,当不能简单地视为前辈对于后辈的提携之语。其总评云:"四十七篇俱古雅清丽,高者汉魏,下亦开天大历间。不意晚季有此正始之音。枫岳云墨无竭,亦当抃喜也。"这样的话语中充满了喜悦之情,汉魏、盛中,所评不可谓不高。

除了李达、权鞸的评语外,其实我们在他的创作中,也能发现大量类唐的作品。如他的一些纪行诗,描写行役之苦,便很有晚唐温李的风味,如《留别》《宿林畔村舍》《定州》《守岁》《向林畔道中作》《渡铁山江》《古津江》《义州》四首、《杨山》、《黄州道中》、《丰田驿》;而像五律《贵家》,整体给人的感觉是富艳精工,有若温李。

他的诗虽非以写景擅长,然而凡在写景处,皆能得盛唐诗歌的神韵。如"独立西风双涕泪,秋空白雁向南飞"(《镇山江道上偶吟》)、"野色孤烟外,江声乱树中"(《中和沮漳》)、"风雨满城人独坐,菊花如笑未登高"(《松木重

---

① 此外,还有一条,《嘉平馆逢立春》其二,洪老云:"江西自秾,绝胜于晚李。"(《惺所覆瓿稿》,第112页)此处的洪老是指鹤谷洪瑞凤(1572—1645)。

九逢雨》)、"烟含落照低津树,风引轻阴渡酒卮"(《僚友泛舟东湖晚归》)、"长亭望不极,津树暝烟生"(《平壤道中》)、"积水兼天尽,孤云带雁还"(《板门岭》)、"远岫斜吞日,孤村半带烟"(《抱川道中》)、"日落岩泉媚,风生竹树悲"(《金水潭正卿墅作》)、"临溪问茅店,烟树已斜曛"(《通沟》)、"风移轻雨去,山带夕阳来"(《还郡》)、"落照带归骑,孤烟生远村"(《送无为归山》)、"大野川流细,孤村树色微"(《冲天阁书》)、"酒余山雨歇,云外远山青"(《酌石峰于冲天阁》)、"轻寒半山雨,小院落花天"(《惜春用秋怀韵》)。① 至如《偶吟》"天涯明月满,海上碧云漫",则诗意开张,全然是盛唐气象。五古《开心台》"昨日正阳楼,仰睇万玉峦。今朝开心台,万玉忽平看。地势非陟高,何缘压屋颜。葱葱众香城,云表排琅玕。霜醅晚枫染,绝奕被崖丹。浩歌望紫霄,若可青天攀。仙人空中下,愿借一白鸾。跨之横八极,羡门同游盘。百年亦掣电,何必劳尘寰。从兹拂衣去,去上蓬莱山",全然似太白语。②

在化用唐诗方面,如《清磵亭昼睡》"天外万峰青",用的是钱起《省试湘灵鼓瑟》"曲终人不见,江上数峰青"句;《道中望洛山》"欲问洛迦禅寺宿,行人遥指五峰寺"则从杜牧《清明》一诗中化来;《宿瑞兴人家》末二句"蓬山一千里,归梦晓恹恹",则是化自李商隐《无题》"刘郎已恨蓬山远,更隔蓬山一万重"。③

杜诗也是其着力学习的对象。如《丁酉朝天录》中有不少诗篇描写当时的倭乱战况,便很有以诗纪史的目的,如《闻本国水后统制元均及水使李亿麟湖渰死》《闻南京陷杨元走还》《还到蓟州闻李副总获虏酋》《到山海关闻杨经理直到京城贼到稷山败回》《山岔河闻虏警》等。李达评其《太定江作》说:"中两联,似杜,又[似]孟岑。"从诗歌句意情感的层面肯定其与杜诗乃至孟岑的相似处。而《老客妇怨》则似杜甫的新乐府,借一老妇人之口,写尽倭乱给人民所带来的苦难:

---

① 《惺所覆瓿稿》,分别见第 110、112、115、118、122、123、126、126、126、134、134、134、135、155 页。
② 同上,分别见第 138、128 页。
③ 同上,第 131—133 页。

东州城西寒日曛,宝盖山高带夕云。嫛然老妪衣蓝缕,迎客出屋开柴户。
自言京城老客妇,流离破产依客土。顷者倭奴陷洛阳,提携一子随姑郎。
重研百舍窜穷谷,夜出求食昼潜伏。姑老得病郎负行,跣穿崢山不遑息。
是时天雨夜深黑,坑滑足酸颠不测。挥刀二贼从何来,闯暗蹑踪如相猜。
怒刃劈胆胆四裂,子母并命流冤血。我挈幼儿伏林薮,儿啼贼觉驱将去。
只余一身脱虎口,苍黄不敢高声语。明朝来视二骸遗,不辨姑尸与郎尸。
乌鸢啄肠狗啮胳,藁梐欲掩凭伊谁。辛勤掘得三尺窆,手拾残骨闭幽坎。
茕茕只影终何归,邻妇哀怜许相依。遂从店里躬井臼,馈以残饭衣弊衣。
劳筋煎虑十二年,面黧发秃腰脚顽。近者京城消息传,孤儿贼中幸生还。
投入官家作苍头,余帛在笥困仓稠。娶妇作舍生计足,不念阿娘客他州。
生儿成长不得力,念之中宵涕横臆。我形已瘁儿已壮,纵使相逢讵相识。
老身沟壑不足言,安得汝酒浇父坟。呜呼何代无乱离,未若妾身之抱冤。[1]

很明显,这样的诗篇带有诗史的特质。这种诗史意识,在他的另一组诗《宫词》中,也得以明显地呈现了出来。《宫词》共有百首,在序中,他交代了创作的缘由,还表达了他对唐代王建宫词的不满:

> 庚戌夏,余以革职养疴于家,卜人言不宜在舍,出寓五俉家,移于水标桥奴庄。奴之姨母,乃退官人也,年七十六而垂白上缕,以无子就奴为养。虽耄,能言宫中事。渠自言少时,以内赡婢子选入宫,侍仁圣王后者凡二十八年。王后上宾,侍懿仁王后,凡二十四年。癸卯春,以年老告退。宣庙怜之,升尚寝,而赐禄二等以优之。每称先王事大至诚,祀先极恭,奉二宫极诚,而恭俭忧勤,待臣邻以礼。懿仁后至德,亦协阴教。具有源委,历历可听。且及宫内节日闲燕诸项故事,一一明核。余听之忘倦。臣厚受先王知奖曲,得至今日,其于歌咏遗德固不敢辞,只以才不副实为可愧。遂记其语,为绝句百首云。昔唐王建因宗人大珰守澄,详问内里事,作百篇宫词。后之君子,虽奇其文,而鄙其与阉宦昵也。且其辞率宫中戏乐,不足训矣。今余适闻老官人之谈,而其皆君后

---

[1]《惺所覆瓿稿》,第174页。

之德可以为后嗣法者,文虽拙俚,不逮仲初,亦不受后君子之讥,而言足以训世矣。姑载之,以俟知者焉。①

由于这百首宫词是耳闻老宫女所述,故而写来真实;在内容上又歌赞君后之美,与王建宫词便有了本质上的区别。但是在宫词的写法上,却是明显承继了王建宫词的写法,都是以七言绝句的形式,条贯缕细地将宫中之事一一写来。对于他的《宫词》写作,其好友权鞸誉之为"足备一代诗史"②。这说明,诗史意识在许筠及其友人的日常诗论中,也是比较重视的。

他还有两组和诗,也比较突出。一组是和欧阳修的《和思颍诗》30 首,一组是和白居易的《和白诗》25 首。其《和思颍诗》抒写其思归江陵之情,在步韵之中呈现了其诗歌技艺的精湛程度。③ 而其《和白诗》也是颇得白诗风貌。如《后冈,用过郑韵》《夜坐,用问刘韵》《红桃落尽,用夜合树韵》《伤春,用病起韵》,皆能做到声韵流畅,情感丰沛,读来与唐人别无二致。《和思颍诗》是因其病中罢官,又有谤言缠身,所以有思归之意。而其思归之所,又是其外王父之故里,其母所葬之处,并非其本籍,所以其思江陵与欧阳思颍水,在情感层面上有着非常近似的地方,这是他创作《和思颍诗》的心理动机。而创作《和白诗》也是基于相同的心理情感而进行的创作,他在《和白诗序》中这样来说明其创作的动机:"辛亥岁,余配咸山,无事,取箧中所藏坟典悉阅之。见乐天集,其谪江州日适与余同齿,戏次其初至一春之作,仿其体而命之曰《和白诗》,凡二十五篇云。"④

五、许筠唐诗学观念对当世及后来诗学的影响

许筠诗歌主张,在其晚年《乙丙朝天录》的序中,说得更为具体,可以视为其诗学观念的最终表述:

---

① 《惺所覆瓿稿》,第 148 页。
② 同上。
③ 关于此,可参左江《此子生中国》(中华书局,2018 年)一书第五章第三节。
④ 《惺所覆瓿稿》,第 106 页。

少日闻仲兄(许篈)语,作诗必从陶、谢、开、天来,可称大方家。荪谷(李达)亦云。稍长,交李实之(春英)、权汝章(韠),则以是言为河汉,每以韩、杜、陈、苏为宗,及见崔东皋(岦),其持论每以不袭古、出新意为第一义。不佞常服膺三家之论,未敢自决于衷,盖尝悉取三百篇、西京以还乐府古诗、魏晋六朝唐宋诸名家,暨国朝何李诸人所作,熟读而讽诵之,所吟咏初颇清亮,恨乏斤两矣,而改辙则滔滔从意,金石之声微乖,遂以已见创词立意,则坚硬伤雅,离古者多。乃知三家之论,不可相入,泾(?)此不已,则龙衮之敝,补以丽缯,奚用于斧藻之观乎?仆之诗,凡三变者,皆坐于此。扪心咋指而已。顷岁,憖于洲翁(权韠),焚笔砚矣,不作诗几三岁余矣。客岁朝天,道途艰苦,无以解忧,聊复信手陶写,以写一时之感怀,久之,溢于锦囊编成三百六十余篇,其绮艳敷腴,虽不逮前日,而和平敦厚有过于少年,以其不经意而和之,故乃愈于湛思渊索之所获,吾亦不自知其所由然矣。比之古人,虽不敢并驱而驰,要之用于世者,自无不匮之恨。知者印可吾言否。兰嵎朱太史(朱之藩)问鄙集序于九我李阁老(廷机),评曰:"诗有华泉清韵,文似弇州晚境。"骤似过奖,实不敢当。虽然,向人脚下作生活,所深耻也,毋宁作鸡口乎哉?聊以弁此卷,以增人怪骂云。时皇明万历丙辰三三日夕烛斋主人书于龙湾之伴琴堂。[1]

许筠早年从学其仲兄许篈,也受到前辈诗人李达的影响。在他生活的时期,与之关系较为密切的人还有赵纬韩、权韠、李子敏等数人,他们在诗学观念上比较接近。而崔岦的创作无疑给其带来更为巨大的影响,从而实现了其学的转变。

在现存的材料中,我们可以看到他与李达之间的诗学互动。他请求李达为其诗作点评,后来还将一系列文也寄与李达,求其教导。而许筠在《国朝诗删》中也对李达诗作的选评为最多,评价也是最高的。难能可贵的是,

---

[1] 林基中编:《燕行录》第7册,首尔:东国大学校出版部,2001年,第271—273页。按:是编将此作误题为许篈。

二人之间的诗学互动,除了互为欣赏之外,还有指瑕救失的作用。如前举李达的评语中,便有着委婉的批评,一方面感叹"吾欲赋而不能也",另一方面又说"伤俳""伤韵""伤雅"等。这是从一个前辈的眼中,指出了许筠诗作所存在的问题。虽然委婉,却也是切中要害。而许筠对李达的评价则主要是盛赞其诗歌的成就。特别是李达因为庶出及花柳之事而招致不公待遇时,他更是对之加以维护,认为像李达这样的诗人应该给予特别的爱护。这在当时的政治社会环境下,也是需要相当大的魄力的。他还特别为李达写了一篇传记《荪谷山人传》,叙述李达的诗学历程,概括其诗歌的功绩,并为其遭遇发出同情的感慨。

而权韠、赵纬韩,因年辈相仿,则主要表现在相互激赏的层面。如他评权韠的诗说:"兄之五律,高则襄阳浩然之流,下亦不失去非雅韵。"①而评李子敏,则主要从教导的角度,对之加以指正。他说:"子敏有意于奇巧太甚,故未免费力而骛思于努索之域……"②在与崔岦的交往中,许筠则表现出了特别的欣赏之情。如在《丙午纪行》中录上使评韩国诗歌时说:"上使曰:东方诗当推柳春湖为第一也。盖彼好用崔岦文中语。"在《己酉西行纪》中,则表达了他对于崔岦诗文特别是诗的独特认识,他说:"公文虽悍杰,亦从班椽、昌黎中来也,诗而本无师承,自创为格,意渊语桀,非切摩声律、采掇花卉者所可企及,吾以公诗为胜于文。"在《与李实之》一书中,针对李实之(李春英)对他们三人的指瑕,则表现出了强烈的反击意味。李春英评"仆(许筠)饫也,石洲(权韠)枯也,子敏(李子敏)滞也",而许氏则反唇相讥,认为李春英是"人患才少,子患才多"。③

即使许筠对李达推崇备至,然而当他站在文学自立的立场上来评价文学时,便对李达的评论表示出不同的见解,凸显了他的文学自主意识。他有《与李荪谷书》三篇,其一云:

> 翁以仆近体为纯熟严缜,不涉盛唐,斥而不御。独善古诗为颜、谢

---

① 《与权汝章》,《惺所覆瓿稿》,第314页。
② 《与许兄子贺》,同上,第312页。
③ 《惺所覆瓿稿》,第292、307、311页。

风格,是翁胶不知变也。古诗虽古,是临榻逼真而已,屋下架屋,何足贵乎?近体虽不逼真,自有我造化,吾则惧其似唐似宋,而欲人曰许子之诗也。毋乃滥乎。

又说:

乙巳三月,仆少日从足下学为诗,足下以王孟钱刘之绚望我,及今以稍滥江西为忧,忧之过也。仆自知之熟矣,少作清丽而有脂粉态,不堪上联江西,以后顷觉洪亮而脱其萎浅之习,自为行中第一,所谓宁为鸡口、无为牛后者也,翁必大噱。

其三云:

翁以《枫岳纪行诗》最高古,可压兹集云。仆固自忖之,其赋则纪游而已,何敢与兴公、明远争工于千载下耶?恐过谀调我之辞。故敢辞之。《十王洞》《望高台》《朴达串》三古诗,诚如翁所言,果涉大悍。仆之文病于腴,不病于悍。时悍之,亦无所妨。若使于鳞见之,必置于《明删》中,而王家子弟,稍有矜持,亦何害江左风流乎?①

则知在许筠的眼中,形似唐人,已经不再是其诗学追求的目标,为寻求文学自主,上联江西诗风,并且以洪亮、悍厉来济补其轻清,以期形成自我的诗歌特征。

他在评价其他诗人时,有对其似唐表现出赞许之情,但是他更注重在文学上寻求独特性的人物。他在《题黄芝川诗卷序》中评黄廷彧的诗说:"矜持劲悍,森邃沉寥,实千年以来绝响",又说其"出于讷斋(朴祥)、出入乎卢(守慎)、郑(士龙)之间,殆同其派而尤杰然者",便是从他诗歌中的独特性出发来加以肯定的。前引他评崔岦之诗也是如此。

他还有《文说》《诗辨》二文,从诗文两个角度来阐释他的自成一家的主张。《文说》假主客问答的形式来说明他的文章观:"耻向人屋下架屋,蹈窃钩之消也。"②这一立场在《诗辨》中论述得更为具体:

---

① 《惺所覆瓿稿》,第318页。
② 同上,第238页。

今之诗者,高则汉魏六朝,次则开天、大历,最下者乃称苏、陈,咸自谓可夺其位也,斯妄也已。是不过掇拾其语意、蹈袭剽盗以自衒者,乌足语诗道也哉!三百篇自谓三百篇,汉自汉,魏晋六朝自魏晋六朝,唐自为唐,苏与陈亦自为苏与陈,岂相仿效而出一律耶!盖各自成一家,而后方可谓至矣。间或有拟作,亦试为之,以备一体,非恒然也。其于人脚跟下为生活者,非豪杰也。然则诗何如而可造极耶?曰:先趣立意,次格命语,句活字圆,音亮节紧,而取材以纬之,不犯正位,不着色相,叩之铿如,即之绚如,抑之而渊深,高之而腾踔,阔而雅健,辟而豪纵,放之而淋漓鼓舞,用铁如金,化腐为鲜,平淡不流于浅俗,奇古不邻于怪癖,咏象不泥于物类,铺叙不病于声律,绮丽不伤理,论议不粘皮,比兴深者通物理,用事工者如己出。格见于篇成,浑然不可镌,气出于外言,浩然不可屈。尽是而出之,则可谓之诗也。彼汉魏以下诸公,皆悟此而力守者也。不然,则虽汉趋魏步、六朝服而唐言,动御苏陈以驰,足自形其秽而已,吁其非矣。[1]

反对于人脚跟下生活,便要创造出一种自我之诗,这种自我之诗,既不是汉魏六朝,也不是唐宋。这是要求文学创作要有自我意识,要能自成一家。在对当世作家的评语中,他也比较重视文学自成一家的属性。如评李实之:"其文章,文追两汉以下,诗法杜、韩、苏三家,浩瀚踔厉,以自成一家言。"[2]

以上从五个方面,分别论述了许筠的唐诗学成就,作为宣祖时期的杰出文人,他上承唐诗人的宗唐之风,下开郑斗卿等汉魏古诗之习,在推动时代诗风的转向上起到了重要作用。他从明人那儿引入唐诗学,又企图将韩国诗歌输入中国,在韩中唐诗学的交汇中起到了重要的沟通作用。评选韩国诗家诗作,每以唐诗作为参照,以似唐、逼唐为优,貌似走的是拟古复古的明人老路,然而他又能从这老路中走出一条新路,在以唐诗为基准的前提下,倡导文学自主,以自成一家为终极追求,这个诗学理路还是比较贴近韩国诗

---

[1]《惺所覆瓿稿》,第241页。
[2]《李实之诔》,同上,第264页。

学的内在脉络,并且与之后的诗学走向相吻合。他的选本,具有鲜明的个性化特征,他的《明诗删补》是不满于李攀龙的《明诗删》等多种明人诗选的基础上所做的补选工作。他的《国朝诗删》是在韩国六种诗选的基础上所做的删补,《唐绝选删》《四体盛唐》包括《古诗选》都是在前人的基础上或删或补做出来的。特别是在明人唐诗选本的基础上进行删补,充分体现了他在唐诗学观念上的独特个性。

在创作、评点、选删等多个层面,对唐诗学作出贡献的同时,他又在人物交往中,与前辈诗人、同辈知音及青年诗人互为品评,相为激发,如向李达虚心请教,从而留下了数十条宝贵的评论资料,请权韠为其编选《国朝诗删》中的"许门世稿",促成了《国朝诗删》成为一部完备的诗选。朋好的互为激赏,共同参与,使得其唐诗学不再是一个孤立的学术活动,而是与时代有着交互作用的一个学术现象。在这一学术现象中,许筠无疑一直是处于时代的中心位置。

徐宝余,韩国全南大学中文系教授。

越南唐诗学

敦煌和越南的唐诗俗文本

刘玉珺

摘　要　敦煌和越南的唐诗俗文本都具有杂抄、瓦解定本书籍原有结构体例、部类不居等文献特点。唐诗一旦进入口头文学，便会失去原来的著述体式，而被纳入"杂抄"之体。俗文本中的唐诗，都曾发生过功能的转变，即作家文学作品通过口头传播转变为通俗文学作品。这说明文学的雅俗之分不取决于作者的身份和篇章体制，而在于作品的传播方式及其引起的文体功能的变迁，唐诗俗文本中的接抄、杂抄、异文、作品编组等情形即是作品文体功能发生变化后在书面记录上的体现。唐诗俗文本诸多超出古典文献学惯例的文献特征，体现了口头文本对书面文本的改造。通过改造，雅文学范畴中的唐诗转变成了俗文学范畴中的唐诗。唐诗俗文本当中未题作者之名、托名、同作异名等的特殊文献现象，反映了俗文学传播于口耳之间的流传方式；反映了俗文学作为集体创作和群众文学没有作家概念的本质，且在传播的过程中不断获得增益；反映了俗文本中的唐诗往往具有多种艺术功能。通过对敦煌和越南唐诗俗文本的比较研究，可以提出"俗文本文献学"的概念。从书写方式的角度看，它可以称作"抄本文献学"；从功能的角度看，它也可以称作"音乐文学文献学"。

关键词　敦煌　越南　唐诗　俗文本　口头传播

20世纪初，随着敦煌藏经洞的打开，敦煌遗书这批特殊的文献资料得以重见天日。从文学的角度而言，敦煌遗书的特殊性在于容纳了一大批中国文学史上已经失落了的品种和作品；从传播方式而言，它的特殊性在于容纳了一大批完全不同于传统四部经典的、杂抄成书的民间文本。经过一个多世纪的学术发展,敦煌遗书在文学、历史、语言、宗教、艺术等学科方面的价值得到了充分的发掘和利用,不仅导致了敦煌学这个国际性学科的建立,而且极大地修改了这些学科的传统描写。从古典文献学的角度来看,关于敦煌文献特殊的物质形态和传播方式仍有较大的研究空间。随着学术视野的扩大,我们发现在越南也保留了一批类似于敦煌写卷的俗文本[①],使我们有机会对这两种俗文本进行一次比较研究,进而提出一些新的文献学认识。从二者的可比性出发,我们以敦煌和越南所保留的唐诗俗文本为中心进行探讨,拟为东亚唐诗学的发展也提供一些新的研究角度。

一、俗文本的文献特点

自从宋代印刷术广泛应用于书籍生产以后,正式的书籍成为人们心目中最重要的知识传播的工具。"所谓正式的书籍,就是指用文字写在或印在具有一定形态的专用材料上以借人阅读为目的的著作物"[②]。以这样的定义来看待书籍,那么俗文本就只能说是一种未具完全形态的书籍。它与正式书籍相比,具有如下特性:第一,二者在用途上有着根本性的区别:俗文本以供个人诵读为主要目的,正式书籍以供他人阅读为主要目的。第二,俗文本不似正式书籍那样面貌整饬,往往具有形制短小、内容无定式的特点。徐俊先生则非常恰当地描述了敦煌诗歌写卷的文献特征:"除了少量的经典文献传钞本,敦煌诗歌写本的绝大多数是以个人诵读为功用的民间文本。这种民间文本,因为以钞写者个人阅读为目的,所以只在很小的范围内流通。又因为受个人文学视野、认识程度和阅读兴趣的限制,作为社会下层普通读者群中文学传播载体的诗歌写本,大多表现出明显的偶然性和随机性特征。"[③]在越南流传的民间文本也表现出了相同的文献特性,如越南汉喃研究院所藏的 VHv.623 号抄本,依次抄录了贺吊对联、"集翘"对联、范光璨的《方言

---

① 王小盾:《从越南俗文学文献看敦煌研究和文体研究的前景》一文总结了敦煌文献与越南汉喃文献的相似性,《中国社会科学》2003 年第 1 期,第 164—176 页。
② 刘国钧著,郑如斯订补:《中国书史简编》,北京:书目文献出版社,1982 年,第 20 页。
③ 徐俊:《敦煌诗集残卷辑考》前言,北京:中华书局,2000 年,第 16 页。

赋》、河内尚德药房举办的赛诗会所作之诗、对联选、自叙体及杂咏的喃文文章、越南文的祭文与诗。不仅抄录的作品涉及多种文体，没有一定的内在联系，而且作品还涉及汉、喃、越三种文字。

具有完整形态的印本书大多有一定的编辑体例、书名、目录、序跋、卷次等。俗文本却恰恰相反，它们不仅没有一定的结构体系，缺漏各种书籍要素，有的甚至连作品名、抄手名也没有留下。并且由于所抄录的作品完全取决于抄手的个人偏好，尽管在各抄本中会有相同的作品出现，却不会有完全相同的本子。例如，在敦煌写卷中，《太公家教》是最多见的一种文献，至少占到了35个写卷；《长恨歌》《琵琶行》及其喃文译作则是越南抄本中最常见的作品之一，也至少出现在11种抄本之中。抄录这些作品的文本没有一种是完全相同的。

有少数俗文本是以定本书籍为底本传抄而成的，这些抄本仍然保留了俗文本的特性，即习惯对底本作主观取舍，从而消解了原书的编辑体例和成书目的。这种情况可以称作"局部反映定本书籍"，是一种特殊的"未具完全形态的书籍"。若对流传于敦煌和越南的《昭明文选》作一比较，可以明了这两种"未具完全形态的书籍"的异同。今存于越南的《文选》是摘抄本，如VHv.974号抄本，抄手不详，其抄写的顺序为从卷十逆抄至卷四，然后又按卷十一、卷十二、卷十六、卷十五、卷一、卷二、卷三、卷十三、卷十四的先后顺序依次抄写，这些卷次并不是《文选》本身的卷次。抄本卷十抄录的是《文选》卷三十八张士然《为吴令谢询求为诸孙置守冢人表》、卷三十七陆士衡《谢平原内史表》、刘越石《劝进表》、卷三十八任彦升《为萧杨州作荐士表》、卷三十四曹植《七启》等内容，而且每一篇作品又只抄录其中的部分内容。如《谢平原内史表》选抄了"尘洗天波，谤绝众口，臣之始望。尚未至是，猥辱大命，显授符虎，使春枯之条更与秋兰垂芳，陆沈之羽复与翔鸿抚翼"；《劝进表》选抄了"社稷靡安，必将有以扶其危；黔首几绝，必将有以继其绪"等佳辞俪句。今见于敦煌写本的《文选》有十余种，每种抄写《文选》一书的部分篇章。例如，伯2527抄录了《文选》卷四十五的《东方曼倩》、扬子云《解嘲》；伯2525依次抄录了沈休文《恩幸传论》、班孟坚《史述赞述高纪》《成纪》《述韩英彭卢吴传》、范蔚宗《光武纪赞》。可以说，越南本《文选》是对若干作品的局部反映,敦煌本《文选》则是对《文选》全书的局部反映。它们的共同点是用自由选择的态度面对定本《文选》,既瓦解了定本书籍的内容完整性,也瓦解了书籍的结构。

在各种特点之中,俗文本最重要的特点是杂抄,亦即罔顾古典文献学的书籍概念和分类概念,作即兴抄写。这样一来,在较富文学内容的俗文本中,便出现了一批介于别集与总集之间的书籍文体。"集"是一个根据正式书籍的物质形态而产生的文献学概念。人们为"集"溯源时,往往祖述到刘向父子的校书。姚振宗云:"别集始于何人,以余考之,亦始于刘中垒也。中垒《诗赋略》五篇,皆诸家赋集、诗歌集,固别集之权舆。"[①]而历来认为以"集"命名的个人别集出现于东汉。《隋书·经籍志》云:"别集之名,盖汉东京之所创也。自灵均以降,属文之士众矣,然其志尚不同,风流殊别。后之君子,欲观其体势,而见其心灵,故别聚焉,名之为集。"[②]随着别集的发展,又出现了总集。《隋书·经籍志》又云:"总集者,以建安之后,辞赋转繁,众家之集,日以滋广,晋代挚虞,苦览者之劳倦,于是采摘孔翠,芟剪繁芜,自诗赋以下,各为条贯,合而编之,谓为《流别》。是后文集总钞,作者继轨,属辞之士,以为覃奥,而取则焉。"别集和总集产生后,迅速成为文学作品流传的主流物质形式,并在目录学上取得了相应的地位。梁阮孝绪编撰《七录》,设立了《文集录》,并云:"窃以顷世文词中,总谓之集。变'翰'为'集',于名尤显,故序《文集录》为内篇第四。"[③]《隋书·经籍志》将书籍分为经、史、子、集四部,集部又分楚辞、别集、总集类。至此,"集"在图书当中的地位也得到了巩固。"集"的出现使文学典籍的形式走向了定型,而印刷术的推广则为这种定型提供了必要的生产技术的支持,"集"也几乎成为文学典籍的代名词。

通过敦煌和越南的唐诗俗文本,我们可以看到:文学作品除了别集和总集两种流传形式以外,更多的是以一些部类不居、没有编辑体例的杂抄本在

---

① (清)姚振宗:《隋书经籍志考证》卷三十九《楚兰陵令荀况集一卷》,《师石山房丛书》,上海:开明书店,民国二十五年(1936),第 629 页。
② (唐)魏征等:《隋书》卷三十五,北京:中华书局,1973 年,第 1081 页。
③ (唐)释道宣:《广弘明集》卷三,《四部丛刊》初编子部,上海:上海书店 1989 年据商务印书馆 1926 年版重印。

民间广为传播。它们既不属于别集,也不属于总集,却又兼具两者的部分文献特征。如敦煌伯 2492 与俄藏 Дх.3865 拼合卷,其主要内容是白居易的新乐府,却又抄有两首元稹的诗歌、一首李季兰的诗歌,以及白居易的《叹旅雁》《红线毯》和岑参的《招北客词》。这个杂抄本曾经遭受误会,被判作白居易的别集。[①] 误会的原因,即在于俗文本的著述体式,已超出了古典文献学的文集范畴。

  无论是别集还是总集,文学作品一旦经过人为的编辑、修订成定本之后,形制固化,一般都能够起到一个推动流传、防止散佚的作用。但这种作用是相对的。被收录的作品固然是不易散佚,与此同时也带来了一个负面影响,即哪些作品得以编辑成定本加大传播范围和力度,取决于编者的个人兴趣爱好、人生经历、学识修养等,具有较强的主观性,未必符合作品在当时社会传播的实际情况。如韦庄的成名之作《秦妇吟》,在唐末名噪一时,却失载于其别集《浣花集》和《全唐诗》。直到敦煌藏经洞的打开,人们才在那些由僧人、普通学仕郎传抄的俗文本中找到了它尘封近千年的身影。关于《秦妇吟》的失载,五代孙光宪《北梦琐言》云:

    蜀相韦庄应举时,遇黄寇犯阙,著《秦妇吟》一篇,内一联云:"内库烧为锦绣灰,天街踏尽公卿骨。"尔后公卿亦垂讶。庄乃讳之,时人号"《秦妇吟》秀才"。他日撰家戒,内不许垂《秦妇吟》障子,以此止谤,亦无及也。[②]

虽然学者们对韦庄的真实讳因各有己见,不过可以肯定的是,正是由于韦庄讳言此诗,有意防止扩散,才使得其弟韦蔼编《浣花集》时不收入此诗。《秦妇吟》在敦煌存有 9 个写卷与世无传本的情形,形成了一个极为鲜明的对比。而在越南现存的民间抄本当中,至少有半数以上的作品既没有刊刻成集,也不曾见载于越南各种古代书目。这提醒我们,在杂乱无章的俗文本当中,包藏着被定本书籍所掩盖的另一种形式的文学传播史,这段传播史不仅可以填补主流文学作品的传播空白,而且更真实地展现了社会最基层的庶

[①] 王重民《敦煌古籍叙录》将伯 2492 视作白居易的别集,著录作"白香山诗集"。
[②] (五代)孙光宪撰,贾二强点校:《北梦琐言》卷六,北京:中华书局,2002 年,第 134 页。

民文化状况。

　　由于俗文本常常有不题作品篇名及作者姓名的情况，因而考定作品出处、来源成了整理俗文本最重要的环节之一。在目前已有的整理实践中，常常会出现以定本书籍观念，习惯用互著例判定作者的情况。如敦煌伯2567、伯2552拼合残卷所抄诗作均未题作者姓名。残卷卷首所抄，经罗振玉考为李昂的《戚夫人楚舞歌》，其后所接的《题雍正崔明府丹灶》《睢阳送韦参军还汾上此公元昆任睢阳参军》二诗，也被罗振玉定为李昂之作；《题净眼师房》一诗抄于王昌龄的《长信怨》之后，王重民《补全唐诗》据而收作王昌龄诗；《咏青》一诗因紧接于孟浩然的《寒食卧疾喜李少府见寻》之后，《补全唐诗》收入孟浩然的名下，《吊王将军》一诗抄于陶翰的《古意》之后，《补全唐诗》定为陶翰之作。据《敦煌诗集残卷辑考》一书考证，《咏青》实为荆冬青所作，《吊王将军》应为常建的作品。

　　将散见于写卷中相同体裁的作品分类辑录成面貌整饬的作品专集，是一种比较常见的敦煌文献整理方式。这种整理方式，在某种程度上为专项研究者提供了一定的便利。然而，由于此举破坏了敦煌作品"杂抄"的原有流传形态，不仅极大影响了研究者对其传播方式、文体功能等方面的研究，甚至于还有可能得出某些错误的研究结论。1996年由江苏古籍出版社出版的《敦煌文献分类录校丛刊》有《敦煌赋汇》一书，此书收录了敦煌写卷当中所有以"赋"名篇的作品，包括敦煌《文选》写卷中的《西京赋》《啸赋》《恨赋》等，包括又名为《高兴歌》的《酒赋》，包括敦煌本《王绩集》中收录的三篇赋文。此书的校录者为此提出了"敦煌赋集"的说法，所谓的"敦煌赋集"只是一个今人以敦煌写卷所载作品为来源，按照一定的体例编辑而成的赋集，体现的是今人的辑录原则和目的，与唐人的编选观念无涉。然其校录者不仅将个人辑校的赋集视作唐代敦煌人所编定本赋集的还原，而且还演绎出了四点实际上根本就不存在的唐人选赋标准。① 显然，受定本书籍惯有思维模

---

① 张锡厚：《关于〈敦煌赋集〉的几点探索》，《敦煌本唐集研究》，台北：新文丰出版公司，1995年，第409—498页。徐俊先生最早对张作当中的"唐集"概念提出有意义的批评意见，详见《唐研究》第二卷，北京：北京大学出版社，1996年，第486页。

式的局限,忽视俗文本的文献特点,是造成这类谬误的根本原因。

因此,在了解了俗文本的文献特点以后,需要我们在剥离刊本或定本书籍观念影响的前提下,寻找出能够全面如实反映俗文本形式、完整保留其所包孕的历史信息的文献校勘整理方式。

二、敦煌、越南唐诗俗文本的口头传播特性

1994年,王小盾先生在《中国社会科学》上发表了《敦煌文学与唐代讲唱艺术》一文,此文提出了依传播方式来区分敦煌文学的意见,按照唐代流行的俗讲、转变、说话、唱词文、韵诵、论难、曲子、吟诗八种讲唱伎艺,将敦煌文学分为讲经文、变文、话本、词文、俗赋、论议、曲子辞、诗歌八种体裁。这篇文章在否定了人文学科三分法(诗学、词学、俗文学)的基础上,明确了敦煌文学(至少是主体部分)作为口头文学的重要性质,使文体的概念与事物的本质相吻合。此后他又提出并关注敦煌文学中普遍存在的杂抄现象和兼类现象(一篇作品兼具几类体裁的特征),[①]以上论述势必提出了如下问题:既然俗文学具有口头文学的性质,既然俗文本的杂抄和文体兼类是俗文学当中普遍存在的现象,那么口头流传与俗文学书面记录的结果——俗文本之间又有着怎样的关系呢?下文我们将以敦煌、越南的唐诗抄本为研究个案,从口头文学的立场继续来探讨这一问题。

据《聚奎书院总目册》《新书院守册》《内阁书目》《古学院书籍守册》等越南古代书籍目录,历史上至少有60余种唐人诗文集流传至越南;在越南文人的作品中也经常可以看到有关唐人诗文的评述之语。如范少游《国音词调序》云:"至于正气演歌,写孤臣之幽操;归来度曲,传处士之高风。进酒倾醉客之豪,水潮志渔翁之信。田家杂兴,储光羲之逸韵;春江月夜,张若虚之艳辞。"[②]吴时位《艮斋诗集》跋曰:"其荒寒萧瑟如寡妇夜啼,羁

[①] 王小盾:《从越南俗文学文献看敦煌文学研究和文体研究的前景》,《中国社会科学》2003年第1期,第164—176页。
[②] [越]范少游等:《国音词调》,越南汉喃研究院所藏AB.595号抄本。

人寒起……诗诚工矣,极至李杜元白而已矣。"①显然,唐诗曾经在越南获得过广泛流传,目前却仅见《唐诗鼓吹》《唐诗合选详解》有越南刻本存世。其他诗文集流落到哪里去了呢? 现存越南古籍表明:这些作品已经完全改换了面貌,变成存在于民间抄本中的用喃文改译的唐诗,以及用于越南传统曲艺陶娘歌(又名歌筹,亦作"桃娘歌")表演的汉文唐诗。所谓的喃字是越南的俗文字,关于喃字与汉字的关系及其构造,郑怀德《嘉定城通志·风俗志》作过描述:"国人皆学中国经籍,间有国音乡语,亦取书中文字声音相近者,随类而旁加之。如金类则旁加金,木则加木,言语则加口之类,仿六书法,或假借、会意、谐声,以相识认。原无本国文字。"②这说明喃字是汉字与越南俗语、乡语相结合的产物。这也就意味着,喃译唐诗是一种与口头传播相关的俗文学作品。

唐诗一旦进入口头文学,常常会失去原来的著述体式,呈现出"杂抄"之体的特征。现存的越南唐诗俗文本多为陶娘歌本。进入到陶娘歌本的唐诗有三种情况:一是保持诗篇原貌的,如孟浩然《春晓》。二是喃译唐诗,在陶娘歌抄本中,汉文唐诗与被称为"演音"的喃文译作是共同存在的。白居易的《琵琶行》《长恨歌》是陶娘演唱的经典歌辞。《歌调略记》抄本(AB.456)将《琵琶行》的喃译之作名之为《沙漠并琵琶演音》,并有题下注:"凡读先吟诗一曲方合格。这曲一析中有南有北,而声音翻转,有三四五调方妙。末曲拨哼,今桃娘草草读逆格也。"三是乐工、歌伎按调填词,将唐诗原作加工、拼凑后再配入曲调演唱。这类唐诗曲辞又可分为以下两种情形,一是在唐诗原作之后另加上若干喃文诗句。试看这首曲辞:

  蒲桃美酒夜光杯,欲饮琵琶马上催。醉卧沙场君莫笑,古来征战几人回? 醝酬吁渚埃唭,此贴征战氽趴㕭唫。③

二是打散原诗的顺序,杂合多种作品进行拼凑。如:

---

① [越]郑怀德:《艮斋诗集》,越南汉喃研究院所藏 A.780 号抄本。
② [越]郑怀德:《嘉定城通志》卷四,戴可来、杨保筠校注《岭南摭怪等三种史料》,郑州:中州古籍出版社,1991 年,第 178 页。
③ [越]佚名:《歌调略记》,越南汉喃研究院所藏 AB.456 号抄本。

> 滕王高阁,襟三江而带五湖。临帝子之长洲,秋水共长天一色。彭蠡响穷渔唱晚,衡阳声断雁惊寒。可怜日下望长安,相逢尽他乡之客。回抚凌云而自惜,闲云潭影日悠悠,槛外长江空自流。①

这首曲辞杂合了王勃的诗歌《滕王阁》及其序言。曲辞首句"滕王高阁"源自诗歌首句"滕王高阁临江渚",二、三、四句即完全照搬序中辞句。五、六两句"彭蠡响穷渔唱晚,衡阳声断雁惊寒"则化用序文中的"渔舟唱晚,响穷彭蠡之滨;雁阵惊寒,声断衡阳之浦"。七、八、九三句也分别取自序文"望长安于日下""萍水相逢,尽是他乡之客""杨意不逢,抚凌云而自惜"等句。曲辞的最后两句则完全套用《滕王阁》的五、八两句。

这种将诗歌拼凑入乐的情况,在唐代亦很常见。任半塘先生《唐声诗》就曾指出:

> 至盛唐大曲,今日仅传之《水调歌》、《凉州歌》、《伊州歌》、《陆州歌》《大和》(一作《太和》)数套中,多有借用当时名家之五、七言绝律者,拉杂联缀,不问内容,其中亦有割律为绝之情事在,而被取之原作无不为徒诗。此种或割或续之事,疑多出于当时乐工歌伎之手,但求一时谐声了事,不计其余,遂滋讹舛耳。②

对于这种为了入乐而增改原诗的现象,越南典籍亦多有所涉,如《歌唱各调》抄本在述及陶娘歌"宫北"曲时云:

> 此曲且歌且舞,用六八字数,如国音传。歌者随意增损歌之,见后所抄之辞,错舛颇多,意脉类皆不接,文义亦多不通者。③

以上所述表明,在古代为了表演的需要,而对原诗进行删改、集合、拼凑是一种普遍存在的现象。这样就在俗文本中造成了一批新"版本"、新"异文",其变异的范围完全超出了古典文献学的惯例。事实上,即使是那些保持了诗篇原貌的作品,也在流传过程中被人不经意改篡过了。这种被改篡

---

① [越] 佚名:《歌谱》,越南汉喃研究院所藏 AB.120 号抄本。
② 任半塘:《唐声诗》上编,上海:上海古籍出版社,1982 年,第 127 页。
③ [越] 佚名:《歌唱各调》,越南汉喃研究院所藏 AB.414 号抄本。

过的文人诗赋作品,在敦煌写本中也有很多。敦煌书手对它们的改篡方法是:往往把不同作者的作品组合为一个诗歌文本,或把不同体裁、不同作者的作品杂抄为一个文本单元。对这些写本加以分析,总能找到口头讲唱的影子。

伯3619是一个较为典型的例子。此卷虽然存诗47首,但是却只有44个诗歌单元。其中第18与第19首、第37与第38首、第39与第40首分别合抄在一起,我们选择第37首高适的《九曲词》与第38首周朴《塞上曲》的合抄作具体分析。它们的具体抄写情况为:高适的《九曲词》题有作者,但未有诗题。按,《乐府诗集》卷九十一、《全唐诗》卷二百十四收录的《九曲词》共有3首,此卷抄写的是第1首。在此诗后仅空一格,接抄有周朴的《塞上曲》诗歌正文,因而亦未有作者名及题署。为了便于说明,我们将两首诗歌按其抄写状况转录如下(凡原卷未署之作者名和篇名,均加方括号以示区别,以下均同):

[九曲词]　　　　高适
　　铁骑横行铁岭西,西看逻娑取封侯。清(青)海只金将饮马,黄河不用更防秋。
　　一队风来一队砂,有人行处没人家。阴山入夏仍残雪,溪树经春不见花。

对此,我们认为这两首诗歌的接抄是因为它们曾以歌辞的身份一同流传过。理由如下:其一,这两首诗歌所咏内容相同,有组合在一起歌唱的可能。《乐府诗集》将高适的《九曲词》收入《新乐府辞》,据郭茂倩解题所云,《九曲词》3首是因哥舒翰收复黄河九曲而作,为唐时边塞诗。而周朴的《塞上曲》从内容上看,也是关于黄河九曲的边塞诗。传世文献所载的《塞上曲》最后两句为"黄河九曲冰先合,紫塞三春不见花",所描写的正是黄河边地的塞上风光。其二,诗题当中的"词""曲"表明了它们入乐的身份。《隋唐五代燕乐杂言歌辞集》附录的《声诗集》,依《唐声诗》所理解的"声诗",著录了高适的《九曲词》。从内容来看,《九曲词》应是配合边地乐曲演唱的声诗。其三,周朴之作与传世文献的记录存在着很大的文本差异,这种差异只有从口头传播的角度才能得到合理解释。书面的传播,特别是定本书籍,具有相当的稳定性,而口头传播产生变异的可能性却很大。对于表演者和传播者来说,每一次表演和口传都是一次创作行为,他们为了配合曲调歌唱或满足口头表达的需要,往往会对原作进行改篡。即使是同一位歌手在不同的场合或不同的时间演唱同一首歌,都有可能产生变异。换而言之,此写卷的抄手并非是据定本书籍或传世文献抄录的,而是对口头流传的诗歌所进行的文字记录。《敦煌诗集残卷辑考》提供的一些与《塞上曲》文辞相似的诗句,对以上所论可作为旁证①。如下:

1. 一阵黄风一阵沙,千里万里无人家。四头雪消不堪看,三眼和尚弄瞎马。(《元史》卷五十一《五行志》)

2. 一队风来一队尘,万里迢迢不见人。

3. 一队风来一队香,谁家士女出闺堂。

4. 万里条亭(迢递)不见家,一条黄路绝名(鸣)沙。

其中 1 为至元十五年(1278)京师流传的童谣,2 为敦煌伯 3155《浣溪沙》首二句,3 为俄藏 Дх.2153《曲子浪濠(淘)沙》首二句,4 为津艺 134 背曲子词第 12 首的首二句。显然,无论是童谣还是曲子词均是口头流传的作品,而且 2、3、4 亦同样见于敦煌写卷,它们均折射出了《塞上曲》曾经作为口头文学作品——歌辞的生存状态。

了解这一点,有助于我们正确理解造成俗文本所记录的作品异文产生的原因。这些异文正是文学作品经过多次口头传播以后而出现的增益和改篡。相对于定本书籍来说,俗文本能够在很大程度上保留文学传播的原生形态,尤其是那些不同体裁作品的杂抄本,更能折射出唐代文人诗作为口语文学流传的俗文学背景。如伯 2976 号写卷,共抄有唐代各体诗文 10 篇,其具体篇目如下:

[下女夫词]
咒愿新女聟(婿)

---

① 徐俊:《敦煌诗集残卷辑考》,北京:中华书局,2000 年,第 315 页。

[封丘作]　　　　　　　　　　　[高适]
[阙题四首]
　五更转
　自蓟北归　　　　　　　　　[高适]
　宴别郭校书　　　　　　　　[高适]
[酬李别驾]　　　　　　　　　[高适]
　奉赠贺郎诗一首
　温泉赋一首　　　　　　　　进士刘瑕

此卷抄有 4 首高适的诗歌,其中《封丘作》一诗又见于伯 3862,《自蓟北归》《宴别郭校书》《酬李别驾》3 首诗又见于伯 2567 与伯 2552 拼合卷。在不同的写卷中,这些诗歌的身份也不尽相同。伯 3862 是一个高适诗歌选抄卷,伯 2567 与伯 2552 的拼合卷是一个以诗人为序抄写的唐诗丛钞卷。在这两种写卷中,高适诗歌的身份比较单纯,似未改文人之作的性质。而伯 2976 当中的诗歌,却有可能具有超出案头的功能。对此我们从以下几个方面进行说明。

首先,与之合抄的其他作品均有吟诵、讲唱的功能。《下女夫词》与《咒愿新女聟(婿)》是敦煌地区流行的婚礼说唱作品。4 首阙题的诗歌按内容组合在一起,而且均不题作者。第一首写景,第二首以"塞外芦花白,庭前柰叶黄"二句相承,末句"兄弟在他乡"与第四首的首句"兄弟不假多"前后呼应,俨然是一组联章说唱辞。第三首是一首诗偈,又见于斯 4658《如来身藏论一卷》所引。偈又称"偈颂"和"偈赞","是配合梵呗之乐的一种文体,在印度用弦歌叹唱的方式表述,主要用于歌赞佛德。佛教传入中国以后,它首先表现为佛经中与长行相对应的一种翻译文体,然后表现为'从文以结音'的一种创作文体。它的短篇协韵的形制,原是弦歌叹唱方式的遗迹"[1]。《五更转》是一种分时组合的说唱艺术手段,《敦煌歌辞总编》称之为分时定格联

---

[1] 王小盾:《从敦煌本共住修道故事看唐代佛教诗歌文体的来源》,《中国俗文学研究》第一辑,成都:巴蜀书社,2003 年,第 21—37 页;修订本载《清华大学古代汉文学论集》,北京:中华书局,2005 年,第 216—254 页。

章。《奉赠贺郎诗》是一首具有讲唱特性的白话诗,"不知何日办""请问阿耶娘"等句显现了这一特性。此卷最后是一篇吟诵体作品——《温泉赋》,此赋又见于伯5037,题《驾行温汤赋》。高适的诗歌就夹抄在这些以口头手段为传播途径的各体作品之中。这些作品虽然体裁不同、作者不同,可是均反映了一个共同的功能——口头传播的功能,如果我们承认这一共同功能在写卷所有作品之中具有完整性,那么也就意味着高适的诗歌也曾经与写卷中的其他作品同样用于某种讲唱的场合,同样通过口头的方式得到传播。

其次,作品本身的抄写也可以证明其俗文学的身份。《封丘作》夹抄于《咒愿新女聟(婿)》与四首无题诗之间,未署作者及篇名;《自蓟北归》《宴别郭校书》虽然连续抄在一起,并有篇题,但是亦未署作者。《酬李别驾》不但篇题与作者均未署,而且还接抄在《宴别郭校书》之后,仅在起讫处用"「"标志。这表明此诗与前诗被编作一个单元共同流传。这些均意味着它们可能已从作家个人之作转变为未有作家概念的群众文学作品,表明它们亦可能被按照表演的需要而进行了内容编组。

第三,在敦煌写卷中,高适是所存作品最多的诗人之一,不仅存在着诗歌丛钞本,还存有专门的诗歌选钞本。这说明高适作品曾经广泛的在敦煌地区普通民众当中流传过。而只有具备一定群众基础的作品,才会获得被民间艺人配入乐曲或采入说唱表演的可能。

综上所述,在俗文本中,不管是越南唐诗还是敦煌唐诗,都曾发生过功能的转变,即作家文学作品通过口头传播转变为通俗文学作品。这说明文学的雅俗之分不取决于作者的身份和篇章体制,而在于作品的传播方式及其引起的文体功能的变迁。以口头方式传播的作品在文献记录上往往表现出与案头之作不同的特征,俗文本中的接抄、杂抄、异文、作品编组等情形即是作品文体功能发生变化后在书面记录上的体现。

三、唐诗俗文本文献特点对文学研究的意义

文本是文学活动的结果,相应地俗文本即俗文学活动的书面反映。作为口语文学与群众文学的俗文学,由于其传播方式和接受对象不同于经典

的作家文学,又由于其记录方式——书写的灵活性,所以在唐诗俗文本中保留了许多值得关注的特殊文学现象。我们有必要对其作一番考察。

(一) 未署作者名

在早期社会,写作(更确切的说法是记录)是一种特权,也是一种神圣的行为,故有左史记言、右史记事之分。文学家、文人、作者等都是后起的概念。南朝范晔撰《后汉书》立《文苑传》,文学家才首次在历史典籍中得到集中记载。别集在汉代的大兴,则表明作家作为独立文化个体的身份得到强化。在作家文学中,作者是作品不可或缺的一部分。在俗文本当中,关于作者的概念却是模糊的,其中一个主要表现就是许多抄手抄写作品时,不署作者之名。

在敦煌写卷里,那些属于集体创作的典型俗文学作品——讲经文、变文、词文、话本、俗赋、论议等,自然不会署有作者名。但是俗文本所抄写的有作者可考的文人诗,也常有不署作者的情况。如伯2640抄有虞世南《怨歌行》、佚名《五言拟费昶秋夜听捣衣》、梁简文帝《咏雪》、王江乘《相送联句》、李义府《大唐故使持节都督黔思费等十六州诸军事黔州刺史赠左武卫大将军上柱国武水县开国伯常府君之碑》,除了碑文很正式的题作"中大夫守中书侍郎兼修国史弘文馆学士广平县开国男李义府撰"以外,其余的诗歌均未署作者之名。此外伯2687、伯2976、伯2567与伯2552、斯788、俄藏Дх.3871与伯2555正面等众多写卷均有此类情况。

作为随意性较大的俗文本,未署作者之名是合乎情理的。如果结合越南文献作综合考察,却可发现这绝非敦煌写卷独有的简单现象。前文提过的AB.456号抄本《歌调略记》,是中国古诗及其喃文演音、越南曲艺表演理论的合抄本,收录有张继《枫桥夜泊》、王昌龄《芙蓉楼送辛渐》(寒雨连江)、王维《渭城曲》、王翰《凉州词》、贾至《春思》、王安石《夜直》、曹唐《刘晨阮肇游天台》等汉诗,除了卷末的六八体喃歌《南国地舆歌》模糊的题作"安堵阮先生撰"以外,其余所有作品均未署作者名。此外,典藏号为A.2262、AB.170、VNb.15、VNv.198等多种抄本也具有这一文献特征。

显然,俗文本的抄手并不注重作者的存在。作者是作家文学的重要因素,作为口传文学和群众文学的通俗文学,并不存在着独立的创作个体。所以,这种不题作者之名的作法,正是作家文学走向通俗文学、由古雅转变为俗物的又一种书面反映。对此,越南的唐诗俗文本具有更强的说服力。越南的雅俗文学之分在语言上通常表现为汉文与喃文之分。越南俗文本当中,未署作者之名的中国文人作品通常是与喃文讲唱作品合抄在一起。并且,为了符合曲调的自身演唱要求,这些作品往往还要加上若干喃文辞句,才构成一首完整的曲辞。试看下面两首曲辞:

> 月落乌啼霜满天,江枫渔火对愁眠。姑苏城外寒山寺,夜半钟声到客船。船埃杜㳰姑苏,姅脂瑄啥钟厨寒山。
>
> 寒雨连江夜入吴,平明送客楚山孤。洛阳亲友如相问,一片冰心在玉壶。洛阳伴固唏穷,猛冰心乜掇軳玉壶。

所加的歌辞均为喃文韵文文体——六八体,这进一步表明了它们的俗文学作品的身份。可见抄手忽略作者的存在,并不是一种有意识的主观行为。而是这些作品在得到书面记录之前,功能已经发生了转化——从文人诗转化为通俗歌辞,在转化过程中就已经失去了原作者名下所含有的身份、地位、学识、仕宦等文人作品的所有规定性内涵。因而在抄手的眼中,或者说对于广大普通民众来说,它们与那些无主的、集体创作的民间作品是毫无二致的。这种现象甚至也出现在传世文献之中,郭茂倩《乐府诗集》卷三十九《相和歌辞》收录的梁简文帝《煌煌京洛行五解》,卷四十五、卷四十七、卷四十八、卷五十《清商曲辞》分别收录的梁武帝《团扇郎》、顾况《乌夜啼》、释宝月《估客乐》、梁简文帝《江南弄三首》均未题作者名;卷七十八《杂曲歌辞》、卷九十四和卷九十五《新乐府辞》则分别将李白《舍利弗》、王建《捣衣曲》、元稹《采珠行》等当作无名氏的作品。这应当是郭茂倩采录这些诗作时,它们就通过在民间的流传转变成了无主诗。

(二) 托名

在作家文学中,托名常常与"作伪"这个词语联系在一起,而俗文学的托名却另有深意。在敦煌众多的文学作品中,王梵志通俗五言诗的写本残卷多达 28 种,是敦煌俗文学最重要的组成部分之一。1987 年陈庆浩《法忍抄本残卷王梵志诗初校》、1989 年项楚《王梵志诗论》相继提出:所谓的"王梵志"确有其人,但是"王梵志诗"非一人一时之作,这种看法得到了学术界的认可。换而言之,王梵志诗实际上是许多无名白话诗的集合体,"由于王梵志已经成为白话诗人的杰出代表,这些不同来源的白话诗便如同江河入大海一样,纷纷归入了王梵志的名下"。[1] 通俗诗这种出于众手却归于一人名下的情况,从作家文学的角度而言,掩盖了"古本之真",但是却体现了俗文学集体创作的特点和群众文学的特性。这也表明俗文学的创作和传播是一个文学积累的过程——不断出现附益之作,其文化内涵不断获得增殖。

关于王梵志其人,晚唐冯翊子(严子休)《桂苑丛谈·史遗》云:

> 王梵志,卫州黎阳人也。黎阳城东十五里有王德祖者,当隋之时,家有林檎树,生瘿大如斗。经三年,其瘿朽烂。德祖见之,乃撤其皮,遂见一孩儿,抱胎而出,因收养之。至七岁能语,问曰:"谁人育我?"及问姓名,德祖具以实告:因林木而生,曰"梵天",后改曰"志";"我家长育,可姓王也"。作诗讽人,甚有义旨,盖菩萨示化也。[2]

有学者认为:通俗白话诗的作者之所以选择王梵志来托名,是因为他们"既不属于农民阶级,也不属于统治阶级及其附属的知识阶层,因而不享有这个阶层的地位和立德立言的荣耀。但作为民间传说人物,他们又成为群众意愿的集中代表,并逐渐染上神话色彩。在唐代具有这样一种身份的人,主要是下层僧侣或流于民间的知识分子。杂史小说所载王梵志、寒山等人事迹,恰恰符合这一身份"[3]。以上所述仅仅代表了托名的一种形式,在敦煌与越南共同出现了另一种形式的托名,即普通民众的创作托名于统治阶层及其附属的知识阶层的人物,这同样值得注意和思考。

---

[1] 项楚:《唐代的白话诗派》,《江西社会科学》2004 年第 2 期,第 37 页。
[2] (唐)冯翊子:《桂苑丛谈》,扫叶山房民国十九年(1930)石印本。
[3] 谢思炜:《唐代通俗诗研究》,《中国社会科学》1995 年第 2 期,第 155 页。

敦煌存有六本《高兴歌》写本，其中有五本将作者托名为"江州刺史刘长卿"①；越南则有托名于陈兴道的降笔诗，有托名于阮廌的祭文《祭夜泽祠》，有托名于阮秉谦的谶语喃诗，还有托名于中国官员黄福、高骈的堪舆书。陈兴道原名陈国峻，陈朝宗室，曾两次击败元军，后人在其筑营处立祠奉祀。阮廌为黎朝开国功臣，爵济文侯，与阮廌同时代的阮梦荀赞他："黄阁清风玉署仙，经邦华国古无前。一时词翰推文伯，两道军民握政权。白发只闲天下虑，清忠留与子孙传。"②吴时任《星槎纪行序》则给予了阮秉谦（别号白云居士）崇高的文学地位："一部《全越诗》，古体不让汉晋，近体不让唐宋元明，戛玉敲金，真可称诗国。就中求其机杼大段，可称诗家蔡吕唐、白云庵诸公，此外茫乎渺矣。"③这些属于士大夫阶层的人物也成为托名的对象，表明托名并不是"下层僧侣和流于民间的知识分子"的专利，相反，托名是俗文学当中的一种普遍现象，这是由俗文学的创作特性决定的。托名于士大夫阶层，也从一个侧面反映了庶民阶层对士大夫阶层的某种文化趋同。

敦煌文学中，还有第三种形式的托名，即文人作品在流传过程中，被附于另一文人名下。其中最典型的例子莫过于敦煌写卷中屡屡出现的"白侍郎作品"。白居易于大和二年（828）任刑部侍郎，后常以"白侍郎"自称。《全唐诗续拾》卷二十八曾将伯 3906 与斯 619 中的"白侍郎"之作收为白居易诗。黄永武先生曾考出《白侍郎補(蒲)桃架诗》见于《全唐诗》卷五百二《姚合集》，但是他依然认定为白居易的作品。④ 然而徐俊先生考定出《全唐诗》编者所据为宋史绳祖《学斋占毕》卷四《一字诗不始于东坡》条所引，此诗的作者确为姚合而非白居易。⑤ 可见《全唐诗续拾》将敦煌署名作"白侍郎"的

---

① 王小盾《敦煌〈高兴歌〉及其文化意蕴》一文指出：《高兴歌》不是刘长卿的作品，"江州刺史"云云，乃嫁名。是文原载《上海师范大学学报》（哲学社会科学版）1987 年第 3 期，第 138—146 页；又收入《中国早期艺术与宗教》，上海：东方出版中心，1998 年，第 342—358 页。
② 转引自于在照《越南文学史》第一编第三章，北京：军事谊文出版社，2001 年，第 50 页。
③ ［越］潘辉益：《裕庵吟录》附录，越南汉喃研究院所藏 A.603 号抄本。
④《敦煌所见白居易诗二十首的价值》，《敦煌的唐诗》，台北：洪范书店，1987 年，第 123—124 页。
⑤ 徐俊：《敦煌 P.3597 唐诗写卷辑考——兼说"白侍郎"作品的托名问题》，《文献》1995 年第 3 期。

诗歌收入白居易名下的做法值得商榷。也同时提醒我们，在俗文学中，因托名的普遍存在，不能以作家文学的眼光等而视之。那些能够得到托名的人物或因其文学作品在民间广为流传，或者身为广被传颂的重要历史文化名人。他们的名字不单单是诗人、作家身份的指代，而具有文化"品牌"的社会效应。托名之作越多，意味着这种社会效应越大，在作家名字的背后所隐藏的文化意义也就越丰富。

（三）同作异名

俗文本中同作异名的现象有两种情形：一是在俗文学作品中，相同的作品题目不同；二是俗文本与传世文献所记载的同一作品题目不同。

敦煌《高兴歌》又名《酒赋》，共载于 7 个写本之中，即伯 2488、2544、2555、2633、3812、4993，斯 2049。其中伯 2555、3812 题作《高兴歌》，伯 2488 题作《高兴歌·酒赋一本》，伯 2633、斯 2049、伯 2544 题作《酒赋》。在中国浩如烟海的文学作品中，同作异名的现象比比皆是，而传抄的不稳定性更是容易导致这种情况，可并非所有的同作异名都是抄手讹误等偶然原因所造成。王小盾先生通过对《高兴歌》抄写时代以及所合抄作品研究后，指出《高兴歌》名称的变化，实际反映了它的身份变化。"在流传早期，它以《高兴歌》为名，用作歌辞；嗣后以《高兴歌·酒赋一本》为名，用作说唱、韵诵兼用之辞；尔后抄入歌行集，用为单纯诵辞，此时篇名固定为《酒赋》。"[①]换而言之，《高兴歌》名称的变化实际上是因其具有多种艺术功能而造成的。

无独有偶，越南抄本同作异名的情况也比较多见，其中又以第二种情况居多。我们选择李白的《将进酒》作为例子进行研究。汉鼓吹铙歌十八曲，《将进酒》为第九曲，原是一支叙饮酒放歌的鼓吹曲辞。李白的这篇作品见于敦煌伯 2567 与伯 2552 拼合卷以及伯 2544、斯 2049 等写卷中。伯 2567 与伯 2552 拼合卷题署为"惜樽空"，而伯 2554、斯 2049 两卷均无题署。《文苑

[①] 王小盾：《敦煌〈高兴歌〉及其文化意蕴》，《上海师范大学学报》（哲学社会科学版）1987 年第 3 期，第 138—146 页；又收入《中国早期艺术与宗教》，上海：东方出版中心，1998 年，第 342—358 页。

英华》卷三百三十六收此诗题作"惜空樽酒",《李太白文集》卷二云"《将进酒》一作《惜空樽酒》"。在越南抄本当中,《将进酒》的题署却另有一番情形。此诗在越南的文人集当中,题名没有变化,仍旧为《将进酒》,但是在歌筹抄本当中,或称之为《进酒曲》(见《歌调略记》AB.456),或称之为《将进酒赋》(见《歌谱》AB.120)。当《将进酒》以《进酒曲》为名之时,它是与白居易《琵琶行》、李贺《浩歌行》配合"喝呐"歌调进行表演的,其篇题下还注曰:"其吟调与《琵琶》同。"喝呐是一种歌筹曲调,如果管甲唱则称之河南。当它名为《将进酒赋》时,则与苏轼《前赤壁赋》《后赤壁赋》一样,配入"河渭"歌调而表演。所谓"河渭","其节属拍跷,句数上六下八,或上七下七,其辞是古曲,其调似今之《练山庄》"①。显然,喝呐与河渭是两种不同的歌筹曲调,其表演和演唱的方式也不尽相同。这表明《将进酒》的名称变化是与其所配的歌调相联系的,当它名为《进酒曲》时,它与《浩歌行》《琵琶行》等作品一样,采用喝呐法而歌;当它名为《将进酒赋》时,它与《前赤壁赋》《后赤壁赋》等作品一样,采用河渭法而唱。换而言之,《将进酒》名称的变化,是表演形式的不同所造成的。

敦煌写卷同作异名的情况还很多,如在伯4994和斯2049拼合卷、伯2544中,刘希夷《白头吟》、高适《燕歌行》、丘为《伤河凫老人》根据作品首句分别改名为《汉家篇》《落扬(洛阳)篇》《老人篇》②。王小盾先生从表演的角度对此作了解释,认为这些文人作品均有超出案头的功能③。这一看法是富于创见的。据伯4994与斯2049拼合卷,跟这些诗歌合抄在一起的作品如下:

王朝(昭)君　　　　　　安雅

古贤集

落扬(洛阳)篇

酒赋

---

① [越]佚名:《歌谱》,越南汉喃研究院所藏AB.120号抄本。
② 丘诗《全唐诗》失收,在伯2567与伯2552拼合卷中题作《伤河凫老人》。
③ 王小盾:《敦煌文学与唐代讲唱艺术》,《中国社会科学》1994年第3期,第123页。

锦衣篇
　　汉家篇　　　　　　　　　　[高适]
　[大漠行]
　[老人篇]　　　　　　　　　　[丘为]
　[饮马长城窟行]　　　　　　　[王翰]
　[惜樽空]　　　　　　　　　　[李白]
　[阙题]
　　老人相问嗟叹诗
　[阙题]
　　藏驹(钩)
　　苑中牧马思诗
　　龙门赋　　　　　　　　何(河)南县尉卢竧撰
　　北邙篇

伯2544卷抄有相同的内容。伯2544卷首残缺,残卷首篇《酒赋》缺前十余句,自"百尺松"句始。与伯4994和斯2049拼合卷相比,此卷《酒赋》以后的内容完全相同,而且次序也一致。稍有不同的是,拼合卷末抄有《咒愿文》,而伯2544抄有王羲之《兰亭序》。这两个写卷并不是同一人所抄,徐俊先生认为:"二卷不是派生关系,而是钞自一个共同的母本。敦煌诗卷中,两个写卷所载作品几乎完全相同者甚少,他们的存在,说明敦煌地区确实流传有某些通行的诗歌选集。"[1]徐俊先生的看法无误,两个写卷内容相同,也证明了这些不同文体作品的杂抄绝非偶然。联系这些作品的文献特征,我们可以补充:这些"通行的诗歌选集"并非通常意义上的文人诗歌选集,而极有可能是在民间艺人之间广泛流传的用作口头表演的底本。只有如此,我们才能合理解释如下三点:其一,与这些诗歌合抄在一起的作品大多数都未署篇名及作者;其二,有篇名的作品中还包括《酒赋》《龙门赋》等韵诵作品;其三,整个写卷的性质为不同文体、不同作者的作品丛钞,显然没有一定的编辑体

---

[1] 具体考证见徐俊:《敦煌诗歌残卷辑考》,北京:中华书局,2000年,第465页。

例和选文标准。如果上述观点成立,那么将会带来这样一个疑问——如何解释伯2544卷末抄写的纯书面作品《兰亭序》?这是一篇无韵散文,显然不符合口头表演的要求。对此,写卷本身可以作出合理的解释:在《北邙篇》之后另空有二行,才开始另抄《兰亭序》,《兰亭序》的字迹有明显摹写王羲之《兰亭序》帖的痕迹。这说明《兰亭序》与前面的内容没有必然和直接的内在联系,二者并不属于同一个内容单元。

所以我们可以说,同作异名是文人作品社会功能转变的产物,即由单纯的案头之作转变为讲唱之作所自然衍生的一种特殊文学现象。对此,越南的文献亦可以作为旁证。如越南汉喃研究院所藏的《唐诗绝句演歌》抄本,抄录了56首用越南俗文学体裁六八体喃译的七言唐诗,其中崔护的《题都城南庄》被改题为《无题》,羊士谔的《登楼》在某些抄本当中,亦根据其首句"槐柳萧疏绕郡城"题为《槐柳》。而这些演歌正是民间歌筹艺术造就的文人拟作风尚的产物。对于这种特殊文学现象,我们也不能用"错误"一语而一概论之。

以上所述表明,未题作者之名、托名、同作异名等俗文本当中的特殊文献现象,实际上都反映了俗文学作品的流传方式——它们是传播于口耳之间的;反映了俗文学作为集体创作和群众文学的本质——它们没有作家的概念,在传播的过程中不断获得增益;反映了俗文学作品的艺术特点——它们往往具有多种艺术功能,因而具有体裁不固定的特点。

四、结语:"俗文本文献学"的提出

俗文本诸多超出了古典文献学惯例的文献特征,实际上反映的是口头文本对书面文本的改造。这种改造还可以从另一个角度去理解,即理解为功能的转化——通过改造,把雅文学范畴中的作品,转变成俗文学范畴中的作品。因此,我们可以通过作品的著述体式特征,来确认它的功能和它的文化属性:那些按接抄、杂抄方式抄写的作品,那些总是同俗文学文献联合编组的作品,那些发生了重大的文字变异的作品,那些脱漏了篇名和作者名的作品,在某种程度上都可以说是俗文学作品。因为这些特点正是俗文本的特点,而俗文学是以俗文本为标志的。也就是说,具有口头传播特质的俗文本,是俗文学作品的忠实载体。

《老子》说过:"无名天地之始,有名万物之母。"俗文本也通过"名"的取舍,对自己作了认定。这种取舍不同于传统古籍,乃表现为作品无定名,作者无定名,喜欢托名。这些特点其实在汉以前十分流行,它们是作家产生之前的著述观念的产物,联系于口头传授而无定本的著述方式。汉以后,作家作为文化个体的身份得到强化,篇名和作者名才成了作品不可或缺的要素。但是在俗文本中,不署作者之名的情况仍然非常普遍;即使原有作者可考的诗作,也往往不题作者名,而且改篡篇名。在越南古籍中我们可以看到其中缘由——未题作者之名的中国文人作品通常是与喃文讲唱作品合抄在一起的。可见作者之被忽略,原因在于作品的功能发生了转化:作品从文人诗转化成了通俗歌辞,作者也在转化过程中失去了由署名所涵括的生平与经历,而消解于一个俗文学方式的创作集体之中。托名其实是这种集体创作习惯的另一种表现:当一群创作者需要某种标志的时候,便产生了托名。

在越南抄本中,我们曾看到一种比较特殊的署名情况。这是一份民间传本,未见藏于各家图书馆。全书72页,原无书名。书中收录了各种民间请神唱词,七言体,用于祭请窨王、阴阳南斗神、镇国三郎、明月判官、水母、雷王、鲁班、五色花娘等神灵。首页原题署"书主邓应荣",但又有新笔迹涂去"邓应荣"三字,改写为"黄禅彤"。可见此书曾易主,即原由邓应荣抄写,后由黄禅彤使用。不过邓、黄二人都不是本书的作者,而只是"书主",即使用本书的巫师。但作为"书主",他们拥有唱诵这些请神祭词的权利和义务,因而拥有署名的资格。这样看来,"书主"二字乃反映了一种特殊的著作权观念,即把表演者或讲授者视为口头文本的主人。这使我们懂得,在口头文学世界,写作者的地位是远远不及表演者和传述者的,这也正是《汉书·艺文志》当中出现《齐后氏故》《齐后氏传》[①]等书名的缘由。

总之,通过对敦煌写卷、越南汉喃抄本所作的对比研究,我们可以提出"俗文本文献学"的概念。从书写方式的角度看,它可以称作"抄本文献学";

[①] 《齐后氏故》《齐后氏传》均为汉代的《诗经》学著作。后氏指后苍,齐人辕固的再传弟子。

从功能的角度看,它也可以称作"音乐文学文献学"。这一概念代表了一整套不同于传统文献学的理论体系和学术方法。

其一,它所面对的校勘学几乎没有"定本"意识。每一种写本都是对传播过程中一定的口头文本的记录,每一种异文都反映传播过程中的一种表述。所谓勘误,只能把文本同文本试图表述的内容进行比较,而不能仅作异文的比较。因此,它必须放弃对"古本"之真的追求,而去追求作品流传的信息之真。

其二,它所面对的目录学将重新审视书籍定名和分类问题,将采用新的方法来确认作者。它将重视一部杂抄文献中作品内容和形式上的关联,而不是作者信息的关联。因为前一种关联可以反映作品的性质,而后一种关联只能说明文本的渊源。它将放弃用"互著"的方式考定作者,因为俗文本中作品的连续,不同于传统诗文集中以作者为单位的作品排列。它将尽力改变传统的书名观念,一方面,它充分尊重诸文本的署名,把"同作异名"理解为同样内容的作品在流传过程中发生了功能变异——例如把《乐府诗集》中的《将进酒》、敦煌写本中的《惜樽空》、越南歌筹抄本中的《进酒曲》《将进酒赋》理解为采用不同的歌唱方法或吟诵方法传述的李白作品;另一方面,它不固执原始文本的定名,例如不把按"首章标其目"方式命名的《汉家篇》《洛阳篇》《老人篇》回改为《燕歌行》《白头吟》《伤河凫老人》。另外,它将尽力改变传统的作者观念,充分尊重创作集体中的每一人,特别是传述者、表演者的著作权,也尊重托名的方式,只是要谨慎辨别所托之人的彼此关系。它将改变"别集""总集"等观念,而据书籍的本来性质定名为"吟诵作品选集"或"歌辞集"。

其三,它所面对的辨伪学将改称为"文本的历史比较研究"。它将重新清算辨伪学的所有成果,抛弃"伪"这一荒唐的判语,对因功能的转变、传述方式的转变、著述习惯的转变而发生的作者作品更名,作逐一分析。它不认为每部作品都只能属于一个时代,相反,它认为经过一段时间的口头流传然后结集(如同佛经、《书》《诗》《论语》的结集),是古代著述的常态。正因为这样,它将致力于这样一项工作:对一部作品中的不同的时代成分作逐层剥离。

其四,它所面对的编纂学将尊重底本的自然状态,以抄写单位为单元,而不依现代人的观念割裂作品与文本的联系。在这方面,徐俊的《敦煌诗集残卷辑考》已经建立了一个成功的范例。此书一反前人将敦煌作品分类辑校成集的做法,采取以写本为单位的叙录加全卷校录的整理体式,各写卷内容的杂抄特征得到了体现,并最大限度地保留了写卷作为俗文本的形式特点;既校录考订出了符合事实之真的正确文本,又如实反映了原卷的残缺状况、讹误、异文、有无题署等,得以最大程度保持原有形态。这些关于敦煌写本校勘整理的实践,也为越南所存的大量汉喃抄本的整理提供了宝贵经验。

刘玉珺,西南交通大学人文学院中文系教授、博士生导师、中国语言文学一级学科负责人,兼任东亚唐诗学研究会理事,国家社科基金重大项目"中越书籍交流研究(多卷本)"首席专家,四川省区域与国别研究重点基地西南交通大学越南研究中心执行主任。主要研究方向为越南汉籍研究、汉唐文学与文献。出版有《越南汉喃古籍的文献学研究》《四库唐人文集研究》《越南汉籍与中越文学交流研究》等学术论著,独立获四川省哲学社会科学优秀成果奖3项。

本文根据2023年12月25日"东亚唐诗学讲坛"第十一讲录音整理。

新方法与新视野

数字化助力下的东亚唐诗学研究

王兆鹏

摘　要　数字化助力文学研究,主要体现在数据化、可视化、数智化三方面。具体到东亚唐诗学研究,不仅可从目录文献的转化、文本文献的提取这两个维度实现数据化,结合定性分析与定量分析,得出更加具有科学性的新结论,分析唐代诗人、作品在东亚传播影响的真实面貌;也可以实现文学作品与研究的可视化,还原文学产生的场域、细化文学史的时间颗粒度,用图表来呈现计量分析的结果,用地图来呈现作家活动和创作的空间轨迹,用视频甚至元宇宙来还原作品的场景,实现沉浸式体验;还可以通过"知识图谱"自动笺注、自动翻译、自动编排、自动分析、自动关联、自动统计等十大功能,实现研究对象间的自动关联,展开相应分析。数字人文要求用新方法,以问题为中心,打破学科壁垒,跨学科融合等观念和思维方式,都有助于古代文学研究和东亚唐诗学研究。

关键词　数字人文　数据化　可视化　数智化　东亚唐诗学

数字人文的意义之一,在于反学科思维。过去,我们习惯于在本学科内思考问题的边界和内涵,数字人文则以问题为中心,这个问题需要什么知识、涉及什么知识,我们就用相关学科的理论方法去追问、探寻和解决,不管它是属于哪个学科的问题,从而突破学科的边界。20世纪以来,学科越分越细,问题研究也越来越细,这有助于我们对问题的认识越来越深入细致,但也遮蔽了我们的认知视野,使我们习惯于在学科领域内思考问题。数字人文打破了这种学科的分界。在当下这个学科融合的时代,想要创新,就必须打破学科的边界。我们古代文学研究、东亚唐诗学研究也是一样。

数字化能够给东亚唐诗学研究包括整个古代文学研究,提供什么助力?我想,除了技术方法之外,它在研究观念和思维方式上都有很大的启示作用。以张继的《枫桥夜泊》为例,我们研究古代文学的学人,思考的是这首诗有什么艺术特点、审美价值,分析它的思想内涵、情感内涵是什么,但诗题中"枫桥"具体在什么位置,离半夜钟声传来的寒山寺究竟有多远,这好像是地理学的问题,跟古代文学关系似乎不大,因而不太注意。如果我们追问"枫桥夜泊"是船舶的临时停靠点,还是固定的停船场所,这就涉及对"枫桥"特定位置和环境的认知。我们今天在高速公路上行驶,有一个经常去的场所,叫服务区。在高速公路上,如果需要临时停车,可不可以停?不可以,我们只能到服务区内停。古代的运河也像高速公路,运河就那么宽,船只一来一往,就像我们现在两股道行车一样。船只必须依次鱼贯而行,如果有一条船停下,就会阻挡后面的船只正常航行。所以,运河里的船只能往前走,不能随便停靠。前几年,苏伊士运河就曾因为韩国的一条船出了故障,停在运河中间,影响到整个运河的运输。由这个事件,我们可以想象运河行船的情况。张继之所以在"枫桥"这个地方"夜泊",因为这里原是一个停泊船只的大港湾,相当于我们今天的服务区。张继所乘船只很小,只能够供给一两天的粮食,在枫桥停泊,可以补给饮水、粮食和日常生活用品,然后再起航。现在的高速公路可以晚上行车,是因为有车灯,而古代照明条件有限,船舶夜行不很方便,到了夜里需要找地方停泊下来。它不是临时停靠,而是要停一晚上,天亮以后才继续航行。我们了解了这些,就可以更好地理解当时张继是在什么环境、什么心境下写的这首诗。他在这里停泊,不是短时间的、临时的停留,而是停泊一晚上,旅途的寂寞无聊不难想象。"夜半钟声到客船",如果进一步追问,"夜半"究竟是半夜几点?秋天夜半和冬天夜半的时间是不一样的,人的感觉也不一样。这又涉及天文学知识。如果我们按照传统的学科分类,这些问题都可以不去追问,只要解释这首诗是写什么内容就可以了。如果要深入了解张继生活的时代,回到他的创作现场,我们就需要整合天文知识、地理知识和历史交通知识,才能把相关问题理解得比较透彻。台湾中山大学简锦松教授的《唐诗现地研究》,对张继这首诗有深入精彩的研究,可以参考。

做数字人文研究,需要围绕一个问题,用不同学科的知识、从不同的面向来探讨解决。古代的作家常常是多面手,比如苏轼,既是文学家,也是艺术家、采矿专家、水利专家、医学家。我们要深入了解苏轼这个人,就要拥有多学科的知识背景。再比如,我曾经解读过范仲淹的《渔家傲》词,也涉及地理和天文学知识。词中写到"衡阳雁去无留意",我们要追问:八、九月份北方的大雁怎么南飞?沿着什么样的路线南飞?有人会觉得这有点过分解读了,那不是我们文学应该了解的问题。但如果我们对这些知识不了解,对词中的季节气候和大雁南飞的路线就不可能理解得很深刻真切。研究文学,仅仅是从文学到文学,有些问题是无法解决的。这是数字人文给我们的启示。

我们要突破过去的学科思维,按照问题的需求来协同解决。这也给我们现代学人提出新的要求,我们观察和思考问题的视野,不能仅仅局限在我们自己的领域里。我们学文学专业的往往有一个误区:因为不懂技术,所以不敢做数字人文。其实,只要我们了解技术能做什么、能帮我们做什么,就可以做数字人文。我们设计内容、提出内容需求,而技术实现,可以请计算机专业的友人来合作。

在数字化的语境下,东亚唐诗学可以做哪些研究?

一、数 据 化

先科普一下数据化与数字化的区别。数字化是以电子化为基础。以前我们习惯把可以全文检索的《四库全书》叫作《四库全书》电子版,但很少说"数字版"。那么,"数字化"跟"电子化"究竟有什么区别?

所谓电子化,类似于无纸化,是把纸质的资料转化为电子资料。例如用手机或者照相机、扫描仪把一个纸质文件扫描成图像,用计算机来储存,这就是电子化。这时候的电子文本,计算机还不能识别其中的信息和数据,只有经过 OCR 识别,把每一个字符信息转化为计算机可以识别的代码,计算机才能处理。因为计算机处理的不是汉字,而是将汉字转换为代码,又叫编码,比如"王"字的编码是"29579"。编码都是以数字来表现,所以把计算机处理的信息数据过程叫数字化。跟我们古代文学研究密切相关的古籍数字化平台,比如"国学宝典"、中华书局开发的"中华经典古籍库"、上海古籍出版社开发的"尚古汇典",北京大学跟抖音联合开发的"识典古籍",还有"中国基本古籍库""汉籍全文检索系统"等,我们习惯把它们叫作"数据库",其实都是数字化的古籍资源库,而不是数据库,因为它没有给提供结构化的数据。

所谓数据化,是在数字化的基础上,把数字信息资料转变为可以制表分析的量化过程。通俗地说,这些数据都可以用 Excel 表来呈现。我们在做数据的时候,需要把有关的资料转化为 Excel 表,计算机才能进行运算。现在的数据库,专有名词叫"关系型结构化数据库"。数据之间是有关系的、结构化的。Excel 表里横排、竖排的数据,每一栏、每一列的数据都是有关系的。不同数据关联以后就能够产生新的知识。而上面提到的那些平台,提供的是已有的知识,它主要告诉我们想要查的资料分布在什么地方,也就是定位检索,但不能产生新的知识。数据化,能够把历史资料转化为可以统计分析的数据。

(一) 数据化的必要性

我们文学研究为什么要数据化?这是时代的需求。我们已经进入了大数据时代和读屏读图时代,而视频、图像往往是以数据为基础。要适应新的时代需求,文学研究必须数据化。我们经常说,做文学研究的人被社会边缘化,其实,不是我们被社会边缘化,而是社会被我们边缘化。我们不去拥抱时代,只是关在自己的书房里,守着一亩三分地,不管云卷云舒,只管我行我素,自说自话,关着门自己玩,当然会被社会边缘化。古典文学虽然很高雅,但只要用合适的形式来推广,社会大众还是很喜欢,比如我们李定广老师主导的诗词大会,就非常受欢迎。我主持开发的"唐宋文学编年地图",居然一度成为社会大众关注的事件。我们一篇论文,有一两万读者就很不错了。我的"唐宋文学编年地图"问世后不久,有位记者截了八幅图,每一幅图配了几句话,一天的转发量和阅读量达到 170 多万。这 170 万人,有专业人士,更多的是普通大众。我们应该适应时代的需求,满足社会大众的阅读期待。

从学科的发展趋势来讲,定性分析和定量分析的结合,肯定是21世纪人文社会科学发展的必然趋势。要定量分析,就需要数据。我们古代文学研究的许多结论,是需要数据支撑的。比如,说某个时代文学很繁荣、学术很昌盛,都是举一些现象为例证,而没有数据支撑。以前我们没有提取数据的技术条件,现在有了技术条件,我们应该利用时代所赋予我们的特殊机缘、技术条件、软件工具和分析数据的方法,来提升我们人文科学研究的科学性。我们文学研究的结论,往往是主观的、模糊的、不可比的、不可验证的。你得出的结论,我没有办法验证你说得对不对。如果用大数据来分析,我们的结论就会趋向于客观和确定,而且有可比性,有可验证性。

　　前些年我出了一本《唐诗排行榜》,年轻朋友比较认可,但有一部分年长的学者不太认同。"唐诗排行榜",是一种通俗说法,其实是我一篇统计分析唐诗影响力的学术论文的转化。以前我们常说这首诗影响很大,那首诗影响较大,这个"较大"和"很大"的区别在哪？区分度是多少？我的《唐诗排行榜》就可以明确告诉读者,位居唐诗排行榜第一名的崔颢《黄鹤楼》,它的影响力究竟是多大,有具体的得分来衡量,它跟第二名的得分相差是多大,有明确的数值来评判和比较。最初得出这个榜单的结果时,我也有点惊讶,为什么唐诗影响力最大的作品是崔颢《黄鹤楼》,而不是杜甫、李白的作品,我需要进一步的分析。当时有人说,王兆鹏是武汉大学的教授,所以把写武汉的诗列作唐诗的第一名,很不公平。那些批评我的人,根本就没看过我的书和论文,他们凭感觉认为,我是拍脑袋想当然弄出来的《唐诗排行榜》,却不知道我是用大数据分析出来的结果。数据统计的结果刚出来时,我也很吃惊。对我来说,哪首诗排在唐诗排行榜的第一名并不那么重要,重要的是要追问和分析为什么它是第一,对我们传播唐诗有什么启示。

　　数据除了种类和数量的多少,还有权重的差别。我换了不同权重来计算,不管数据指标怎么变换,崔颢的《黄鹤楼》都是第一;《宋词排行榜》的第一名是苏轼《念奴娇·赤壁怀古》词。不管怎么调整数据指标,《念奴娇·赤壁怀古》词都高居第一。所以我自信唐诗宋词排行榜的结论是可信的、有依据的,结论也具有可比性,还可以进行验证。也就是说,我做的唐诗排行榜,崔颢《黄鹤楼》排在第一,如果有人不信,可以用数据来验证。当然,当时的数据种类和数据量都很有限，而且数据是人工提取的，我现在准备做2.0版，用AI来挖掘大数据，用更科学的方法来分析，看结论有什么变化。做唐诗排行榜的目的，是为了探索古代文学作品影响力研究的方法和途径。

数据化，也是学术创新的要求。学术研究，要有新资料、新观点、新方法、新领域。新生代的学人，面对古代文学研究汗牛充栋的成果，怎样去发现新资料，怎样提出新观点来，都很不容易。但做数据就不太难，因为数据本身就是一种新资料，历来做文学研究的没有数据，我们挖掘提取出来的数据都是新的。用新数据得出的观点也常常是新观点。日常生活中的现象、历史中的资料，大多是无序的、散乱的，我们通过数据把这些无序散乱的现象集中以后，就能够发现问题。我们挖掘提取大数据的方法和分析方法，都是新的科学方法，运用到我们古代文学研究中来，更是新方法。用新方法研究新问题，就能够开拓出新领域，事实上现在的大数据已拓展出新领域和新方向。

（二）东亚唐诗学数据化的维度

东亚唐诗学，该怎样数据化？我想有两个维度，一是目录文献的转化，二是文本文献的提取。

先说目录文献的转化。东亚唐诗研究的目录，我们常常把它当作成果索引来用，其实它本身就是数据。这些数据我们可以用来分析日本、韩国、越南和我国包括香港、台湾、澳门地区研究唐诗的阶段性变化，哪些时代、哪个地域的唐诗研究成果比较突出，不同地域、不同时代研究的趋向有什么不同，审美标准、价值观念有什么变化。

我2009年主持过国家社会科学基金项目"20世纪唐五代文学研究论著目录检索系统与定量分析"，收集了20世纪海内外唐诗研究的论著目录几万条，开发成可以多元检索和自动统计的数据库，发表了系列论文。这些论文包括20世纪中国大陆的唐诗研究、日本的唐诗研究、韩国的唐诗研究、台湾地区的唐诗研究的定量分析，也包括20世纪杜甫研究、李白研究成果的定量分析，其中《20世纪国内唐代文学研究历程的量化分析》一文，发表在《文学评论》。其实还可以做20世纪白居易研究、王维研究、韩愈研究、柳宗元研究成果的定量分析。你们唐诗学研究中心掌握的材料肯定比我多，可以对东亚唐诗版本、作品入选情况、作家作品研究成果进行定量分析。

唐诗的版本资料，可以盘活为传播资料，今天又可以把它转化为大数据。比如日本的中小学教材、唐诗选本，选录了哪些唐诗，它跟我们国内的唐诗选本有什么异同，可以用数据来比较分析。一两个选本说明不了什么问题，如果把所有的唐诗选本和日本教材中的唐诗数据收集起来，就可以量化分析哪些唐诗最受东亚读者的欢迎、古今有什么变化、中外有什么不同。我们中国人喜欢的唐诗和东亚其他国家地区的人们喜欢的唐诗，是同大于异还是异大于同，可以用数据来分析比较。数据不仅可以反映东亚唐诗学的整体情况，还可以分析唐诗学演变的轨迹。

曾经有人说，张继《枫桥夜泊》在日本影响很大；李白的"床前明月光"、孟浩然的"春眠不觉晓"，在日本的影响也不小。这有数据支撑不？过去是凭主观印象和感受，现在应该用数据来验证、比较、分析。我目前拿不出数据来，希望查清华老师的团队能拿出这些数据来，再把这些数据放到地图上，开发成东亚唐诗地图。

再说文本文献的数据提取。诗人小传，包含有诗人生平的有关信息，可以提取转化为数据。唐诗选本，一般都有诗人小传介绍诗人的生平信息和评价。从诗人小传和有关作家辞典里可以提取诗人姓名、生卒年、享年、籍贯、作品数据量、地位评价等数据。其中的籍贯，包括唐代的道、州、县，和对应的现代省、市（州）、县等。根据诗人小传的信息数据，我写过《唐代诗歌版图的静态分布与动态变化》《宋代诗文词作者的层级分布与变化》等论文，在《中南民族大学学报》发表，《新华文摘》和中国人民大学报刊复印资料曾予转载。诗人的享年数据，可以用来分析唐代诗人的寿命，也可以分析唐代诗人的创作周期。

唐诗作品文本，也可以挖掘出很多数据。比如，唐诗里的植物数据、动物数据、矿物数据、器物数据、食物数据、衣物服饰数据、建筑物数据，等等，都有必要挖掘，从中可以定量分析唐代的生态和社会生活的各个方面。

作品文本里又可以提取接受史数据。比如杜甫，哪些诗歌、哪些诗句被后人学习模仿和化用了多少次，都可以挖掘提取数据，进而分析杜甫哪首诗、哪句诗最受后人青睐，哪首诗、哪句诗影响力最大。后世是学习李白的人多还是学习杜甫的人多，是学韩愈的人多还是学习白居易的人多，都可以进行数据分析和比较。

诗人年谱和别集编年笺注本，可以提取作家活动编年系地数据。我主持开发的唐宋文学编年地图的数据，就是从唐宋作家年谱和别集编年笺注里提取出来的。里面的数据，是可以用来写系列论文的。比如，李白、杜甫一生的创作高峰在哪个时段？只有一个创作高峰还是有两个创作高峰？诗歌创作量的变化跟他们生活、命运的变化有什么关系？有没有共同点？是趋同性大于差异性，还是个性大于共性？又比如，盛唐诗歌是公认的唐诗高峰期，但盛唐差不多半个世纪，它的历史进程是怎样的，什么时间节点开始进入高峰状态，在哪个时间节点到达高峰？又是何时开始退潮？这些都需要数据来回答。

打个比方，我们教室里现在有五十人，这是高峰状态。但从什么时候到达高峰状态的？我们的讲座是三点半开始，三点的时候估计只有几个人，大家陆陆续续进来，时间节点到了三点二十五分，五十人就到齐了，也就是进入到高峰状态。五点半讲座结束，大家逐个离开，到五点四十就全部离场。同样的道理，唐诗的高峰状态在哪一年？是在开元年间还是在天宝年间？盛唐诗歌的高潮什么时候开始回落？是在安史之乱中还是在安史之乱结束之后？或者是李杜去世之后？现在没法回答。数据，只有数据才能解决这些问题。假如盛唐诗歌编年系地数据比较完备，就可以对这个问题进行细致地分析，呈现盛唐诗歌高峰状态和它的进程走向。我们经常说改写、重写文学史，有了数据，才有可能改写传统的文学史结论和认识。

做数据，还会发现唐诗研究原来有好多问题没有解决。唐诗的编年，算是做得很好的，但也有好多诗歌还没有编年。有的诗歌作品编年了，考证清楚了在什么时间创作，但创作地点又模糊不清，有的压根就没考虑创作地点和创作环境。如果按照编年系地的要求，我们古代作家的年谱好多需要重做，因为以前的作家年谱重点是在编年，也就是弄清楚作家活动和创作的时间，不太注意作家活动的地点和地理环境。别集编年笺注也一样，只重视编年,而不留意系地,导致大多数作品创作的地点和地理环境不清楚。这种情况需要年轻一代的学者去改变。

　　数据化的途径和方式很多,比如作品价值的量化。《唐诗排行榜》量化的是作品的影响力,但没有用数据来衡量每首诗的艺术价值、审美含量、情感含量是多少。现在没做,并不等于说不可以做,只是没有找到一个公认的可行的方法。我在《文学遗产》2022年第6期发表文章,提出文学研究数据的可行性问题,对于怎样用数据来衡量评估作品的艺术价值提出了初步设想。我希望在座和线上同学都来思考这个问题,我们怎样才能有效公平地衡量一首诗的艺术价值,应该确立哪些指标? 建立什么样的评价指标体系和操作规程? 一首古诗、一首新诗、一篇散文、一部戏曲和一部小说的价值评判标准应该不一样,怎样建立合理科学的文学作品的价值标准和评价指标,是首先要解决的问题。如果有合理的可操作性的作品评价指标体系,人们就可以给作品打分,评估作品价值的高低,计算机也能给我们算出一部作品艺术价值的大小。有了衡量作品价值的数据,文学的定量分析研究就会出现质的突破。

二、可视化

　　下面我们来谈可视化的问题。可视化至少有三种方式：VR化、图形化、地图化。

（一）诗词作品的VR化

　　我们可以用元宇宙的理念、用VR虚拟现实技术把唐诗宋词所表现的情景呈现出来。我有一个基本理念,认为诗词是"一句一镜头,一诗一电影",一句诗就是一个或一组镜头,一首诗就是一部微电影。诗人不是陈述事实和情感,而是描述呈现情景,也就是我们常说的情景交融,诗人抒发的情感是通过具体的画面来呈现的。

　　我用一首大家启蒙时期背诵得滚瓜烂熟的《春晓》来作示例。我们先看首句:"春眠不觉晓。"如果从字面解释"春眠",就是春天睡觉;"不觉晓",说春天睡觉，不知不觉到了天亮。这样理解，只是陈述一个事实。如果诗句只是说一个人睡觉睡到天亮，那这句诗还有意义吗？我们应该怎样正确理解诗句呈现的情景？

"春"，不能理解为一个抽象的时间名词，而要想象为一个具象的春天的场景。读诗的时候，大家脑海里要映射出一个春天的景象、春天的场景。早春的草，由枯萎慢慢变绿，或者类似于"万条垂下绿丝绦"的场景，也可以想象为百草丰茂，百花盛开的场景。早春、仲春、晚春的场景都不一样，山中、水边、草地、树林的春景又不一样。总之，这个"春"是一幅画面、一个镜头，不是抽象的"春"。

"眠"，是睡觉，是一个动作细节。我们要想象，是谁在睡觉？诗人孟浩然。孟浩然这时候多大年纪？我们不知道，因为不能确定这首诗写于哪一年。我们可以把诗人想象成一位白发老者，也可以想象成年轻小伙子，或者想象成中年人，可以自由想象。还要进一步想象，诗人在哪里睡？肯定是在床上。床，是什么样子？如果作民俗史调查，可以看看唐代的床都是什么模样。杜甫《茅屋为秋风所破歌》中的"床头屋漏"也写到床，那床是木板床还是土炕？可以去考证。还要追问，床放在哪个地方？露天吗？不对，床一定是在房间里，想到房间，就会想象到一间屋子、一栋房子。那孟浩然的房屋又是什么样子？是杜甫式的茅屋，还是王维《送元二使安西》里头的青瓦房？因此，一个"眠"字，让我们想象到有床、有房、有人在睡觉。不仅有了春天所指的时间季节，还有具体的时间——夜里，有了场地空间。

"不觉晓"，是不是有一个时间进程？由头天晚上一直睡到第二天早上。"晓"，也不只是时间名词，而是拂晓时分的具体情景、镜头。"春眠不觉晓"连起来讲，就是诗人孟浩然，在群花灿烂的春日夜晚，睡在家中的房子里，不知不觉到了天亮。从头天晚上到次日天亮，表现出了时间进程，这是一连串的镜头，不是一个静止的画面可以呈现的。我们要想象孟浩然从头天晚上解衣睡觉，但没有睡好，天亮时分醒来，发觉天刚破晓。醒来以后，他看到了什么、听到了什么？"处处闻啼鸟"。

这鸟，也不是抽象的鸟，而是具体的鸟，是黄鹂、燕子之类的鸟，各种各样的鸟。请注意，鸟，不光是有体貌形象，还有声音叫声，鸟在"啼"唱鸣叫，在哪里啼？在"处处"。处处又是哪些地方？是房前屋后。房前屋后的鸟，站在哪里、藏在哪里？站在树林里。鸟是在树上，不可能在鸟笼里。如果是在鸟笼里，就不可能"处处闻啼鸟"，那只能"闻笼鸟"了。处处听到鸟叫，表明诗人房前屋后不是一棵树、几棵树，而是一片树林，房子周围全是树。这就写出了生态环境。就像咱们校园里，到处都是树，你们早上起来是不是"处处闻啼鸟"？请注意，诗人孟浩然不是"看啼鸟"，而是"闻啼鸟"。这时候孟浩然在哪里？还在房屋里的床上，他拂晓醒来，躺在床上听到房外鸟叫。这个镜头怎么呈现？诗人写得很真切，如果说"看啼鸟"，就不真实了。可以有三种呈现方式，一是诗人躺在床上，耳听屋外各种鸟的鸣叫；二是用蒙太奇镜头，画面的一半是孟浩然躺在床上，侧耳倾听外面的鸟叫，另一半是户外的鸟在树林上下翻飞啼叫；三是将镜头从室内转到屋外，呈现树林里的鸟翻飞啼鸣。有画面，有声响。"春眠不觉晓，处处闻啼鸟"两句，时间上从头天晚上写到次日早上，空间上写了一栋房屋和房前屋后的树林，有人，有动作，有物，有声响。是不是像电影的一连串镜头？

"夜来风雨声"，诗人将镜头切换到头天晚上，一直在刮风下雨。这里说的不只是事实，而是春夜里下大雨的场景。杜甫也写过春夜小雨，"润物细无声"。孟浩然写的不是小雨滋润，而是大雨摧花。头天夜里都在刮风下雨，诗人躺在床上无法入睡，为什么睡不着？他在忧虑着"花落知多少"，担心园里的花、树上的花被风雨给打凋零了、摧残了。

全诗字面上看不出任何情感流露，但在一连串的镜头、画面中，体现出诗人的生态意识和时间意识。担心花凋零，关心着花的命运。宋代词人李清照的"知否知否，应是绿肥红瘦"，表达的也是同样的心情。落花时节，表明到了暮春时节。由花的凋零，诗人自然会想到时间的流逝、生命的流逝，想到红颜易老、青春易逝。这首诗也蕴含着一种生命意识。

现在市面上有很多唐诗动画作品，一般是一句诗就一个画面来表现，理解都比较肤浅。所以，需要学古典文学专业的我们去深度解读。古典诗歌里往往有言外之意，这言外之意，一般读者理解不了，只有专业人士理解得比较透彻深入。上面只是我个人的理解，在座的查清华老师解读肯定不一样，李定广的解读又不一样。不同的解读，会丰富原诗的情感内涵、审美价值。

十多年前我在武汉大学讲授唐代文学时,学生做了《春晓》的视频,用具体的镜头画面还原诗中的场景,做得比较到位和真切,视频的画面与原诗的意境比较适配。近两年,我每学期都在四川大学主讲一门"文学元宇宙"的选修课。希望选课的学生能用元宇宙的理念方法做出文学元宇宙来。近两年,我跟成都一个技术团队合作,想把诗词转化为元宇宙,以便沉浸式体验诗词的意境,希望不久的将来能做出产品来。

(二) 图表化

我们可以用图表来呈现数据分析的结果。量化分析,是数字人文时代最基本的研究方法,而量化分析的数据和统计结果,需要用不同的方式来呈现。传统的统计方式是用表格。如我们曾对唐代有籍贯可考的诗人进行分省统计,结果见下表1。按当代省份来统计,唐代河南的诗人最多,有263人,占16%;陕西是246人,占15%;河北185人,占11%。当时位居中原的三个省份共拥有诗人694人,占唐代占籍可考诗人总数1669位的四成多。由此可以看出,唐代的诗坛中心是在中原。

表1 唐代诗人占籍统计

省　份	诗人数	占　比	省　份	诗人数	占　比
河南	263	16%	山东	66	4%
陕西	246	15%	四川	66	4%
河北	185	11%	安徽	56	3%
江苏	167	10%	湖北	43	3%
浙江	163	10%	甘肃	42	3%
山西	140	8%	湖南	35	2%
福建	91	5%	广东	30	2%
江西	76	5%	合计	**1669**	**100%**

表1的统计结果,用可视化的图表来呈现,会是什么样的效果?我专门请了曾经的同事、武汉大学测绘学院高级工程师乔俊军先生帮我设计图表。他非常认真,带领团队专题研究如何呈现,还发表了三篇研究论文①。下面就是他帮我制作的统计图表:

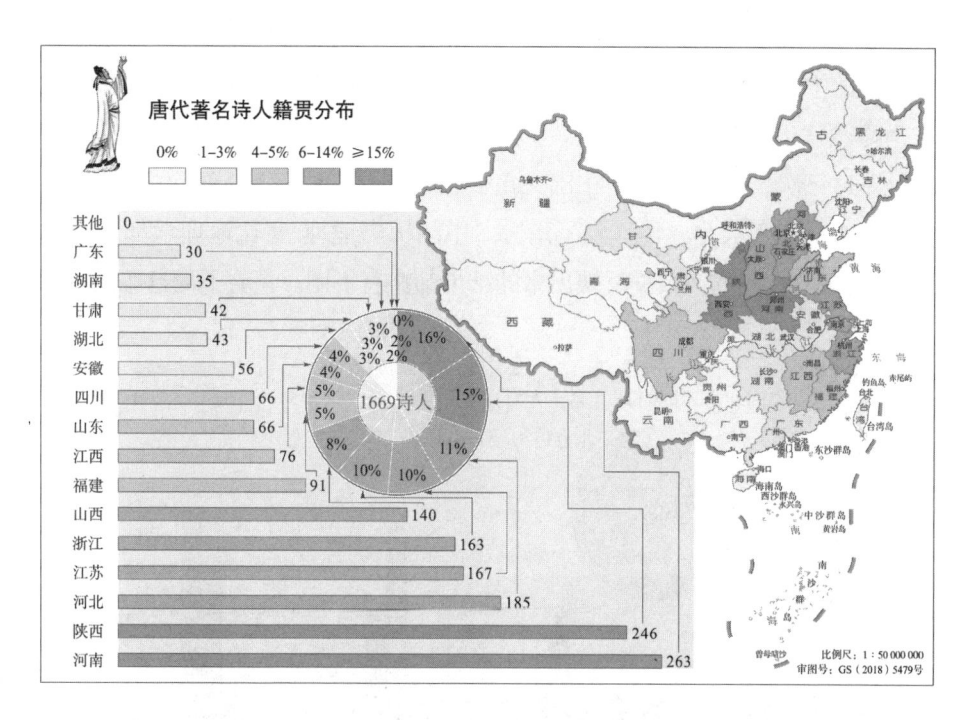

图中的地图是经过国家有关部门审查过的,有审图号,可以公开发表。顺便提醒,只要是公开发表的地图,都要经过审查,必须有审图号,否则不能公开发表。这个图包含了地图和柱形图、饼形图。地图显示各省诗人数量的多少,颜色越深,表示拥有的诗人数量越多;颜色越浅,表示对应的诗人数越少。专业术语叫热力图。饼形图反映各省诗人数的百分比(为求简洁,图中百分比取整数),柱形图表示各省诗人的数量。这个图,是学术、美术和技

---

① 参乔俊军、胡冯伟:《分级统计地图的模型评价与应用》,《测绘地理信息》2017年第6期,第105—109页;胡冯伟、乔俊军:《分区统计图表多维尺度表达模型的研究与应用》,《测绘地理信息》2018年第1期,第109—114页;刘凡、乔俊军、胡冯伟:《定位统计图表的几何定位与基础图表构建》,《地理信息世界》2017年第5期,第97—102页。

术三者的有机融合，直观漂亮，一目了然。一眼看上去，就知道哪个省的诗人较多、哪个省的诗人较少，地图又显示出空间空位，可以看出每个省份在中国的具体位置。绘图者还别出心裁，以杜甫像为原型，设计了一个LOGO，以体现唐代诗人的统计。

历史文化地理学里有一个很经典的结论，认为中华文化中心最初是在黄河流域的中原地区，由于战争的因素，文化中心逐步向南移，历史上共有三次大南移，第一次是晋朝永嘉之乱，第二次是唐代安史之乱，第三次是宋代靖康之乱。这三次大战乱，促进了中国文化中心从北方移到南方。靖康之乱以后，文化中心就彻底从北方转移到了南方。中国历史地理、文化地理学都认同这个结论。但是，我的大数据反映出来的结果却略有不同。请看下面这幅图：

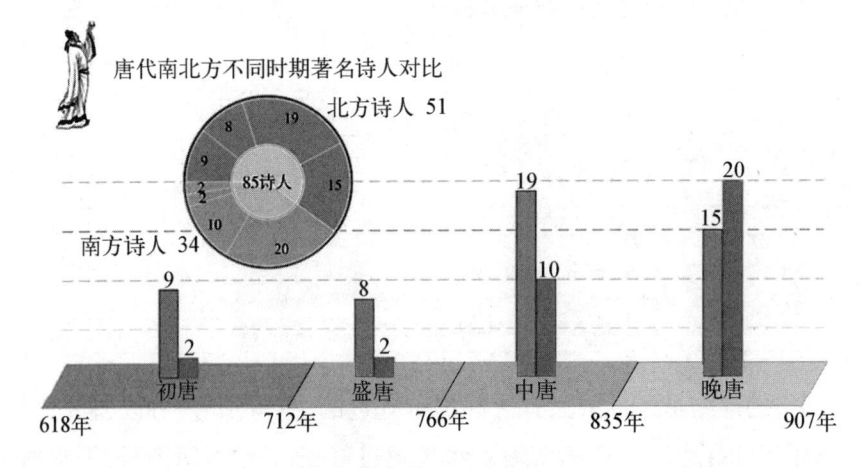

这个图表，是唐代85位著名诗人的抽样统计。统计的数据来源是我的"唐宋文学编年地图平台"，这85位著名诗人的生平事迹相对比较清楚，可以从中挖掘提取编年系地数据。上面这个南北方诗人对比图，左侧代表籍贯是北方的诗人，右侧代表占籍南方的诗人。从图中可以看出，初唐、盛唐、中唐时期，确实是北方诗人比南方诗人多。可到了晚唐，南方诗人数量第一次超过了北方。我另有统计数据显示，到北宋的时候，南方诗人全面碾压北方。北宋时期，只有河南的诗人还比较多。从唐宋诗人和散文作家的统计数据来看，文学中心的南移，在北宋初年就已经完成，而不是靖康之乱以后。这与传统的结论有些不同。

还有,宋代文化中心南移,南移到哪些省份?大数据的统计结果,是南移到了东南沿海地区,而不是通常所说的长江以南。宋代作家最多的省份是哪个省?我们以为是浙江或者是江苏,其实不是。作家数量排在第一名的是福建,第二名浙江,第三名江苏,第四名江西。可以说,宋代的文学中心是向东南沿海这一带移动。为什么福建的诗人、文人那么多?还有一个数据可以说明问题,就是宋代福建的进士特别多。按照"州"来统计,宋代进士最多的是福州,第二名是建州,现在属于福建南平市管辖。著名词人柳永就是建州人。宋代建州印刷术发达,宋版书"建本"就出自那里。印刷术发达,印的书多,读书的机会就多。宋代南平和福州这两个地方的进士名列第一、第二,说明那里的教育水平高、读书的人多。数据可以改变传统的认知,修正已有的结论。而可视化图表,可以让数据分析的结论更直观。

(三) 地图化

文学研究的数据和作家活动创作编年系地的数据,可以开发成学术地图、文学地图。我主持开发的唐宋文学编年地图,大家都比较熟悉,具体用法就不介绍了。下面主要说说作家活动和创作数据地图化以后有什么用、有什么学术意义。

第一,文学编年地图可以全景呈现一个时代的作家活动和文坛图景。以前我们在作家评传或作家年谱里,只能看到传主或谱主的活动;在文学史里,我们能了解作家的文学成就,但看不到作家在哪里活动;知道作家写过哪些作品,却不知道他是在哪写的。现在通过唐宋文学编年地图,就可以看出一个时代众多重要作家在哪里活动,在哪些地方写了什么作品。比方说,我们这栋大楼十一层,隔壁教室在干什么,楼上会议室有什么人在办公,楼下每间教室有没有人,我们无法看到。但有人一眼就可以看清楚,这就是大楼的中控室。中控室可以看到每间教室里有什么人在干什么。唐宋文学编年地图就像中控室,或者说是上帝视角,能够俯瞰唐宋两代400位作家的活动和创作。地图还能穿越时空,看到的不是一个时间点而是几百年,看到的不是一个地方而是全国各地。从唐到宋600多年间全国各地的作家活动,都尽收眼底。

第二,文学编年地图可以改变文学地理空间的认知方式。过去认识文学地理空间,只能根据作家的籍贯。比如杜甫是河南人、韩愈是河南人、李贺是河南人。要写河南文学史,就只能写这类河南籍的诗人作家。作家的籍贯是静态的,而作家一生是流动的。我们不是常说诗人在路上、在远方吗?的确,苏轼的好诗好词都是在哪写的?不是在家乡四川写的,而是在杭州、密州、徐州、黄州、惠州、儋州等地写的。杜甫的好诗,也不是在家乡河南写的,而是在成都、奉节等地方写的,所以好诗都在路上、在远方。以前我们没有办法全面了解古代作家一生到过哪些地方,每个地方有哪些作家在其地写过什么作品。现在有了唐宋文学编年地图,就能了解作家的活动地理,至少能够了解唐宋时代的主要作家到过哪些地方、在哪些地方写过哪些作品。我们认识文学地理,已从静态地理进入到动态地理,从籍贯地理进入到活动地理了。打开地图,唐宋时代的作家何时在何地活动创作,都一目了然。

第三,文学编年地图可以细化文学史的时间粒度。以前我们观察文学史,只能是模糊化的观察、长时段的观察。我们可以写唐代文学史、宋代文学史,但没有办法写天宝十四载文学史、元祐元年文学史,因为我们没法知道天宝十四载这年有哪些作家在活动与创作、元祐元年又有多少作家在活动、写过哪些作品。如今有了唐宋文学编年地图,就有可能写出年度文学史。近人陈衍曾提出唐宋诗史上三个高峰时段,所谓"上元开元,中元元和,下元元祐",我们现在可以写开元文学史、元和文学史和元祐文学史了。

第四,文学编年地图可以重现历史交通路线。以前我们只知道一位诗人到过哪些地方,但不知道他是怎样到达那些地方的、走的是什么路线、沿途的路况和地理环境如何。台湾严耕望先生曾经写过一部名著《唐代交通图考》,可以帮助我们了解唐代东西南北的交通路线,但具体到每个诗人走的是哪条路线就无法知道,毕竟严先生的唐代交通图,是以交通路线为主,而不是诗人交通路线图。而唐宋文学编年地图,就可以直观地呈现诗人到过哪些地方、经过哪些地方、走的是哪条路线。当然,有的诗人经行路线比较清晰具体,有的诗人则不太具体。彼此相互参照,就可以推定那些路线不清晰的诗人走的是什么路线。因为,古代的主要交通路线都是比较固定的,诗人基本走的是大路,大路的安全性比较高。比如,韩愈贬谪潮州,走的就是商於古道。他从长安出发,经过蓝田、商洛、邓州、襄阳、荆州,穿过长江,由洞庭湖走湘水到衡阳,然后过岭到潮州。这条路线,可以说是唐代的"京广线",王维到广州,也是走这条路线。宋代也有"京广线",不过宋代的"京"起点是汴京开封,唐代的京广线起点是长安。宋代从京城开封到广州走什么路线?主要有两条路线,一条路线主要走水路,我称为东线:先由汴河乘船南下到洪泽湖,然后由淮安转入运河,经过词人秦少游的家乡高邮到扬州,从瓜洲渡入长江西上到九江,由湖口进入鄱阳湖,再转入赣江,经南昌、吉安等地到达赣州,再从赣州上岸转陆路,翻越大庾岭,进入广东境内,再从韶州走水路到广州。苏轼南贬惠州,走的就是这条路线。还有一条路线,先走陆路后走水路,我称为西线,先经洛阳、襄阳到荆州,然后过长江,入洞庭湖,再穿越湖南、广西到广州。大家熟悉杜甫的《闻官军收河南河北》最后两句"即从巴峡穿巫峡,便下襄阳向洛阳",写的是计划从四川回乡的路线。杜甫在四川三台听说自己的家乡洛阳收复以后高兴得不得了,跟儿子说快拿地图来,规划回家路线。对着地图,他们商定先走水路由涪江到重庆,再沿长江出三峡,到荆州以后转陆路过襄阳,然后回到洛阳。杜甫规划的这条路线后来没走成,到了洞庭湖,因与友人联系不上,他只好在洞庭湖一带流浪,最终在贫病交加中去世。苏轼第二次入京,走的就是杜甫规划的路线,也可以说是宋代京广线西线的一段,不过是由西向东走。苏轼兄弟俩和父亲苏洵从家乡眉山出发,乘船由岷江走水路到宜宾,再沿长江到湖北荆州下船,然后陆行过荆门、襄阳、洛阳,最后抵达汴京。

第五,文学编年地图可以助探文学现场。借助文学地图,我们可以明白诗人行走的是哪条路线、经过哪些地点。明确了经行地点又有什么意义?可以帮助我们深度了解作品的创作现场、了解作品所写的地理环境和交通路况。我们以韩愈的《左迁至蓝关示侄孙湘》为例来说明。诗中"云横秦岭家何在,雪拥蓝关马不前"这两句,大家都很熟悉,好像写沿途的景色,看不出写了什么心情。但是,如果我们了解了这两句所写的地理环境、交通路况,对诗句的理解就完全不一样。"云横秦岭家何在",写韩愈来到秦岭,云遮雾罩,回头遥望长安,已经看不见自己的家了,实际上是没有家了,韩愈全家已被赶出长安。这句隐含着已无处安身的痛苦。年过半百,打拼了一辈子,却落得个无家可住的下场,家人跟着自己流放岭外,想想都痛苦不堪。"雪拥蓝关马不前",来到蓝关,遇着大雪,路上堆满了积雪,"马不前"。马儿为什么不走了? 要知道,韩愈这时候是深冬大雪天,雪后结冰,山路难行。十六年前的贞元十九年,也就是公元803年,他贬到连州阳山的时候也走过蓝田武官驿这一段路。他的《南山》诗描写当时的路况说:"峻途拖长冰,直上若悬溜。褰衣步推马,颠蹶退且复。"原来这段陡峻的山路全结着冰,简直就像是攀登结了冰的瀑布。"悬溜",就是瀑布。瀑布结冰以后,十分陡峭,垂直90度,那怎么上啊? 蓝关古道的山路雪后结冰,就像陡峭的瀑布,马儿根本无法行走,家人只好下车,卷起衣服来推马前行,这就是"褰衣步推马"的意思。家人从车上下来推马,刚把马往前推两步,又立即滑溜回来,真正是寸步难行。这句表面上是写路况,实质上是写心情。韩愈必须在规定的时间内赶到潮州贬所,超过了时间,是要加重处罚的。韩愈急着赶路,偏偏无法前行,想想他内心是多么紧张焦急! 而且韩愈出发到潮州前,年幼的女儿重病,他向朝廷申请,希望多停留几天,治好女儿病再上路,但朝廷不批准。韩愈只好带着4岁的重病女儿上路,到了蓝关,女儿连冻带病就夭折在这里。想想韩愈,这时候是什么心情啊! 急着赶路,路又不能走,心爱的女儿又夭折在这个地方,政治的打压,女儿的病逝,人生的困境,简直就是一团糟,韩愈这时心情是不是要崩溃了? 我们平常读"雪拥蓝关马不前",觉得轻飘飘的,马不走了,等会再走就是。哪想到韩愈是在那样的困境中挣扎! 复旦大学陈尚君先生曾写过一篇文章,说唐代的蓝关,是贬谪官员待命的地方。在这儿待命,有两种可能,一种是继续前行,一种可能是就地处决杀头。韩愈到蓝关,也是生死未卜,能不能活着到潮州还是未知数。韩愈紧张焦虑中又恐惧担忧着会不会被砍头。我们了解了韩愈创作现场的交通路况、自然环境和历史背景之后,对诗句就有了全新的理解。写景的诗句中隐藏着难言的痛苦和绝望。

所以,我们解读作品,不能仅仅是看注释,凭阅读经验来理解,还要回到历史现场、创作现场,全面了解创作现场一切有关的地理信息、历史信息,这样才可以理解诗人创作时的生活处境和心境,进而理解诗的言外之意。唐宋文学编年地图,可以对诗歌的创作现场进行定位,从而帮助我们去深层地理解诗歌的创作环境,最好是能够回到诗歌的现场进行实地考察、体悟。哪怕历史的现场有了很大的变化,到了现场的体验和感受,跟书本上读到的感觉也会大不一样。

三、数智化

前面讲了数字化助力东亚唐诗学研究的两个方面,一是数据化,二是可视化,下面再讲第三点数智化。

数智化是数字化加智能化。怎样数智化呢？我们四川大学中华文化传承与全球传播数字融合实验室,跟苏州图谱信息技术有限公司合作,开发了知识图谱平台,英文简称CNKG,CN指中国,K是knowledge,G是graph的首字母。平台的域名是https://cnkgraph.com/。知识图谱平台注重智能化开发中国古代文学、文化资源,为从事中国古代文学、史学、哲学、语言学的学者和普通用户提供资源和数据。知识图谱平台,设计了十大功能：

一是自动标点,目前这个软件还没有挂上去。

二是自动笺注,这个功能已经实现,平台所收文献里的词语,如果读不懂,可以点击自动笺注功能,就能获得这个语词的解释。凡是原文下面画了横线的词语,都是有注释的。今后我们会把《汉语大字典》上传,实现全部字词的自动注释。

三是自动翻译,平台可以把古文翻译成白话文,白话文翻译成英文和日文、韩文等外文。这个翻译软件已有团队开发成功,但我们没有链接上去。

四是自动编排。就是对平台里所收文学作品,根据用户需求重新编排组合。比如《全唐诗》是按照诗人生活年代顺序排列的,而我需要按研究唐代边塞诗,一键点击,所有的边塞诗就全部编排到一起,用不着到各卷各人名下找边塞诗。这个功能,可以让古籍活化。纸本书是固化的,到了智能化平台里,每本书就可以按照用户的意愿来编排,当然前提是需要做细致的标引工作。比如我要研究唐代写黄河的诗歌,在《全唐诗》里一键下去,所有写黄河的诗歌就编到一起;我要研究唐代诗文集的序跋,在《全唐文》里选择,一键下去,所有序跋就会编到一起。

五是自动分析。平台可以自动分析文献里的时间、地名、人名、物名、官名、作品名,等等。现在平台可以查询中国历史上每年每月每天发生的事件和人物活动,都是计算机自动分析的结果;还可以自动分析诗歌的互文性,也就是一句诗被后来哪些诗人化用过、模仿过。古人写诗,讲究传承性,要尽量使用前人用过的语言。前人说老杜诗字字有来历,就是强调杜甫非常注重传承前人的语言,他诗歌的语言都能找到来历依据,既显学问,又有丰富的历史内涵。平台可以自动分析诗句的来历和后人的化用情况。

六是自动关联。把不同学科、不同领域的信息关联起来。比如诗歌里写到的动物、植物,这些动物长的什么样子,是什么样的叫声,都可以把图片、视频和音频关联到一起。这可以突破学科界限,实现人类知识的互联互通。如杜甫《蜀相》的"映阶碧草自春色,隔叶黄鹂空好音",用户如想了解黄鹂的形貌、叫声,点击相关图片、视频就可以看到听见。这个功能技术上没有什么难度,但需要时间和人力去开发。

七是自动定位。文献里出现的任意一个地点,都可以在地图上进行空间定位。CNKG平台目前只能做到县级行政区以上的地名可以自动在地图上定位。县级以下的地名库还不完备,需要等学界做好后才能共享使用。

八是自动统计。平台里的资料都可以转化为数据,而数据可以自动统计。数据和统计结果都可以下载。目前人物关系数据、作品数据都可以免费下载。

九是自动图表化。统计的结果可以自动用图表来呈现,如折线图、柱形图、饼形图等;人物关系可以用社网图来呈现。选择CNKG平台里的人物栏,点击人物的姓名,就可以出现他的社网图,了解他与生前、身后、并世的哪些人物有关联、在哪些作品中有关联。社网图,可以全方位的展现人物的朋友圈。

十是一键下载。我们在古籍资源库里检索到的资料,需要一条一条地识别和下载,比如在《四库全书》里查到李白的资料有四千多条,需要点击下载四千多次。而CNKG平台的李白资料,按生平、评点、研究等主题分类编排好,用户只需一键点击,就可以把所需资料全部下载,保存在自己的云盘中。这项功能还在开发完善中。

上面以我们开发的知识图谱为例,说明数智化在古代文学研究中的应用和作用。数智化时代,不仅是技术手段,突破学科思维、实现跨学科融合的观念也可以助力唐诗研究和东亚唐诗研究。

王兆鹏,中国宋代文学学会会长、中国词学研究会会长、中国李清照辛弃疾学会会长、中国韵文学会副会长,东亚唐诗学研究会顾问。著有《唐宋词史论》《词学史料学》等词学专著20余部,发表学术论文300余篇。主持国家社会科学基金重大招标项目2项。主持开发的唐宋文学编年地图,颇有社会影响。

本文根据2023年11月11日"东亚唐诗学讲坛"第八讲录音整理。

从书籍史细节体认中国文化的东亚意义

潘建国

摘 要 书籍承载着文明与文化,古代大量中国书籍,以外交赐书、来华购买、书籍贸易等方式,流传到东亚各国。通过对书籍史细节的挖掘与解析,我们可以更好地体认中国文化在东亚的重要意义。从明刊本《型世言》到清刻本《师竹斋集》中的书籍史细节,透露出自金正喜这代人开始,朝鲜半岛才真正从文化和心理上完成了由明向清的转向。而《武夷九曲图》以及《朱子论语注稿墨迹》影印本卷首朝鲜文人的长篇跋文,则又表明即使到了近代,朝鲜人对朱子学、对中国文化,仍然抱有极深的感情。这些历史印痕的现实存在,启发我们理应把自己的学术研究,放在一个文化战略的高度,自觉肩负起当下东亚文化建设与振兴的历史使命。

关键词 书籍史 东亚 日本 朝鲜

从书籍史细节体认中国文化的东亚意义,这是一个既宏大又微观的题目。东亚存在一个汉字文化圈,而中国作为汉字文化的宗主国,在漫长的历史当中,对周边使用汉字的国家/地区都产生过深远的影响。某种程度上,汉字文化不只属于中国,而是属于整个东亚,日本、朝鲜半岛、越南也都对汉字文化的发展与繁荣,发挥了积极的作用。从历史进程来看,整个汉字文化是东亚人士共同完成的伟大的文化创举,就此而言,这是一个比较宏大的话题;而借助一些书籍史细节的挖掘,可以帮助我们回到历史现场,更加感性地体认中国文化对于东亚究竟具有怎样的意义,这又是具体的、微观的。

一、宏观视角：书籍之路与中国文化东传

"书籍之路"概念由浙江大学王勇教授首先提出，精准道出了东亚区域内部文化交流的一种特殊载体，也可说是一种特殊的文化交流方式。袁行霈先生主编的《中华文明史》曾把文明划分为三类：一是政治文明，如官制、考试制度、礼乐祭祀制度等；二是物质文明，如瓷器、茶叶、丝绸、漆器等；三是精神文明，包括文学、书法、绘画、碑帖、书籍等。比较"书籍之路"与"丝绸之路"可以发现："丝绸之路"是中国文化的向西传播，"书籍之路"则大体向东/东南传播；"丝绸之路"更多传播的是以丝绸、瓷器等为代表的物质文明；而"书籍之路"传播的是书籍，由于书籍背后承载着制度、礼仪、宗教、思想、文学、艺术等，因此，"书籍之路"传播的主要是政治文明与精神文明。可以说，中华文明虽然对中亚乃至西方也具有一定的影响力，但中华文明对于东亚社会的影响却是系统性、根本性的，由表及里，渗透血脉，深入骨髓，两者也许不可相提并论。

东亚书籍之路，今天主要来看看日本和朝鲜半岛。日本与中国陆地不接，所以书籍传播主要通过海路。朝鲜半岛跟我国陆地连接，所以书籍传播主要是通过陆路。书籍东传，主要有三种方式：其一，外交赐书；其二，遣唐使、遣明使、入华求法僧，以及朝天使、燕行使等来华人士自主购买；其三，书籍贸易，这一方式虽属后起，但作用很大，尤其对于明清时期中国书籍传入日本而言，更是至关重要。

古代朝鲜半岛和日本的官方或民间，对中国书籍都有很大的需求。譬如朝鲜《李朝实录·中宗大王实录九》（中宗在位1504—1544，相当于明代的正德、嘉靖时期）声称："历代书籍，资以为政。自汉以来，列国诸侯即外国咸请中朝，史不绝书，我国亦请于朝廷者多矣。"要求燕行使团抵达中国后，积极探访求取。而日本的足利义政将军曾向明朝递交的官方文件说："书籍铜钱，仰之上国，其来久矣。"（《宽正四年遣明表》）并列来书单，请求赐书。说明从东亚王朝上层到使者到民间，都觉得出使中国的一个重要任务，就是获得书籍，把书籍及书籍背后所承载的文化带回自己的国家。

或许考虑到对方的这种需求,中国政府赠给东亚使者的外交礼物也多有书籍,根据《高丽史》记载,忠肃王元年(1314),元仁宗应高丽所请,赐书4371册,共计17000卷,"皆宋秘阁所藏",元朝接收了宋秘阁的藏书,它们至少是宋刻本或者六朝到唐的古抄本。作为一次外交活动,竟然赠送给高丽4300多册宫廷藏本,站在今天来想,4300多册宋刻本、唐抄本是一个什么概念?这是非常令人惊讶的,赐书质量,在我了解的资料之中可能是最高的一次。可见当时高丽跟元代的政治外交关系是何等的紧密。

书籍贸易是古代中日、中韩商贸的重要组成部分。明清时期,大量中国商船漂洋过海去到日本长崎,除带去物质商品以外,很重要的货物就是精神产品的书籍。日本人细致记录描绘下很多中国商船的样子,甚至是连船上怎么做饭的锅碗瓢盆都画了图,可见他们对所谓"舶载"的重视。与此同时,日本也留下丰富的舶载书目、大意书、入札帐等书籍贸易资料,关西大学大庭修教授曾影印了不少,从中可以知道从康熙一直到乾隆时代,每年大致有多少书籍流传到日本,又以什么样的价格出售。

现在日韩等东亚国家存藏的汉籍,总量相当惊人。海外收藏汉籍最多的当属日本,具体数目,迄今没有精确的调查统计。这里有三组数据,可以作为小小的参考。其一是相当于我国唐僖宗时编成的《日本国见在书目录》,以汉籍为主,混入少量日本国书,共收书17345卷,大约相当于《隋书·经籍志》所收卷数的一半,《旧唐书·经籍志》三分之一强。这个目录还是在日本皇家图书馆冷然院(后改名冷泉院)失火后图籍遭受重大损毁的情况下编制而成的,否则,只怕数目更为惊人。由此不难想见,当年日本接受中国书籍的速度之快、数量之大。

其二,江户时代,每年有不少中国商船抵达日本长崎港,带去大量书籍。大概在乾隆十八年(1753)十二月,有一艘商船从浙江宁波乍浦港出发,因在海上遭遇风暴,漂流到东京附近的伊豆八丈岛。日本规定中国商船只能在长崎港靠岸,所以这艘船无法在八丈岛上岸卸货,滞留大半年,于次年(1754)八月辗转抵达长崎。该船在海上遇到风暴时,曾为减重,抛掉800多包货物,船上尚存1300余包货物,长崎海关官员上船登记,其中书籍有441种,1476函套,12000多册,还有10帖碑帖。书籍中有宋刻本3种,明刻本

158种，还有大量清刻本。大家注意，这只是一艘商船就带过去如此多的书籍，当然，这艘商船的船主或因自身兴趣或商业条件，携带的书籍数量可能多了一些，但每年有那么多商船去到长崎，由此传入的书籍总量之大，也是可以想见的。

其三，在中国古籍中，最珍贵的当属宋元刻本无疑。依照北京大学安平秋教授团队的初步调查统计，存世宋元本总数为5500到6000部左右，其中，中国大陆约存3000部，而日本竟然存藏有800到1000部，占六分之一左右，占比之高令人惊叹。而且，根据日本书志学者尾崎康研究，存世的宋刻本多为南宋刻本，北宋刻本寥寥无几，全世界大概只有十余种，超过半数保存在日本。

由以上三个数据，我们足以了解到中国典籍传入日本的历史之悠久、数量之庞大以及价值之重要，一个国家收藏有如此众多的另一个国家的珍贵古书，这在世界范围内恐怕也找不出第二个例子。

那么，朝鲜半岛情况又如何呢？朝鲜跟中国陆地相连，明代的朝天使来华既走海路也走陆路，海路多乘船在山东登州上岸，再走陆路到达北京。清代燕行使基本上走陆路，越过中朝边境的凤凰城，经辽东、广宁、宁远，入山海关，最后到达北京。明清时期来华的朝鲜使团，名目繁多，人数也极为可观。据日本学者夫马进不完全统计，从清初1644年开始，到1894年甲午海战爆发期间，朝鲜半岛派遣来华的使团一共是451次。每个使团有正使、副使、书状官（所谓"三使"）以及译官、医员、写字官、画员、军官、随行家属子弟等，人数达百余人，多的有五六百人。按平均数来计算，从1644年到1894年间，来华的朝鲜使者高达10万人次，这是一个令人惊骇的数字。燕行使抵达北京后，按规定可以居住一段时间，他们积极与中国文人往来笔谈，逛琉璃厂旧书店买书，文人之间也会相互赠书，回国时通常会携带一定数量书籍。

燕行使对书籍有着特殊兴趣，有时是奉朝鲜国王之命采买指定书籍，有时是出于他们个人的阅读兴趣，有时还会购买禁书。携带禁书，出关时可能受到中国官员的盘查，甚至遭遇钱财的勒索。朝鲜英祖三十三年（1757，乾隆二十二年）十月十七日，英祖接见"冬至使""按核使"一行，燕行使们汇报说：在中朝边境凤凰城，"出栅门时，彼人每以搜检为言，而如《三国志》《水浒志》,皆是禁物,故译官辈主于弥缝,所谓《三国志》价至为六百余两",走私一套《三国志演义》小说,竟然被敲诈六百两银子,也是骇人听闻了。当然,这恐怕只是其中较为极端的例子,大部分燕行使,仍然顺利地购回了林林总总的中国典籍。这些燕行使带回的书籍,在朝鲜半岛的朝野上下流传,包括进行本土化的翻刻与传抄。

韩国学者全寅初教授曾编过一部《韩国所藏中国汉籍总目》,收录现存汉籍大概有12500部,其中清代中后期坊刻本、石印本、铅印本占据较大比例,宋元刻本非常稀少,明刻本及清代中前期刻本也相当有限,这与我们想象中的朝鲜半岛藏书质量和数量不太相符。个中原因,一方面跟朝鲜半岛多灾多难的历史有关,书籍损毁比较严重;另一方面,万历壬辰倭乱以及近代殖民期间,日本也从朝鲜半岛劫走了数量可观的汉籍,如今在日本图书馆之中,时常会看到有些汉籍作朝鲜装帧样式,或者盖有朝鲜文人藏印,留下了它们曾经属于朝鲜半岛的历史痕迹。

总之,大量中国书籍,以外交赐书、来华购买、书籍贸易等多种方式,流传到东亚的日本、朝鲜半岛、越南等国家。这些书籍背后承载着丰富的中华文明,伴随着书籍的流播,中华文明也深刻地影响了东亚国家的政治制度、思想观念、宗教信仰、学术文化与文学艺术等诸多方面。而站在西方文化的角度,中国文化可能只是一种带有东方情调的"外来物",虽然也会引发好奇探究甚至一定程度的流行,但总体上对西方主流文化的影响相当有限。这与中国文化成为东亚历史文化的基础与内核,可谓存在本质差异。所以,我们今日的学术研究,既要关注中国文化的西传,更要重视中国文化的东传。

二、微观视角:书籍史细节的挖掘与透视

下面,我们将通过若干微观视角的书籍史细节,帮助大家回到历史现场,加深对中国文化东亚意义的感性认知。2023年,我有机会在韩国看书访书一周,也可以讲是一名当代中国文人的韩国汉籍之旅:在韩国首尔大学奎章阁探查明刊孤本小说《型世言》,在成均馆大学尊经阁查阅清刻本《师竹斋集》,在釜山古书店访得朝鲜绘本《武夷九曲图》与朝鲜人题跋《朱子论语注

稿墨迹》影印本。我在三个不同的文化场所,从几种不同的古籍书叶之上,透过书籍史细节,再一次强烈感知了中国文化的巨大影响力和活在当下的生命力。

(一)明刊孤本《型世言》中的墨笔批点、题识与涂抹

20世纪80年代末,法国华裔汉学家陈庆浩先生等人在韩国首尔大学奎章阁首先发现了《型世言》,并认定它是一部中国亡佚的明刊拟话本小说集。此书后经多家出版社影印出版,引发国内学界关注,关于明末白话短篇小说的文学史表述,也由原来的"三言二拍"改为"三言二拍一型"。《型世言》在内容上有两大特色,一是聚焦明代本朝人和事;二是道德教化色彩极为浓郁,这一点,与冯梦龙、凌濛初"三言二拍"保存的晚明社会较为开放、宽容、先进的时代观念相比,明显有保守之感,也正是因为这个,目前小说研究界对于《型世言》的学术评价并没有之前预想的那么高。

《型世言》在中国早已失传,国内仅有影印本流通,故本次韩国之行,我最主要的目的是到原朝鲜王朝宫廷图书馆,现今的首尔大学奎章阁,调查《型世言》原书,也因此发现了几个很有意思、意想不到的细节。

首先,与本书内容所呈现的道德色彩相匹配,朝鲜读者也在书叶上留下了不少道德化的评语,集中在小说的第一回与第十三回。譬如第一回《烈士不背君 贞女不辱父》行间夹评,有"一段忠愤,可激千古""可谓传家忠孝""一片丹忠,千古不泯""义哉,人也""节直当然""严毅刚烈""正直做出,君子可读"等墨笔评语,带有鲜明的道德倾向。第十三回《击豪强徒报师恩 代成狱弟脱兄难》回末,有一段较长的墨笔评语:"兄弟急乱,朋友救难,乃其常,而刘嫂之劝夫代叔,诚千古罕匹圣女。爱夫之心,女子最切,而但以义处事,可谓女史中第一人物了。淡轩评。红荳园。烛夜激叹。"据韩国梨花女子大学金秀燕教授考证,这位"淡轩"就是孝明世子李旲(1809—1830),他曾做过四年代理国王,其子宪宗即位后,被追尊为翼宗大王。从评语中的"烛夜激叹"一句,可以想见他阅读时有很深的代入感,小说叙述的道德故事与他内心的道德观、价值观正相契合,不禁心潮澎湃,感叹不已。有意思的是,这可能也是中国古小说评点历史上评点者地位层级最高的一例,在其他东亚国家,包括对中国俗文学抱有较大兴趣的日本,似乎也没见到过皇室人员在小说文本中留下评点文字。

其次,《型世言》第十五回回首题词下留有"万历癸巳春题"的署款,字迹与题词十分相似,特别是在影印本中,两者浑然一体,因此,被有些研究者认定是刻本原有文字,由此带来一个困惑:小说于崇祯四、五年间(1631—1632)出版,如何会有万历年间(1573—1620)的题词?有人解释说:《型世言》小说于万历年间开始动笔,经历了长时段的编创,直至崇祯年间方才完稿出版。其实,小说全部四十回中,只有本回的题词加有时间署款,相当反常。目验过原书的陈庆浩先生最先指出,"万历癸巳春题"实际为后人墨笔题写,而非刻本原有。这次访书,我拍摄了高清照片,放大后可以清晰地看到笔锋与墨色浓淡差异,确认这是后人墨笔题写于书叶之上。

那么,问题来了,《型世言》是崇祯时出版的,万历"癸巳"时候的人怎么可能在书叶上题字?如果是小说出版以后读者题写的,又为何要署上"万历癸巳"这个时间呢?我有一个不成熟的新解:"万历癸巳",即万历二十一年(1593),是东亚壬辰倭乱爆发的第二年,朝鲜王朝向明朝申请援军,明朝当时也是内忧外患,朝廷分为主战主和两派,纷争不决,最终,万历皇帝在自身艰难的情况下作出决定,派兵援朝抗日,最终与朝鲜军民一起打败日本侵略军。所以,朝鲜朝野上下对明代怀有极深的感情,用他们自己的话说就是有"再造之恩",即朝鲜眼看要被日军覆灭,是明朝援军帮助朝鲜打败侵略者,捍卫了国家主权。"万历癸巳"正是明朝援军入朝的那年,对朝鲜人来讲具有特殊的意义。这位朝鲜读者在《型世言》第十五回回首,刻意模仿刻本题词的字体,写下"万历癸巳春题",以此方式,来表达他对大明的感恩与怀念之情。

再来看,《型世言》第十七回开头写道:"大明节节败退在辽东,人都说是奴儿哈赤人马骁劲,丧我的将帅,屠我士卒。后来辽广陷没,人都说是孙得功奸谋诡计,陷我城池。"影印本中,"奴儿哈赤""孙得功"两个名字,被墨笔涂抹。这次,我仔细查看奎章阁藏本原书,书叶上这两处的确被墨笔涂抹,将书叶对着亮光,可以看见墨痕下的原字,前者为"奴儿哈赤"(即清太祖努尔哈赤)无误,但后者却并非"孙得功",而是"李永芳",不知《型世言》整理本为何皆录写为"孙得功"。"李永芳""孙得功"这两个人,在今天大家可能都不太了解,但在明末却是两位著名的"降将"叛臣,李永芳原为明朝抚顺游击,万历四十六(1618)年投降后金,为第一个明朝降将,后娶努尔哈赤孙女为妻,天启七年(1627),随贝勒阿敏出征朝鲜半岛,攻城略地,李永芳还策反了多位明朝将领归降,其中包括孙得功,又作"孙德功",他本是明辽西广宁巡抚王化贞麾下将领,天启二年(1622)为李永芳策反,导致明朝失守辽西重镇广宁。那么,为何要用墨笔涂抹"奴儿哈赤""李永芳"的名字呢?

《型世言》的发现者陈庆浩先生曾提出过一个推测,他说:"似讳避满洲将帅名字。如此,此书或清初仍在中国,有所讳避,后方传入朝鲜,也未可知。"这一推测实可商榷。古代中国有对皇帝或特殊人物名字加以避讳的制度,一般采用缺写末笔或替换别字的方式,偶尔在敬避皇帝名讳时采用纸条贴盖的方式,但从未发现有用墨笔涂名进行避讳的例子。相反,古代中国因有敬重名字的文化心理,墨笔涂抹人名,乃是一种大不敬的行为。因此,我认为奎章阁藏本《型世言》中的墨笔涂抹,不是避讳,而是表示憎恨蔑视。奴儿哈赤是后金开国皇帝,李永芳(包括孙得功)是叛将,导致明朝在对后金作战中丧失城池,陷于被动,甚至输掉战役,他们皆是亡明之罪人,因此,这位朝鲜读者,用墨笔涂抹"奴儿哈赤""李永芳"之名,而文本中那些"胡""虏""夷"等清代常见的违碍蔑称文字,却都原样保留,未曾涂掉,两相对照,他的情感道德立场是非常鲜明的,就是对大明怀有深情,而对亡明罪人、对清朝政权满怀憎恨鄙夷之意。至于这位读者的身份,由于奎章阁是朝鲜王朝的宫内图书馆,他大概率是一位皇室成员,或许就是在第十三回写下评语的孝明世子李昊。

需要指出的是,墨笔涂抹行为的背后,实质隐含着明末清初朝鲜半岛所谓"尊周思明"的特殊文化心理。南开大学孙卫国教授在《大明旗号与小中华意识:朝鲜王朝尊周思明问题研究(1637—1800)》《从"尊明"到"奉清":朝鲜王朝对清意识的嬗变(1627—1910)》等书中,细致梳理了这一文化现象的发生和展开过程:大明灭亡以后,由于朝鲜半岛继承了儒家传统文化,所以也就占据了文化高地,清政权虽然在军事上很强大,但文化上则是低洼之地。丁卯、丙子胡乱，朝鲜被后金打得很惨，签订城下之盟，只能屈从于清政权，但在文化心理上却仍存有优越感，以所谓"小中华"自称。当然，朝鲜王朝奉行"尊周思明"旗号，也是出于当时朝鲜半岛国内政治斗争的需要。

了解了这些时代背景，我们也就能够理解，《型世言》这部明代人写明代事且道德色彩浓厚的小说，在中国亡佚却能在朝鲜半岛被保存下来，实在并非偶然，偶然之中存在着某种必然。事实上，《型世言》在朝鲜半岛的藏本曾经不止一部，还出现了朝鲜语谚解本，说明它在朝鲜半岛很受读者欢迎。而这一切，大概都与小说背后的大明灭亡，明清易代引发的东亚政治波澜，朝鲜半岛的大明情结、小中华意识、尊周思明旗号等历史文化因素密切相关。

（二）清刊本《师竹斋集》书叶上的东亚文人题识与藏印

如果说透过《型世言》的书叶细节，我们看到了朝鲜半岛读者的大明情结以及对清朝的文化鄙视，那么，我们再来看另外一本书，就是成均馆大学尊经阁文库所藏清人李鼎元的《师竹斋集》，它会让我们感知到18世纪朝鲜半岛知识人对清朝态度的一个转向。

这位李鼎元（1749—1812），字味堂，号墨庄，四川绵阳人，中过进士，是位不太知名的文人，他的经历中较为重要的，是曾在嘉庆五年（1800）奉使琉球，回来撰写了《使琉球记》6卷，另外有《师竹斋诗文集》14卷传世，藏本甚多。那么，尊经阁藏本《师竹斋集》的看点又在什么地方呢？就在于书叶之上累累的东亚文人藏印与题识，也就是我所说的书籍史细节。

先来看此书的封面，书名签条"师竹斋集"，题写者署名为"贞碧"，即朝鲜文人柳最宽。右上方墨笔题"小蕤宝藏"，这位"小蕤"，是曾经四次出使中国的朝鲜燕行使、著名文人朴齐家的儿子朴长馣。封面中间有一段墨笔跋文："乙亥秋八月，小蓬莱阁阅过，塔影钟声，如飞烟过云，不禁怆惘。"钤盖有"秋史赏鉴"印，这位"秋史"，是朝鲜著名文人金正喜（1786—1856），"乙亥"为嘉庆二十年（1815）。翻开此书，卷首书叶上钤盖有多枚藏印，有"小蕤"的藏书印"朴长馣印"，右下角钤有一枚"星原赏观"印，这位"星原"，就是中国清代著名文人翁方纲的儿子翁树崐。那么，一部普通的清人别集，怎么会因缘巧合汇集了如此多的东亚文人题跋、藏印呢？

事情原委还得从燕行使的赴华经历说起。嘉庆十四年（1809）十月二十八日，金正喜跟随父亲金鲁敬出使中国，金鲁敬担任该次使团的副使，从朝鲜汉阳出发，十二月抵达北京，次年三月十七日回国，在北京停留百余日。其间金正喜拜访了诸多中国文人：十二月，金正喜前往法源寺拜会《师竹斋集》的作者李鼎元；十二月二十九日，金正喜拜访翁方纲，在翁树崑的引导下，参观了翁家的藏书楼"石墨书楼"。金正喜的老师朴齐家此前也曾出使中国，并参观"石墨书楼"，写下"日行金石书画中，恰如蝼蚁钻九曲"的诗句。金正喜大概受到老师诗句的感染，亲自参观了"石墨书楼"，后来他向朋友描述了自己当时的内心震撼，说："七万轴金石书画，锦醰玉蹙，纵横堆积，如乱峰叠嶂，莫知端倪，俯而视之，人行其间，果如蚁耳。"中国书籍及其蕴涵的中国文化，产生了如此强大的气场，让金正喜顿时感觉自己如蝼蚁般渺小。在京期间，金正喜也与经学领袖阮元等多位中国学者相识，折服于乾嘉学者渊博严谨的学问。这次中国之行对金正喜影响巨大，回国后，他给自己的书斋取名为"宝覃斋""覃阮斋"，覃就是翁覃溪（翁方纲），阮就是阮元，以此表达他对翁、阮两人以及他们所代表的清代学术文化的钦敬。

这种对中国文化的情感，也会在朝鲜文人之间传递，如同金正喜去拜访翁方纲是受了老师朴齐家的影响，嘉庆十七年（1812）七月，另外一位朝鲜文人申纬（号紫霞）以"书状官"身份出使北京，临行前，金正喜给他写了一封信，信札开头就说："紫霞先生涉万里入中国，瑰景伟观，吾不知其几千万亿，不如见一苏斋老人。"中国值得一看的景观太多了，但都比不上去拜见"苏斋老人"，拜观翁家的藏书楼。这是多么具有煽动力的导游推荐辞，于是，申纬到了北京后也急迫地去拜访了翁方纲，并且与翁树崑结下了深厚友情。

这里，我想特别向大家介绍尊经阁藏本《师竹斋集》上最令人瞩目的一枚藏印，名为"星秋霞碧之斋"，这个"星"就是翁树崑（星原），"秋"就是金正喜（秋史），"霞"就是申纬（紫霞），"碧"就是柳最宽（贞碧），从四位中朝文人的字号中各取一字，组合成一个斋名，这是一个真正的东亚文人之斋，背后浓缩着四个有趣的灵魂，他们相遇、相谈、相交，书札往还，绵绵不绝。

那么，这个斋号又是谁的呢？是翁方纲之子翁树崑的。2019年6月，北京举办"秋史金正喜与清朝文人的对话"文献展览,展出了一通翁树崐于嘉庆癸酉十八年(1813)孟春写给柳最宽的诗札,在首句诗句"星秋霞碧久忘形"之下,有翁氏双行小字自注:"仆以金秋史、申紫霞并足下,为忘形之友。去秋新构小屋数椽,榜其所居曰'星秋霞碧之斋',行住坐卧,用识不忘。实欲兼三友之益于一身。"在信札左侧下方,同样钤盖了这枚饱含深情的"星秋霞碧之斋"印。同一年,他在送给申纬的诗稿上,钤盖了"兰盟"印,意指不忘金兰之交,又钤"长勿相忘"印,则已似情人之誓词,足见他们数人之间的情谊,乃是何等深厚真挚。

嘉庆十八年(1813),翁方纲过生日,柳最宽请朝鲜画家金墕(迥庵),画了一尊佛像为苏斋老人祝寿,可知翁方纲在朝鲜文人心中名声之大、地位之高。不仅如此,朝鲜文人还曾模仿翁方纲的做法,在苏东坡生日举办纪念性的文化活动"寿苏会"。嘉庆十九年(1814)十二月十九日东坡生日,申纬绘写了东坡遗像,用翁树崐送给他的二十三枚"蜀石"沉盆,做了一个纪念苏东坡的仪式,并赋诗一首,中有句云"天际乌云第二无",《天际乌云》是翁方纲收藏的苏东坡法帖真迹,"墨缘万里宝覃苏","宝覃苏"是金正喜的书斋,也可以理解为朝鲜文人以"覃苏"为宝,充分表达了朝鲜文人对于翁方纲、苏东坡及其所代表的中国文化的崇仰之情。

嘉庆二十年(1815),翁树崐不幸英年早逝,消息传到朝鲜半岛,金正喜等人颇感伤痛,于是,他在钤有"星秋霞碧之斋"藏印的这本《师竹斋集》封面,写下了跋文"乙亥秋八月,小蓬莱阁阅过",小蓬莱阁是金正喜的书斋,"塔影钟声,如飞烟过云,不禁怆惘"。书叶之上凝结的这段美好,现在随着"星秋霞碧之斋"斋主的去世,如过眼云烟一样飘洒,令他感到悲伤和迷惘。今天,当我们翻阅这部《师竹斋集》,睹物思人,往事并不如烟,透过那些题跋和藏印,回想这段温暖的中朝文人交流史,心中也是无尽的感慨唏嘘。

如果从个人情感再往上提升一下的话,金正喜跟上述中国文人的交往,其意义也不仅仅局限在私交层面。因为,翁方纲、阮元等人及其所代表的乾嘉经史考据之学、金石碑帖之学,这正是清朝学术文化的精华。金正喜等人对翁、阮的崇拜追随,客观上起到了将乾嘉学术引入朝鲜半岛的作用,并且,经过金正喜这一代人的弘扬和创造,朝鲜半岛的经史之学、金石之学也获得了长足发展。日本有位金正喜的研究专家名叫藤塚邻,他一生都在搜集跟金正喜有关的文献史料并展开研究。他认为,金正喜对于翁阮等人的追随以及对于乾嘉学术的深度接受,乃标志着"清朝文化的东传"。请各位注意,这不是明代文化,而是清朝文化。清朝也有文化吗?如果时光倒流回去一两百年,朝鲜文人绝对不会相信清代也有文化,也有需要朝鲜学习接受的文化。但不容置疑的现实却是,清代形成了自己独具特色的学术文化,而且成为中国传统文化的重要组成部分,这是一种与明代文化迥异的新潮文化,对朝鲜一代文人都构成了强烈的吸引,并产生了极为深远的影响。

综上所述,从《型世言》到《师竹斋集》,书籍史细节透露出的信息,让我们看到一个很大的历史轮廓,就是整个中国文化在朝鲜两三百年的流播接受,经历了从明朝文化到清朝文化的一个巨大转向,而正是从金正喜这一代人开始,朝鲜知识界才真正从内心接受了清代文化,朝鲜半岛也从文化和心理上,艰难地完成了由明代向清代的历史转向。

(三)朱子学的周边:《武夷九曲图》与《朱子论语注稿墨迹》影印本

结束了首尔的图书馆访书行程,我来到釜山寻访古书。与世界各国情况类似,实体书店尤其是古旧书店,都进入了一个衰退期。釜山虽然保留了书店街,但性质上已转为旅游文化景点,古书踪影难觅。经过多番寻找,终于辗转来到这家名为"旧书店"的旧书店,老板曾在北京留学,会说简单的中文。店内古书不少,绝大部分是韩国古籍,绝少中国刊本。逡巡一圈,我看到了一幅《武夷九曲图》残卷,这是佚名朝鲜文人所绘,绢本设色,摹绘尚精。有意思的是,《武夷九曲图》这一题材,在朝鲜时代的美术史上非常流行,留下诸多作品,不仅如此,绘画之外,还有"九曲诗""九曲园"系列,都是绘写中国福建武夷山的胜景。但是,因受外交限制,实际上古典时代没有一个朝鲜半岛人士真的到过武夷山,那么为何出现如此"反常"现象呢?这是因为,朱子学在朝鲜半岛流播极广,已渗透到朝野文人乃至普通民众,而朱子曾在武夷山生活、读书、授徒、著述五十余载,武夷山成为朱子的象征,成为朱子学的圣地,也是一座耸立在朝鲜文人心中的中国文化之山。

非常巧合的是，在这家旧书店，我还买到了一册商务印书馆1919年珂罗版影印的《朱子论语注稿墨迹》，中有所谓"朱文公论语集注草稿真迹"。这册影印本卷首，朝鲜末期的丁氏家族合家留下了一则长篇的墨笔题跋，全文如下：

> 癸亥三月，来东儿自北京至南京、上海，病亲送札诫：凡关朱子书册及心画真迹及大小模刻诸本，期必购。来东广询书肆，得此模本而归来拜呈，老亲大悦，数月写习，曰：余七十二岁，岂可习字？平生钦慕朱夫子，多藏先生所关书史，欲求心画可信者，永未购观矣。何幸东孙远游获此可信，而以慰我桑榆之踽凉。然衰腕不可复学，良可太息。愿我若子若孙，必服朱子之服，诵朱子之言，行朱子之行，学朱子之书焉。若辈慎旃哉。

这个"癸亥三月"是1923年三月，跋文的执笔者为丁氏家族的三个儿子"海泰""凤泰""河泰"，旁侧侍立的还有"来东""来明""来仁""来善""来范""来睦""来烈""来意"八位孙儿。跋文讲述了"病亲""老亲"，也就是丁家三位儿子的父亲、八位孙子的爷爷，他一生钦慕朱夫子，喜爱朱子书法，却始终没能得其真迹，当他听说大孙子"丁来东"到了中国，就叮嘱他一定要留意搜访朱子真迹，来东四处寻觅，终于买到了这册商务印书馆的影印本，爷爷见到后异常激动，"数月习写"，虽因年纪大了，手腕乏力，没有办法坚持临摹，但他仍然为晚年得见朱子真迹而感到慰藉。跋文的最后，爷爷留下了一段丁氏家族的文化遗训："愿我若子若孙，必服朱子之服，诵朱子之言，行朱子之行，学朱子之书焉。"字字句句，浸透着一位朝鲜半岛的老人，对于朱子、对于中国文化的拳拳真情，读来令我动容。

当我拿着《武夷九曲图》和《朱子论语注稿墨迹》影印本走出釜山"古书店"时，内心波澜起伏，也许，这是一个巧合，我在一个书店同时得到了两件与朱子学有关的图籍。但它未尝不是一种冥冥之中的昭示：类似这些散落在朝鲜半岛的书籍史细节，相信在日本、在越南也有很多很多，它们都是中国文化在东亚镌刻下的历史印痕，让我们明白中国文化对于东亚汉字文化圈的巨大影响，是再怎么评估也不为过的。

与此同时,我们也不由感叹,文化的创造力和影响力,才是一个国家真正的软实力。通过平等交流的方式,实现文化认同、文化创造和文化的共同繁荣,这是中国文化东亚流播史给出的历史启示。袁行霈先生曾经提出"文明的馈赠"理念,倡导世界上各种不同的文明,都把各自最优秀、最经典、最有价值的部分拿出来赠送给别人,倘若别人能够接受,文化交流也就达成了它的伟大目的。当然,馈赠者与接受者之间,总难免还会存在一定的错位或隔阂,这就需要我们去作更多的分析研究,找出蕴涵在历史烟云之中的启示,让这些智慧的光芒照向现实的困境,引导我们前进。

最后,我想与诸位分享的是,虽然人文学科不能直接作用于科技创新,也时常遭到质疑。但是,作为中国文学东亚流播史的研究者,我们研究的意义并不局限在学术层面,而应有更为宏大的指向:东亚曾有漫长的文化融洽交往的历史,中国文化在这段东亚文化创造性繁盛的历史中,发挥了主导作用。因此,我们要把自己的学术研究放在一个战略的高度,努力把这段历史研究透彻,挖掘呈现出它的经验教训启示,并思考如何借鉴服务于当下社会文化的建构与复兴。相信这不只对中国,也对东亚乃至整个世界的未来,都有着深远的积极的意义。这是我们的学术,我们的事业,也是我们的历史担当。

潘建国,北京大学中文系教授,兼任中国俗文学学会会长。1999年获上海师范大学文学博士学位;曾在日本东北大学、早稻田大学、法国法兰西学院汉学研究所、香港大学、澳门大学等机构担任客座(访问)教授。主要从事古代小说、明清文学、东亚汉籍等领域研究。已刊著述有《中国古代小说书目研究》(2005)、《古代小说文献丛考》(2006)、《物质技术视域中的文学景观:近代出版与小说研究》(2016)、《古代小说版本探考》(2020)、《纸上春台》(2021)等,发表学术论文百余篇。

本文根据2024年5月30日"东亚唐诗学讲坛"第十三讲录音整理。

编　后　记

上海师范大学唐诗研究传统由来已久。20 世纪中叶,马茂元先生开其端。至 80 年代,陈伯海先生提出"唐诗学"概念:"唐诗学是关于唐诗创作、传播和接受的学问。"并开始建设唐诗学学科。组织孙菊园、黄刚、朱易安、张寅彭、池洁等教师及一批博士生开展唐诗学研究,于 2015—2016 年推出"唐诗学书系"8 种 17 册,900 万字。此后,上海师范大学唐诗学研究中心将"唐诗学"研究范围拓展至日韩越等地区,一方面就"东亚唐诗学"书目、史料、理论,展开调查研究;一方面与海内外学者积极开展学术交流互动,自 2022 年 12 月,创办"东亚唐诗学讲坛"[①],邀请海内外学者就东亚唐诗学相关研究成果展开宣讲和对谈。

实际上,中日韩越四国久承唐风,除书目文献、编选注本、说解论评等唐诗接受形式外,还有大量诗人是通过其创作实践,来践行其审美趣味、表达其理论主张,此外更重要的是,虽然"唐诗"是"诗",但唐诗的影响绝不局限于"诗"乃至"诗文",而是渗透在各种文体。

本期辑刊系"东亚唐诗学讲坛"特刊,收入相关论文/讲稿 11 篇,涉及地域覆盖中日韩越,其成文亦往往映衬出不同国别的特点,如日本学者的成果往往有京都学派遗风,文献翔实细密,虽然早期材料相对不足,难以发挥,但谷口教授论文亦是力求用文献本身说话;堀川教授以梳理诗学文献发端,在其梳理下,丰富多彩但又繁杂的日本五山唐诗学接受情况一览无余;曾在日本留学、享誉东亚各国的高丽大学沈庆昊教授,亦从浩如烟海的诗学材料

[①] 特别鸣谢:"东亚唐诗学讲坛"系与郑州大学外国语与国际关系学院副教授王连旺共同发起,创办初期,王老师多方联系,邀请日本学者堀川贵司、谷口孝介教授讲座。

中,披沙拣金,梳理本国的唐诗学接受;刘芳亮长文亦务以文献材料说话,论从史出,言必有据。与之相较,普通中韩传统学者研究则相对"轻便",许敬震教授研究因系讲座整理稿,非传统论文形式,故深入浅出,生动有趣,读罢,韩国古人最日常的唐诗学习方式如在目前。

此外,刘玉珺从俗文本这一文献类型出发,比较越南俗文本与中国代表性俗文本敦煌文献中的唐诗文献,相较以往唐诗学研究较偏重于刻印活字本等文献形式,从拓展文献类型角度,具有极大启发意义。而众所周知,朝鲜半岛最早的成规模接受唐诗,发生在晚唐五代时期罗末宾贡诸子,韩国古人即往往以晚唐诗风评价概括其诗作,中韩两国学界亦承其风。刘畅论文则力图通过司空见惯的新罗末诗作,探察其真实的唐诗接受情况,打破以往罗末仅有晚唐诗风的刻板印象。而韩国唐诗接受史上几乎最全方位表现出唐诗接受者莫过许筠。相较于韩国学界自渊民李家源先生率先关注许筠,带领许敬震教授整理研究,传统悠久,成果宏富,国内学界则显有不足,尤乏全方位专文研究,徐宝余论文则似可补此憾。

更重要的是,研究方法上,不仅涉及传统文献学、文学、诗学理论,王兆鹏教授还为我们照亮了数字化时代东亚唐诗学研究的前路,文献数据库加之各种地图、图谱、现场勘查,仿佛长枪短炮万箭齐发,"唐诗元宇宙"更是令人为之一振;潘建国教授则带我们一同加入他的韩国访书之旅,沿途既有一目了然的东亚汉籍线索,亦有黑墨掩盖下人名差异带来的隐秘角落,抽丝剥茧,带我们一同拿起放大镜,从各种书籍文献细节,窥探韩国古人的文化心理。

感谢各位先生拨冗赐讲,并授权在本刊首发。

上海师大唐诗学研究中心　刘　畅

《东亚唐诗学研究》征稿启事

《东亚唐诗学研究》是中国唐代文学学会东亚唐诗学研究会会刊,由东亚唐诗学研究会与上海师范大学唐诗学研究中心合办,上海辞书出版社出版发行的专业性学术刊物,旨在弘扬中华优秀传统文化,加强学术交流,推进东亚唐诗学研究。本刊2021年创刊,每年出版两辑。设有"中国唐诗学研究""日本唐诗学研究""韩国唐诗学研究""越南唐诗学研究""欧美唐诗学研究""中国古典诗学研究""东亚汉诗学研究""书评书讯""学界动态"等栏目,亦将视收稿情况邀请客座编辑策划专栏。

本刊发行以来,受到海内外学界的支持和关注,竭诚欢迎海内外从事相关研究的学者赐稿。

一、来稿要求

1. 来稿须是未经发表的学术论文,篇幅在8000字以上为宜。要求选题新颖,论据充足,论证严密,语言通达。

2. 本刊使用规范简化字。标题取宋体四号字,正文取宋体五号字,一倍行距。按照标题、作者姓名、摘要(200字左右)、关键词(3~5个)、正文的顺序排列,并于文末附作者简介(姓名、出生年月、工作单位、职称职务、研究方向)、通信地址、邮编、电话、电子信箱。引文取页下注形式,注释序号用阿拉伯数字①②③④……表示,每页重新编号。引文务求准确,并依照"作者、译者、校注者:书名/篇名,版本,页码"的顺序注明出处,即:(朝代)/[国别]作者:书名/篇名,出版地:出版社/期刊名,出版年份(期号),页码。

3. 本刊采用双向匿名专家审稿制。来稿可将电子文档投递至本刊投稿邮箱。邮件主题、文档标题依照"【辑刊投稿】+姓名+论文题目"标明。

4. 来稿文责自负。

5. 自投稿日起3个月内未接到用稿通知,可自行处理。

二、著作权使用声明

本刊已许可中国知网、万方数据库等平台以数字化方式传播本刊全文,所有署名作者向本刊投稿视为同意。如有异议,请在投稿时说明。

三、投稿方式

邮箱:dongyatangshixue@163.com

图书在版编目（CIP）数据

东亚唐诗学研究. 第七辑 / 查清华主编. -- 上海：上海辞书出版社，2024. -- ISBN 978-7-5326-6259-3

Ⅰ. I207.227.42-53

中国国家版本馆 CIP 数据核字第 2024WX0465 号

DONGYA TANGSHIXUE YANJIU（DI QI JI）
东亚唐诗学研究（第七辑）
查清华　主编

责任编辑　徐　梅
装帧设计　梁业礼
责任印制　曹洪玲

出版发行	上海世纪出版集团 上海辞书出版社®（www.cishu.com.cn）
地　　址	上海市闵行区号景路 159 弄 B 座（邮政编码：201101）
印　　刷	浙江临安曙光印务有限公司
开　　本	720 毫米×1000 毫米　1/16
印　　张	16
字　　数	237 000
版　　次	2024 年 9 月第 1 版　2024 年 9 月第 1 次印刷
书　　号	ISBN 978-7-5326-6259-3/I·586
定　　价	98.00 元

本书如有质量问题，请与承印厂联系。电话：0571-63783589